AF398584

C. F. Schreder ist das Pseudonym von Christina Fuchs. Sie wurde 1992 in einem kleinen Tiroler Städtchen geboren, studierte Psychologie und Wirtschaftswissenschaften, lebte ein Jahr lang in Hong Kong und arbeitete anschließend als Personalmanagerin. Vor allem während ihrer Reisen und Auslandsaufenthalte sammelte sie Inspirationen für ihre Geschichten. Heute lebt und schreibt sie in Salzburg.

C. F. SCHREDER

DAS MÄDCHEN IM SEE

MANCHE GEHEIMNISSE
BLEIBEN NICHT FÜR IMMER
VERBORGEN …

Erstausgabe Januar 2025

Copyright © 2025 dp Verlag, ein Imprint der
dp DIGITAL PUBLISHERS GmbH
Made in Stuttgart with ♥
Alle Rechte vorbehalten

Das Mädchen im See

ISBN 978-3-98998-096-9
E-Book-ISBN 978-3-98998-082-2

Covergestaltung: Buchgewand

Unter Verwendung von Abbildungen von
© shutterstock.com: © Aleksei Kazachok, © BakerJarvis,
© Nature Peaceful

depositphotos.com: © nblxer, © darekb22
Lektorat: Mona Dertinger
Satz: dp DIGITAL PUBLISHERS GmbH
Druck und Bindung: Books on Demand GmbH, Norderstedt

Für Antonia

Damals:
Die Liebe töten

Hamburg, 2006
Soleil

„Was du für Liebe hältst, ist eine Krankheit. Ich weiß, du willst das nicht glauben. Ich sehe es in deinen Augen, die mich stumm einen Lügner schimpfen. Dabei bin nicht ich der Lügner. *Er* ist es."

Soleil duckte sich unter den Worten des Mannes, die sich wie Schläge anfühlten.

Lügner. Krankheit. Krank.

Aber wie konnte ihre Liebe eine Krankheit sein, wenn sie alles war, was Soleil zusammenhielt?

„Wenn du gesund werden willst, musst du ihn vergessen. Du musst dir jeden Gedanken an ihn verbieten. Jeden Zweifel. Lass ihn los."

Sie presste ihre Hände auf die Ohren, grub ihre Nägel in die Kopfhaut, bis es schmerzte. Sie wollte den Mann nicht mehr hören, wollte seine Worte ausblenden, die sich bis in ihren Brustkorb geschlichen hatten und wie winzige Monster an ihrem Herz rissen.

„Wie bitte?", sagte der Mann und legte den Kopf schief.

Hatte sie etwas gesagt? Ja, die Worte waren ohne ihr Zutun aus ihren Gedanken und in die Welt hineingetreten. Ein Flüstern nur, zu dünn, als dass der Mann es hätte verstehen können. Doch egal, wie leise, wie zart und zerbrechlich, nun, da sie ausgesprochen waren, ließen die Worte sich nicht mehr zurücknehmen.

Das kann ich nicht.

Soleil formte den Satz mit den Lippen. Kein Laut drang aus ihrem Mund. Oder vielleicht hörte Soleil einfach nichts, so laut, wie die Wortmonster in ihrem Inneren brüllten.

Lügner. Krankheit. Lass ihn los.

Der Mann verstand ihre stumme Antwort. „Doch, du kannst es. Du musst sogar", widersprach er. „Du musst diese Liebe töten, Soleil."

Soleil hatte begonnen, auf ihrem Platz vor und zurück zu wippen. Der Raum erschien ihr plötzlich winzig, nun, da jeder Winkel mit der Forderung des Mannes ausgefüllt war.

Die Liebe töten. Ihn töten.

Nein, niemals würde sie ... Nie ...

„Du oder er?", sagte der Mann. „Das ist die einzig relevante Frage. Denn solange er *ist*, kannst du nicht gesund werden. Und das willst du doch, Soleil. Nicht wahr?"

Ja ... Nein. Sie hatte keine Antwort. Wusste überhaupt nichts mehr, außer dass sie nach Hause wollte. Oder ganz weit weg. Irgendwohin, bloß nicht in diesem Raum sein. Tränen rannen über ihre Wangen.

Und die Monster brüllten weiter.

Lügner. Lügner. Lügnerin!

Heute:
Knochen im Wasser

Bad Rubinsee, 2020
Hannah

Der Rubinsee war seit Generationen ein Quell für Legenden. Vielleicht lag es an seiner Oberfläche, die einen rötlichen Schimmer annahm, sobald die letzten Sonnenstrahlen des ausklingenden Tages das Wasser streiften, als verberge sich das Tor zur Hölle im Untergrund. Vielleicht waren auch all die Dinge, Hoffnungen und Menschen dafür verantwortlich, die über die Jahre im See verloren gegangen waren.

Im Dorf erzählte man sich, dass der Rubinsee sich in seiner Gier nahm, was immer er wollte. Nur selten spuckte der See etwas wieder aus, und wenn es geschah, so schlug das hohe Wellen.

Hannah kannte die Geschichten über den See. Sie kannte sie alle. Und hatte sie nicht selbst auf schmerzhafte Weise gelernt, dass ein Funken Wahrheit in den Legenden steckte? Damals, ja, damals, als alles in die Brüche gegangen war.

Seufzend legte sie den Kopf in den Nacken und strich sich die braunen Haare aus dem Gesicht, die sich wie immer widerspenstig kräuselten. Die Sonne stand an diesem Augusttag hoch am Himmel und ließ die Wasseroberfläche friedlich erscheinen. Für ihren Spaziergang war Hannah an die nördlichen Ausläufer des Sees gefahren, da die südlichen Badestrände um diese Jahreszeit von Touristen und Schulkindern überlaufen waren.

Hier oben hingegen grenzte der See an die Wälder, deren Buchten von getrockneten Nadeln und Steinen bedeckt waren und die meist im Schatten lagen. Am gegenüberliegenden Ufer schmiegten sich Felswände an das Wasser, und ebendieser Anblick – das Spiegelbild der harschen Berghänge und Tannen im Wasser – zog Hannah, trotz ihrer dunklen Erinnerungen, immer wieder an den Rubinsee.

Ihre Schuhe hatte sie ausgezogen, sodass ihre Zehen vom eiskalten Wasser umspült wurden und sie die Kiesel fühlen konnte, die sich wie Stecknadelköpfe in ihre Fußsohlen bohrten. Hannah hoffte, dass die Ruhe des Sees ihre Energiereserven für den restlichen Tag auftanken würde. Die vergangene Woche war anstrengend gewesen. Im Büro, in dem Hannah als Personalreferentin arbeitete, mussten sie gerade fünfzehn offene Stellen besetzen und ihr Mitbewohner Christoph hatte es sich in den Kopf gesetzt, das Haus nach den Regeln des Feng-Shui umzudekorieren. Als hätte er geahnt, dass sie eben an ihn dachte, vibrierte ihr Handy in der Hosentasche.

Hannah fischte es heraus und öffnete die Messenger-App. Nachricht von Christoph:

Was hältst du von Pastelltönen für die Wände im Wohnzimmer?

Sie biss sich schmunzelnd auf die Unterlippe. Hatte er ernsthaft vor, jetzt auch noch das Wohnzimmer zu streichen?

Können wir darüber reden, wenn ich nach Hause komme?

tippte sie.

Klar

lautete die Antwort, die nur wenige Sekunden später eintrudelte.

Wann kommst du denn? Fährst du heute Rebecca besuchen?

Wieder seufzte Hannah. Bei all dem Stress hatte sie in dieser Woche keine Zeit gehabt, zu Rebecca ins Pflegeheim zu fahren. Die stumme Frau bekam außer von Hannah kaum Besuch. Nicht einmal von ihrem Sohn David, der am anderen Ende der Welt sein Leben genoss. Früher war Rebecca im Dorf beliebt gewesen. Jetzt war sie allein. Kein Wunder, wo sie doch seit sieben Jahren kein Wort mehr gesprochen hatte und die meiste Zeit wirkte, als würde das Leben sie nichts angehen.

Nur Hannah fühlte sich auf merkwürdige Weise verantwortlich für Rebecca. Ihre Eltern und Christoph verstanden das nicht, fragten sie oft, was sie mit der stummen Frau verband. Als Antwort zuckte Hannah jedes

Mal die Schultern. Dabei wusste sie es genau. Es war die Buße für ihre alte Lüge und für alles, was danach geschehen war.

Nun steckte Hannah das Handy zurück in ihre Hosentasche, hob einen flachen Stein auf und ditschte ihn über das Wasser. Er hüpfte einmal, zweimal, dreimal, bevor er mit einem leisen Plopp unterging.

Ein lautes Quietschen riss sie aus ihren Gedanken und Hannah schaute auf. Sie hatte gar nicht gemerkt, dass sie sich einer Gruppe Touristen genähert hatte. Sie sah eine ältere Frau, um die siebzig Jahre, und ihre Enkelin, deren Rattenschwänze auf und ab hüpften, während sie kreischend ins Wasser lief; ihrem Vater entgegen, der eben mit einem Schlauchboot heran ruderte und winkte. Wassertropfen spritzen in alle Richtungen, so schnell sauste die Kleine durch die Fluten.

Der Mann machte einen Satz aus dem Boot, fasste die Leine mit beiden Händen und watete mit dem Schlauchboot im Schlepptau seiner Tochter entgegen. Als er sie erreichte, nahm er sie auf den Arm und wirbelte sie durch die Luft.

„So ein Kindskopf", murmelte die alte Dame, wobei sie Hannah anlächelte, die unweit von ihr stehengeblieben war.

„Sieht aus, als ob sie Spaß hätten", meinte diese.

Vater und Tochter hatten mittlerweile das Ufer erreicht.

„Schaut euch das an!", rief der Mann und hob einen etwa fünfzig Zentimeter langen, hellen Gegenstand aus dem Boot. „Das muss von einem Reh sein. Ich frage mich, wie das Tier in den See gekommen ist."

„Cool!", rief die Kleine und strich mit der bloßen Hand über den Knochen, der von Wasser und Zeit blank poliert worden war.

Auf dem Gesicht der Großmutter zeichnete sich jedoch Entsetzen ab. Ihre Nasenflügel bebten und ein kaum merkliches Zittern schlich sich auf ihre faltigen Lippen.

Hannah sah das.

Sah und begriff.

Auf ihren Armen bildete sich eine Gänsehaut. Trotz der Sonnenstrahlen fror sie plötzlich.

„Ja, seid ihr denn wahnsinnig?", stieß die Großmutter aus. „Wisst ihr nicht, was das ist?"

„Das sind Knochen, Oma", meinte die Kleine augenrollend. Zu ihrem Vater flüsterte sie: „Dass man den alten Leuten aber auch immer alles erklären muss."

„Das sehe ich", antwortete die Alte kopfschüttelnd.

„Mein Gott …", murmelte Hannah.

War das wirklich das, was sie glaubte? Nein, bestimmt ging ihre Fantasie wieder einmal mit ihr durch, die dunklen Erinnerungen, die sie auf ihrem Spaziergang um den Rubinsee verfolgt hatten. Oder?

Die Alte seufzte, legte eine Hand an die Stirn und schüttelte den Kopf, vermutlich weil sie realisierte, dass der schöne Urlaubstag zu Ende war.

„Wir müssen die Polizei rufen", stellte sie fest und da lösten sich Hannahs letzte Zweifel auf.

Kratzer und kleine Einschnitte bedeckten den Knochen, als hätten Tiere daran genagt. Er sah alt aus.

„Das da ist nicht von einem Reh, oder?", fragte Hannah flüsternd.

Keine Reaktion. Der Vater, der den Knochen in beiden Händen hielt, schaute sie voller Unverständnis an und die Kleine schürzte die Lippen.

Nur die Alte schnalzte hörbar mit der Zunge. „Dass man den jungen Leuten aber auch alles erklären muss", murmelte sie, die Worte ihrer Enkelin wiederholend. „Begreifst du's denn wirklich nicht, Jochen? Was du da gefunden hast, das gehört zu einem Menschen."

Ja, der Rubinsee war bekannt für seine Gier. Er nahm sich, was er wollte, und nur selten spuckte er wieder etwas aus. Wenn er es wie heute doch tat, dann würde das hohe Wellen schlagen.

***

„Christoph!"

Hannah rannte ins Wohnzimmer, das aussah, als hätten dort Einbrecher gewütet. Stapelweise Bücher bedeckten den Boden, während das leere Regal mitten im Raum stand. Ihr Mitbewohner Christoph balancierte auf dem Couchtisch und versuchte, den Lampenschirm abzuschrauben oder anzuschrauben oder was auch immer es war, das er dort oben tat. Er stand auf den Zehenspitzen, sein Polo-Shirt war hochgerutscht und entblößte seinen behaarten Bauch.

„Ich muss dir dringend erzählen, dass ... Christoph!?"

Christoph drehte den Kopf, woraufhin der Rest seines Körpers bedenklich ins Schwanken geriet. Hannah machte einen Satz auf den Couchtisch und stützte seinen Rücken, damit er nicht umfiel.

„Was machst du da?", fragte sie.

„Ich tausche den Lampenschirm aus."

„Weil?"

„Das Rot ist zu aggressiv und außerdem nimmt es zu viel Platz ein. Wir brauchen eine freiere Farbe", erklärte er.

„Steht das auch in deinem Feng-Shui-Buch?"

Er antwortete: „Das stand auf einem Blog für Innendesign."

„Aha. Und wann glaubst du, dass du mit dem Innendesign fertig bist?"

Christoph überging ihre Frage. „Was hältst du von Mintgrün?"

„Wofür?"

„Na, für den Lampenschirm."

„Keine Ahnung. Haben wir denn einen mintgrünen Lampenschirm?"

„Den muss ich erst noch bestellen. Himmelblau wäre auch eine Option. Oder Zitronengelb. Auf dem Blog stand, dass Gelb die Laune verbessert."

Hannah fragte erneut: „Hast du schon eine Idee, wann du mit der Umgestaltung fertig sein wirst? Langsam wird's hier etwas ungemütlich."

„Allerdings ist Gelb eine Sommerfarbe und wir wollen den Lampenschirm im Winter ja nicht austauschen", fuhr Christoph fort, als hätte er sie nicht gehört.

Hannah erkundigte sich schon seit einer ganzen Weile regelmäßig danach, wann der Umräum-Wahnsinn ein Ende haben würde. Genau genommen seit vierzehn Tagen, denn da hatte er dieses verfluchte Feng-Shui Buch entdeckt. Nach dem letzten Stand war die Antwort auf ihre Frage *vorgestern*.

Seufzend kletterte sie vom Couchtisch und ließ sich auf einen der Balkonsessel sinken, die ihren Weg ins

Wohnzimmer gefunden hatten. Sie verkniff sich, Christoph darauf hinzuweisen, dass das hier *ihr* Haus war und dass er sich vor zwei Jahren auf ihre *Mitbewohner gesucht*-Annonce mit den Worten gemeldet hatte, er sei der ruhigste, unkomplizierteste und kollegialste Wohngenosse, den man sich vorstellen könne. Die meiste Zeit würde Hannah gar nicht merken, dass er da war.

Trotz oder vielleicht auch wegen der Verwunderung ihrer Eltern, die so gar nicht verstehen konnten, warum Hannah freiwillig mit einem zehn Jahre älteren Mann zusammenwohnen wollte, vor allem nicht mit Christoph Engelbert, der im ganzen Dorf für seine Geschwätzigkeit bekannt war, hatte sie ihm zugesagt.

Die ersten zwei Wochen hatte Christoph sich zusammengerissen, war ihr beim Schleppen der Möbel zur Hand gegangen, hatte die Musik nie lauter aufgedreht als auf Zimmerlautstärke und sich im Bad beeilt. Dann hatte er einen Online-Bodyfit-Kurs für sich entdeckt und das Chaos war losgegangen.

Die Fitness-Leidenschaft hatte ihn irgendwann verlassen, jedoch nur, um neuen Ideen Platz zu machen. Christoph hatte versucht, Kontrabass zu lernen, er hatte die Küche in eine wenig erfolgreiche Tortenbäckerei umgewandelt und auf dem Dach des Gartenschuppens ein Hochbeet angelegt, aus dem mittlerweile vor allem Unkraut wucherte. Feng-Shui war nur die neueste Ausprägung seiner Launen.

Hannah strich sich die Haare aus der Stirn und lehnte sich im Sessel zurück, während sie beobachtete, wie ihr Mitbewohner sich mit dem Lampenschirm abmühte, irgendwann aufgab und vom Couchtisch kletterte. Die Lampe hing nun ziemlich schief von der Decke.

Sie schmunzelte. Wem wollte sie etwas vormachen? Sie mochte das Chaos, das Christoph mit sich brachte.

„Hast du dich heute schick gemacht?", fragte sie.

Christoph trug sein *gutes* Polo-Shirt, das zartrosarote, das ihm eine Nummer zu klein war, und er hatte sich die spärlichen Haare zur Seite gegelt, um seine beginnende Glatze zu verdecken.

„Ich habe später ein wichtiges Interview für die Dorfchronik. Zilli Fuchs feiert ihren hundertsten Geburtstag und wir wollen auf ihr Leben zurückblicken", erklärte er. Zwischen zwei langen Schnaufern fügte er hinzu: „Was wolltest du mir vorhin erzählen?"

Da war sie wieder, die kitzelnde Aufregung, die Hannah vom See bis nach Hause begleitet hatte. „Wir haben einen Knochen im Rubinsee gefunden."

Schlagartig veränderte sich Christophs Gesichtsausdruck. Seine Augenbrauen sprangen so abrupt nach oben, als wollten sie seine Stirn verlassen, und sein Mund klappte auf.

„Wir? Heißt das ... Du?!"

Hannah zuckte die Schultern. „Na ja, nicht so ganz. Ein Tourist, der zum Tauchen hier war, hat ihn entdeckt. Ich war zufällig dabei, als er den Knochen vorgezeigt hat ... Jetzt ist die Polizei am See", erklärte sie und verzog den Mund, denn die Beamten hatten sie nur kurz befragt und dann trotz Protest weggeschickt, als hätten sie Sorge, Hannah könnte die Ermittlungen stören.

„Menschliche Knochen?"

Hannah nickte.

„Von einem echten Menschen?“

„Nein, menschliche Knochen von einem Schaf.“

Sie schmunzelte, während Christoph sich mit der Hand Luft zufächelte.

„Das gibt es doch nicht. Eine Leiche im See. Schon wieder.“

„Oder immer noch.“

„Du meinst …?“

„Na ja, die junge Frau, ich meine, das Mädchen haben sie damals nie gefunden, oder? Also muss sie noch im See liegen.“

Denn vor siebzehn Jahren hatte Hannahs bester Freund David beim Freitauchen eine Leiche im Rubinsee entdeckt. Da der Körper nie geborgen worden war, wusste niemand, wie alt die Verstorbene gewesen war. David hatte sie damals als Mädchen bezeichnet, später aber gesagt, sie hätte älter ausgesehen als er, der zu diesem Zeitpunkt gerade einmal elf gewesen war. Das hieß, die Verstorbene musste um die fünfzehn oder sechzehn Jahre alt gewesen sein.

„Falls damals tatsächlich ein totes Mädchen im See war“, fügte Hannah hinzu.

Nicht, weil sie es ernsthaft anzweifelte, sondern weil einen die Leute im Dorf ansahen, als wäre man ein Verschwörungstheoretiker, wenn man zu sehr davon überzeugt war, dass vor siebzehn Jahren ein Verbrechen unter den Tisch gekehrt worden war.

„Natürlich war da eine Leiche“, stellte Christoph fest und stieß hörbar die Luft aus. „Insgeheim wissen wir doch alle, dass an den Geschichten vom See etwas dran ist.“

„Bei den meisten bin ich mir nicht so sicher", murmelte Hannah und dachte an all die Schauermärchen, die ihre Oma ihr früher erzählt hatte und die von Wassernixen, verfluchten Bäuerinnen, ertrunkenen Jungfrauen und dem Tor zur Hölle gehandelt hatten.

„Aber bei *dieser* Geschichte schon", stellte Christoph fest.

„Du hast damals über den Fall berichtet, oder?", fragte Hannah, woraufhin Christoph in der Bewegung innehielt. Er arbeitete seit fast zwanzig Jahren als Mädchen für alles auf dem Gemeindeamt. Neben dem Verschicken von Briefen und Kaffeekochen gehörten auch die Dorfchronik sowie das Gemeindeblatt zu seinen Aufgaben, und wenn Hannah sich richtig erinnerte, hatte er in ebendiesem Flugblatt über die Leiche im See berichtet.

„Ja", sagte er bloß und schüttelte den Kopf.

„Was?"

„Nichts."

„Ach, komm."

„Ich habe mich nur an etwas erinnert", meinte er.

Jetzt schaute er Hannah direkt an. Sie konnte nicht sagen, *was* es war, doch irgendetwas in seinem Blick hielt sie davon ab, nachzubohren. Da war eine unausgesprochene Schwere, die sie von Christoph sonst nicht kannte.

„Dass das jetzt alles wieder hochkommt. Ich fasse es nicht", murmelte er. „Auf den Schock brauche ich etwas zu essen. Wir beide, nicht wahr? Ich habe noch eine Kleinigkeit im Kühlschrank."

Die Kleinigkeit entpuppte sich als riesiger Topf Gulasch. Während Christoph schweigend das Essen aufwärmte, holte Hannah sich einen Block samt Bleistift und setzte sich im Schneidersitz auf einen der Gartensessel, um ihre Gedanken zu sortieren. Wie sie es schon als Mädchen getan hatte, wenn ihr Kopf vor Informationen schwirrte, brachte sie alles in eine nachvollziehbare Ordnung. Meistens tat sie das nur in Gedanken, doch gerade wirbelten diese so sehr, dass sie die einzelnen Punkte niederschreiben musste. Folgendes wusste sie:

Erstens, vor siebzehn Jahren hatte ihr ehemaliger bester Freund David beim Freitauchen eine Leiche im Rubinsee entdeckt. Danach war es mit allem, inklusive ihrer Freundschaft, bergab gegangen. Hannahs schlechtes Gewissen hatte sie davon abgehalten, für ihn da zu sein. David musste geglaubt haben, dass sie sich schämte, mit ihm gesehen zu werden, ihn vielleicht sogar für verrückt hielt so wie die meisten ihrer Mitschüler. Dabei wusste sie, womöglich als Einzige, dass er sehr wohl die Wahrheit gesagt hatte. Doch damals hatten ihr der Mut oder die Kraft oder was auch immer es gewesen war, das sie gebraucht hätte, um ihre Stimme zu finden, gefehlt. Sie hatte ihn alleingelassen und ihre Freundschaft hatte sich nie davon erholt.

Zweitens, es hatte weder eine Vermisste noch Spuren gegeben, und die Taucher hatten die Leiche auch nach tagelanger Suche nicht gefunden. Da war es allzu einfach gewesen, die Aussage eines elfjährigen, traumatisierten Jungen als Lüge abzutun.

Drittens, David hatte nicht gelogen. Hannah schon. Aber weil das bis heute keiner wusste, hatte sie in Ruhe weiterleben können, während David von den hämischen Blicken und dem Geflüster der Leute aus dem Dorf getrieben worden war.

Viertens, zehn Jahre später hatte es einen Angriff auf Davids Mutter Rebecca gegeben, bei dem diese ihre Stimme und einen Teil ihres Geistes verloren hatte. Auch dieser Fall war nie aufgeklärt worden, und obwohl zwischen den beiden erfolglosen Ermittlungen zehn Jahre lagen, wurde Hannah das dumpfe Gefühl nicht los, dass sie zusammenhingen und dass das, was sie verband, der Rubinsee war.

Fünftens, in beiden Fällen war der leitende Beamte ein Polizist namens Franz Berger gewesen und Hannah fragte sich bis heute, ob er die Fälle wirklich nicht hatte lösen können oder in Wahrheit nicht hatte lösen *wollen*. Berger war vor fünf Jahren selbst verschwunden. Es hieß, er sei tot, aber genauso gut konnte er sich in irgendeinem Loch verstecken oder auf einer tropischen Insel seinen Ruhestand genießen.

Sechstens, Hannah hatte ihren Verdacht gegenüber Franz Berger bisher nur vor ihren Eltern geäußert. Diese hatten entgegnet, der alternde Polizist hätte keinen Grund gehabt, ein Verbrechen zu vertuschen. Aber das stimmte nicht. Denn Bergers Sohn Frankie hatte Bad Rubinsee genau zu der Zeit verlassen, als David die vermeintliche Seeleiche entdeckt hatte. Er war nicht mehr zurückgekehrt. Niemand wusste, warum ... Und vielleicht war dieses *Warum* die Antwort auf all die offenen Fragen.

Außerdem war Franz Bergers Waldhütte unweit des Rubinsees kurz vor dem Angriff auf Rebecca abgebrannt. Niemand wusste, wer sie angezündet hatte oder aus welchem Grund. Aber wenn man Hannah fragte, war es kein Zufall, dass das Feuer und der Anschlag auf Davids Mutter so nah beieinander lagen.

Das waren die Dinge, die Hannah wusste. Alles andere ahnte sie bloß.

„Essen ist fertig!", rief Christoph und reichte ihr eine Schüssel mit dampfendem Gulasch.

Eigentlich hatte Hannah keinen Hunger, doch sobald der Essensduft ihr in die Nase stieg, meldete sich ihr Magen grummelnd.

„Du bist wirklich ein Meisterkoch", lobte sie ihren Mitbewohner.

„Danke! Kochen ist eines meiner Talente!" Als er das sagte, schwoll Christophs Brust merklich an.

Hannah lächelte. „Ich hoffe, ich habe dich vorhin nicht aufgeregt. Mit der See-Sache, meine ich."

Christoph ließ sich Zeit mit einer Antwort. Langsam zog er den Löffel aus dem Mund. „Hast du nicht. Es ist nur … Ach, ich bereue einfach, wie die Sache damals gelaufen ist."

Nun horchte Hannah auf. „Dann denkst du auch, dass bei den Ermittlungen etwas faul war?"

„Etwas? Da war alles faul."

Nachdem ein paar Sekunden verstrichen waren, fragte sie: „Willst du wieder über den Fall berichten?"

„Ich glaube, dieses Mal werde ich mich raushalten und die richtigen Journalisten über die Sache schreiben lassen."

Er sah traurig aus, während er das sagte. „Und du, Hannah? Hältst du dich raus?"

„Ich bin ja keine Journalistin." Sie versuchte ein Lächeln, doch es misslang ihr. Nach einem Zögern fügte sie hinzu: „Ich ... Ich habe mich gefragt, ob David vielleicht zurückkommen wird.“

Der Gedanke verfolgte sie seit dem Knochenfund. Ach was, viel länger schon. Seit Jahren.

Würde David zurückkommen?

Würde Hannah eine Chance erhalten, ihm die Wahrheit zu sagen und sich zu entschuldigen?

Würde sie überhaupt den Mut dazu haben?

„Meinst du denn, er kann irgendwas zu den Ermittlungen beitragen? Es ist schließlich alles schon so lange her.“

„Aber er war es, der die Leiche gefunden hat. Vielleicht erinnert er sich an etwas. Und selbst wenn nicht ... Ich finde einfach, er hat eine Chance verdient, seinen Namen reinzuwaschen.“

„Hmm.“ Christoph nickte in Zeitlupe. Er ließ sich Zeit mit einer Antwort. Schließlich sagte er: „Ja. Es ist gut, wenn man noch die Chance hat, die Dinge richtigzustellen.“

Trauer klang aus seiner Stimme.

Gili Air, 2023
David

Das Schwarz des Horizonts war einer tiefvioletten Dämmerung gewichen, als David zu seinem ersten Freitauchgang des Tages aufbrach. Zu dieser frühen Stunde liebte er das Meer ganz besonders, weil es ihm allein gehörte. Ohne Touristen, ohne Schnorchelschüler.

Eine Schildkröte glitt unweit von ihm durch das türkisblaue Wasser. David ließ sich tiefer sinken, stets darauf bedacht, das Tier nicht durch eine schnelle Bewegung zu verschrecken. Schildkröten waren hier keine Seltenheit, trotzdem erfüllte ihn ihr Anblick jedes Mal mit Staunen. Fast so sehr wie die Touristen, die er täglich mit auf Schnorcheltouren nahm und die sich beim Anblick der Tiere in aufgeregte Kinder verwandelten.

Manchmal fühlte David sich selbst wie eine Schildkröte: an Land etwas unbeholfen und langsam, doch unter Wasser ganz in seinem Element. Tauchen bedeutete alles für ihn. Freiheit. Leben. Liebe.

Als die Schildkröte außer Sichtweite war, schraubte David sich weiter in Richtung Meeresgrund und ließ ein paar vereinzelte Luftbläschen aus seiner Nase entweichen. Hoch über sich sah er die Oberfläche, auf der sich das Sonnenlicht spiegelte. Unter ihm war alles blau. Kein Grund in Sicht, nur Wasser und Weite.

Mit geschlossenen Augen ließ er sich treiben und da, für einen kurzen Augenblick nur, spürte er sie, seine ständige Begleiterin, den Geist aus dem Rubinsee.

Und in ebendiesem Augenblick war es ihm, als sei er wieder der elfjährige Junge, der verängstigt gegen den Würgegriff des Sees ankämpfte, während der Blick des Mädchens – seines Geists – ihn in die Tiefe zog.

Kleine Bläschen hüllten sein Gesicht ein, als er die Luft ausstieß. Es war zum Verrücktwerden! So viele Jahre schon war er von zu Hause weg und wurde die Erinnerung an sie dennoch nicht los. Dabei wusste er nicht einmal, ob sie real gewesen war oder nur ein Hirngespinst, wie alle anderen es behauptet hatten.

Vielleicht war das seine Strafe dafür, dass er damals aufgegeben hatte. Dass er nicht gekämpft, nicht darauf bestanden hatte, dass die Taucher am richtigen Ort nach der Leiche suchten. Stattdessen war er weggelaufen, einen ganzen Ozean weit, und hatte den Rubinsee hinter sich gelassen.

Für immer.

Er hatte sich ein Leben aufgebaut. Eines ohne Geister und den See, ohne den Spott der Leute und den Schatten der Berge. Ohne schlechtes Gewissen – meistens zumindest. Und er würde alles dafür tun, dass das so blieb.

Während er zurück zum Ufer kraulte, ließ er zu, dass die Wellen die dunklen Erinnerungen abwuschen.

***

Als David einige Stunden später mit seiner Schnorcheltruppe aufbrach und die Strahlen der indonesischen Sonne seine Haut streichelten, hatte er seinen See-Geist wieder vergessen. Für den Moment zumindest.

David führte seine Truppe dorthin, wo die scheinbar versteinerten Paare warteten. Die Unterwasserstatuen waren ein im Jahr 2017 installiertes Kunstprojekt unweit des Strands von Gili Meno. Fünfzehn Paare aus Zement standen am Meeresgrund im Kreis. Zu ihren Füßen lagen, ebenfalls in einem Kreis, Menschen mit angewinkelten Beinen. Wenn man genau hinschaute, erkannte man, dass jede Skulptur einzigartig war. Die Männer und Frauen, die aufrecht standen und sich umarmten, genauso wie die einsamen Seelen am Boden.

In ihren Gesichtern lag etwas Trauriges – Sehnsucht, fand David. Vielleicht, weil sie gezwungen waren, bis in alle Ewigkeit regungslos am Meeresgrund zu verharren, während sie die Sonne über sich bloß erahnen konnten.

Das Meer war an dieser Stelle nicht besonders tief, sodass man die Lichtreflexe an der Oberfläche sehen konnte, wenn man den Kopf hob. Lippfische, Riffbarsche und Doktorfische tanzten um die Statuen herum.

Heute war er mit einer elfköpfigen Gruppe unterwegs: ein Pärchen aus Südamerika und eins aus Skandinavien, eine Familie aus Deutschland mit Sohn und Tochter, die fortwährend von ihrer übervorsichtigen Mutter zu hören bekamen, dass sie nicht zu weit vom Boot wegschwimmen durften, und drei italienische Freundinnen.

David blieb ein paar Minuten unter Wasser. Schaute zu, wie die Mitglieder seiner Schnorcheltruppe mal mit mehr, mal mit weniger Erfolg zu den Statuen schwammen, wie sie auf- und wieder untertauchten, Fotos von sich oder von den Fischen schossen.

Eigentlich war er ausgebildeter Tauchlehrer, in den letzten Wochen hatte er jedoch meistens Schnorchel-Trips wie diesen geleitet. Ihm sollte es recht sein. Ohne Sauerstoffflasche fühlte er sich im Wasser wohler und bei den Ausflügen lernte man immer interessante Menschen kennen.

Als die meisten Gruppenmitglieder aufgetaucht waren, ließ sich David bis zur Oberfläche treiben. Mit wenigen, festen Schwimmzügen hatte er das Motorboot erreicht, mit dem sie von Gili Air zur Schwesterinsel Meno gefahren waren, zog sich an der Reling hoch und half anschließend den zwei Skandinaviern, ins schwankende Boot zu klettern.

„Okay!", rief David der Gruppe zu, nachdem sie vollzählig waren und sich die Taucherbrillen vom Gesicht gestreift hatten. „Wir machen jetzt Mittagspause. Eine halbe Stunde, vielleicht eine ganze. Je nachdem, wie viel Zeit ihr zum Entspannen haben wollt. Danach geht es zurück nach Gili Air, wo wir noch eine Runde schnorcheln gehen. Mit etwas Glück sehen wir dort Schildkröten."

Die Gruppenmitglieder murmelten zustimmend, worauf Dedy, der heutige Bootsführer und Davids bester Freund, den Motor anließ und sie in Richtung der Insel lenkte. Fünf Minuten später machten die beiden Männer das Boot an einem Holzsteg fest und entließen ihre Gäste in die wohlverdiente Pause.

Während Dedy mit dem Kellner des Inselrestaurants plauderte – oder besser: flirtete –, machte David es sich im Schatten einer Palme gemütlich, streckte die Beine aus und schloss die Augen. Viele Jahre lang hatte er sich getrieben gefühlt, hatte nie länger an einem Ort bleiben können. Zu dunkel waren die Schatten, die ihn verfolgten, zu präsent der Geist aus dem Rubinsee. Doch hier, unter Palmwedeln und mit dem Rauschen des Meeres im Ohr, hatte er endlich so etwas wie Frieden gefunden.

Bad Rubinsee, 2023
Hannah

Am folgenden Tag fiel es Hannah schwer, sich auf ihre Arbeit zu konzentrieren. Immer wieder ertappte sie sich dabei, wie ihre Gedanken zu dem Knochen aus dem See wanderten, und zu der Person, zu der dieser Knochen einst gehört hatte.

Um sich abzulenken, holte sie sich einen Kaffee in der Büroküche. Koffein würde helfen. Koffein half immer. Neben dem Kaffeeautomaten stand Joe, der Teamleiter der Buchhaltungsabteilung, mit dem sie am Nachmittag einen Bewerber treffen würde. Wie immer trug er einen überteuerten Nadelstreifenanzug.

„Na, Hannah, gerüstet für das Interview?", fragte er.

„Sicher", antwortete sie, drückte auf den roten Knopf der Kaffeemaschine und wartete, während diese gurgelnd die Flüssigkeit ausspuckte.

„Ich habe ein gutes Gefühl bei dem jungen Mann, ein ganz gutes Gefühl. Wie hieß er noch gleich?"

„Karl."

In den letzten Wochen hatte Hannah Joe mehr als zwei Dutzend passende Bewerbungen weitergeleitet und fünf Kandidaten zum Interview eingeladen. Bisher hatte er an allen etwas auszusetzen gehabt: keine Berufserfahrung, falsche Ausbildung, nicht teamfähig, zu sehr von sich selbst überzeugt oder fehlende Leidenschaft für Buchungssätze, was auch immer das bedeuten mochte.

Dass Joe ausnahmsweise positiv gestimmt war, deutete Hannah als gutes Zeichen. Vielleicht wäre die unmögliche Suche nach dem Superman unter den Buchhaltungs-Kandidaten bald zu Ende.

Sie nahm sich ihren vollen Kaffeebecher, goss Milch ein und wollte schon zu ihrem Arbeitsplatz zurückkehren, als Joe das Thema wechselte: „Du hast es sicher auch gehört, alle reden darüber."

„Der Fund im See?“ Sie vermied es, ihm zu erzählen, dass sie dabei gewesen war, als der Knochen entdeckt worden war. Die Leute würden sich auch so genug das Maul zerreißen.

„Nach so vielen Jahren …“ Er schnalzte mit der Zunge. „Vielleicht war der Junge ja doch nicht verrückt.“

„Ich versichere dir, dass er das nicht war. Die Polizei hat sich nur nie die Mühe gemacht, ihm richtig zuzuhören.“

„Oh ja, habe ich vergessen. Ihr wart Freunde, nicht?“

Vergessen? Na klar. Als ob die Tatsache, dass Hannah und David befreundet gewesen waren, nicht der Grund wäre, warum Joe das Thema überhaupt ansprach.

Sein zufriedenes Grinsen wurde noch breiter, als er sagte: „Vielleicht stimmen die Schauermärchen und es liegen noch mehr Leichen in unserem schönen See.“

„Vielleicht.“ Nur mit Mühe gelang es Hannah, sich ein Lächeln abzuringen.

Unwissentlich hatte Joe Hannahs größte Sorge ausgesprochen. Was, wenn der Knochen gar nicht zu dem Mädchen gehörte, dessen Körper David vor siebzehn Jahren im See entdeckt hatte? Wenn die Geistergeschichten, die Sagen und Legenden doch einen wahren Kern hatten?

Die Gier des Sees. Hannah hatte so viele Erzählungen darüber gehört. Gemessen an der Anzahl an Schauergeschichten müsste man annehmen, dass eine halbe Busladung an Leichen im Wasser auf die Ewigkeit wartete. Die Leute redeten vom Rubinsee, als sei er ein denkendes, atmendes Wesen, das Menschen entführte, Teenager zu Missetaten überredete und sich in der Nacht in die Häuser der Dorfbewohner schlich, um ihre Gedanken zu verderben.

Aber Wasser entführte keine Menschen. Menschen entführten Menschen.

Wasser war nicht gierig. Wasser setzte niemandem sündige Gedanken in den Kopf. Wasser stahl nicht, tötete nicht, nahm sich nichts, was Menschen ihm nicht gaben, und trotz all der Geschichten, die sich um den Rubinsee rankten, war er am Ende nichts anderes als das: Wasser. Viel davon.

***

„Und du bist dir sicher, dass du mir nicht mehr über den Fall sagen kannst?"

Hannah hatte die Schuhe ausgezogen und saß mit angezogenen Knien auf ihrem Schreibtischsessel. Es war Freitagnachmittag, die zwei Kollegen, mit denen sie sich das Büro teilte, hatten bereits den Feierabend angetreten und es war offensichtlich, dass auch Michi, der Polizist am anderen Ende der Leitung, es eilig hatte, sein Wochenende zu starten. Doch nachdem er Hannah auf Anweisung seines Einsatzleiters gestern am See abgewimmelt hatte, hatte sie ihn versprechen lassen, ihr telefonisch ein paar Infos zu geben. Und sie würde ihn nicht von der Strippe lassen, ehe sie alles erfahren hatte, was sie konnte.

„Ich kann keine vertraulichen Informationen rausgeben. Ich habe dir sowieso schon zu viel erzählt."

„Du musst dir keine Sorgen machen. Ich bin gut darin, Vertrauliches vertraulich zu behandeln. Bringt der Job mit sich."

Sie hörte Michi seufzen. „Du machst es mir nicht leicht."

Hannah war sicher, dass er die Aufmerksamkeit insgeheim genoss. Abgesehen davon schuldete er ihr einen Gefallen, weil sie seinem jüngeren Bruder letztes Jahr ein Praktikum in der Marketingabteilung verschafft hatte. Obwohl Michi sich zierte, hatte sie bisher Folgendes in Erfahrung gebracht:

Erstens, bei dem Knochen, der im See gefunden worden war, handelte es sich um einen sogenannten *Os Femoris*, einen Oberschenkelknochen, und er war definitiv menschlich.

Zweitens, die Mordkommission war bereits eingeschaltet und hatte die Suche nach weiteren Knochen mit der Hilfe von Tauchern gestartet. Das gestaltete sich allerdings schwierig.

Der Tourist erinnerte sich nicht mehr daran, wo genau er den Knochen geborgen hatte, und beschrieb die Fundstelle als schlammigen Bereich irgendwo im Zentrum des Sees, wo Algen und anderes Gewächs wucherten. Er war mit einer Sauerstoffflasche tauchen gewesen, hatte aber keine Ahnung, wie tief. Das war in etwa genauso hilfreich wie überhaupt keine Information.

Und drittens, der Knochenfund reichte offenbar nicht als Indiz, um davon auszugehen, dass David vor siebzehn Jahren tatsächlich eine Leiche im See entdeckt hatte.

Michi betonte, als Polizist müsse man zuerst die Spuren untersuchen, bevor man Rückschlüsse zog. Er faselte auch irgendetwas von DNA-Analysen und der Bestimmung des Knochenalters, doch als Hannah nachfragte, konnte er ihr keine genauere Erklärung liefern.

Er sagte bloß: „Das unterliegt der polizeilichen Schweigepflicht."

Hannah interpretierte das als: *Ich habe keine Ahnung, was die Mordkommission eigentlich macht, aber das will ich nicht zugeben.*

„Komm schon, du kennst mich doch schon lange", versuchte sie, Michi zu überzeugen, ihr weitere Details anzuvertrauen.

„Was hat das damit zu tun?"

Alles, dachte Hannah. Auf dem Land zählte nichts mehr, als die richtigen Leute zu kennen. Doch sie sagte: „Dass du wissen müsstest, wie verschwiegen ich bin."

Michi stieß die Luft aus. Ob das ein Zeichen dafür war, dass er die Geduld mit ihr verlor?

„Also, eines kann ich dir vielleicht noch sagen: Der Chef versucht immer noch, die Medien hinzuhalten. Wir haben schon ein paar Anrufe von Journalisten bekommen. Die werden langsam ungeduldig."

„Habt ihr denen irgendwas erzählt?"

„Nein. Anordnung vom Chef. Außerdem fragen die nicht so nett wie du."

Obwohl sie ihn nicht sehen konnte, war sie sicher, dass Michi grinste.

„Auch so ein Nebeneffekt von meinem Job", meinte Hannah. Er sollte bloß nicht glauben, dass sie mit ihm flirtete. „Vielleicht wäre es gar nicht so schlecht, die Medien einzuschalten."

„Die behindern doch nur unsere Arbeit", schnaubte Michi.

Den Spruch hatte er vermutlich aus dem *Tatort* oder einer anderen Krimiserie im Fernsehen. Bei seiner täglichen Arbeit – Autofahrer blitzen und Vermisstenmeldungen für verlorene Brieftaschen aufnehmen – hielt sich das Medieninteresse sicher in Grenzen.

„Sie könnten euch auch helfen. Mehr Aufmerksamkeit erzeugen, potenzielle Zeugen erreichen", merkte Hannah an.

„Du meinst, so ein richtiger Medienaufruf?"

Sie öffnete den Mund, wollte Ja sagen, erinnerte sich dann daran, wie es vor siebzehn Jahren gewesen war. Damals hatte es einen Medienauflauf gegeben und das hatte, weiß Gott, nicht geholfen.

„Vielleicht habt ihr recht und es ist wirklich besser, die Medien rauszuhalten. Aber solltet ihr nicht wenigstens die Leute von damals kontaktieren?", fragte sie darum.

„Das wäre zu früh. Wir wissen ja noch nicht, ob die zwei Fälle zusammenhängen. Außerdem ist es leicht, die Leute im Dorf zusammenzutrommeln, sollten wir doch Fragen haben."

Ein Abbild tugendhafter Polizeiarbeit. Hannah verdrehte die Augen. „Was ist mit denen, die nicht hier sind?"

„Wer wäre das?"

„David zum Beispiel."

„Hmmm ... Ja, vielleicht machen wir das."

Das klang nach einem Nein.

„Oder Frankie", fügte sie hinzu, wohl wissend, dass niemand im Dorf eine Ahnung hatte, wo Frankie, der Sohn des ehemaligen Polizisten Franz Berger war.

Noch so ein Geheimnis des Sees. Hannah hielt es für mehr als einen merkwürdigen Zufall, dass der Sohn des leitenden Ermittlers ausgerechnet während der Untersuchungen vor siebzehn Jahren verschwunden war. Angeblich von zu Hause weggelaufen, weil er es mit seinem herrschsüchtigen Vater nicht mehr ausgehalten hatte. Durchaus vorstellbar, wenn sie an Franz Berger und dessen kalten Blick oder laute Stimme dachte und an seinen Sohn Frankie, der mit Lederjacke und Wuschelhaaren durch das Dorf lief und viel zu sanft wirkte, um der Sohn des Polizisten zu sein. An seiner Stelle wäre Hannah auch weggelaufen.

Aber natürlich munkelten die Leute trotzdem – was, wenn Frankie gar nicht abgehauen war? Wenn er Bad Rubinsee in Wahrheit nie verlassen hatte? Wenn er tot war? Wenn der gierige See ihn zu sich geholt hatte?

„Ich werde es mal im Team einbringen", antwortete Michi nach ein paar Sekunden.

Das war ein Nein. Eindeutig.

„Du, Hannah, ich kann dir echt nicht mehr erzählen und ich muss jetzt auch los. Hab noch einen schönen Freitagabend, ja?"

„Klar, du auch. Hältst du mich auf dem Laufenden?"

In Michis Antwort schwang ein Lächeln mit. „Die Polizei, dein Freund und Helfer. Immer gerne zu Diensten! Tschüss, Hannah."

„Tschüss."

Er hatte nicht Ja gesagt.

Champaign, Illinois, 2023
Frankie

Frankie machte einen Kopfsprung in das Schwimmbecken und kraulte los. Es war noch früh, erst sieben Uhr morgens, und das Hallenbad war wie ausgestorben. Nur Frankie und ein Bademeister, der den Chlorgehalt maß, waren hier.

Es war die ideale Zeit für das tägliche Schwimmtraining. Bevor der Tag begann, ohne von anderen Badegästen oder ungewollten Gedanken gestört zu werden.

Die vergangene Nacht war von wüsten Träumen geprägt gewesen. Von dunklen Tannenzweigen, einer Hütte im Wald und von einem See, der rot schimmerte. Es hatte Frankie nervös gemacht. All diese Bilder gehörten zu einem alten Leben. Einem, das vorbei war.

Heute erfüllte das Training nicht seinen erhofften Zweck. Normalerweise traten die Erinnerungen mit jedem Schwimmzug und jedem kraftvollen Beinschlag weiter in den Hintergrund, bis sie irgendwann vom Wasser weggespült wurden. Heute jedoch hielten sie sich hartnäckig, trotz all der Jahre und der Tatsache, dass Frankie einen ganzen Ozean zwischen sich und die Erinnerungen gebracht hatte und zum Studieren in eine kleine Stadt in Illinois gezogen war. Nach Champaign – wie der Champagner, aber weniger prickelnd. Das war nun Frankies Leben. Ein Ort im mittleren Westen, umgeben von Maisfeldern. Ein Zimmer unterm Dach in einem windschiefen Holzhaus, das Frankie sich mit einem mexikanischen und zwei asiatischen Kommilitonen teilte.

In Champaign gab es keine Berge, nicht einmal richtige Hügel. Auf dem Universitätsgelände und in der nächstgelegenen Stadt gab es kleine Teiche, in denen man mit einem Kanu paddeln konnte. Keiner war tief oder sauber genug, um darin zu schwimmen. Das Teichwasser war hellblau, ganz anders als der See aus

Frankies Erinnerung, dessen Oberfläche undurchdringlich dunkel wirkte, fast schwarz, und der abends rötlich glühte. Ein Höllensee.

Und obwohl dieser Ort so weit weg von dem roten See und den dunklen Bergkämmen war, wie nur möglich, fanden die Erinnerungen immer wieder einen Weg zurück.

So griff Frankie nach Ende des Schwimmtrainings zum Tagebuch. Es war ein Vorschlag des Therapeuten gewesen. Um den Überblick über Realität und Hirngespinst nicht zu verlieren, würde es helfen, den Tagesablauf und alle Gedanken regelmäßig niederzuschreiben. Damals – vor mehr als fünfzehn Jahren – hatte Frankie über diesen Vorschlag die Augen verdreht und sich nur widerwillig breitschlagen lassen. Doch der Therapeut hatte recht behalten. Das Tagebuch hatte wirklich geholfen, und wenn schon das Wasser heute seinen Zweck nicht erfüllte, würden es hoffentlich Stift und Papier tun:

Tagebucheintrag 375
Die Bilder vom See verfolgen mich. Manche sind dunkel und kalt, aber am meisten tun die schönen Erinnerungen weh. Die an dich. An deine Augen, in denen ich so oft versunken bin und die mich an den Grund des Sees erinnerten. An deine Berührungen. An deine Lippen auf meiner Haut, deinen Herzschlag an meinem Ohr, deine Hand in meiner.
Daran, wie wir die Füße ins kalte Seewasser gestreckt und gewettet haben, wer es länger aushält, bis die Ze-

hen taub werden. Wie wir mit dem Boot hinausgerudert sind und ein Picknick in der Mitte des Sees gemacht haben, umgeben von Himmel und Wasser.
Blau über uns, Blau unter uns.
Es ist ungesund für mich, an diesen Momenten festzuhalten. Weil ich weiß, dass es keinen Weg zurück gibt. Aber heute fällt es mir besonders schwer, nicht daran zu denken.
Wegen Xia. So heißt meine neue Mitbewohnerin. Sie ist eine Austauschstudentin aus Shanghai. Seit Dienstag lebt sie bei uns. Sie redet viel und sie ist neugierig.
Ich habe ihr eine Tour durch unser Haus gegeben und in meinem Zimmer sah sie eines meiner alten Tagebücher aufgeschlagen auf dem Bett liegen. Ein paar Worte muss sie aufgeschnappt haben, denn ehe ich das Tagebuch zuklappen konnte, fragte sie: Wer ist Soleil?
Weißt du, was ich gesagt habe? Das ist niemand. Soleil gibt es nicht mehr.
In diesem Moment brannten meine Augen und ich musste den restlichen Abend an dich denken, an den See und an die Hütte im Wald.
Die Wahrheit ist: Obwohl ich jetzt den Ursprung meiner Erinnerungen kenne und trotz der Entfernung zwischen mir und dem, was früher war – Ich vermisse dich. Noch immer.
Langsam frage ich mich, ob ich jemals damit aufhören werde.
Frankie

Im Anschluss an das Telefonat mit Michi fuhr Hannah ins Pflegeheim, um Rebecca ihren wöchentlichen Besuch abzustatten.

Rebecca hatte ein Eckzimmer, was gut war, da sie dadurch Fenster nach Süden und Westen hatte. Mehr Sonne. Mehr Blickwinkel, um die Welt um sich herum zu betrachten, während ihr eigenes Leben stillstand.

Das Fenster Richtung Süden ging in den Vorhof, in dem sich die Bewohner des Heims zum Kartenspielen oder mit ihren Familien trafen. Das Richtung Westen zeigte den Parkplatz und, wenn man dem Straßenverlauf rund hundert Meter folgte, den Supermarkt.

Abgesehen davon glich Rebeccas Zimmer allen anderen. Ein Pflegebett stand in der Mitte, daneben ein rollbares Nachtkästchen. Ein Schrank und ein kleiner Tisch mit zwei Stühlen an der Wand waren in hellem Holz gehalten. Von der Decke baumelte ein Lampenschirm, der viel zu modern für die ansonsten altmodische Einrichtung wirkte.

Rebeccas Schwägerin hatte das Zimmer dekoriert, ein Zierdeckchen auf die Kommode gelegt, Vorhänge mit Blümchenmuster ausgesucht und eine altmodische Vase mit getrockneten Blumen auf dem Fensterbrett drapiert. Hannah bezweifelte, dass irgendetwas davon Rebeccas Geschmack entsprach, und obwohl diese weder den Raum noch die Dekoration zur Kenntnis nahm, störte es Hannah.

Wenn man sie fragte, waren das einzig Schöne an diesem Raum die Fotos an den Wänden. Da waren Rebeccas Hochzeitsfoto und ein Bild von ihr als junge Mutter mit Baby David auf dem Arm oder eines von David bei der Einschulung, eine Schultüte in der Hand und mit Hannah an seiner Seite. Auf dem Bild trug Hannah ihr Lieblingskleid mit dem Gänseblümchenmuster.

Wie meistens, wenn Hannah zu Besuch kam, saß Rebecca in ihrem Rollstuhl an einem der Fenster und schaute nach draußen, während das Sonnenlicht ihre Wange streichelte. Eine der Pflegerinnen musste sie dort platziert haben. Sie trug ein altmodisches hellblaues Kleid, das wie ein Sack an ihrem drahtigen Körper hing. Ihre mittlerweile ergrauten Haare waren zu einem ordentlichen Zopf gebunden.

„Hallo, Rebecca. Wie geht's dir?", begrüßte Hannah sie. „Schau, ich hab dir Blumen mitgebracht."

Während sie den Strauß Wildblumen in einer Vase drapierte, plauderte sie unablässig, erzählte Rebecca von dem Vorstellungsgespräch, das sie am Nachmittag geführt hatte, von Christophs wenig erfolgreichem Versuch, das Wohnzimmer neu zu dekorieren, und von ihren Eltern, die überlegten, sich einen Border Collie anzuschaffen.

„Die beiden wollten eigentlich nie Haustiere. Als ich klein war, habe ich sie angefleht, mir einen Hund oder eine Katze zu kaufen. Aber sie sind streng geblieben. Jetzt wollen sie plötzlich einen Hund. Ich glaube, das wäre sowas wie ein Ersatzenkelkind. Wenn ich es schon nicht auf die Reihe kriege, einen Mann zu finden und echte Enkelkinder für sie zu machen."

Nicht, dass Hannahs Mutter ihr das jemals vorgehalten hätte, doch der sehnsuchtsvolle Blick, mit dem sie jedem Kinderwagen hinterherschaute, sprach Bände.

Hannah stellte die Vase mit den Blumen auf das Fensterbrett und zog einen Stuhl heran, sodass sie sich neben Rebecca setzen konnte. Die hob leicht den Kopf, nicht genug, um Hannah ins Gesicht zu schauen, aber es reichte, um sie wissen zu lassen, dass Rebecca ihre Anwesenheit bemerkte. Diese winzige Bewegung war das Maximum an Kommunikation, das Rebecca je zeigte.

„Mama lässt dich übrigens schön grüßen."

Hannahs Mutter Nora fragte regelmäßig nach Rebecca und ließ ihr Grüße ausrichten. Dass Hannah der stummen Frau seit Jahren einmal die Woche einen Besuch abstattete, während sie selbst höchstens alle paar Monate vorbeikam, schien sie mit einer Mischung aus Stolz und Scham zu erfüllen. Immerhin waren Nora und Rebecca früher beste Freundinnen gewesen, genau wie Hannah und David.

Unwillkürlich wanderte Hannahs Blick zurück zur Fotowand, an der auch ein Bild ihrer Mutter mit Rebecca hing, das vor fünfzehn oder zwanzig Jahren aufgenommen worden war. Beide lachten, Hannahs Mutter etwas schüchtern, Rebecca dafür umso breiter. Mit ihren blutroten Lippen und in ihrem schicken Kleid wirkte sie nicht wie jemand, der nach Bad Rubinsee gehörte, sondern als hätte man einen Filmstar von der Kinoleinwand gezupft und in dem kleinen Dorf deplatziert.

Als Hannah in der Grundschule war, hatte sie Rebecca für die schönste aller Frauen gehalten. Wenn sie bei David zu Besuch gewesen war, hatte sie ihr manchmal heimlich dabei zugeschaut, wie sie sich schminkte oder die Haare kämmte. Einmal hatte Rebecca sie dabei erwischt. Anstatt sie auszuschimpfen, hatte sie gelacht.

„Hat deine Mama dir schon mal gezeigt, wie man richtig Lippenstift aufträgt?", hatte sie gefragt und Hannah ins Badezimmer gewinkt, wo sie ihr die Lippen rot nachgezogen hatte.

„Rouge Femme. So heißt die Farbe", hatte Rebecca geflüstert, und Hannah war zu trunken vom Duft ihres Parfums gewesen, um irgendetwas zu antworten.

Den ganzen Tag lang hatte sie sich selbst verstohlene Blicke im Spiegel zugeworfen und sich gefragt, ob sie jemals so schön sein würde wie Rebecca. Als sie abends nach Hause gekommen war, hatten ihre Eltern sie ausgelacht und gefragt, ob sie mit David Verkleiden gespielt hätte.

Im Vergleich zu Rebecca war Hannah ihre eigene Mutter langweilig vorgekommen. Nora hatte krauses dunkelbraunes Haar, genau wie Hannah. Ihre braunen Augen hingegeben hatte sie von ihrem Vater geerbt.

Eines Tages, das hatte Hannah sich damals vorgenommen, wollte sie sein wie Rebecca. So schön, so laut, so anders als all die anderen im Dorf. Sie würde alle Blicke auf sich ziehen, roten Lippenstift auftragen und lachen, als wohnte der Sonnenschein in ihrer Stimme.

Nur, dass Rebecca mittlerweile nichts mehr von alledem war. Und Hannah war nichts davon geworden.

Sie räusperte sich, um die tristen Gedanken zu vertreiben. Auf Rebeccas Kommode lag ein kleiner Stapel Briefe, den die Heim-Sekretärin für sie hinterlassen haben musste. Hannah hob sie hoch.

„Du hast Post bekommen. Ist es okay, wenn ich sie für dich aufmache?", fragte Hannah.

Sie wartete einen Moment ab. Obwohl Rebecca nicht antworten würde, fühlte Hannah sich besser damit, zumindest nach ihrer Zustimmung zu fragen.

„Okay, dann schauen wir mal, wer dir geschrieben hat."

Zwei der Briefe waren Werbung, der dritte eine Meldung der Bank bezüglich einer neuen Debitkarte – als ob Rebecca eine Bankomatkarte gebraucht hätte. Darunter lag etwas Besonderes.

„Du hast eine Postkarte bekommen."

Es war eigentlich keine richtige Karte, sondern ein Polaroidfoto von Palmwedeln vor einem babyblauen Himmel. Hannah wusste, ohne den Poststempel zu lesen, von wo aus sie geschickt worden war: Gili Air, Indonesien.

David.

Er schrieb seiner Mutter nur alle paar Wochen. Hannah glaubte nicht an Schicksal, doch dass seine Karte ausgerechnet heute eingetroffen war, einen Tag nach dem Knochenfund, fühlte sich trotzdem bedeutsam an.

Sie fühlte ein Kribbeln unter ihren Fingernägeln, als sie das Polaroid umdrehte und las:

Wenn die Sonne untergeht, färbt sich das Meer orange und die Wolken werden rosarot. Das erinnert mich an zu Hause. Ich wünschte, du könntest hier sein. David.

„Von David. Ihm geht es gut", sagte Hannah. „Er beschreibt den Sonnenuntergang und sagt, dass er dich vermisst."

Sie suchte nach einer Spur von Freude oder irgendeiner Emotion in Rebeccas Gesicht, fand nichts. Ihr Blick lag auf Hannahs Gesicht, aber sie schien sie nicht wirklich zu sehen. Als ob Hannah durchscheinend wäre.

„Es gibt da etwas, das ich dir erzählen möchte." Hannah rückte ein Stück weiter zu ihr vor. „Sie haben einen Knochen im See gefunden. Von einem Menschen."

Hannah hielt die Luft an, während sie Rebeccas Gesicht studierte. Es war naiv, doch etwas in ihr hoffte, diese Nachricht würde ihr zum ersten Mal seit Jahren eine Reaktion entlocken. Es kam keine. Natürlich nicht.

***

Statt des direkten Wegs nach Hause, einem Fußmarsch von weniger als einer Viertelstunde, nahm Hannah einen Umweg am Dorfrand entlang. Zwischen Wiesen und dem Waldrand hoffte sie, einen klaren Kopf zu bekommen.

Sie hatte Davids Polaroid aus Indonesien in ihre Jackentasche gesteckt und strich gedankenverloren mit dem Zeigefinger die Ränder entlang.

Gili Air.

Den Postkarten nach zu urteilen, war David schon seit über einem Jahr dort, eine Rarität für einen Zugvogel wie ihn. Davor waren seine Karten von immer wechselnden Reisezielen gekommen, mal aus Kambodscha, mal aus Thailand, Australien oder Mexiko. Hannah hatte Gili Air im Internet recherchiert und Bilder von endlosen weißen Sandstränden, von Palmen und einem türkisblauen Meer gefunden.

Es war die kleinste von drei Inseln unweit der balinesischen Küste und war als Taucherparadies bekannt, vor dessen Küste Korallenriffe lagen. Hannah hatte gelesen, dass auf der Insel keine Autos erlaubt waren, sodass man sich mit Pferdekutschen, auf dem Rad oder zu Fuß fortbewegte.

Sie hatte sich die Insel vorgestellt. Die Pferdekutschen, die Palmen und Sandstrände, vor allem jedoch David.

Nachdem er mit fünfzehn in ein Internat in der Hauptstadt gezogen war, hatte Hannah ihn bloß noch in den Sommerferien gesehen und auch dann nur im Vorbeigehen. Denn damals waren sie bereits keine Freunde mehr gewesen.

Hannah hatte sich oft gefragt, wann genau es passiert war, dass ihre Freundschaft so endgültig auseinandergebrochen war. War es geschehen, gleich nachdem die Ermittlungen eingestellt worden waren, weil Hannah es aus schlechtem Gewissen versäumt hatte, David beizustehen? Oder waren es die vielen kleinen Momente danach gewesen, in denen er allein auf dem Schulhof gestanden und Hannah es nicht über sich gebracht hatte, auf ihn zuzugehen? Schon damals hatte sie ihm die Wahrheit sagen und sich entschuldigen wollen, aber der Mut hatte ihr gefehlt. Je mehr Zeit vergangen war, desto stärker hatte David sich zurückgezogen und desto unnahbarer hatte er auf Hannah gewirkt. Sie war überzeugt gewesen, dass er wütend auf sie war, weil ein Teil von ihm instinktiv verstanden haben musste, dass sie mehr über das Mädchen im See wusste. Dabei war er vermutlich ebenso unsicher wie sie gewesen und hatte sich nicht getraut, den ersten Schritt auf Hannah zuzumachen, um den winzigen Riss zu überwinden, der sich zwischen ihnen gebildet hatte. Bis dieser Hannah irgendwann wie eine unüberwindbare Kluft erschienen war.

Direkt nach dem Schulabschluss hatte er das Land verlassen, um die Welt zu bereisen. Erst hatte es geheißen, er würde nur ein Jahr Auszeit nehmen, dann zwei, dann drei ... und obwohl Hannah ihn nie vergessen hatte, war er für lange Zeit zu einer Randfigur in ihren Gedanken geworden.

Bis er plötzlich wieder aufgetaucht war. Vor sieben Jahren zur Beerdigung seines Vaters. Hannah hatte gewusst, dass der an Krebs erkrankt gewesen war. Das ganze Dorf hatte das. Hannahs Mutter hatte damals für Rebecca Lasagne und Eintopf und Braten mit Soße gekocht, alles in Folie eingeschlagen und es der Trauerfamilie vor die Haustür gestellt.

Hannah hatte sich gewundert, dass David seinen kranken Vater nie besucht hatte, und als er nach dessen Tod ins Dorf zurückgekommen war, war es ein kleiner Schock gewesen, ihn wiederzusehen, denn er hatte sich völlig verändert.

Sie erinnerte sich genau an den Moment am Friedhof. David, eingerahmt von seiner Mutter und seinem Onkel, die Hände vor dem Bauch verschränkt und irgendwie fehl am Platz. Er passte nicht dazu, weder an diesen Ort noch in seine Familie. Alle hatten das gesehen und darüber geflüstert.

Hannah hatte das geärgert und doch hatte auch sie ihren Blick genauso wenig von ihm abwenden können wie die anderen, hatte sich während des Trauergottesdiensts immer wieder dabei ertappt, wie sie ihn heimlich beobachtete. Diese exotische Fata Morgana inmitten des schwarzen Meers aus Trauernden.

Er trug einen Anzug, in dem er sich sichtlich unwohl fühlte. Seine Haut war so braungebrannt, dass er allein deshalb aus der Menge blasser Gesichter herausstach, und seine hellen Haare hatte er zu Dreadlocks gedreht, die ihm in einem Bündel auf dem Kopf saßen. Er war gewachsen, überragte seine Mutter um eine ganze Kopflänge, und hatte breite Schultern.

Im ersten Moment hatte Hannah sich gefragt, ob das wirklich David sein konnte. Doch als sie an der Reihe war, ihm die Hand zu schütteln und ihr Beileid auszusprechen, hatte sie seine Augen gesehen, die noch immer die Farbe des Meeres hatten, und sein Lächeln, das traurig und schüchtern zugleich wirkte, und sofort hatte sie sich in der Zeit zurückversetzt gefühlt.

Sie hatte mit ihm reden wollen, an diesem Tag, ihm alles erklären, ihn fragen, wie es ihm ging. Doch irgendetwas hatte sie davon abgehalten. Eine Nervosität, die von ihr Besitz ergriffen hatte, sobald sie sich innerlich dazu bereit machte, auf ihn zuzugehen. Morgen, hatte sie sich am Ende der Trauerfeier versprochen, morgen würde sie mit ihm sprechen.

Ihm die Wahrheit sagen. Ihre alte Lüge beichten und ihn um Verzeihung bitten.

Aber ein Tag war verstrichen und dann noch einer, und als sie schließlich an der Haustür der Königs geklingelt hatte, hatte Rebecca ihr mit gespieltem Lächeln erklärt, dass David bereits wieder abgereist war.

Hannah war zu spät gekommen. Ihre Chance, sich zu entschuldigen, hatte sie verpasst.

Zumindest hatte sie das geglaubt. Bis gestern der Knochen im Rubinsee aufgetaucht war – wie die Verheißung einer zweiten Chance.

Der Fund bewies, dass David damals die Wahrheit gesagt hatte. Er musste zurückkommen, wenn schon nicht, um seinen Namen reinzuwaschen, dann aus Neugierde.

„Warum willst du wirklich, dass David wiederkommt?", hatte Christoph sie gestern gefragt. „Wegen dem Fall? Wegen Rebecca?"

Natürlich, wiederholte Hannah ihre Antwort nun in Gedanken. *Er soll für seine Mutter zurückkommen und um den Fall aufzuklären. Nur darum.*

Doch während sie am Waldrand entlangspazierte und an Davids trauriges Lächeln bei der Beerdigung dachte, war sie sich nicht mehr so sicher, ob das die ganze Wahrheit war.

Gili Air, 2023
David

David saß im Schneidersitz vor seiner Hütte und drückte mit dem Daumen auf sein rechtes Nasenloch, während er durch das linke einatmete. Mit geschlossenen Augen fühlte er in seinen Körper hinein, spürte, wie der Sauerstoff durch seine Lunge und in den Bauchraum wanderte, wie sich seine Bauchdecke hob, während sein Herzschlag mit jedem Atemzug langsamer wurde.

Ein paar Sekunden lang hielt er die Luft an und lauschte dem Zirpen der Grillen, die wie jeden Abend nach Sonnenuntergang ein Konzert aufführten. Dann

wechselte er den Druck seiner Finger von der rechten
zur linken Seite seiner Nase und ließ die Luft langsam
entweichen, bis es sich anfühlte, als würde sein Bauch-
nabel die Wirbelsäule berühren.

Einatmen.

Luft anhalten.

Ausatmen.

Einatmen.

Und dabei immer die Seite wechseln. Sein ehemaliger
Tauchlehrer hatte ihm beigebracht, dass diese Form
der Wechselatmung perfekt war, um die Lunge für das
Freitauchen zu trainieren. Denn um mehrere Minuten
unter Wasser zu bleiben, musste David seinen Puls verlangsamen, und das schaffte er nur durch die richtige
Atmung.

Außerdem hatte die Übung den angenehmen Nebeneffekt, dass sie Davids Kopf frei machte, dass sie alle Gedanken fliegen ließ, bis da nur noch das Zirpen der Grillen und die Dunkelheit hinter geschlossenen Augenlidern waren.

Doch alle Gedanken flogen nicht davon. Leider.

In dem Moment, wenn David sich völlig entspannte
und seine innere Schutzmauer fallenließ, blitzte ein
Bild in seinen Gedanken auf. Das Gesicht eines etwa
sechzehnjährigen Mädchens, dessen Haut so hell war
wie Porzellan. Grüne Augen, groß wie die einer Puppe,
blondes Haar, das im Wasser um sein Gesicht tanzte.
Ein stummer Schrei auf seinen Lippen.

David versuchte, das Bild zu verdrängen, weiter zu atmen, als wäre nichts gewesen. Aber es half alles nichts.
Sofort beschleunigte sich sein Puls. Die Ruhe war weg.

„Verdammt!"

Es war, als hätte das Mädchen im See einen Teil von ihm gestohlen und mit sich auf den Grund gezogen, während sich im Austausch ein Teil von ihm in Davids Verstand eingenistet hatte.

Ganz egal, wie viele Jahre verstrichen, er wurde sie nicht los. Sie begleitete ihn auf seiner Reise um den Globus, kroch in seine Träume und malte ihr Antlitz auf die Rückseite seiner Augenlider. Er hatte gedacht, die Erinnerung an sie abschütteln zu können, wenn er nur weit genug vom Rubinsee entfernt war. Doch selbst jetzt, umringt von Palmen und Hibiskusbüschen, war sie da.

Bad Rubinsee, 2023
Hannah

Am nächsten Morgen erwartete Christoph Hannah mit einem Frühstück, das einem Fünf-Sterne-Restaurant würdig gewesen wäre. Auf dem Küchentisch türmten sich Rührei mit Gemüse, Pancakes, frische Croissants vom Bäcker, Obstsalat, Mangosaft, Kaffee und etwas Grünes, das vermutlich ein Smoothie sein sollte, aber die Konsistenz von Brei hatte.

„Womit habe ich das verdient?", fragte Hannah lachend.

„Damit, dass du die beste Mitbewohnerin bist!" Christoph grinste von einem Ohr zum anderen. „Und außerdem ist es eine verspätete Entschuldigung dafür, dass ich in den letzten Tagen ein bisschen Unordnung in unser trautes Heim gebracht habe."

Hannah verkniff es sich, ihn darauf hinzuweisen, dass das Wohnzimmer nach wie vor ein chaotisches Durcheinander war.

Während sie versuchte, sich zu entscheiden, mit welcher Leckerei sie anfangen sollte, stellte Christoph seinen Laptop vor sie.

„Schau, was ich gefunden habe!" Er hatte eine Seite aufgerufen, auf der Preise für Auslandsflüge miteinander verglichen wurden. Abflughafen München, Zielflughafen Denpasar. Lag das nicht auf Bali?

„Was ist das?"

„Flüge", stellte Christoph fest und goss ihr eine Tasse Kaffee ein.

„Das sehe ich."

„Na dann."

„Warum hast du Flüge rausgesucht? Willst du verreisen?", präzisierte Hannah ihre Frage.

Sie stellte sich absichtlich dumm. Dass Christoph Flüge nach Bali gesucht hatte, konnte nur eines bedeuten.

„Die sind nicht für mich, sondern für dich. Und sie sind nicht mal besonders teuer. Also, wenn man bedenkt, wie weit du fliegst, meine ich."

„Du findest also, ich soll zu David fliegen?"

Anstatt zu antworten, schaufelte Christoph eine große Portion Rührei auf ihren Teller.

„Als wir vorgestern darüber gesprochen haben, warst du nicht überzeugt davon, dass David zurückkommen sollte."

Christoph zuckte die Schultern und platzierte ein Croissant auf dem Eierberg.

„Das war ja auch ein spontanes Gespräch. Da hatte ich noch keine Zeit, richtig über die Sache nachzudenken", erwiderte er.

„Und in der Zwischenzeit hast du darüber nachgedacht?"

„Ja."

„Und du willst, dass ich nach Indonesien reise?"

„Genau."

„Das ist verrückt." Mehr als das, es war vollkommen durchgeknallt. Um den halben Erdball zu fliegen, um jemanden zu suchen, mit dem sie das letzte Mal richtig gesprochen hatte, als sie elf Jahre alt war, und von dem sie nicht einmal eine Adresse hatte. Ganz abgesehen davon, dass sie gar keine Zeit hatte. Ihr Terminkalender platzte aus allen Nähten.

„Stimmt", gab Christoph zu. „Aber manchmal sind die verrückten Sachen die Richtigen."

„Ich weiß doch gar nicht, ob David überhaupt zurückkommen will."

„Und wenn du ihn nicht fragst, wirst du es auch nie erfahren. Hast du denn seine Telefonnummer? Eine E-Mail-Adresse?"

Hannah schüttelte den Kopf.

„Oder kennst du jemanden, den du nach seiner Telefonnummer fragen kannst?"

Christoph kannte die Antwort auf seine Frage bereits. David hatte die Verbindung zu seinem alten Leben so gründlich abgebrochen wie möglich. Die einzige Person, die von ihm hörte, war Rebecca, und auch die nur in Form von Postkarten.

Christoph nickte wissend. „Siehst du. Also wirst du ihn persönlich bitten müssen, zurückzukommen."

„Hmmm", grummelte Hannah. Christophs Logik war ebenso simpel wie undurchdacht.

„Du wirkst nicht überzeugt", stellte er fest.

„Weil das alles nicht so einfach ist."

„Wieso nicht?"

„Weil ... Na, was soll ich David denn sagen, wenn ich ihn treffe? Er würde mich doch für eine Verrückte halten. Außerdem muss ich arbeiten."

Christoph winkte ab und rollte mit den Augen. „Also erstens sagst du ihm dasselbe wie mir vorgestern. Dass er zurückkommen soll, um seine zweite Chance zu nutzen, oder etwas in der Art. Wenn du willst, helfe ich dir, eine Rede vorzubereiten. Wie du weißt, habe ich Talent im Umgang mit Worten."

Hannah nahm einen Schluck Kaffee, um ihr Lachen zu unterdrücken. Christoph hatte für so ziemlich alles Talent, wenn man Christoph fragte.

„Zweitens macht es nichts, wenn er dich für verrückt hält. Das bist du ja auch ein bisschen."

„Hey!", protestierte sie mit erhobenem Löffel.

„Und drittens willst du mir doch nicht ernsthaft erzählen, dass du dir nicht mal ein paar Tage Urlaub nehmen kannst. Der arme Junge weiß vermutlich gar nicht, was hier gerade passiert."

Die großen Medien hatten offenbar noch immer nichts von dem Fund aufgeschnappt. Nur Lokalblätter berichteten darüber und auch die nur in Form von knappen Seitennoten.

„Die Gemeinde will nicht, dass zu viel über den Fund berichtet wird, bevor die Polizei Genaueres weiß", erklärte Christoph.

„Wer genau will das nicht?"

„Der Bürgermeister. Die Hoteliers. Die Gastwirte …" Christoph zuckte die Schultern. „Offiziell heißt es, man wolle den Leuten keine unnötige Angst machen."

„Und inoffiziell?"

„Macht sich eine Leiche im See für den Tourismus nicht besonders gut", vervollständigte er ihren Satz.

„Glaubst du, dass sie den Fall wieder unter den Tisch kehren werden?"

Der Appetit war Hannah plötzlich vergangen. Trotzdem zwang sie sich, ein paar Bissen vom Rührei zu nehmen. Christoph zuliebe.

„Im Moment ermitteln sie noch. Aber wer weiß …" Er seufzte. „Besonders ernst scheinen sie das Ganze nicht zu nehmen. Gestern hat der Bürgermeister seine Sekretärin Statistiken über die Anzahl von Leichen, die in jedem See liegen, ausdrucken lassen, und dann irgendwas davon gefaselt, dass die meisten Seeleichen Selbstmörder seien … Du weißt ja, wie er ist. Ich glaube, er meint es nicht mal böse. Er will einfach nicht wahrhaben, dass sein hübsches Bad Rubinsee irgendetwas anderes ist als das Paradies auf Erden. Aber falls die Taucher etwas finden und falls das, *was* sie finden, wirklich mit dem Fall von damals zu tun hat, dann sollte David hier sein. *Er* hat wenigstens noch die Chance, mitzuerleben, wie alles richtiggestellt wird."

Bei den letzten Worten verdüsterte sich Christophs Miene, er wandte die Augen ab, schaffte es nicht mehr, Hannah anzuschauen. Als ob er sich schämte. Sie dachte an Christophs abwesenden Blick, als sie ihm vorgestern von dem Knochenfund erzählt hatte.

„Du hast damals mit Rebecca zusammengearbeitet. Bei der Berichterstattung. Oder?", fragte sie.

„Ja. Rebecca hat sich so gewünscht, dass wir die Leiche finden.“

Der Ton, mit dem er Rebeccas Namen aussprach ... Als ob sie schon tot wäre. War es das, was ihn umtrieb? Ein schlechtes Gewissen?

Christoph räusperte sich und der Moment der Melancholie war vorbei. „Wie ich schon sagte, wenn du willst, dass etwas passiert, musst du es selbst in die Hand nehmen.“

„Vielleicht hast du recht.“

„Ganz sicher habe ich recht! Es ist doch ganz logisch und logisches Denken ist ...“

„Eines deiner vielen Talente“, beendete Hannah schmunzelnd seinen Satz. „Und dein Talent sagt dir, dass es logisch ist, wenn ich nach Indonesien fliege?“

„Nein, es ist absolut irre.“

Hannah hob die Handflächen. Wenn Christoph wusste, wie verrückt seine Idee war, warum hatte er sie überhaupt vorgeschlagen?

„Aber“, fuhr er mit erhobenem Zeigefinger fort, „es ist auch verrückt, dass du seit siebzehn Jahren ständig an diesen Jungen denkst und hoffst, dass er zurückkommt.“

„Das ... ich ... Das ist nicht ...“, stotterte sie.

„Wenn du mir jetzt sagst, dass ich falsch liege und dass du hier glücklich bist, dann gebe ich Ruhe.“

Er wartete. Hannah wollte protestieren. Natürlich war sie glücklich. Sie hatte einen tollen Job, Freunde, eine Familie. Ganz zu schweigen vom besten Mitbewohner aller Zeiten – und weil er der beste Mitbewohner aller Zeiten war, konnte sie ihm nichts vormachen.

Seit Jahren trieben das schlechte Gewissen und die Gedanken an David sie um.

„Ich habe außerdem etwas für dich“, sagte Christoph und reichte ihr eine dünne Mappe.

„Ähm ... danke?“

„Wie du weißt, bin ich Dorfchronist“, begann er.

Innerlich wappnete Hannah sich für eine seiner langen Reden. „Ich habe auch die Geschehnisse rund um den Leichenfund im See festgehalten. Und alles, was danach kam. Ich habe diesen Text nicht in die offiziellen Archive eingespielt und auch nie veröffentlicht, weil ich wusste, dass die Leute vermutlich kein Interesse daran haben würden. Oder zu viel Interesse, wie man's nimmt. Und es ist ja doch eine persönliche Geschichte. Jedenfalls, das hier ist das Manuskript.“

„Danke“, sagte Hannah bloß, weil sie nicht wusste, was sie sonst sagen sollte.

Es fühlte sich an, als habe Christoph etwas sehr Persönliches mit ihr geteilt. Sie hielt wortwörtlich einen Teil seiner Gedanken in den Händen, und als wollte er ihr Gefühl bestätigen, vertraute Christoph ihr noch etwas an: „Früher waren Rebecca und ich fast sowas wie Freunde. Sie hat mir das Gefühl gegeben, dass ich wichtig bin, weißt du. Und als die Sache mit dem See-Mädchen passiert ist ...“ Er seufzte. „Ich wollte ihr helfen. Ich dachte, ich tue das Richtige, indem ich Aufmerksamkeit für den Fall gewinne. Aber in Wahrheit habe ich alles nur schlimmer gemacht. Die Leute denken, dass Rebecca mir jetzt egal ist. Aber das stimmt nicht. Es ist nur ...“ Wieder stockte er. „Sie war so schön damals. So laut und selbstbewusst. Und jetzt? Ich kann es nicht ertragen, sie so zu sehen. Ich wünschte, ich würde es über mich bringen, sie zu besuchen. Aber wenn du es schaffst, dass David wirklich zurückkommt … Ich glaube, sie würde das wollen.“

Später, nachdem Christoph bereits gegangen war, setzte Hannah sich mit seinem Manuskript auf ihr Bett und begann zu lesen.

Damals:
Das Mädchen am Grund

Hamburg, 2006
Soleil

Mikroskopisch kleine Staubpartikel tanzten wie ein Schwarm Fliegen durch die Luft, sichtbar nur dort, wo die Sonnenstrahlen eine Schneise durch das Grau, die Leere und die Eintönigkeit im Raum schlugen. Seit einer Stunde betrachtete Soleil diesen Tanz.

Sie stellte sich vor, dass es Schneeflocken waren, die vom Himmel rieselten und auf ihrer Zunge zu Eiswasser schmolzen. Dass es winzige Vögel waren, eingeschlossen, so wie sie selbst. Oder Kohlegeister, die ihr, wenn sie nur genau genug hinhörte, eine Botschaft zuflüstern würden. Eine Nachricht von dem Jungen mit den blauen Augen, die so dunkel waren wie die Nacht ohne Sterne.

Ein Geheimnis, das nur sie selbst und die Geister kannten. Einen Weg, um nach draußen zu gelangen. Diese Fantasien halfen Soleil, die Zeit zu überbrücken, denn diese schien stillzustehen.

Eingeschlossen in diesem Raum gerannen die Sekunden zu Stunden und die Stunden fühlten sich an wie eine Ewigkeit. Wie lange war sie schon hier? Zwei Tage? Eine Woche? Einen Monat? Länger?

Sie hatte keine Uhr, auch kein Handy, denn das hatten sie ihr abgenommen. Dafür hatten sie ihr Bücher gegeben, aber keine, die sie interessierten, sondern Kinderbücher, geschrieben für jemanden, der halb so alt war wie sie.

Alles in diesem kleinen Raum war trostlos. Das schmale Bett, der leere Schreibtisch, die Stofftiere, die zu einem anderen Leben gehörten. Die weißverputzten Wände, die näher zu kommen schienen, wenn Soleil sich lange genug auf sie konzentrierte, bis sie sich klaustrophobisch fühlte und nach Luft schnappen musste.

Am schlimmsten jedoch war die Tür.

Weil sie sich irgendwann öffnen würde.

Weil sie sich jetzt nicht öffnete.

Soleil könnte aufstehen und am Türknauf rütteln, wie sie es in den letzten Stunden regelmäßig getan hatte, und wie bei den Malen zuvor wäre die Tür verschlossen. Sie könnte an das Holz hämmern, schreien und fluchen, aber es würde nichts bringen.

Sie würden Soleil erst dann freilassen, wenn diese ihren unmöglichen Forderungen folgte. Sie wusste, was sie zu tun hatte: die Liebe töten.

Aber genau das würde sie niemals tun! Ganz egal, wie oft sie ihre Lügen wiederholten, wie vehement der Mann auf sie einredete oder wie lange sie Soleil einschlossen.

Die Wortmonster schrien selbst jetzt in ihrem Kopf. *Lügnerin. Lügnerin. Lügner. Töte ihn. Töte die Liebe.*

Nicht einmal die übermächtige Müdigkeit, die Soleil erfasst hatte, konnte die Monster zum Schweigen bringen. Ihre Augenlider fühlten sich schwer an, bettelten geradezu darum, sich schließen zu dürfen. In ihrem Kopf spürte sie einen unangenehmen Druck, der bis in den Nacken ausstrahlte, und auch ihre Glieder sehnten sich danach, sich hinzulegen. Kurz nur. Ein Moment der Ruhe. Bloß für ein paar Minuten die Augen schließen.

Aber Soleil zwang sich, wach zu bleiben. Denn sie wusste, dass ein Moment nicht nur ein Moment war. Ein Moment konnte viele Stunden, sogar Tage dauern, hier, in diesem Raum. Wenn sie die Augen schloss, wer wusste schon, wann sie wieder aufwachen würde.

Fast ebenso schlimm wie die Müdigkeit war ihr Durst. Ihre Kehle fühlte sich ausgetrocknet an, rau und kratzig wie Schmirgelpapier.

Einen Moment lang ruhte ihr Blick auf dem Wasserglas auf dem Nachtkästchen. Bis zum Rand gefüllt und unberührt. Verlockend. Sie musste nur zugreifen, ein paar kleine Schlucke nehmen oder einen tiefen Zug. Doch wenn sie genau hinsah, erkannte sie weiße Krümel, die sich am Boden des Glases sammelten. Etwas war in der Flüssigkeit aufgelöst worden. Ein Medikament? Eine Droge? Sie wusste es nicht, doch sie war sich sicher, dass die weißen Krümel dafür verantwortlich waren, dass sie seit Tagen mehr Zeit schlafend als wach verbrachte und dass ihre Gedanken ihr regelmäßig entglitten, als sei ihr Gehirn in Wolken eingehüllt.

Seufzend stemmte Soleil sich von der Matratze hoch und kämpfte gegen den Schwindel an, den selbst diese kleine Kraftanstrengung verursachte. Drei Schritte nur, schon hatte sie den Raum durchquert und konnte auf der anderen Seite aus dem Fenster schauen, das den Blick auf einen gemauerten Innenhof mit Rasen freigab. Keine Tiere, keine Menschen, kein Leben, nur leuchtend grünes Gras.

Soleil strich sich eine ihrer langen blonden Strähnen aus dem Gesicht und stützte sich am Fenster ab. Sie stellte sich vor, wie sie das Fenster öffnen würde, auf den Sims klettern und, die Füße voraus, nach draußen springen. Wie sie auf dem Rasen landen und sich einem Stuntman gleich abrollen würde. Wie sie einen Hechtsprung über die Mauer machen, sich auf der anderen Seite umsehen, die Welt dort draußen in sich aufsaugen und dann weglaufen würde.

Richtung Süden. Zu ihm. Dem Jungen mit den dunklen Augen. Mit dem Lächeln, das etwas in ihrem Inneren zum Zittern brachte. Mit den Worten, die Freiheit versprachen und gleichzeitig Sicherheit.

Lautlos formte sie seinen Namen mit ihren Lippen. Sie wagte es nicht, ihn auszusprechen. Weil er nur ihr gehörte. Weil es ihn gleichzeitig zu präsent und weniger real gemacht hätte. *Frankie.* Leicht wie eine Feder lag der Name auf ihrer Zunge. *Frankie. Frankie. Frankie.*

Bald schon würde sie bei ihm sein.

David radelte bis zum Waldrand und ging von dort zu Fuß bis zu einer der unberührten Buchten des Sees. Es war schon spät, doch zum Glück waren seine Eltern mit Freunden essen gegangen und würden nicht merken, dass er sich aus dem Haus geschlichen hatte.

An der Bucht angekommen schälte er sich aus seiner Kleidung und watete ins Wasser. Es war so kalt, dass es seine Haut zum Kribbeln brachte. Obwohl es bereits September war, trug er nur einen kurzen Neoprenanzug, der seine Unterschenkel und -arme freiließ. Er liebte das Gefühl, eins zu sein mit dem Wasser. Zu spüren, wie sein Körper erst kalt, dann heiß und schließlich taub wurde, während der See ihn einhüllte.

Er schwamm zielsicher zu einer Stelle, wo der See die perfekte Tiefe hatte. 33 Meter bis zum Grund.

Das hatte ihm einer der Segler erzählt, die bei guten Windverhältnissen auf dem See unterwegs waren. 33 Meter. Das war tief genug, um eine richtige Herausforderung für ihn darzustellen, aber nicht so tief, dass es unmöglich war, den Grund zu erreichen.

Im Zentrum ließ er sich wie ein toter Mann auf dem Rücken treiben, die Augen geschlossen, die Arme von sich gestreckt, den Hinterkopf unter Wasser, sodass sein Herzschlag laut in den Ohren dröhnte.

Er atmete langsam und tief. Spürte, wie die Luft durch die Lunge in seine Bauchhöhle strömte. Er trieb so lange auf dem Rücken, bis die Sonne hinter den Bergkämmen verschwand und Wind aufzog.

Dann nahm er einen tiefen Atemzug und tauchte unter. Das Wasser schlug wie ein Baldachin über seinem Kopf zusammen. Ruhig und doch stetig stieß er seinen Körper tiefer. Mit jedem Fußschlag wurde es kälter und die Dunkelheit nahm zu. Bald schon hüllte ihn völlige Schwärze ein.

Auch das liebte David. Unterwasser zu sein wie ein einsamer Astronaut im Weltall. Erst als er ein Druckgefühl in den Ohren und hinter dem Kehlkopf verspürte, schaltete er die wasserdichte Taschenlampe ein, die er sich um den Hals gehängt hatte. Hier unten spendete sie nur ungenügend Licht. Ihr Strahl erreichte den Boden nicht.

33 Meter. Das war tiefer, als er jemals gekommen war. Doch heute konnte er es schaffen! Das spürte David. Er konnte den Grund zwar nicht sehen, aber gemessen daran, wie oft er einen Druckausgleich gemacht hatte, musste er bald unten sein.

Innerlich jubelte er. In seiner Euphorie entwich ihm mehr Luft als geplant. Wieder fühlte er Druck und auch ein Brennen im Kehlkopf.

Mist! Er hatte es versaut. Beim Tauchen war Ruhe das A und O. Jetzt musste er auftauchen, ohne den Grund berührt zu haben. Langsam paddelte er in Richtung Oberfläche.

Als sein Kopf den Wasserspiegel durchbrach, sog er gierig Luft ein und ließ sich wieder auf den Rücken gleiten. Mittlerweile war die Sonne verschwunden. Dicke Wolken bedeckten den Himmel, sodass auch von Mond und Sternen jede Spur fehlte.

Er sollte zurückschwimmen. Es war nicht sicher, in dieser Dunkelheit allein im See zu sein. Doch er spürte, dass heute der Tag war, an dem er sein Tauchziel erreichen würde.

Also atmete David weiter, versuchte, seinen Herzschlag zu verlangsamen, seine Ruhe wiederzufinden. Doch kaum dass er ein paar Sekunden an der Wasseroberfläche war, wurde die Stille von einem Geräusch durchbrochen. Von einem Platschen wie von Ruderschlägen. Oder als würden Enten im Wasser nach Fischen jagen. Beim Versuch, alle Außengeräusche auszublenden, drückte David seine Ohren tiefer unter Wasser. Ohne Erfolg.

Irgendetwas war da. Oder jemand. Es fühlte sich an, als wäre David plötzlich nicht mehr allein. Als würde ihn jemand beobachten.

Er ballte die Hände zu Fäusten. Diese Gedanken waren Blödsinn! Niemand schwamm um diese Zeit im See. Schon gar nicht so weit draußen wie er. Trotzdem war ihm, als würde ein Schatten sich auf ihn zubewegen, ebenso dunkel wie die Seeoberfläche.

Mit geschlossenen Augen rollte David sich herum, tauchte seinen Oberkörper ins Wasser und hielt den Atem an. Jetzt oder nie! Dieses Mal musste er es schaffen!

Doch die Ruhe hatte ihn verlassen und schon nach wenigen Metern fühlte er einen unangenehmen Druck. Sein Herz schlug zu schnell. Mist, Mist, Mist ...

Ein paar Augenblicke ließ er sich reglos in der Tiefe treiben, erlaubte dem Wasser, seine Richtung zu dirigieren. Ihn nach unten zu ziehen oder nach oben zu schieben oder auf die Seite oder wo auch immer der See ihn haben wollte.

Plötzlich streiften Luftbläschen über seine Haut, fast so, als würde etwas auf ihn zuschwimmen. Merkwürdig. Enten tauchten nicht so tief, oder? Aber was war dann im Wasser?

David strampelte weiter, jedoch nicht zum Grund, sondern in Richtung der Luftbläschen. Als die unsichtbare Präsenz des Wassers greifbarer wurde – vielleicht auch nur in Davids Fantasie – hielt er inne und drückte auf den Knopf der Taschenlampe. Der helle Strahl breitete sich vor ihm aus, fiel jedoch weder auf Grund noch auf dunkles Wasser, sondern ...

David stieß die Luft viel zu schnell aus. Sein Hals brannte, ebenso seine Lunge. Er musste auftauchen! Oder tiefer tauchen. Irgendwas. Doch er war unfähig, sich zu bewegen. Starrte nur auf das, was er im Schein der Taschenlampe sah.

Da trieb ein Mensch. Ein Mädchen? Oder ein Geist?

Ihre Haut war hell, geradezu durchscheinend, genauso wie ihre Haare, die sich im Wasser aufbauschten, um ihren Kopf schwebten und ihren Hals wie ein Aal umwickelten, als hätten sie ein Eigenleben.

Ihr Haar glitt zur Seite und gab den Blick auf ihr Gesicht frei. Filigrane Gesichtszüge, farblose Wangen, blaue Lippen. Die Augen weit aufgerissen und hellgrün wie Frühlingsgras.

Sie waren das Letzte, woran er sich erinnerte, diese Augen, bevor alles in Dunkelheit versank.

Christoph

Christoph lenkte seinen Wagen zielsicher auf der kurvigen Straße. Er war ein guter Autofahrer. Das war nur eines seiner vielen Talente.

Zudem war er ein aufmerksamer Zuhörer, hatte das Gedächtnis eines Elefanten, war höflich und konnte kleine Männchen aus Holzresten schnitzen, deren Gesichtszüge so filigran waren, dass man ihre Gemütslage erkannte. Seine Handarbeitslehrerin in der Volksschule war von seinem Schnitztalent beeindruckt gewesen.

„Christoph Engelbert", hatte sie damals gesagt, „aus dir wird noch mal ein richtiger Künstler!"

Das mit der Kunstkarriere hatte leider nicht hingehauen und jetzt, mit dreiundzwanzig, war auch keiner mehr so richtig beeindruckt von Christophs Schnitztalent. Zum Glück konnte er noch so einiges anderes.

Er kochte wie ein – nun, der Name wollte ihm gerade partout nicht einfallen, dieser Fernsehkoch eben, der darauf schwor, Butter in jede Soße zu mischen. Er wusch seine Wäsche selbst und bügelte die Hemden viel schöner als seine Mutter, was ihn eigentlich zum perfekten Schwiegersohn machte.

Leider Gottes waren die jungen Damen im Tanzcafé trotzdem eher von den anderen Männern angetan gewesen. Denen, die zwar keine künstlerischen oder Haushaltstalente besaßen, dafür aber dicke Muskeln und eine volle Haarpracht.

Christoph hatte es mit Humor versucht und der feschen Brünetten einen Witz erzählt. Er hatte die zwei deutschen Touristinnen mit seiner Arbeit im Gemeindeamt beeindrucken wollen und die Kellnerin zum Essen eingeladen. Alles ohne Erfolg.

Irgendwann hatte er ohne Begleitung, ja sogar ohne eine Telefonnummer, den Rückzug angetreten und war nun auf dem Heimweg, obwohl es erst elf Uhr abends war. Die Damen wussten ja gar nicht, was ihnen entging! Selber schuld, wenn sie sich einen Fang wie Christoph Engelbert entgehen ließen.

„Selber schuld, wenn sie sich einen tollen Fang wie Christoph Engelbert entgehen lassen!", sprach er seinen Gedanken laut aus, und weil es sich so gut anfühlte, diese Worte zu hören, fügte er voller Überzeugung hinzu: „Du bist wirklich ein toller Fang, Christoph!"

Grinsend ließ er seinen Blick aus dem Seitenfenster schweifen, sodass er die Gestalt beinahe übersehen hätte, die plötzlich vor seinem Auto auftauchte.

„Scheiße!", stieß er aus und stieg hart auf die Bremse.

Das Auto kam quietschend zum Stehen. Christoph schnaufte. Sein Herz hämmerte in der Brust, während seine Augen an der kleinen Person klebten, die regungslos im Scheinwerferlicht stand. Er zwang sich, tief durchzuatmen, während seine verkrampften Finger sich nur langsam vom Lenkrad lösten. Kein Grund, Angst zu haben. Nicht, dass er Angst gehabt hätte! Er war schließlich ein gestandener Mann. Furchtlosigkeit gehörte zu seinen vielen Talenten.

Also öffnete er die Autotür und setzte vorsichtig einen Fuß nach draußen. Mit dem anderen blieb er vorerst im Wageninneren – man konnte ja nie wissen – und reckte den Kopf über die Tür.

„Hallo? Kann ich dir helfen?", rief er.

Langsam drehte die Gestalt sich um. Ein Kind, erkannte Christoph, und nicht irgendein Kind. Das war David, der Junge der Königs. Rebeccas Sohn.

Hach, die schöne Rebecca.

Doch Davids Anblick vertrieb die Gedanken an Rebeccas sinnlichen Blick sofort. Der Junge war bis auf eine Unterhose vollkommen nackt, nicht einmal Schuhe trug er an den Füßen, und er war nass. Er zitterte.

„Oje, ich … scheiße", murmelte Christoph und hob nun auch den zweiten Fuß aus dem Auto.

Während er auf den Jungen zuging, zog er sich die Jacke aus, um sie David um die Schultern zu legen. Doch das Kleidungsstück rutschte von David wie von einer leblosen Schaufensterpuppe. Christoph hob die Jacke auf und schlang sie dieses Mal fester um den dünnen Kinderkörper.

„Was machst du hier allein? Ohne Kleidung und …" Er schaute sich nach allen Seiten um. Keine Spur eines Erwachsenen. Wo waren Davids Eltern? „… und ohne Schuhe?", beendete er seinen Satz mit einem Blick auf Davids Füße, die voller Erde und völlig zerkratzt waren. Blätter und Grasreste klebten an Davids Ferse. Was war mit ihm passiert?

„Ich … ich … da war ein Mädchen im Wasser. Ein Geist", flüsterte der Junge.

„Ein was?"

Doch der Junge gab keine Antwort. Stattdessen presste er die Lippen aufeinander und starrte an Christoph vorbei in die Nacht. Dem lief ein kalter Schauer über den Rücken. War da etwas hinter ihm?

In Gedanken zählte Christoph bis drei. Dann fuhr er herum und riss die Arme in die Höhe wie ein Karatekrieger.

„Hey!", schrie er, so laut er konnte.

Wer auch immer hier war, würde es mit der Angst zu tun bekommen! Nur, dass da niemand war. Er wartete ein paar Sekunden, aber alles blieb ruhig.

„Na gut, ich, ähm … ich bringe dich nach Hause. Komm", stotterte Christoph.

David rührte sich nicht. Also legte Christoph ihm die Hand auf den Rücken und manövrierte ihn zur Beifahrerseite. Den Gurt ließ der Junge sich teilnahmslos anlegen. Bevor Christoph einstieg, sah er sich noch einmal nach allen Seiten um. Die dichten Nadelwälder wirkten plötzlich, als könnte sich in ihnen Gott weiß was verstecken.

Als er einen Raben krächzen hörte, stieg er eilig in den Wagen, aktivierte die Zentralverriegelung und fuhr los.

Vorsichtig lugte er zu David. Dessen Augen waren weit aufgerissen. Sie wirkten zu groß, selbst für ein Kind.

„Eine schöne Nacht. Heute … ähm, heute sieht man gar keine Sterne … und eigentlich auch keinen Mond. Es ist dunkel. Ja … Ähm. Eigentlich ist es keine schöne Nacht", plapperte Christoph, in dem Versuch, etwas Normalität in diese Situation zu bringen.

David sollte nicht wie versteinert neben ihm sitzen und mit riesengroßen Augen auf die Straße starren. Er wollte den Jungen sagen hören, dass kein gefährlicher Axtmörder hinter ihnen her war. Kein Vampir. Keine Geister.

Geister ... Kam es Christoph nur so vor oder sank die Temperatur im Auto plötzlich? Er stellte die Heizung an.

„Kalt hier. Ist dir auch kalt?", fragte er David.

Er wollte unbedingt, dass der Junge mit ihm redete. „Was hast du da draußen gemacht? Warst du schwimmen?"

Wieder keine Antwort.

„Ja, stimmt. Es ist zu dunkel zum Schwimmen. Wo hast du denn deine Anziehsachen gelassen?"

Als David auch dieses Mal stumm blieb, schaltete Christoph das Autoradio ein, außer einem Rauschen war vorerst allerdings nichts zu hören. So war das, wenn man auf einer Waldstraße mitten im Nirgendwo herumfuhr, Felsen auf der einen Seite, der See auf der anderen. Irgendwann wurde das Rauschen von kratzender Popmusik abgelöst.

Während Nena von einem Haufen Luftballons auf ihrem Weg zum Horizont sang, konzentrierte Christoph sich mit zusammengekniffenen Augen auf die kurvige Straße.

Was war nur passiert, dass David allein, beinahe nackt und völlig verstört in diesem Niemandsland herumirrte? Christoph hatte in den Nachrichten von allerlei schrecklichen Dingen gehört. Von Männern, die Sachen mit Kindern machten, an die man nicht einmal denken wollte. Oder von Satanisten, die kleine Jungs kidnappten, um sie dem dunklen Lord zu opfern. Nie hätte er gedacht, dass so etwas im kleinen, beschaulichen Bad Rubinsee passieren könnte. Doch wer erwartete so etwas schon?

Christoph verließ die Landstraße und bog in den Ort ein. Wenig später passierte er das Dorfgasthaus, vor dessen Türen Jugendliche rauchten, die Schule und die Kirche und fuhr in die Straße, in der die schöne Rebecca mit ihrer Familie lebte. Das Haus der Königs war eines der moderneren im Ort, mit einer apricotfarbenen Fassade und einem flachen Dach. Es brannte Licht. Offenbar waren Davids Eltern noch wach.

Kaum dass Christoph den Motor ausgemacht hatte und ausgestiegen war, schlug die Tür auf und Rebecca stürmte heraus. Sie trug eine Jeans und eine enge Bluse, die ihre Rundungen an den richtigen Stellen betonte.

„Hallo, Rebecca", grüßte Christoph. „Du, ich habe David in der Nähe des Sees gefunden und …"

Weiter kam er nicht. Schon hatte Rebecca die Beifahrertür aufgerissen und schloss ihren Sohn in die Arme.

„Mein David, mein David", murmelte sie, während Christoph verlegen auf seine Finger schaute.

„Wir haben uns solche Sorgen gemacht. Wo warst du denn?", fragte sie.

Mittlerweile war auch Davids Vater aus dem Haus gekommen. Er trug einen Anzug und wirkte, ebenso wie seine Frau, erleichtert, auch wenn er es weniger offen zeigte. Umständlich kniete er sich neben Rebecca und legte ihr eine Hand auf die Schulter.

„Was hat er denn da an?", fragte er dann, die Stirn vor Überraschung gerunzelt.

„Oh, ähm, das ist meine Jacke", erklärte Christoph. „Als ich ihn gefunden habe, hatte er nichts an. Also, die Unterhose, die schon, aber sonst nichts. Und er war ganz nass, von oben bis unten. Er hat gezittert. Es ist ja kalt draußen. Auf der Landstraße neben dem Rubinsee war das. Auf halber Höhe zwischen dem Badestrand und der Ortschaft."

„Oh", sagte Rebecca nur und nickte mehrmals.

„Was hat er denn dort gemacht?", wollte Davids Vater wissen.

„Ich weiß nicht. Ich habe ihn gefragt, aber er redet nicht."

„Und er war allein?"

Darauf nickte Christoph.

Rebecca erhob sich. „Wir sollten nach drinnen gehen. David ist ja völlig durchgefroren. Ich lasse ihm ein warmes Bad ein. Er muss etwas essen und dann ins Bett."

Sie wirkte verwirrt. Die Arme. Sie musste sich wahnsinnige Sorgen um ihren Sohn gemacht haben. Bevor sie ging, machte sie einen Schritt auf Christoph zu und umarmte ihn.

„Danke, vielen lieben Dank", flüsterte sie ihm ins Ohr und hauchte ihm einen Kuss auf die Wange.

Der Geruch ihres Parfums stieg ihm in die Nase. Orchidee und Rosenblüten. Ein Duft wie ein warmer Sommerabend. Wieder fühlte Christoph Gänsehaut, dieses Mal jedoch aus anderen Gründen, und gleichzeitig wurde ihm ganz warm an bestimmten Körperstellen.

Die Umarmung war viel zu schnell vorbei. Während auch Davids Vater sich mit einem festen Händedruck bei ihm bedankte, schaute Christoph Rebecca nach. Er stand noch vor dem Haus, als die Tür sich hinter der Familie schloss.

Erst als ihm kalt wurde – die Jacke hatte Rebecca ihm nicht zurückgegeben – setzte er sich in sein Auto und fuhr los, den Geruch ihres Parfums noch immer in der Nase und ein Lächeln auf den Lippen.

David

Während David in den folgenden Tagen mit 40 Grad Fieber im Bett lag, suchte ihn der Geist aus dem See in seinen Träumen heim.

Sie starrte ihn aus hellgrünen Augen an, ihr Blick so intensiv, dass er sich in die Rückseite seiner Augenlider brannte. Ihre langen, durchscheinenden Haare wickelten sich im Traum um Davids Hals und schnürten ihm die Luft ab.

Während er schlief, tauchte er zu ihr. Bis auf den Grund des Sees schwamm er und streckte die Arme nach ihr aus. Doch kaum dass er ihre kalte Haut berührte, schlossen sich Geisterhände um seine Handgelenke und zogen ihn nach unten. Der Mund des Mädchens öffnete sich zu einem stummen Schrei und entließ eine Armada an Luftbläschen, die prickelnd an seinen Wangen explodierten.

Bevor er den Grund erreichte, wachte er jedes Mal auf. Doch das Geistermädchen ließ ihn nicht los. Sein Anblick und das Gefühl von Fingern, die sich um Davids Handgelenke schlossen, verfolgten ihn selbst in wachem Zustand, bis er nicht mehr wusste, was seine Erinnerung und was Teil seines Traums war.

Wenn er allein in seinem Zimmer lag, war ihm, als hörte er das Plätschern des Sees. Wenn seine Mutter ihm heiße Suppe einflößte, gefror die Flüssigkeit in seinem Hals zu Eiswasser. Die Stimme seiner Mama, die ihm am Bettrand sitzend Lieder vorsang, verwandelte sich im Halbschlaf in den Gesang des Mädchens aus dem See.

Nach drei Tagen legte sich das Fieber. Zwei weitere Tage später fühlte er sich fit genug, um das Bett zu verlassen.

Nun saß er mit flauem Magen am Küchentisch, während seine Mutter Kaiserschmarrn mit Apfelmus zubereitete. Doch selbst hier, mit dem Singsang seiner Mama und dem Geruch von Teig und Früchten in der Nase, ließ ihn die Erinnerung an die Augen des Geistermädchens nicht los.

Und endlich fand er seine Stimme wieder.

„Mama“, sagte er. „Da ist ein Mädchen im See.“

Sie drehte sich zu ihm um, immer noch lächelnd. Vermutlich froh, ihren Sohn nach Tagen des Schweigens wieder sprechen zu hören.

„Wie meinst du das, Schatz?“

„Als ich tauchen war, habe ich sie gesehen. Im See.“

„Am Ufer, meinst du?“

„Nein. Im See.“

„War sie schwimmen?“

David schüttelte den Kopf.

Das Lächeln rutschte von Rebeccas Lippen, als sie fragte: „Wo genau im See?“

„Im Wasser. Unten.“

„Unten“, wiederholte seine Mutter flüsternd.

Es zischte. Der Schmarrn brannte an, doch den schien Rebecca völlig vergessen zu haben. Stattdessen ließ sie sich vor David in die Hocke sinken, nahm seine Hände in die ihren und bat: „Erzähl mir alles.“

Von: Franz
An: Papa
Papa,
ich habe dir versprochen, dass ich ein guter Mensch und ein noch besserer Vater sein würde. Jetzt merke ich, dass ich versagt habe.
Frankie ist mir schon vor langer Zeit entglitten, erst langsam und dann ganz schnell. Und jetzt? Jetzt ist er weggelaufen.
Vor fünf Tagen hatten wir einen bösen Streit. Frankie wollte nach Italien. Er will seine Familie dort kennenlernen, seine Oma und seine Onkel, hat er gesagt. Carla hat ihn dabei unterstützt, obwohl sie genau weiß, was für einen schlechten Einfluss ihre Brüder haben.
Dass mein Sohn unter Kriminellen nichts verloren hat, habe ich gesagt, und dann noch ein paar Sachen, auf die ich nicht stolz bin und die ich dir lieber nicht schreiben möchte. Wir alle haben, glaube ich, Dinge gesagt, die wir besser für uns behalten hätten, und wir sind laut geworden. Sehr laut.
Vor allem ich.
Dann ist Frankie weg und jetzt geht er nicht einmal mehr ans Handy. Carla sagt, dass ihre Mama und ihre Brüder schon auf ihn aufpassen werden. Dabei schaut sie an mir vorbei, auf meine Wange oder auf meine Stirn, aber nie in meine Augen. Darum weiß ich, dass sie lügt.

Als ob das nicht genug wäre, hat mich heute Rebecca König angerufen, deren Sohn eine Leiche im See gefunden haben will. Ein Mädchen mit langen blonden Haaren.

Ein Mädchen, an das ich lieber nicht denken möchte. Ist es naiv, zu hoffen, dass die Sache von allein weggeht?

Wenn meine Kollegen wüssten, wie verloren ich mit meiner eigenen Familie bin, wie sehr um Worte verlegen ... sie würden es nicht glauben. Genauso wenig wie sie glauben könnten, dass ich sentimentale Briefe an meinen toten Papa schreibe. Carla wäre geschockt, wenn sie diese Zeilen lesen könnte. „Das bist nicht du", würde sie sagen und ich wünschte, sie hätte recht damit. Ich komme mir ja selbst lächerlich vor.
Dein Franz

David

Vielleicht war es ein Fehler gewesen, seiner Mutter von dem Geistermädchen zu erzählen. Aber wie hätte David ahnen können, dass sie sofort beim Revier anrufen und dass ausgerechnet der furchteinflößende Polizist Franz Berger ihnen am selben Nachmittag einen Hausbesuch abstatten würde?

David rutschte auf der Couch so weit zurück wie möglich und gab sich alle Mühe, zu schrumpfen, während seine Eltern dem Polizeichef die Hand schüttelten. Franz Berger war ein grobschlächtiger Mann. Groß mit breiten Schultern, einem kantigen Gesicht und dem Ansatz eines Bierbauchs, über dem sich ein enges Hemd spannte. Ein Schnurrbart zierte seine Oberlippe.

Kinn und Wangen waren säuberlich rasiert, sein braunes Haar an den Seiten kurz. Unter seinen Augen zeichneten sich dunkle Ringe ab, die ihn ausgelaugt und übellaunig wirken ließen.

Franz Berger war ein Mann, vor dem die Kinder des Dorfes im besten Fall Respekt, im schlimmsten Fall Angst hatten. Das mochte an seinem ständig ernsten Gesichtsausdruck liegen, der nie durch ein Lächeln entstellt wurde. Oder an der Art, wie er einen ansah, wenn man nur daran dachte, im Supermarkt einen Kaugummi zu klauen. Als ob er die Gedanken der Kinder lesen konnte und stets davon ausging, dass sie im Grunde alle kleine Kriminelle waren.

Auch bei den Erwachsenen war Franz Berger nicht beliebt. David hatte seinen Vater einmal sagen hören, dass es ihn nicht wundern würde, wenn dieser Saubermann Berger eine Leiche im Keller versteckt hätte.

Ja, Franz Berger war ein Mann, dem man am besten aus dem Weg ging. Allerdings war er auch der örtliche Polizeichef und als solcher die erste Person, die man zu verständigen hatte, wenn man eine Leiche im See fand. Das hatte Davids Mutter gesagt, bevor sie zum Hörer gegriffen hatte. Und nun, einige Stunden später, stand Franz Berger im Wohnzimmer.

„Es ist wirklich schön, dass Sie es so schnell einrichten konnten, vorbeizukommen", flötete Davids Mama und lächelte.

Dabei hatte David sie noch vor einer halben Stunde schimpfen hören, dass der Polizeichef sich mit seinem Besuch zu viel Zeit ließ.

Davids Vater streckte Herrn Berger die Hand entgegen und schüttelte diese steif.

„Herr Berger“, sagte der bloß, woraufhin Davids Mama nervös kicherte und David heranwinkte.

Zögerlich schälte er sich aus der Couch. Ihm wurde gleichzeitig heiß und kalt. Ob wegen des Fiebers oder wegen Franz Bergers Blick, wusste er nicht. Es fühlte sich an, als würde er über Watte laufen, während er auf den Polizisten zuging und ihm langsam die Hand entgegenstreckte, die dieser ergriff und so fest drückte, dass es wehtat. Er schaffte es gerade einmal eineinhalb Sekunden lang, seinem Blick standzuhalten, bevor er seine Augenlider senkte.

Herr Berger trug Straßenschuhe, fiel David auf. Sonst bat seine Mutter jeden Gast, die Schuhe im Vorzimmer auszuziehen, damit der Boden sauber blieb. Da machte sie keine Ausnahmen. Bis jetzt zumindest. Vor Franz Berger hatte offenbar sogar seine Mutter Angst.

„Setzt euch doch“, meinte seine Mama und deutete auf das Sofa, woraufhin sich Herr Berger auf einen Sessel dem Sofa gegenüber sinken ließ.

„Kann ich Ihnen etwas zu trinken bringen, Franz? Einen Kaffee vielleicht? Oder Tee?“

Der Polizist winkte ab. „Nicht nötig. Das hier wird nicht lange dauern.“

„Oh, natürlich“, meinte Davids Mutter und zwang sich zu einem Lächeln.

Während Davids Vater mit verschränkten Armen hinter der Couch stehen blieb, ließ seine Frau sich neben David auf das Sofa sinken

„Wie geht es Ihrer Frau? Ich habe Carla schon lange nicht mehr gesehen“, versuchte sie, Smalltalk zu betreiben.

„Gut, danke der Nachfrage“, antwortete der Polizist knapp.

„Bestellen Sie ihr doch einen lieben Gruß von mir.“ Davids Mama lächelte, was der Polizist lediglich mit einem Grummeln quittierte.

„Und Frankie?“

Franz Berger zuckte kaum merklich zusammen. Als hätte er an einen elektrischen Zaun gefasst. „Was soll mit ihm sein?“

„Genießt er die Sommerferien?“, fragte Davids Mutter, deren Lächeln ein wenig verrutscht war.

Franz Berger atmete einmal tief ein und wieder aus, ehe er antwortete. „Frankie ist in Italien.“

„Ich liebe Italien!“, flötete Davids Mutter. „Die Adria, die Toskana, all die schönen Städte ... und das Essen ist einfach himmlisch! Ist er mit Freunden in den Urlaub gefahren?“

Der Polizist starrte sie einige Sekunden lang an, als würde er abwägen, ob er ihr antworten oder ihr den Kopf abreißen sollte. Schließlich sagte er: „Frankie besucht seine Familie mütterlicherseits.“

„Wie wunderbar!“, begann Davids Mama und wollte offensichtlich noch mehr sagen, da drückte Franz Berger den Rücken durch und räusperte sich.

„Fangen wir an“, sagte er und schaute dabei streng. „Deine Mutter hat erzählt, dass du im See etwas gefunden hast, David. Ist das richtig?“

„Ein Mädchen“, flüsterte David.

Kurz warteten die Erwachsenen, ob er mehr sagen würde. Als er das nicht tat, erklärte seine Mutter: „Vor fünf Tagen ist das passiert. David war im See tauchen und hat am Grund den Körper ...“

„David soll selbst erzählen, was passiert ist", unterbrach Franz Berger sie.

„Aber ..."

„Ich würde es gerne aus dem Mund Ihres Sohns hören", erklärte Herr Berger und schaute David so lange an, bis dessen Magen sich zusammenzog. „Also?"

„Ich war tauchen", begann der schließlich. Es war ein Wunder, dass er überhaupt einen Satz zustande brachte, so zittrig wie er sich unter dem wachsamen Blick des Polizisten fühlte. „Im Rubinsee. Erst war alles normal, der See war ruhig. Ich war allein. Aber als ich zum zweiten Mal untergetaucht bin, hat es sich so angefühlt, als ob da noch jemand wäre."

„Es hat sich so *angefühlt*, soso", wiederholte Franz Berger murmelnd.

„Ja, also habe ich die Taschenlampe eingeschaltet und dann das Mädchen gesehen. Sie sah aus wie ein Geist."

Abermals wiederholte Herr Berger Davids Worte mit schalem Tonfall. „Aha, ein Geist also."

„Wollen Sie sich keine Notizen machen?", fragte Davids Vater, in dessen Stimme Ärger klang.

„Sicher doch."

Franz Berger kramte einen dünnen Notizblock und einen Bleistift aus der Jackentasche und legte beides auf seine Knie.

„Du warst also am See. Wie spät war es da?"

„Ich weiß nicht genau."

„Ungefähr?"

„Acht oder neun oder so. Als ich am Seeufer ankam, war es noch sonnig. Bis ich draußen war, ist die Sonne untergegangen."

„Dann musst du ziemlich weit rausgeschwommen sein", stellte der Polizist fest, woraufhin David die Schultern anhob.

„Wie weit? Wie lange bist du geschwommen?"

„So eine halbe Stunde."

Endlich machte Franz Berger sich die erste Notiz. „Laut den Aussagen deiner Mutter hat Christoph Engelbert dich um zirka 11 Uhr abends aufgegriffen. Das ist drei Stunden später."

„Kann sein."

„Du warst drei Stunden lang im See?"

„Ich weiß nicht mehr."

„Wie lange warst du im See? Ungefähr? Wenn es keine drei Stunden waren."

Wieder zuckte David die Schultern. Er wünschte, er könnte die richtige Antwort geben, aber er wusste nicht, welche. Herr Berger schluckte.

„Es muss ganz schön kalt gewesen sein im Seewasser um diese Uhrzeit. Ich frage mich, wie du es so lange ausgehalten hast."

„Ich hatte einen Neoprenanzug an", murmelte David mehr, als dass er es hörbar sagte.

„Wie bitte? Lauter, Junge, sonst verstehe ich nichts."

David räusperte sich. Sein Mund fühlte sich so trocken an, dass er bezweifelte, je wieder ein Wort sagen zu können. Seine Mutter legte ihm ihren Arm um die Schulter.

„Er sagte, dass er einen Neoprenanzug anhatte", half sie ihm.

„Ich möchte es gerne von dem Jungen hören."

Seine Mutter lächelte. Es war die Art von Lächeln, die sie beim Einkaufen hatte, wenn die anderen Damen hinter vorgehaltener Hand darüber tratschten, dass ihr Ausschnitt zu tief oder ihr Kleid zu eng sei.

„Sagst du's ihm noch mal, David? Bitte."

Der quetschte unter Mühe heraus: „Ich hatte einen Neoprenanzug an."

„Deine Mutter hat angegeben, dass du bis auf eine Unterhose nackt warst, als du gefunden wurdest."

Es war seine Badehose, keine Unterhose", korrigierte seine Mutter.

„Was ist mit dem Anzug passiert?"

„Den habe ich verloren."

„Verloren? Wo?"

„Im See."

„Du hast dir den Neoprenanzug also im See ausgezogen?"

David zog den Kopf ein. „Vielleicht war ich da auch schon draußen."

Wieso wusste er es nicht? Es war eine ganz einfache Frage, die der Polizist ihm stellte! Wann hatte er seinen Neoprenanzug ausgezogen? Aber so sehr David sich den Kopf zermarterte, er fand keine Antwort.

„Was denn nun, drinnen oder draußen?"

„Sie machen dem Jungen Angst", empörte sich Davids Mutter.

Der Polizist ließ sich nicht beirren. „Ich stelle dem Jungen nur ein paar Fragen. Wo hat er den Neoprenanzug ausgezogen? Das muss er doch wissen."

„Ich erinnere mich nicht", flüsterte David.

Das war das Merkwürdige an der Sache. Er konnte sich an alles, bis zu dem Moment, in dem er das Mädchen im See gesehen hatte, glasklar erinnern. Daran, wie er zum Waldrand gefahren war, sein Rad abgestellt hatte und über Wurzeln und Moos bis zur versteckten Bucht gewandert war. An das Schwimmen und den Tauchgang im See. An den Anblick des Mädchens.

Doch dann wurde alles schwarz.

Das Nächste, woran er sich erinnerte, war, dass ihn die Scheinwerfer von Christoph Engelberts Wagen blendeten und dass der ihm seine Jacke über die Schultern legte.

„Na gut, versuchen wir es anders", fuhr Franz Berger fort. Er klang genervt. „Kannst du mir sagen, wo genau du in den See gegangen und wohin du geschwommen bist?"

„Warten Sie, ich hole eine Karte!" Davids Mutter eilte zur Kommode und kramte in einer der vielen Schubladen. Schließlich kam sie mit einer Wanderkarte zurück, die den Rubinsee sowie die umliegenden Wälder, Berge und alle Wanderrouten zeigte.

David brauchte ein paar Sekunden, um sich zu orientieren. Der Rubinsee hatte die Form eines krakeligen Halbmonds. An seiner Südseite befand sich ein schmaler Ausläufer, der sich zum Ende hin weitete und die Form einer Zitrone annahm. In diesem Bereich befanden sich die meisten Badestege.

Weiter nördlich schmiegten sich Felswände an die Innenseite des Halbmonds. Auf der Außenseite befanden sich Felder oder Waldabschnitte.

David zeigte mit seinem Daumen auf einen Bereich am nordwestlichen Rand, wo sich zwischen See und Landstraße ein beachtlicher Waldabschnitt befand. Hier lag seine Lieblingsbucht, von der aus er seine Tauchtour gestartet hatte.

„Da bin ich losgeschwommen“, sagte er, „und ungefähr bis hierhin gekommen.“ Dabei wanderte sein Daumen weiter nach rechts in den See hinein.

„Bist du sicher, dass es diese Stelle war?“, hakte Franz Berger nach.

„Ja.“

„Das ist ganz schön weit für einen Jungen deines Alters.“

„David ist ein sehr guter Schwimmer“, erklärte seine Mutter.

Franz Berger ignorierte sie und fuhr fort: „Es ist außerdem schätzungsweise zwei bis drei Kilometer von der Landstraße entfernt, an der Herr Engelbert dich gefunden hat.“

„Was wollen Sie damit andeuten?“, fragte Davids Vater.

„Ich möchte nur sichergehen, dass David sich nicht irrt. Also?“

„Ich bin mir ganz sicher“, antwortete David.

Kurz schaute er in Franz Bergers Gesicht, das keinen Zweifel daran zuließ, wie wenig er David glaubte. Der Polizist warf einen demonstrativen Blick auf seine Uhr, bevor er fortfuhr.

„Machen wir weiter. Du bist also in den See geschwommen, hinuntergetaucht und hast ein Mädchen gesehen. Korrekt?“

„Ja.“

„Wie weit bist du ungefähr getaucht?“

„Bis zum Grund.“

„An der Stelle, die du angegeben hast, ist der See sehr tief.“

„33 Meter“, murmelte David.

„Du sagst also, dass du 33 Meter tief getaucht bist?“

„Ich habe es nicht ganz bis zum Grund geschafft. Ich …“

„Du sagtest eben, dass du bis zum Grund getaucht bist. Nun verneinst du das wieder. Was denn nun?“

„Also, ich … also, nicht ganz …“, stotterte David.

„Wie sah sie aus?“, unterbrach Herr Berger ihn. „Das Mädchen?“

„Wie ein Geist“, rutschte es David heraus. „Ich meine … also, ihre Haut war ganz hell und ihre Haare auch. Weiß. Fast durchsichtig.“

„Was hatte sie an?“, fragte Franz Berger.

„Sie … ich …“

David wusste es nicht. Er erinnerte sich an ihre Haare. An ihr Gesicht. Ihre nackten Arme und ihre Augen. Aber welche Kleidung hatte sie getragen? Ein T-Shirt? Ein Kleid? Hatte sie überhaupt etwas angehabt?

„Sie hatte grüne Augen“, war das Einzige, das ihm einfiel.

„Ihre Augen waren also offen?“

„Mhm.“

„Hast du irgendwelche Verletzungen an ihr erkannt?“

„Nein.“

„Kennst du das Mädchen?“

„Nein.“

„Und du bist dir sicher, dass sie kein Geist war?“

„Ich … also …“

„Ja oder nein?“

„Nein“, flüsterte David.

Seine Mutter rutschte näher an ihn heran. „Was ist das bitte für eine Frage? Natürlich war sie kein Geist!“

Franz Berger ignorierte sie. „Was ist passiert, nachdem du das Mädchen gesehen hast?", fragte er.

„Ich bin zurückgeschwommen."

„Zur selben Bucht?"

„Ja."

„Wieso hast du dich nicht wieder angezogen?"

„Ich ... ich weiß nicht."

„Und wo hast du dein Fahrrad gelassen?"

„Das ... ich ... vielleicht bin ich auch woanders aus dem Wasser gekommen."

„Du warst also nicht bei der Bucht?", hakte der Polizist nach.

David presste die Lippen aufeinander. Wieder seufzte Franz Berger.

„Was denn nun? Bist du zurück zu deiner Bucht geschwommen oder nicht?"

Dieses Mal war es Davids Vater, der den Polizisten unterbrach. „Das bringt doch nichts. Der Junge erinnert sich nicht mehr daran, was passiert ist."

Herr Berger ließ sich Zeit mit einer Antwort. Langsam lehnte er sich in dem Sessel zurück, schaute auf und zeigte zum ersten Mal ein Lächeln. David war so überrascht von diesem Anblick, dass er ihn unverhohlen anstarrte.

„Es ist meine Aufgabe, mir ein möglichst vollständiges Bild von dem zu machen, was Ihren Aussagen zufolge vor fünf Tagen *passiert sein soll*. Ihre Frau erwähnte mehrfach eine Leiche im See und in meiner Funktion als Polizeidienststellenleiter obliegt es mir, dieser Sache nachzugehen. Sie werden verstehen, dass das ein schwieriges Unterfangen ist, wenn die einzige

Person, die diese Leiche gesehen haben will, von einem Geist spricht und sich sonst an nichts erinnert."

„Ich weiß noch, wie ich in Christophs, ich meine, in Herrn Engelberts Auto mitgefahren bin", murmelte David.

„Mhm. Herr Engelbert hat dich also direkt nach Hause gebracht?"

„Ja."

„Keine Zwischenstopps?"

„Nein."

„Wieso hätte er einen Zwischenstopp machen sollen?", fragte Davids Mutter, was der Polizist ignorierte.

„Und was ist danach passiert?"

„Dann war ich zu Hause. Mama hat ein Bad für mich eingelassen."

„Er war völlig unterkühlt", erklärte seine Mutter.

„Das war also vor fünf Tagen", stellte Franz Berger fest, worauf David nickte. „Und du hast deiner Mutter heute Morgen erst von dem Geist im See erzählt?"

„Von der Leiche", korrigierte seine Mutter und David nickte.

„Wieso hast du so lange gewartet?"

„Ich ... ich weiß nicht."

„Der Junge war krank", sagte seine Mama mit gepresster Stimme.

„Das ist kein Grund, einen derartigen Fund so lange für sich zu behalten."

„Er hatte Fieber. Er hat die ganze Zeit geschlafen, er war wie im Delirium."

„War er auch im Delirium, als er nach Hause kam? Oder als er Ihnen das erste Mal von dem Mädchen erzählte?"

Mamas Hand verkrampfte sich. Ihre Nasenflügel bebten, als sie antwortete: „Da war er bereits wieder sehr klar bei Verstand."

„Und sag mir, David, hast du geträumt, während du so krank warst? Von einem Geist im See vielleicht?"

„Was wollen Sie damit andeuten?", fauchte Davids Mutter.

Franz Berger klappte seinen Notizblock zu und schob ihn zusammen mit dem Stift in seine Jackentasche.

„Ich frage mich, ob David diesen Geist wirklich gesehen hat oder ob es nur ein Fiebertraum war."

„Also, bitte!", empörte Davids Mutter sich.

Sie wollte noch mehr sagen, aber ihr Mann hielt sie zurück. „Rebecca. Lass es."

„Ich habe das Mädchen wirklich gesehen", murmelte David.

Hilfesuchend schaute er von seiner Mutter zu seinem Vater, der von einem Fuß auf den anderen trat, als sei ihm die Situation wahnsinnig unangenehm. Schließlich suchte David sogar in Franz Bergers Gesicht nach einem Funken des Glaubens.

„Ehrlich! Ich denke mir das nicht aus. Sie war da. Sie war wirklich da. Sie hat mich angeschaut. Sie war … sie …"

„Schon gut, David", beruhigte seine Mutter ihn. „Das war alles ein bisschen viel, das verstehen wir doch." Und an Franz Berger gewandt fuhr sie mit mütterlicher Autorität in der Stimme fort: „Danke, dass Sie sich die Zeit genommen haben, mit David zu sprechen. Sollte ihm noch mehr einfallen, werden wir uns bei Ihnen melden. Ich würde jetzt gerne hören, was Ihre nächsten Ermittlungsschritte sein werden."

„Wir machen unsere Arbeit, keine Sorge", sagte der Polizist, während er sich erhob. „Als Erstes werden wir mit Christoph Engelbert sprechen und die Ortsangaben prüfen, die Ihr Sohn gemacht hat. Wer weiß, vielleicht finden wir sogar Davids Fahrrad und seinen Neoprenanzug."

„Um den Neoprenanzug geht es hier doch nicht."

„Wir kümmern uns um die Ermittlungen, Sie kümmern sich um Ihren Sohn. Wenn Sie mir den Kommentar erlauben, Sie sollten vielleicht Doktor Habicht mit ihm aufsuchen. Nur eine Vorsichtsmaßnahme."

„Doktor Habicht?", wiederholte Davids Mutter baff.

Doktor Habicht, das wusste jeder im Dorf, war kein Arzt, zu dem man ging, wenn man Halsschmerzen oder Fieber hatte. Er war ein Doktor, zu dem man Leute schickte, die immerzu traurig waren oder die Stimmen hörten. Oder Mädchengeister im See sahen.

David zog die Knie an und umschlang sie mit beiden Armen, versuchte, sich so klein wie möglich zu machen. Am liebsten hätte er sich in Luft aufgelöst oder direkt in sein Zimmer gebeamt, damit er die Erwachsenen nicht mehr sehen musste.

„Sie denken, David hat sich das alles nur zusammengesponnen?"

„Ich will damit bloß sagen, dass ihr Sohn offensichtlich ein wenig angeschlagen ist. So ein hohes Fieber muss anstrengend sein für einen jungen Burschen. Darum ist es das Beste, wenn ich Ihnen jetzt Ihre Ruhe gönne. Frau König, Herr König, David, ich wünsche Ihnen einen guten Abend", verabschiedete der Polizist sich.

Davids Mutter war so überrascht, dass sie ihm einfach die Hand schüttelte, anstatt zu protestieren.

Nachdem Franz Berger gegangen war, legte Davids Vater sich die Hand an die Stirn und seufzte.

„Ich sagte doch", wandte er sich an Rebecca, „dass es ein Fehler war, überhaupt anzurufen."

Heute: Freunde aus Kindheitstagen

Bali, 2023
Hannah

Hannah stand in einem Ameisenhaufen aus Verkäufern und Reisenden, die Hand um den Griff ihres kleinen Koffers geschlossen, die Locken zu einem unordentlichen Zopf geflochten. In ihrem langärmligen Shirt schwitzte sie. Zum hundertsten Mal, seit sie ihr und Christophs Haus verlassen hatte, fragte sie sich, was sie geritten hatte, *tatsächlich* nach Bali zu fliegen.

„Gili Trawangan, Gili Air, Gili Meno!", brüllte ein junger Indonesier, dessen drahtiger Körper in einem roten Shirt mit der Aufschrift *Coke rules the world* steckte. Keine zehn Sekunden später war er von einer Gruppe Touristen umringt, alle mit übergroßen Rucksäcken und in Flip-Flops.

Zwischen den Reisenden marschierten Frauen in bunten Gewändern, mit prall gefüllten Plastiksäcken voller Chips- und Kekspackungen in der Hand oder Tabletts mit Obst auf dem Kopf balancierend.

„Wollen Sie ein Taxi, Miss? Ich kann sie überall hinbringen, Miss!“, biederte sich ein Jugendlicher mit Akne und krummer Nase an.

„Nein … nein, danke.“ Hannah schüttelte den Kopf.

„Kein Taxi? Wollen Sie ein Boot? Ich kenne …“

Die restlichen Worte gingen im Geschrei zweier Damen unter, die sich in Hannahs unmittelbarer Nähe gegenseitig zu übertönen versuchten.

„Nuuuusa! Nusa Lembongan! Fähre auf die Nusa-Inseln!“

Und: „Mango, Papaya, Ananas! Frisch aufgeschnitten!“

Hannah drehte sich um und warf dem Taxifahrer, der sie vom Flughafen zum Fährplatz in Sanur gebracht hatte, einen flehenden Blick zu. Er stand an die Heckklappe seines Wagens gelehnt und plauderte mit einem Kollegen. Als er Hannahs Blick bemerkte, seufzte er, setzte dann sein professionelles Lächeln auf und kam auf sie zu.

„Sieht so aus, als bräuchten Sie Hilfe, Miss.“

„Ich bin gerade etwas überfordert“, gab sie zu. „Mit so viel Trubel hatte ich nicht gerechnet.“

„Wo wollen Sie hin? Gili Trawangan?“

„Gili Air“, korrigierte Hannah.

„Okay, folgen Sie mir, Miss.“

Er nahm Hannah den Koffer ab und schob sich vor ihr durch die Menschenmenge. Dabei ging er so zielstrebig, dass sie Mühe hatte, ihn im Auge zu behalten. Immer wieder schoben sich Verkäufer oder Leute mit Werbetafeln vor sie und versuchten händeringend, ihre Aufmerksamkeit zu gewinnen.

Schließlich stand Hannah an der Anlegestelle eines mittelgroßen Fährschiffs.

„Das ist die Express-Fähre. Die bringt Sie direkt zu den Gili-Inseln, Miss. Mein Kollege hier verkauft Ihnen die Tickets." Dabei zeigte er auf einen Mann in weißer Uniform, der neben dem Bootseingang stand. „Soll ich Ihnen den Koffer reintragen, Miss?"

„Nicht nötig. Es war sehr nett, dass Sie mir geholfen haben. Den Rest schaffe ich allein. Vielen Dank. Suki-mas", sagte sie.

Die Wartezeit am Flughafen hatte sie genutzt, um ein paar Worte Balinesisch zu lernen. *Bitte, danke, ich heiße Hannah, es tut mir leid.*

„Suksma", korrigierte der Taxifahrer sie mit einer kleinen Verbeugung.

Ihre Balinesisch-Künste waren eindeutig verbesserungswürdig. Immerhin schien sich der Taxifahrer über ihr halbschiefes Danke zu freuen.

Nachdem sie bezahlt hatte, balancierte Hannah über eine wacklige Planke ins Bootsinnere, wo es mehrere Sitzreihen gab. Die meisten waren besetzt. Hannah folgte einem Pärchen eine schmale Treppe hinauf auf das Oberdeck. Dort gab es anstelle von Sitzen Metallplatten, die mit jeweils einem halben Meter Abstand hintereinander aufgereiht waren und die als Rückenlehnen dienten. Hannah folgte dem Beispiel der anderen Touristen und setzte sich im Schneidersitz vor eine der Platten. Hoffentlich würden sie bald losfahren, schon jetzt brannte die Sonne heiß auf ihren Kopf.

Von ihrem Platz aus konnte sie zu ihrer Rechten das chaotische Treiben am Hafen beobachten, während zu ihrer Linken das Meer lag, so blau, dass es einen fast blendete, und so unendlich weit, dass man sich gar nicht vorstellen konnte, dass irgendwo am Horizont noch einmal Land erscheinen würde.

Der Reisetrubel hatte Hannah bisher daran gehindert, zu viel über ihre spontane Entscheidung, David zu besuchen, nachzudenken. Der Flug, die Taxifahrt, einfach alles fühlte sich an wie Teil eines Traums. Der Anblick des Ozeans machte die Realität der Situation erst greifbar. Hannah spürte, wie ihr Puls sich beschleunigte. Ihr Hals zog sich zusammen. Sie schluckte mehrmals, um das Engegefühl zu vertreiben.

„Bleib ruhig", murmelte sie so leise, dass niemand sonst es hören konnte, und wurde dadurch noch nervöser.

Nachdem sie Christophs Manuskript gelesen hatte, hatte sie spontan ein Flugticket nach Bali gebucht und ihrem Chef in einer E-Mail mitgeteilt, dass sie dringend die nächste Woche freinehmen musste. Christoph hatte sie beim Packen angefeuert und ihr in den kurzen Momenten des Zweifels Mut zugesprochen.

Jetzt zog Hannah Christophs Reisegeschenk – ein Notfallpaket – aus der Tasche und öffnete es. Es enthielt Schlaftabletten, Blasenpflaster und Fotos für den Fall, dass sie Heimweh bekam: eines von Hannahs Eltern, eins vom See und eines von Christoph in seinem besten Sonntagsanzug.

„Mango? Kekse? Wasser?", riss eine hohe Stimme sie aus den Gedanken.

Die Stimme gehörte zu einer Frau, die neben der Fähre auf einer Mauer stand und gleich zwei Tabletts mit Früchten, Snacks und Wasserflaschen balancierte.

„Wasser, bitte!“, sagte Hannah und entdeckte, dass auch Baseballmützen zum Sortiment der Verkäuferin gehörten. Sie deutete darauf. „Und so eines. Cappie? Ja, genau.“

Die Verkäuferin reichte Hannah ein buntes Modell mit Seepferdchen-Muster und rief: „Very beautiful!“

Endlich setzte das Boot sich in Bewegung. Eine Weile betrachtete Hannah das Meer, auf dessen Oberfläche Wellen tanzten, doch irgendwann wurde ihr das ewige Blau langweilig und sie zog Christophs Manuskript aus ihrer Handtasche.

Obwohl sie es mittlerweile schon fast auswendig kannte, legte sie die Blätter auf ihre Oberschenkel und las es noch einmal.

Champaign, Illinois, 2023
Frankie

Tagebucheintrag 376

Ich lese wieder regelmäßig. Jeden Tag eine Stunde. Ich weiß noch, dass du immer gerne gelesen hast, im Gegensatz zu mir. Ich finde es schwierig, mich auf die Zeilen zu konzentrieren, die keine neuen Erkenntnisse, sondern ausgedachte Geschichten beinhalten. Denn ist es nicht genau das, was ich vermeiden sollte? Unwahre Geschichten?

Mein Therapeut meint, das Lesen würde meine Konzentrationsfähigkeit steigern. Ich halte mich an seinen Rat, auch wenn ich ihn im Grunde dämlich finde. Dir würden sie sicher gefallen, diese gezwungenen Leseeinheiten.

Da war es schon wieder: „Du“.

Seit fünfzehn Jahren schreibe ich regelmäßig Tagebuch. Jeden Tag liste ich auf, was ich gemacht, welche Leute ich getroffen, was ich gegessen habe. Zum Beispiel heute:

- *Toast mit Erdnussbutter zum Frühstück*
- *vormittags im Büro*
- *Mittagessen mit Xia in der Kantine; Hühnchen mit Reis*
- *nachmittags in der Bibliothek*
- *abends Schwimmtraining im Hallenbad*

Alles nur, damit ich nicht den Überblick verliere. Damit ich immer weiß, was passiert ist und was nicht.

Seit fünfzehn Jahren tue ich das und seit fünfzehn Jahren verwandelt sich jeder Eintrag in einen Brief an dich.

Dabei gibt es dich gar nicht. Nicht mehr.

Noch nie.

Trotzdem bist du immer da. Meine Gedanken sind voll von dir.

Frankie

Gili Air, 2023
Hannah

Zwei Stunden später stand Hannah am Anlegeplatz von Gili Air. Sie fragte zuerst den Mitarbeiter am Ticketschalter, dann die Verkäuferin eines kleinen Lebensmittelstandes und anschließend zwei Einheimische, die auf Holzbänken im Schatten saßen, nach dem blonden Tauchlehrer mit Dreadlocks, der aus Österreich stammte und David hieß. Bisher ohne Erfolg.

„Sie wollen tauchen gehen?", fragte der eine zum wiederholten Mal auf Englisch, woraufhin Hannah den Kopf schüttelte.

„Nein, ich suche einen Tauchlehrer. Also, einen Freund von mir. Er heißt David."

„Und er arbeitet bei einer Tauchschule?", hakte der Mann nach. „Schauen Sie mal da drüben, da können Sie Tauchkurse buchen."

Er deutete auf die kleinen Hütten, die rund um den Anlegeplatz standen und von denen einige mit Bildern von Korallen, bunten Fischen und Schildkröten bedeckt waren.

Die zwei Männer in der ersten Hütte konnten Hannah nicht weiterhelfen. Der Tauchlehrer in der zweiten bot zwinkernd an, ihr an Davids Stelle die Insel zu zeigen. In der dritten Hütte saß eine junge Frau, deren Arme mit Hennamustern bedeckt waren.

„Ich suche jemanden, der vielleicht in dieser Tauchschule arbeitet. Er heißt David."

„David?" Die junge Frau zog die Augenbrauen zusammen.

„Er ist blond und ungefähr so groß", meinte Hannah und hielt die Hand etwa eine Kopflänge über sich.

Die Frau runzelte die Stirn.

„Kommt dir nicht bekannt vor?"

Anstatt zu antworten, trat die Frau aus der Hütte und rief nach jemandem, woraufhin zwei Jungen, vermutlich acht oder neun Jahre alt, angelaufen kamen. Die Frau sagte irgendetwas auf Balinesisch und die Jungen liefen davon.

„Warte hier", forderte sie Hannah auf.

Die hätte gerne gefragt, worauf, oder besser, auf wen sie wartete – vielleicht auf David selbst? –, doch in diesem Augenblick nahm eine vierköpfige Gruppe Touristen die Aufmerksamkeit der Standbetreiberin in Beschlag.

Hannah schaute sich um. Gili Air unterschied sich von allen Orten, die sie bisher besucht hatte. Die Straßen waren nicht geteert, sondern bestanden aus festgedrückter Erde. Mehrere Hütten säumten den Anlegeplatz, von dem aus Straßen ins Inselinnere und zum Strand führten.

Die meisten Häuser bestanden aus dunklem Stein, zwischen ihnen streckten Palmen ihre Wedel über die Straße. Von ihrem Platz aus konnte Hannah einen kleinen Supermarkt, mehrere Tauchstände und einen Shop, in dem Muschelketten und Strandkleidchen verkauft wurden, erkennen.

Vor den meisten Häusern saßen Menschen auf Plastikstühlen und tippten auf ihren Handys. Anders als am Hafen in Bali gab es hier keine wandernden Verkäufer. Dafür wurden Snacks und Früchte an provisorisch aufgebauten Verkaufsständen angeboten.

Eine Pferdekutsche fuhr an Hannah vorbei. Sie erinnerte sich: Auf Gili Air waren keine Autos erlaubt, das hatte sie gelesen.

Als sie ihren Blick von der Kutsche löste, sah sie die beiden Jungen von vorhin auf sich zu rennen.

„Miss, Miss! Wir haben ihn!", rief einer der beiden.

Sofort schlug Hannahs Herz schneller. War es möglich, dass sie David tatsächlich so schnell gefunden hatte?

Doch der Mann, auf den die beiden Jungen winkend und lachend deuteten, war ein Einheimischer, hatte einen dünnen Körper und war in etwa so groß wie Hannah. Er trug eine lange Hose und ein reinweißes Hemd, das wie durch Zauberhand keine Spur von dem Staub trug, der durch die Luft flog. Seine Gesichtszüge waren für einen Mann ungewöhnlich fein geschnitten und als er lächelte, zeigte er eine Reihe strahlend weißer Zähne.

„Willkommen auf Gili Air!", begrüßte er Hannah und streckte ihr die Hand hin. „Ich bin Dedy und es freut mich, dich kennenzulernen. Ich hoffe, du hattest eine angenehme Anreise."

„Danke." Sie versuchte, sich ihre Enttäuschung nicht anmerken zu lassen. „Ich glaube, es gibt hier ein Missverständnis."

„So?" Er lächelte immer noch. Nicht nur seine Gesichtszüge waren feminin, auch seine Wimpern waren für einen Mann unglaublich lang. Und bildete Hannah es sich ein oder trug er einen Hauch von Lipgloss?

„Ja, ich suche jemanden."

„Ich weiß."

„Einen Tauchlehrer, aber einen ganz bestimmten."

„Du suchst David", stellte er fest.

„Du kennst ihn?"

Hatten die Jungen doch den richtigen Mann gefunden?

„Kennen?" Er schnipste mit den Fingern. „David ist mein bester Freund."

„Dann ist er wirklich hier?", rutschte es Hannah heraus. Sie hatte David tatsächlich gefunden! Also, zumindest fast.

„Nein", meinte Dedy. „Aber in einer halben Stunde wieder. Oder in einer Stunde. Wann immer sie von der Schnorcheltour zurückkommen."

Hannah fühlte, wie die Anspannung von ihr abfiel. Sie hatte einen Plan gehabt, ja, aber ihr war selbst klar gewesen, wie unausgegoren dieser war. Um ehrlich zu sein, hatte ein Teil von ihr sich bereits allein und erfolglos auf der Heimreise gesehen.

„Könntest du mich zu ihm bringen?", fragte sie.

„Deshalb bin ich doch hier!" Er strahlte. „Aber bevor wir losgehen: Möchtest du mir deinen Namen verraten?"

„Oh … tut mir leid. Hannah."

„Wie schön", meinte er lächelnd.

Zum zweiten Mal schüttelten sie sich die Hände. Dann nahm Dedy ihren Koffer und stemmte ihn über seinen Kopf. „Los geht's", sagte er.

„Du musst den nicht tragen", protestierte Hannah, aber da war er schon losmarschiert.

„Nicht der Rede wert. Der ist ganz leicht."

Ganz leicht war der Koffer absolut nicht. Doch Dedy trug ihn mühelos, als wäre er mit Federn gefüllt. Die Muskeln an seinen Armen traten unter dem Gewicht deutlich hervor. In seiner kleinen Gestalt steckte offenbar eine ganze Menge Kraft.

Sie folgten einer Straße ins Inselinnere und bogen schließlich auf einen schmalen Trampelpfad, der zwischen Holzhütten und leeren Feldern hindurchführte. Vereinzelt grasten Kühe am Wegrand. Dedy gab ein zügiges Tempo vor und plauderte über die Insel, erklärte, wer in welchem Haus lebte, wie die Leute hießen, die ihnen am Straßenrand begegneten, oder wer das Hostel leitete, an dem sie vorbeiliefen.

„Bist du auch Tauchlehrer?", fragte Hannah.

„Leider nein. Ich bin kein so guter Schwimmer. Aber ich helfe den Leuten mit dem Boot, ich mache Werbung für die Tauchschule, helfe im Restaurant aus, mache Besorgungen für die Gäste ... alles, was anfällt."

„Das klingt ... ähm, spannend."

Viel mehr fiel Hannah nicht ein. Dass Dedy sich trotz seiner offensichtlichen Gesprächsfreudigkeit nicht nach dem Grund erkundigte, aus dem Hannah seinen Freund David suchte, irritierte sie.

„Hast du David hier auf der Insel kennengelernt?", fragte sie, um das Thema endlich auf ihn zu lenken.

„Nein, auf Bali. Ich bin zusammen mit ihm hergekommen."

„Ihr habt gemeinsam beschlossen, nach Gili Air zu fahren? Das klingt nach einer richtigen Abenteuerfreundschaft."

„David hat es beschlossen. Ich bin nur mitgekommen", berichtigte Dedy sie.

„Oh."

„Er ist ein Zugvogel. Ich wusste von Anfang an, dass er nicht ewig auf Bali bleiben würde. Ich wusste nur nicht, dass ich mitziehen würde."

„Er muss dir ganz schön wichtig sein."

„Er ist der beste Freund, den ich je hatte. Menschen wie David trifft man nicht oft." Dedy blieb kurz stehen, drehte sich um und schaute Hannah in die Augen. „Aber dir muss ich das nicht erzählen, oder? Du bist viel weiter gereist als ich, um ihn zu sehen."

Sie spürte die Röte in ihre Wangen steigen.

„Ich … nein, also … ich bin nur vorübergehend hier. Ich bringe Neuigkeiten von zu Hause.“

„Ich hoffe, er wird sich über die Neuigkeiten freuen“, meinte Dedy und ging weiter.

Sein Tonfall irritierte Hannah. Ob er ahnte, dass David über den Besuch aus seiner Vergangenheit nicht erfreut sein würde? Die Beschwingtheit, die Hannah überkommen hatte, verwandelte sich augenblicklich in Nervosität. Was, wenn er sie gar nicht sehen, weder vom See noch vom Knochenfund hören wollte? Was würde sie dann tun?

Vor einem aus Holz und Bambus gebauten Strandrestaurant, dessen Eingang Fackeln säumten, lud Dedy Hannahs Koffer ab.

„Das hier ist *Dominguo’s*, das beste Strandrestaurant der ganzen Insel! Darauf schwöre ich mit meinen Haaren!“

Seine glänzende Haarpracht war eindeutig das Ergebnis von sehr viel Pflege. Hannah schmunzelte.

„Außerdem ist Dominguo ein guter Freund von David und mir. Er wird sich freuen, dich kennenzulernen. David und die Schnorcheltruppe sollten jeden Moment ankommen. Du kannst die Anlegestelle von hier aus sehen.“ Er deutete in Richtung des reinweißen Sandstrands, der eingerahmt von Palmen und Büschen war, und dahinter, auf das türkisgrüne Meer. Von einer Anlegestelle war keine Spur zu sehen.

„Während wir warten, können wir etwas trinken. Oder essen. Natürlich nur, wenn du magst.“

„Gerne!“

Das brachte Dedy zum Strahlen. Hannah folgte ihm in das Restaurant, das an eine Hippie-Oase erinnerte.

Der Sitzbereich war überdacht, hatte jedoch keine Wände, sodass man einen wunderbaren Blick auf den Strand hatte. Bunte Lichterketten baumelten an der Überdachung und man saß an kleinen Bambus-Tischen oder auf bunten Sitzsäcken am Boden. An den Stützpfeilern hingen zahlreiche Schilder aus Sperrholz mit Sprüchen wie *Love, Peace and Beach* oder *All you need is Sunshine ... and beer.*

Etwa die Hälfte der Tische war besetzt. Bevor sie sich niederließen, rief Dedy nach Dominguo, dem Restaurantbesitzer. Der stellte sich als ein junger, korpulenter Mann heraus, der Hannah gerade einmal bis zur Nasenspitze reichte.

Die beiden Männer sprachen auf Indonesisch miteinander. Oder war es Balinesisch? Die einzigen Wortfetzen, die sie aufschnappte, waren *Hannah* und *David* und schon zeichnete sich auch auf Dominguos Gesicht ein breites Lächeln ab.

„*Welcome!* Willkommen in meinem Restaurant! Ich freue mich, dass du hier bist. Davids Freunde sind meine Freunde!"

Sein Händedruck war überraschend fest.

„Ich würde dich gerne auf einen Drink und einen Happen einladen! Hast du einen besonderen Wunsch? Wenn nicht, überrasche ich dich."

„Eine Überraschung wäre toll", meinte Hannah.

Kurz darauf saßen Dedy und sie auf den weichen Sitzsäcken mit Blick auf das Meer und hatten zwei volle Gläser Piña Colada vor sich. Wieder einen Moment später standen neben den Cocktailgläsern eine Schüssel

Fischcurry und gebratene Nudeln mit Gemüse, ein Teller Hühnerspießchen und in Bananenblätter gewickelter Reis.

Das Essen schmeckte so gut, dass Hannah es beinahe schaffte, sich von der Nervosität rund um das Aufeinandertreffen mit David abzulenken. Aber eben nur fast. Noch immer kribbelte es in ihrem Magen. Sie war dankbar, dass Dedy über allerlei Belanglosigkeiten plauderte, sodass sie selbst nicht viel reden musste.

Was würde David sagen, wenn er sie sah? Würde er sie überhaupt erkennen? Immerhin hatten sie sich seit Jahren nicht mehr gesehen.

„Da sind sie", sagte Dedy.

Hannah folgte seinem Blick zu einem hölzernen Motorboot, das eben an den Strand glitt. Mehrere Personen waren darauf zu sehen, alle in Bikinis oder Badehose. Einer nach dem anderen machte einen Sprung ins Wasser. Während Hannah die Gruppe beobachtete, hüpfte Dedy über das Geländer des Strandrestaurants und lief winkend auf das Boot zu.

Erst auf den zweiten Blick erkannte sie David. Die Dreadlocks waren einem James Dean-Haarschnitt gewichen. Auf seiner Nase saß eine dunkle Sonnenbrille, doch sein Lächeln war dasselbe.

David

David und seine Schnorcheltruppe kamen gerade von einem der Tauchspots zwischen Gili Air und Meno zurück, wo sie Schildkröten, Seepferdchen und kleine Rochen hatten beobachten können. Jetzt ging es zu einem köstlichen Abendessen bei Dominguo, dessen Koch-

und Grillkünste kein anderes Restaurant der Insel
toppte.

„Hey, Sonnenschein!", rief Dedy. „Ich habe eine Überraschung für dich."

„Ach ja?"

„Du hast Besuch. Jemand von dir zu Hause."

„Wie bitte?" Davids Verwirrung war echt. Sein Zuhause war die Insel.

Mit seinem Blick folgte er Dedys ausgestrecktem Arm
zu Dominguos Terrasse, wo eine junge Frau in engen
Jeans und einer Bluse stand, die viel zu elegant für Gili
Air wirkte – und David erstarrte.

Hannah hatte sich überhaupt nicht verändert. Ihre
langen dunkelbraunen Locken waren zu einem Zopf
gebunden, aus dem sich einige widerspenstige Strähnen gelöst hatten. Ihre Lippen waren zusammenge-
presst, wie sie es schon als Kind getan hatte, wenn sie
nervös war, und ihre rehbraunen, von langen Wimpern umrahmten Augen ließen sie jünger wirken, obwohl David wusste, dass sie im selben Alter war wie er.

„Hannah?"

Er blinzelte mehrmals, während er auf sie zuging. Beinahe erwartete er, dass sie verschwinden und einer anderen Person Platz machen würde, wenn er kurz nicht
hinsah. Dass er sich getäuscht hatte und da gar nicht
seine ehemalige beste Freundin, sondern eine Touristin
stand, die Hannah bloß ähnelte. Doch Hannah blieb
Hannah.

„Was machst du hier?"

Er wartete gar nicht auf eine Antwort, sondern kletterte über die Brüstung und schloss sie, ohne lange
nachzudenken, in die Arme. So viele Jahre hatten sie

sich nicht mehr gesehen, trotzdem fühlte sich die Berührung richtig an. Ihr Duft stieg ihm in die Nase wie ein Hauch von Frühling. Er legte seine Hände auf Hannahs Schultern und schob sie von sich, um ihr ins Gesicht schauen zu können.

„Ich fasse es nicht, dass du hier bist."

„Ja, ich ... es war recht spontan. Hi."

Ihr Lächeln war schief und auf ihren Wangen lag ein rosaroter Schimmer. Etwas Vertrautes und zugleich faszinierend Fremdes ging von ihr aus. Es war merkwürdig, sie hier zu sehen. Hannah, die er immer mit den Bergen und Nadelwäldern rund um Bad Rubinsee verbunden hatte, auf der Terrasse von Dominguos Restaurant. Es passt nicht zusammen – und gleichzeitig passte es perfekt.

„Was machst du ... ich meine, machst du Urlaub hier?", fragte er unbeholfen.

„So in der Art. Ich bin eben erst angekommen."

„Du wirst es lieben. Die Insel ist ein Traum!" Dedy knuffte David in die Seite. Wie immer war er ein unerschütterlicher Sonnenschein – heute noch mehr, vermutlich, weil er Davids Unsicherheit bemerkte.

Zu gerne wäre David allein mit Hannah gewesen. Was machte sie hier? Es musste einen Grund geben, dass sie ausgerechnet auf *seiner* Insel aufgetaucht war, aber welchen? War etwas passiert? Ging es seiner Mutter gut? Hannah schaute ihn auf eine Art an, die ihn glauben ließ, dass auch sie sich gerne sofort mit ihm unterhalten hätte. Doch da winkte Dedy sie schon an einen Tisch, auf dem bereits halbleergegessene Teller standen.

Während sich alle auf den Sitzsäcken niederließen, war David die Anwesenheit seiner Freunde und der schwatzenden Schnorchelgruppe beinahe unangenehm. Dedy gab sich keine Mühe, seine Neugierde zu verstecken. Unverhohlen starrte er abwechselnd erst Hannah, dann David an, während die Touristen fröhlich plauderten, als wäre dies ein ganz normaler Abend.

Für sie war es das ja auch. Unerwartet und plötzlich hatte David seine Vergangenheit eingeholt und das in Form einer hübschen jungen Frau, die ein unbestimmtes Gefühl, irgendwo zwischen Aufregung, Unruhe und Freude, in ihm auslöste.

Wo sollte er anfangen? Was fragte man jemanden, den man seit vielen Jahren nicht mehr gesehen hatte? Den man gar nicht mehr kannte, obwohl man einmal fester Bestandteil des anderen Lebens gewesen war? Hannah schien es ähnlich zu gehen. Denn obwohl David hoffte, sie würde das Eis brechen, blieb sie stumm.

Schließlich war es Dedy, der die erste Frage stellte. „Ihr beiden kennt euch also?", wollte er wissen.

„Wir kommen aus demselben Ort", sagte Hannah.

„Wir waren beste Freunde, als wir klein waren", fügte David hinzu.

„Habt ihr euch lange nicht mehr gesehen?"

„Seit neun Jahren ungefähr", meinte David, denn um diese Zeit hatte er Tirol endgültig verlassen, um seine Reise um die Welt anzutreten.

„Eigentlich haben wir uns vor sieben Jahren noch mal gesehen", korrigierte Hannah. „Es war, als ..." Sie brach ab, presste die Lippen aufeinander.

Sie spielte bestimmt auf die Beerdigung seines Vaters an. Er erinnerte sich vage daran, Hannah auf dem

Friedhof gesehen zu haben, aber an keine Details. An jenem Tag hatte er so viele Hände geschüttelt und Beileidsbekundungen entgegengenommen, dass ein Gesicht ins andere übergelaufen war.

„Und jetzt bist du hier, um David zu besuchen?" Dedy grinste aufgeregt.

Hannah hielt den Kopf gesenkt. Weder nickte sie noch schüttelte sie ihn – und das war Antwort genug. War sie tatsächlich nur seinetwegen gekommen?

„Ich finde, wir sollten Hannah einen richtig guten Einstand bereiten", meinte Dedy. „Das schreit nach noch mehr Drinks und Musik."

„Ich bin ehrlich gesagt etwas müde", lehnte Hannah ab. David kannte diesen Blick oder besser gesagt, die Art, wie sie allen Blicken auswich. Hannah wollte allein sein. „Ich werde mir die Beine vertreten", murmelte sie entschuldigend. „Ich hoffe, es ist nicht unhöflich, wenn ich mich für den Moment verabschiede."

Mit einem letzten Winken drehte sie sich um und ging. Einen Herzschlag lang schaute David ihr bloß hinterher. Sollte er sie wirklich ziehen lassen. Den Wunsch, Zeit für sich und ihre Gedanken abseits jeglicher Gesellschaft zu haben, kannte er nur zu gut ... und doch. Er hatte sie gerade erst wiedergefunden, es fühlte sich schrecklich an, sie jetzt schon wieder ziehen zu lassen, und sei es nur für eine Nacht.

„Sorry", murmelte er seinen Freunden zu, ehe er sich aufrappelte und Hannah nachlief.

Hannah

Hannah und David spazierten nebeneinander den Strand entlang, wobei Hannah Mühe hatte, ihre Schritte an Davids gemächliches Tempo anzupassen. Schon im Restaurant waren ihr seine kontrollierten Bewegungen aufgefallen. Egal ob er den Arm hob, die Beine streckte oder den Kopf schüttelte, er tat es langsam und bedacht. War er als Kind schon so gewesen? Falls ja, erinnerte Hannah sich nicht mehr daran.

Ob das eine Nebenwirkung des Lebens an einem Ort war, an dem die Zeit keine Rolle spielte?

Mit jedem Schritt entfernten sie sich von Dominguos Restaurant, bis die Musik und das Lachen von Davids Freunden verklungen waren und nur noch das Meeresrauschen zu hören war.

„Deine Freunde sind wahrscheinlich nicht so erfreut, dass du sie sitzenlässt", meinte Hannah.

„Die kommen gut ohne mich klar."

In diesem Moment hallte ein langgezogener Lautsprecher-Schrei über den Strand. Mal wurde er höher, mal tiefer. Fremdartige Worte, die Hannah zwar nicht verstand, die sie nichtsdestotrotz mit Ruhe erfüllten.

„Das ist der Muezzin", erklärte David. „Morgens und abends ruft er zum Gebet."

„Richtig – Indonesien ist ja zum Großteil muslimisch", erinnerte Hannah sich. Auch darüber hatte sie in einem Online-Reiseführer gelesen.

„Dedy hat mich am Hafen abgeholt. Er ist richtig nett", fügte sie hinzu.

Es brannte ihr auf der Zunge, David von dem Knochenfund zu erzählen. Doch sie wollte ihn nicht gleich überrumpeln. In ihrem Job hatte sie gelernt, wie wichtig freundliches Geplauder war, um ein Umfeld zu kreieren, in dem die *harten* Themen angesprochen werden konnten.

„Er ist der Beste." Hannah konnte das Schmunzeln in Davids Stimme hören. „Ich fasse es immer noch nicht, dass du hier bist."

„Ich ehrlich gesagt auch nicht. Es war eine ganz schön spontane Reise."

Plötzlich blieb David stehen. „Ist ... ist etwas passiert?"

War es möglich, dass er etwas wusste? Nein, seine Besorgnis galt bestimmt einem anderen Thema. Seiner Mutter.

„Rebecca geht's gut. Ich war erst vorgestern bei ihr im Pflegeheim", sagte sie.

„Du besuchst sie?" Seine Besorgnis wich Überraschung.

Hannah musste ihren Ärger unterdrücken, der plötzlich ihre Kehle hochkrabbelte. David war so viele Jahre nicht mehr in Bad Rubinsee gewesen, dass er gar nicht wusste, *wer* sich an seiner Stelle um seine Mutter kümmerte.

„Ich gehe einmal oder zweimal die Woche hin. Ich möchte nicht, dass sie allein ist."

„Weil ich nicht da bin, um sie zu besuchen."

Das hätte Hannah nie laut ausgesprochen. Gedacht hatte sie es allerdings.

„Ich glaube, es würde deiner Mutter guttun, dich mal zu sehen."

„Falls sie es mitbekommt."

„Das tut sie!"

David antwortete nicht, schlenderte nur schweigend neben ihr her.

„Hast du nie darüber nachgedacht, zurückzukommen?", fragte sie.

„Nicht wirklich. Ich bin es gewohnt, immer weiterzuziehen."

„Das klingt so, als würdest du weglaufen." Sie hatte es als Scherz gemeint, doch David stimmte nicht in ihr Lachen ein.

„Vielleicht tue ich das wirklich. Weglaufen, meine ich. Damals bin ich aus dem Dorf weggelaufen, weil ich es nicht mehr ausgehalten habe, dass mich alle für einen Irren halten. Und weil sich das so gut angefühlt hat, bin ich immer weitergelaufen."

„Du könntest damit aufhören. Mit dem Weglaufen."

Er zuckte die Schultern.

„Was hält dich davon ab?"

„Nichts. Aber es gibt auch nichts, das mich davon abhält, weiterzulaufen."

Das war Hannah Stichwort. Sie räusperte sich, wie sie es immer tat, bevor sie etwas Wichtiges sagte. Eine Eigenart, die sie von ihrem Vater übernommen hatte.

„Vielleicht gibt es da doch etwas."

„Ja?"

Wieder meinte sie, ein Lächeln in Davids Stimme zu hören.

„Sie haben einen Knochen im Rubinsee gefunden. Einen menschlichen Knochen."

David beschleunigte seinen Gang, unmerklich und doch stark genug, dass Hannah plötzlich Mühe hatte, mit ihm Schritt zu halten.

„Noch steht nichts fest, aber es ist möglich, dass er zu dem Mädchen gehört, das du damals gefunden hast. Wenn das stimmt, müssen sie den Fall wieder aufrollen.“

Nun, da sie angefangen hatte, zu sprechen, würde sie nicht sofort aufgeben.

„Das ist deine Chance, die Dinge richtigzustellen!“

Keine Antwort.

„Du müsstest dann nicht mehr weglaufen! Jetzt, wo es eine Leiche gibt, können die Leute nicht mehr behaupten, dass du ...“

„Dass ich verrückt bin?“ Er blieb so abrupt stehen, dass Hannah gegen seinen Rücken stieß. Seine Haut war warm und klebrig vom Meersalz. „Vielleicht haben sie ja recht damit.“

„Das ist doch Blödsinn.“

„Ist es das? Ich dachte damals, ich hätte einen Geist gesehen. Keine Leiche. Ein Gespenst! Ich dachte, ich hätte sie unter Wasser schreien sehen und dass sie mich in die Tiefe ziehen wollte. Welcher normale Mensch bildet sich sowas ein? Kein Wunder, dass mir keiner geglaubt hat. Ich glaube mir ja selber nicht mehr.“

Hannah überging den letzten Einwand. „Und das ist das Problem! Niemand hat dir geglaubt, obwohl sie es hätten tun sollen. Aber jetzt bist du erwachsen, es gibt einen Knochen, und sie müssen dir zuhören.“

„Das werden sie nicht.“

„Doch, sie ...“

„Weil ich nicht zurückfahre.“

„Denk wenigstens darüber nach“, bat sie. Sie hasste es, wie verzweifelt ihr Tonfall klang.

„Da gibt es nichts nachzudenken. Ich habe vor Jahren mit der Sache abgeschlossen."

Hannah machte zwei Schritte zurück, um Abstand zwischen sich und David zu bringen. Sie musste ihre nächsten Worte mit Bedacht wählen. Wenn er an seinem unüberlegten Nein festhielt, wäre sie umsonst nach Gili Air gekommen.

„Du vielleicht, aber was ist mit dem Mädchen, das im See liegt?", fragte sie.

„Falls da jemand liegt."

„Das meinst du nicht ernst."

„Doch. Ich habe mich damals in etwas hineingesteigert. Keine Ahnung, was oder wen ich wirklich gesehen habe. Ein Gespenst? Eine Halluzination? Eine Traumgestalt? Was weiß ich."

Hannahs Hände begannen zu zittern. Wie konnte er so gleichgültig sein?

In dem Versuch, sich zu beruhigen, ballte sie ihre Hände zu Fäusten. Sie musste sachlich bleiben, das hatte sie im Job gelernt. Man überzeugte niemandem mit Wut oder Tränen. Man überzeugte die anderen mit Ruhe, mit Argumenten und damit, die Oberhand zu bewahren.

„Du weißt genauso gut wie ich, dass es damals sehr wohl eine Leiche gab und dass Franz Berger alles vertuscht hat."

So, jetzt hatte sie es gesagt.

Die Ermittlungen waren zu Unrecht eingestellt worden und das nicht wegen Davids wackliger Aussage, nicht wegen eines Mangels an Beweisen und nicht wegen irgendeiner inkompetenten Polizeieinheit. Franz Berger, der leitende Ermittler, in dessen Gegenwart

Hannah sich noch Jahre später fühlte, als müsste sie sich übergeben, war es gewesen. Er hatte dafür gesorgt, dass die Ermittlungen vorschnell beendet wurden.

„Das wissen wir nicht", murmelte David.

„Ich weiß es."

Hannahs Stimme bebte. Was hatte sie erwartet? Dass David sofort ein Flugticket zurück nach Hause buchen würde? Vielleicht … Dass er behauptete, es habe nie eine Leiche gegeben, obwohl *er* es war, der die Leiche gefunden hatte, jedenfalls nicht. Sie fühlte Wut in sich hochbrodeln.

„Ich habe mir etwas eingebildet. Da gab es nichts zu ermitteln", murmelte er.

Blödsinn! Und das wusste er.

Er musste es wissen!

„Was ist mit dem Rest?", fragte Hannah. „Was ist mit deiner Mutter? Dass irgendein Irrer sie ausgerechnet am Seeufer beinahe erwürgt hat, ist dann wohl auch nur ein Zufall."

„Hannah …" Davids Stimme hatte einen flehenden Unterton angenommen.

Er wollte offensichtlich, dass sie aufhörte. Aber das war ihr egal. Jetzt oder nie! Er musste ihr zuhören, musste sich eingestehen, dass sie recht hatte – sonst wäre sie den ganzen Weg umsonst gekommen.

„Und Frankie? Dass der genau zur Zeit der Ermittlungen verschwunden ist und niemand auch nur auf die Idee gekommen ist, das könnte mit der Leiche im See zu tun haben, das ist sicher auch nur ein Zufall. Ach warte, es konnte ja keiner ermitteln, weil Franz Berger und seine Frau blöderweise vergessen haben, ihren *eigenen* Sohn als vermisst zu melden!"

„Hannah, bitte.“

„Und bei deiner Mutter, da hat der Berger auch dafür gesorgt, dass die Ermittlungen eingestellt wurden. Ist dir das egal? Oder hast du nie darüber nachgedacht, weil du zu beschäftigt mit Weglaufen warst?“

David legte die Stirn in die Handfläche und schüttelte mehrmals den Kopf.

In dem Moment begriff Hannah, dass sie zu weit gegangen war.

Sie musste sich entschuldigen. Ihm sagen, dass sie verstand, wie schwer der Anblick der reglosen Rebecca zu ertragen war. David war das alles nicht gleichgültig, das zeigte ihr seine Reaktion. Aber wie hatte er die Ereignisse von damals hinter sich lassen können? Wie die Fragen loswerden, die Hannah seit Jahren verfolgten?

Was war mit Frankie geschehen? Mit Davids Mutter? Mit dem Mädchen aus dem See? Wer war sie? Wieso hatte niemand nach ihr gesucht?

Auch wenn sie wusste, dass es falsch war, brachte sie es nicht über sich, sich zu entschuldigen. Aber weitere Vorwürfe machen konnte sie David auch nicht.

Die Sekunden verstrichen, keiner der beiden sagte etwas. Dann drehte Hannah sich um und stapfte davon.

Champaign, Illinois, 2023
Frankie

Tagebucheintrag 377
Die ganze Woche über war ich nervös, wurde von Träumen über den See und von den Erinnerungen an dich heimgesucht. Ich habe versucht, mich so gut wie möglich abzulenken. Durch mein Studium, die Bücher oder

indem ich mit meinen Mitbewohnern ausging. Aber immer wieder schweiften meine Gedanken ab.

Ich kenne die Anzeichen. Wie es anfängt, bevor die Realität verschwimmt. Mittlerweile habe ich nicht nur gelernt, es zu erkennen, sondern auch, es zu verhindern. Mich zu entspannen, mich zu sammeln. Ich habe keine Angst, weil ich weiß, dass ich die psychotischen Schübe unter Kontrolle halten kann.

Doch das ist nicht die ganze Wahrheit.

Hier ist meine Beichte: Ein Teil von mir hofft, dass ich es dieses Mal nicht verhindern kann. Es ist der Teil, der sich trotz all meiner Bemühungen an dir festkrallt und dessen größte Angst es ist, dich zu verlieren.

Dieser Teil will, dass ich loslasse. Dass ich mich den Erinnerungen hingebe. Dass ich mich dir hingebe. Voll und ganz.

Noch weiß ich nicht, wie stark dieser Teil ist.

Frankie

Gili Air, 2023
David

David schaute Hannah dabei zu, wie sie wütend davonstapfte, unfähig, ihr hinterherzurennen oder sie zurückzuhalten. Was hätte er auch sagen sollen?

Sie hatte recht mit allem, was sie ihm an den Kopf geworfen hatte. Aber bedeutete das, dass er es ihr oder sonst jemandem schuldete, an den Rubinsee zurückzukehren?

Nein! Ganz bestimmt nicht. Er hatte für seinen Neuanfang gekämpft. Die Insel war jetzt sein Leben.

Abrupt drehte David sich um und verließ den Strand.

Als er Dominguos Restaurant erreichte, wo Hannahs Koffer an der Außenwand lehnte, lief es ihm erst heiß und dann eiskalt das Rückgrat hinunter. Sie war wegen ihm auf die Insel gekommen und nun rannte sie allein durch die Gegend. Wie hatte er sie einfach davongehen lassen können? Und was würde sie als Nächstes machen? Würde sie ihren Koffer nehmen und morgen die erste Fähre zurück nach Bali besteigen?

„Scheiße, verdammte!"

David trat gegen einen Haufen Bretter, die neben dem Eingang zu Dominguos Restaurant gestapelt waren und nun krachend umkippten. Sofort streckte Dominguo seinen Kopf aus einem der Fenster.

„Was machst du da?"

„Ich ... ähm."

Davids Wut verrauchte schneller, als sie gekommen war. Er fühlte sich nur noch leer.

„Ich habe ... ich weiß auch nicht." Mit einer hilflosen Geste deutete er auf die Bretter. „Tut mir leid."

Er bückte sich, um die Holzbretter wieder zusammenzusammeln.

„Lass nur!", rief Dominguo. Für einen Moment verschwand sein Kopf aus dem offenen Fensterrahmen, im nächsten kamen Dedy und Dominguo gemeinsam die Treppe herunter.

„Ist alles in Ordnung mit dir?", wollte Dedy besorgt wissen.

„Ja, alles gut."

„Wo ist Hannah?"

„Weg."

Dedy bückte sich, um gemeinsam mit David die Holzteile zusammenzusammeln.

„Ihr müsst das nicht machen. Das ist nur altes Sperrholz. Lasst es ruhig liegen", meinte Dominguo.

Sperrholz oder nicht, David klaubte es weiter zusammen. Immerhin hatten seine Hände dabei etwas zu tun. Die Stetigkeit der Bewegung tat ihm gut. Bücken, Holz greifen, auf einen Stapel schichten, wieder bücken.

„Wir haben uns gestritten", sagte er irgendwann.

„Warum?"

„Weil ... Ach, ich weiß nicht. Hannah will, dass ich zurück nach Tirol komme und ihr helfe, eine alte Geschichte auszugraben", antwortete er vage.

„Und du willst das nicht", meinte Dedy.

Es war keine Frage, sondern eine Feststellung. David hatte weder ihm noch Dominguo viel von seiner Heimat erzählt, jedoch genug, um beide wissen zu lassen, dass er froh über den Ozean war, der zwischen ihm und dem Rubinsee lag.

„Bestimmt fährt sie morgen wieder."

„Meinst du?", fragte Dedy.

„Sie hat keinen Grund, länger hier zu bleiben, oder?"

Dedy hielt in der Bewegung inne. „Vielleicht ja doch. Dich."

„Hmmm", grummelte David.

„Sie hat einen ganz schön weiten Weg hinter sich, nur um dir eine Nachricht zu übermitteln. Denkst du nicht, dass sie dich auch sehen wollte." Er hob verschwörerisch eine Augenbraue.

„Selbst wenn, ich habe es verbockt. Sie ist richtig wütend auf mich." David seufzte.

Eigentlich sollte er froh sein, dass sie bald wieder fahren würde und er sein Leben in Ruhe weiterleben konnte. Er hatte so viele Jahre gebraucht, um die Gedanken an den Rubinsee und seinen Geist halbwegs zu verdrängen. Wieso musste das jetzt alles wieder hochkommen?

„Wie wäre es mit einem Drink zur Beruhigung der Nerven?", schlug Dominguo vor. Doch während Dedy sich einen doppelten Mojito bestellte, schüttelte David den Kopf.

„Ich bin müde, Jungs. Ich glaube, ich gehe zurück zur Hütte."

Er wollte nur noch schlafen und den Streit mit Hannah bis zum Morgengrauen vergessen.

Hannah

Obwohl es bereits dunkel war, fühlte sich der Sand unter Hannahs Fußsohlen warm an, ganz anders als die immerkalten Steinchen an den Ufern des Rubinsees. Die Wärme und der Mond, der das Meer zum Glitzern brachte, machten es leicht, sich vorzustellen, man sei in seinen eigenen Traum geschlüpft. Nur leider war dies kein Traum. Und was so vielversprechend begonnen hatte, war am Ende völlig schiefgelaufen.

Wieder einmal versuchte Hannah, ihre Gedanken zu ordnen, während sie knöcheltief ins Meer stapfte und parallel zu den Strandhütten spazierte.

Erstens, sie hatte David auf Anhieb gefunden.

Zweitens, seine Freunde waren herzlich und hatten sie sofort in ihrer Mitte aufgenommen. Ihnen schien viel an David zu liegen, was gut war.

Drittens, er wirkte glücklich.

Viertens, die Gründe zwei und drei machten es unwahrscheinlich, dass David sein Paradies verlassen und auch nur für kurze Zeit mit ihr zurückkommen würde, was den ersten Punkt völlig unerheblich machte. Denn was brachte es, ihn gefunden zu haben, wenn er sie nicht nach Bad Rubinsee begleiten würde?

Hannah blieb stehen, atmete ein paarmal tief durch, während die Wellen gegen ihre Knöchel schwappten, und setzte ihren Gang dann in entgegengesetzte Richtung fort, um sich nicht zu weit von Dominguos Strandrestaurant zu entfernen.

Fünftens, sie hatte sich verhalten wie eine aufgebrachte, irrationale Ziege und David an den Kopf geworfen, seine eigene Mutter wäre ihm egal. Hannah fragte sich, ob sie damit jegliche Chance zunichtegemacht hatte, ihre einstige Freundschaft zu kitten.

Sechstens, wenn Hannah etwas weniger naiv wäre, hätte ihr klar sein müssen, dass David sich nicht für den Knochenfund interessieren würde. Er hatte den Rubinsee vor langer Zeit hinter sich gelassen. Etwas, das Hannah bisher nicht gelungen war.

Das Einzige, was Hannah bewirkt hatte, war, eine bereits zerbrochene Freundschaft noch mehr zu zerbrechen.

Gut gemacht, Hannah.

Als sie Dominguos Restaurant erreichte, brannte dort noch Licht und auf der Terrasse sah Hannah Leute sitzen. Ob David unter ihnen war? Hannahs Koffer stand neben der kleinen Eingangstreppe. Sie ging nach oben, um Dedy zu suchen, denn der hatte ihr vorhin einen Schlafplatz zugesichert.

Er saß mit ein paar Touristen rund um einen Tisch voller leerer Gläser, von David keine Spur.

Als Dedy sie sah, sprang er von seinem Sitzsack auf und kam auf sie zu.

„Hannah!", rief er so überrascht, als hätte sie sich aus dem Nichts materialisiert. „Wir haben uns Sorgen gemacht. David sagte, ihr habt euch gestritten. Geht es dir gut?"

„Mir, ja … ähm, alles in Ordnung", antwortete Hannah, wobei ihr die Röte in die Wangen stieg. Hatte David seinen Freunden erzählt, wie unfair sie sich verhalten hatte?

„Wo ist David?"

„Der schläft schon. Ihm geht's nicht so gut", meinte Dedy mit zerknirschtem Gesicht. Er beugte sich nahe zu ihr heran und erklärte mit hochgezogenen Augenbrauen: „Er hat einen Stapel Holz umgetreten."

So wie Dedy das betonte, hätte er Hannah ebenso gut mitteilen können, dass David einen Mord begangen hatte.

„Was auch immer David zu dir gesagt hat, es tut ihm leid. Du bist ihm wichtig, weißt du."

„Davon bin ich nicht so überzeugt", murmelte Hannah.

Anstatt einer Antwort schaute Dedy betont in Richtung der Treppe, neben der sich besagter Holzstapel befand.

„Kannst du mir meine Hütte zeigen? Ich bin auch müde", bat Hannah ihn.

„Natürlich!"

Schon war Dedy an ihr vorbei die Treppe hinunter gelaufen und hatte sich ihren Koffer genommen. „Folge mir. Ich habe für dich den schönsten Bungalow der Insel reserviert. Fast mit Strandblick!"

Während sie ihm hinterherlief, erzählte er unablässig von David. Davon, was für ein guter Freund und einfühlsamer Mensch er war. Dass ihm die Insel und ihre Bewohner viel bedeuteten. Dass er ein Geheimnis für sich behalten konnte und man seine Hilfe bekam, wann immer man sie brauchte, ohne sich rechtfertigen zu müssen. Dass David niemanden verurteilte. Niemals! Und dass er nie wütend wurde, außer heute Abend, denn da hatte er einen Stapel Holz umgetreten, und wieder nahm Dedys Stimme einen Klang an, als erkenne er seinen Freund nicht wieder.

„Hier wären wir!", verkündete er schließlich.

Der versprochene Luxusbungalow war eine einfache, etwas schiefe Holzhütte mit Strohdach und einer ganzen Menge Sand auf den Eingangsstufen. Der Beinahe-Meerblick stellte sich als Blick auf einen Hinterhof heraus, auf dem ein paar Hühner schliefen.

„Danke, Dedy. Du bist der Beste!"

„Nur der beste Service für Davids Freunde!" Er grinste, wurde eine Sekunde später jedoch wieder ernst. „Ich lasse dich jetzt allein, damit du dich ausruhen kannst. Aber denk daran, David ist ein toller Kerl. Was auch immer er zu dir gesagt hat, du solltest ihm verzeihen, weil, na ja, du weißt schon ..."

Sie hatte verstanden. Weil David, der immer ruhige David, den nichts aus der Ruhe brachte, wegen ihr einen Stapel Holz umgetreten hatte. Und das bedeutete, dass sie ihm vielleicht doch nicht egal war.

„Gute Nacht, Dedy."

„Schlaf gut und genieß deine erste Nacht im Paradies!"

Damals: Der Geist und das Geflüster

Bad Rubinsee, 2006
Christoph

Der Kopierer hatte wieder einmal Christophs Dokumente gefressen.

Fluchend stocherte er mit einer Schere zwischen den Rädchen des Blatteinzugs, um das Papier herauszulösen. Bei dem Dokument handelte es sich um einen vor vier Tagen unterschriebenen Baubescheid der Gemeinde und er wollte unbedingt vermeiden, die Unterschrift erneut einholen zu müssen. Vor allem, weil er dem Bürgermeister dann sagen müsste, dass er bis heute vergessen hatte, die Papiere an Herrn und Frau Moser weiterzuleiten.

So vertieft in seine Arbeit bemerkte er nicht, wie Rebecca eintrat.

Christoph roch sie, bevor er sie sah. Rosenblüten und Orchideenduft hüllten ihn ein. Als ob der Sommerwind sich in sein Büro geschlichen hätte und mit ihm die Hitze eines Tages am Strand. Unwillkürlich dachte er an Schweiß auf nackter Haut und er verspürte den Wunsch, sich das Hemd vom Körper zu reißen.

Christoph drückte seine Schulterblätter durch, um einen imaginären Zentimeter Körpergröße zu gewinnen, und setzte ein, wie er hoffte, verführerisches Lächeln auf. Rebecca sah wie immer umwerfend aus. Ihr rotes Sommerkleid schmeichelte ihrer Figur und betonte ihre Wangen, süß wie reife Äpfel. Die Knöpfe seines Hemds spannten sich unangenehm über seinen Bauch und erinnerten ihn daran, dass er sich *nicht* erinnerte, wann er zum letzten Mal Sport getrieben hatte.

„Was machst du denn hier? Ich meine, so eine Überraschung. Also, eine gute Überraschung. Also, ich meine ... Hallo Rebecca."

„Ich hoffe, ich störe nicht."

„Nein, nein. Ich habe gerade eh nichts zu tun. Das heißt, ich arbeite. Also habe ich natürlich viele Dinge zu tun, aber für dich nehme ich mir gerne Zeit. Du störst nie."

„Gut." Sie lächelte. „Wir wollten uns bei dir für deine Hilfe bedanken."

Rebecca schob ihren Sohn vor sich. Bis eben hatte Christoph ihn gar nicht bemerkt. David war fast genauso blass wie an dem Tag, an dem Christoph ihn am Waldrand gefunden hatte. Etwas Gehetztes lag in Davids Blick, als ob der Junge erwartete, dass der Geist aus dem See aus dem Kopierer aufsteigen könnte.

Christophs Aufregung verflog zwar nicht, legte sich jetzt, da er nicht mehr allein mit der schönen Rebecca war, aber genug, um einen anständigen Satz zu formulieren.

„Ich helfe gerne. Außerdem hast du dich schon bei mir bedankt“, winkte er ab.

„Aber nicht genug“, meinte Rebecca lächelnd und schon wieder wurde Christoph heiß.

Ihm fielen da einige Arten ein, wie sie sich bei ihm bedanken könnte. Allerdings involvierte keine davon David, was auch gut war, denn sie waren keineswegs jugendfrei.

„Wir haben dir als Dankeschön etwas zum Naschen mitgebracht. Ich hoffe, ich habe deinen Geschmack getroffen“, flötete Rebecca mit gespielt schüchternem Lächeln und überreichte ihm ein Päckchen aus der örtlichen Bäckerei.

Cremeschnitten – Christophs Lieblingsgebäck. Wie hatte sie das bloß erraten?

„Ich dachte, vielleicht hast du Lust auf eine kleine Arbeitspause mit Kaffee und Kuchen. Wenn du nicht zu viel zu tun hast, natürlich“, meinte sie.

„Das trifft sich wunderbar. Tatsächlich wollte ich gerade eine Pause machen!“

Tatsächlich wartete ein halbes Dutzend Leute auf seinen Rückruf. Er hatte einen Stapel Dokumente abzuarbeiten, die gescannt und in die Ablage geräumt werden mussten, und mit dem wöchentlichen Dorfblatt hatte er noch gar nicht angefangen. Ganz zu schweigen von dem Bauantrag, der im Papiereinzugsfach seines Kopierers steckte und den er schon vor vier Tagen hätte abschicken sollen. Aber für Rebecca legte er gerne eine Pause ein.

„Kann ich euch etwas zu trinken anbieten? Kaffee vielleicht? Oder einen Saft für dich, David?“

„Kaffee wäre wunderbar", antwortete Rebecca, und als David nichts sagte: „David? Der liebe Herr Engelbert hat gefragt, was du trinken möchtest."

Der *liebe* Herr Engelbert. Christoph wurde ganz warm ums Herz.

„Wasser", flüsterte David.

„Wunderbar! Kommt sofort!"

Christoph beeilte sich. Zurück in seinem Büro war Rebecca dabei, die Cremeschnitten auf Papptellern zu verteilen. Der Anblick ihres vornübergebeugten Rückens, ihrer Haare, die beinahe seine Schreibtischplatte streiften, und ihres Rocksaums, der über die Kniekehlen gerutscht war, ließ ihn schlucken. Sein Hals wurde sogar noch trockener, nachdem er sich gesetzt hatte und Rebecca dabei zuschaute, wie sie eine Gabel voll Cremeschnitte zwischen ihren perfekten Lippen verschwinden ließ.

Er räusperte sich.

„Wirklich köstlich", sagte er.

„Du hast noch gar nicht probiert."

„Oh ja, natürlich."

Er schob sich ein extra großes Stück Schnitte in den Mund, damit er erst einmal nichts mehr sagen musste. Rebecca lächelte ihn an, David starrte auf die Tischplatte.

„Wie geht es euch beiden?", erkundigte Christoph sich.

„Es geht so. Um ehrlich zu sein …", sagte Rebecca und stockte. „Um ehrlich zu sein, ist es gerade etwas hart für uns. Du hast vermutlich schon davon gehört." Rebecca schaute ihn unter gesenkten Augenlidern an, während sie eine spannungssteigernde Pause einlegte. „Von der Leiche.“

„Der Leiche?“

„Im See.“

Davon hatte er nichts gehört. Was ungewöhnlich war. Christoph wusste normalerweise über alles Bescheid, was im Dorf passierte.

„Natürlich habe ich davon gehört“, antwortete er.

„Es ist nur, die Polizei glaubt uns nicht.“ Wieder machte sie eine Kunstpause.

Da war eine Leiche im See und die Polizei glaubte ihnen nicht? Christoph war verwirrt. Eine solche Neuigkeit hätte sich im Dorf verbreiten müssen wie ein Lauffeuer.

„Warum denn nicht?“, fragte er.

„Wenn der Zeuge ein Erwachsener wäre, sähen die Dinge sicher ganz anders aus“, meinte sie und endlich begriff er.

Es musste um die Nacht gehen, in der er David am Waldrand aufgegriffen hatte.

„Franz Berger war gestern bei uns“, antwortete Rebecca mit einem Blick, als müsste das Erklärung genug sein. Und das war es auch.

Franz Berger hatte Christoph gestern Nachmittag spontan ins Revier zitiert, um ihn zu dem Abend zu verhören, an dem er David aufgegriffen hatte. Er war unfreundlich und streng gewesen. Ob Christoph jemand anderen gesehen hätte, hatte er wissen wollen. In welcher Verfassung der Junge gewesen war – „Ziemlich aufgelöst“, hatte Christoph erklärt. Christophs zahlreiche Fragen hatte Franz ignoriert und den Leichenfund nicht erwähnt, ja nicht einmal angedeutet.

Am Ende des Verhörs war Christoph sich wie ein Fünfer-Schüler vorgekommen, der eben durch die Klausur gerasselt war.

Er hörte aufmerksam zu, während sie ihm die ganze Geschichte erzählte. Eine Mädchenleiche auf dem Grund des Rubinsees! Allein der Gedanke daran ließ Christoph einen Schauer über den Rücken laufen.

Schnell stopfte er sich eine weitere Portion Cremeschnitte in den Mund und kaute die Anspannung weg.

„Die Polizei sitzt nur auf ihren faulen Hintern", empörte Rebecca sich schließlich. „Ich habe angerufen. Mehrmals sogar. Aber die wollen mit keinen Informationen rausrücken. Das Einzige, was ich weiß, ist, dass sie heute Morgen ein Boot gefunden haben."

„Ein Boot?"

„Ja, das vom Hauser-Wirt. Sie haben es in der Nähe von der Stelle gefunden, an der du David aufgesammelt hast."

Christoph hatte David ein gutes Stück vom Hauser-Gasthof entfernt entdeckt. Außerdem war der See in diesem Bereich von dichtem Wald umrahmt. Bootsstege gab es weit und breit keine.

„Davids Neoprenanzug war in dem Boot. Also gehen sie davon aus, dass er das Boot genommen hat."

„Ich habe das Boot nicht gestohlen", flüsterte David.

„Franz Berger hat am Telefon ein großes Trara darum gemacht. Er sagt, dass Davids Aussagen viel zu vage sind. Weil er das Boot nicht einmal erwähnt hat."

„Ich hab's nicht genommen", wiederholte David, aber seine Mutter ignorierte ihn.

„Ob er nun hinausgeschwommen oder mit einem Boot gerudert ist, macht keinen Unterschied. In jedem Fall hat er eine Leiche entdeckt."

„Da hast du vollkommen recht!", pflichtete Christoph ihr bei.

Wieder fühlte er ein Kribbeln in sich hochsteigen. Dieses Mal jedoch nicht wegen Rebeccas Anziehungskraft – oder zumindest nicht nur. Da war eine Leiche im See und die Polizei verweigerte die Ermittlungen. Wenn das keinen Stoff für eine handfeste Kriminalgeschichte bot, dann wusste er auch nicht!

„Wenn ich euch irgendwie helfen kann ...", begann Christoph und sofort hellte sich Rebeccas Miene auf.

„Tatsächlich gäbe es da etwas, was du tun könntest."

Christophs Herz machte einen Sprung. „Du schreibst doch für das Gemeindeblatt, nicht wahr?"

„Ich bin der Hauptverantwortliche für das Gemeindeblatt", korrigierte er sie.

Das Gemeindeblatt war ein Flugblatt, das monatlich an alle Haushalte versendet wurde, um die Bürger über kommende Veranstaltungen zu informieren. Außerdem steuerte der Pfarrer ein paar Zeilen göttlicher Weisheit bei.

„Ich dachte, wenn wir einen kleinen Aufruf im Gemeindeblatt starten könnten ... Du weißt schon, wenn wir die Leute bitten würden, mit Hinweisen auf uns zuzukommen, vielleicht könnte das helfen?"

„Das ist ...", begann Christoph.

Unmöglich, denn das Gemeindeblatt war keine Zeitung im eigentlichen Sinne und der Bürgermeister würde Christoph vermutlich ein Schreikonzert liefern, wenn dieser anfing, über einen Kriminalfall zu berichten. Aber wie sollte er das Rebecca sagen, die ihn aus ihren bildhübschen Augen so hoffnungsvoll ansah?

Und wenn er so darüber nachdachte: Wenn er, Christoph Engelbert, im Dorfblatt einen echten Kriminalfall aufklärte, würde er berühmt werden. Eine Sensation wäre das!

Wie die Leute schockiert sein würden, wenn sie von der Leiche im See und dem halbnackten, zitternden Jungen im Wald lasen. Wie sie ihren Morgenkaffee verschütten und sich die Hand vor den Mund schlagen würden. Alle würden darüber reden.

„Das könnte ich vielleicht schon machen", sagte er.

„Wirklich? Danke, oh, vielen Dank!"

Rebecca lehnte sich über den Tisch, legte beide Hände um seine und schenkte ihm das schönste Lächeln, das er je gesehen hatte. Kurz darauf rauschte sie mit ihrem Sohn aus seinem Büro. Zurück blieben zwei halb aufgegessene Cremeschnitten, Rebeccas verführerischer Geruch und Christophs Aufregung.

Der Kopierer piepste und erinnerte Christoph an die Baubescheinigung. Egal, jetzt gab es Wichtigeres zu tun.

Er schaltete seinen Computer ein und öffnete das Dokument mit der neuesten Ausgabe des Dorfblatts. Während Wort um Wort den Bildschirm füllte, steigerte sich das Kribbeln in seinem Bauch zu einem aufgeregten Wummern.

Morgen würde das Dorfblatt an alle Häuser der Gemeinde gehen und bei dieser Ausgabe würden die Leute Augen machen!

David

David saß mit angezogenen Knien am obersten Treppenabsatz und lauschte. Aus dem Erdgeschoss drangen die Stimmen seiner Eltern.

„... Unterstützung von dir erwartet. Immerhin sind wir deine Familie“, hörte er seine Mutter fauchen.

„Ich finde, ich unterstütze dich genug, indem ich dich nicht zusammen mit dem Jungen zu Doktor Habicht schicke. Mit eurer Geistergeschichte zu diesem Engelbert zu rennen! Was ist nur in dich gefahren?“

David bohrte seine Fingernägel in die Oberschenkel. Er wollte nicht zu Doktor Habicht. Auf keinen Fall wollte er dorthin ...

„Willst du damit etwa andeuten, dass wir verrückt sind?“, fragte Rebecca.

„Zumindest ist es die einzige Erklärung, die ich dafür finde, dass du diese Geschichte im ganzen Ort verbreitet hast.“

„Ich sorge nur dafür, dass die Polizei ihm glaubt.“

„Für dieses Dorfblatt interessieren sich doch höchstens die Tratschweiber.“

„Darum geht es also? Du machst dir Gedanken darüber, was die Leute sagen? Mir geht es um Gerechtigkeit!“, schrie Rebecca.

„Oder geht es vielleicht um Aufmerksamkeit?“

Es vergingen ein paar endlose Sekunden, ehe seine Mutter weitersprach. Ihre Stimme klang gepresst, als würde es ihr Mühe bereiten, nicht loszuschreien.

„David hat eine Leiche gefunden und die Polizei tut rein gar nichts. Das ist keine Spinnerei. Das ist Fakt.“

„David hat einen Geist gesehen und du solltest darüber nachdenken, ob du unserem Sohn wirklich hilfst, wenn du dich gemeinsam mit ihm in diese Geistergeschichte hineinsteigerst."

Was als Nächstes gesagt wurde, verstand David nicht mehr, weil seine Eltern die Tür zum Wohnzimmer schlossen. Trotzdem blieb er auf der Treppe sitzen und schaute weiter nach unten. So war das also: Sein Vater hielt ihn für verrückt. Genau wie der Polizeichef. Ob nun alle dachten, er sei ein Irrer?

Vermutlich. Das ganze Dorf wusste Bescheid, nachdem Christoph in einem dreiseitigen Artikel über die Mädchenleiche im See berichtet hatte. Seitdem hatte sich etwas geändert.

Die Art, wie ihn die Leute anschauten, oder besser gesagt, wie sie ihn nicht anschauten. Wie sie ihre Blicke abwandten, wenn er an ihnen vorbeiging, und ihn anstarrten, wenn sie dachten, er würde es nicht bemerken. Wie sie ihre Stimme senkten oder im Gespräch pausierten, sobald seine Mutter und er beim Einkaufen in Hörweite kamen. Wie ihnen das Lächeln auf den Lippen gefror, während sie gezwungen grüßten ...

Seine Eltern hatten David verboten, den Bericht zu lesen, aber er hatte ihn vorhin heimlich aus dem Müll gefischt. Er war lang und er enthielt Details, die weder David noch seine Mutter Christoph gegenüber erwähnt hatten, weil sie nämlich gar nicht passiert waren. Zum Beispiel, dass David eine Panikattacke erlitten haben sollte, nachdem er die Leiche gefunden hatte. Oder dass die Polizei geheime Informationen unter Verschluss hielt.

David hatte das Dorfblatt schnell wieder in den Mülleimer geworfen, weil ihm von den Worten darin
schlecht wurde. Von den wahren und von den ausge-
dachten.

***

Am nächsten Tag saß David zusammen mit seiner
Mama, seiner besten Freundin Hannah und deren Mutter im örtlichen Café. Zur Feier des Tages: Weil die Polizei nach der Veröffentlichung von Christophs Artikel
endlich kleinbeigegeben und begonnen hatte, so richtig
zu ermitteln.

„Und du hast echt ein Mädchen im See gesehen?",
fragte Hannah flüsternd.

David nickte, einen Strohhalm zwischen seinen Lippen.

„Aber ich hätte lieber nichts sagen sollen", murmelte
er. „Mir glaubt sowieso niemand."

„Sie müssen dir glauben", widersprach Hannah.
„Weil du die Wahrheit gesagt hast."

„Das interessiert keinen."

Hannah löffelte eine Portion Sahne aus ihrem Eisbe-
cher. Zwei Sorgenfalten erschienen auf ihrer Stirn,
während sie nachdachte.

„Findest du, es ist okay, zu lügen, um ein Versprechen
einzuhalten? Oder würdest du das Versprechen brechen, um die Wahrheit zu sagen?"

„Wieso fragst du das?", wollte David wissen.

„Nur so."

Ehe er nachbohren konnte, kam eine Frau zu ihnen
an den Tisch. Sie war schlank, hatte dunkelbraunes,

133

krauses Haar – ganz ähnlich dem von Hannah, nur weniger glänzend – und trug ein mausgraues Kleid. Zögerlich hob sie die Mundwinkel zu einem Lächeln. Es sah bemüht aus, beinahe angestrengt. David hatte die Frau schon einmal gesehen, nur wollte ihm nicht einfallen, wo.

„Carla, so eine Überraschung“, sagte seine Mutter, erhob sich und sandte Luftküsschen in die Richtung der Frau. „Wie geht es deinem Mann? Er muss gerade sehr beschäftigt sein mit dem Fall.“

„Oh, er … ja, sehr beschäftigt“, murmelte die Frau.

Jetzt erinnerte David sich. Carla Berger, Franz Bergers Frau. David hatte öfter dabei zugehört, wie seine Mama und sie im Supermarkt ein paar Worte wechselten. Carla Berger war ganz anders als ihr Mann. Kleiner, kraftloser – und damit meinte er nicht nur den Körperbau. Ihre Stimme war dünn, ihre Worte zitterten in der Luft, ebenso unruhig wie ihre Augen. Sie wirkte wie jemand, der Angst hatte, bei jedem Schritt umknicken zu können.

Nun schaute sie David direkt an. „Du warst das also, der das Mädchen im See gefunden hat“, sagte sie mit dünner Stimme.

„Das hat er“, antwortete seine Mutter für ihn.

„Ich …“ Carla stockte. „Darf ich dich fragen, wie sie aussah?“

„Eine Teenagerin. Blonde Haare. Dünn. Helle Haut.“ Wieder war es seine Mutter, die antwortete. „Schrecklich ist das alles. Stell dir nur vor, es wäre eins von unseren Kindern.“

Die Frau des Polizisten zuckte unmerklich zusammen.

„Und sonst war da niemand? Im See?"

David schüttelte den Kopf.

„Ganz sicher?"

Sie beugte sich näher herab.

„David hat seine Aussage doch abgegeben. Was ist so schwer daran, ihm zu glauben?", empörte seine Mutter sich.

Frau Berger hörte sie nicht oder vielleicht wollte sie Davids Mama auch einfach nicht hören. Mit gekrümmtem Rücken stand sie da, ihre Hände auf Davids Schultern gelegt. Ihre Finger krallten sich schmerzhaft in seine Haut. Obwohl sie ihm direkt in die Augen schaute, zitterten ihre Pupillen.

„War da noch jemand?", wiederholte sie flüsternd.

David presste die Lippen zusammen, um den Aufschrei zu unterdrücken, der ihm vor Schmerz – Frau Berger bohrte ihre Nägel tief in seine Schultern – auf der Zunge lag.

„Carla, lass ihn los", empörte Rebecca sich da und schob die Hände der anderen Frau von Davids Schultern.

Diese stieß scharf die Luft aus und richtete sich auf. David spürte den Druck ihrer Finger noch, nachdem sie längst losgelassen hatte.

Frau Berger blinzelte einige Male. Dann schaute sie sich im Café um, als müsste sie sich erst wieder daran erinnern, wo sie sich befand.

„T-tut mir leid", murmelte sie schließlich. „Ich weiß nicht, was da in mich gefahren ist."

Rebeccas missbilligender Blick war Antwort genug. Frau Berger lächelte unbeholfen, dann stöckelte sie davon.

Davids Mutter schnalzte mit der Zunge. „Und da sagen die Leute, *wir* seien verrückt."

Hamburg, 2006, sechs Wochen zuvor
Soleil

Soleil lag auf ihrem Bett und träumte sich nach draußen. Das hieß, in Wahrheit träumte sie sich in die Vergangenheit. Zu dem Moment, als sie Frankie kennengelernt hatte.

Es war in der Hamburger Speicherstadt gewesen, vor ein paar Wochen oder Monaten oder vielleicht nur Tagen. Sie wusste es nicht, weil die Tage in diesem Raum ineinander verliefen wie Wasserfarben.

Doch auch wenn sie keine Ahnung hatte, wie weit der Moment zurücklag, sah sie ihn vor ihrem inneren Auge wie einen Film. Da waren so viele Menschen, ganze Busladungen an Touristen, die ihre Blicke verzückt über die Fassaden gleiten ließen. Geschäftsmänner und -frauen, die mit Aktentaschen in der Hand an Soleil vorbeiliefen. Familien, die für Fotos posierten. Und er. Frankie.

Soleil hatte nicht auf die Straße geachtet und stieß deshalb mit ihm zusammen. Er war ein Stück größer als Soleil und als sie, eine Entschuldigung murmelnd, zurücktrat, schaute er sie mit schiefgelegtem Kopf an und fragte: „Ist alles okay?"

So waren die Leute eigentlich nicht. Wenn man jemanden anrempelte, fauchten sie einen an. Aber nicht er. Er fragte, ob alles okay war, und er studierte dabei ihr Gesicht so intensiv, als wollte er die Konturen für ein Kunstprojekt auswendig lernen.

„Ja, alles gut", stammelte sie und dann sagte sie nichts mehr, weil seine Augen sie so ablenkten. Augen, die so dunkel waren, dass sich Soleils Umriss darin spiegelte.

„Sicher, dass alles in Ordnung ist?", fragte der Junge mit den dunklen Augen. Er klang ehrlich besorgt.

Leute auf der Straße waren nie besorgt. Sie wollten nicht mit den Problemen irgendwelcher Fremder belästigt werden. Aber irgendetwas in seinem Blick ließ Soleil glauben, dass sie ihm vertrauen konnte. Also schüttelte sie den Kopf.

„Das ist jetzt vielleicht schräg, weil wir uns gar nicht kennen, aber magst du mit mir einen Kaffee trinken gehen?", schlug er vor.

Erst wollte Soleil Nein sagen. Es war tatsächlich schräg, einfach mit jemand Fremden einen Kaffee trinken zu gchen. Aber dann nickte sie, weil sie noch etwas länger in diese dunklen Augen schauen wollte.

Sie gingen in einen modernen Coffeeshop. Dort erfuhr sie seinen Namen. Frankie. Erst plauderten sie über Belanglosigkeiten, doch bald verselbstständigte sich ihr Gespräch und plötzlich erzählte Soleil ihm Dinge, die sie niemals zuvor jemandem offenbart hatte. Zum Beispiel, wie missverstanden sie sich von ihren Eltern fühlte. Oder wie sie innerhalb weniger Wochen von einem beliebten Mädchen zu einer Außenseiterin geworden war.

Und schließlich erzählte Frankie über sich. Sie waren wie Yin und Yang. Er kam aus einem kleinen Dorf in den Bergen. Sie war in einer großen Stadt nahe dem Meer aufgewachsen. Er war groß, sie war klein. Frankie hatte gebräunte Haut, während ihre hell wie Porzellan war und unter der Sonne höchstens rot wurde. Er hatte braune, wellige Haare, ihre waren hellblond und glatt. Seine Augen waren dunkel und tief wie der Ozean. Ihre waren grün und hell wie der Frühling.

Aber im Lauf ihres Gesprächs begriff Soleil, dass Frankie und sie sich gar nicht so unähnlich waren. Nämlich, als er sagte: „Mein Dad und ich, wir sind wie zwei gleiche Magnetpole. Weiß du, wenn du zweimal Positiv oder zweimal Negativ hast und versuchst, die beiden aneinander zu halten …"

„Dann stoßen sie sich ab", vervollständigte sie Frankies Satz."

„Genau! Manchmal glaube ich, es ist ganz egal, was ich mache oder was ich sage. Für ihn ist es immer falsch. *Ich* bin falsch."

In seinen Augen lag ein tiefer Schmerz, während er diese Worte aussprach. Seine Finger schlossen sich so fest um die Tasse, dass die Knöchel weiß hervortraten. Und Soleil? Sie dachte daran, dass die exakt selben Worte aus ihrem Mund hätten kommen können.

Sie beide hatten Eltern, die sie nicht verstanden. Sie beide wollten weg, weil sie wussten, dass es der einzige Weg war, um nicht im Sumpf der Erwartungen zu ertrinken.

Am liebsten wäre Soleil an diesem Tag mit ihm weggelaufen. Damals fühlte sich dieser Gedanke verrückt an, jetzt wünschte sie, sie hätte es getan. Dann würde sie nun nicht in diesem Raum festsitzen.

„Oh, Frankie", flüsterte sie und dann noch einmal, weil sich sein Name auf ihrer Zunge so gut anfühlte. „Frankie. Frankiefrankiefrankie. Frankieeee. Frankie."

Irgendwann, als sie es nicht mehr aushielt, weil ihr Hals trocken wie die Wüste war, streckte sie den Arm aus und nahm das Wasserglas von ihrem Nachttisch. Die Tabletten hatten sich vollständig aufgelöst. Nur die leichte Trübung des Wassers verriet die Fremdkörper.

Soleil schloss die Augen, als sie den ersten Schluck nahm und dann noch einen und noch einen, denn mit jedem Schluck schien der Durst stärker zu werden, bis das Glas fast leer war.

Dann ließ sie sich zurück auf den Rücken sinken und verschränkte die Hände hinter ihrem Kopf. Sie würde jetzt einschlafen, dafür würden die Tabletten sorgen. Viele Stunden würde sie schlafen.

Und wenn sie wieder aufwachte, würde sie weiter Pläne schmieden, um bei Frankie zu sein.

Bald schon wären sie zusammen.

Ja, bald.

Heute:
Der Wert des Augenblicks

Gili Air, 2023
Hannah

Die ganze Nacht hatte Hannah sich im Bett hin und her gewälzt, geplagt von Zweifeln und ihrem schlechten Gewissen. Als die Hähne früh am Morgen krähten, dämmerte sie das erste Mal für mehr als eine Stunde am Stück ein, wurde jedoch zwei Stunden später vom Klingeln ihres Handys geweckt.

Fluchend schälte sie sich aus der Bettdecke und setzte sich auf. Das Display zeigte einen verpassten Anruf von Christoph und eine Nachricht:

Wie ist es gelaufen? Hast du David gefunden?

Hannah kaute auf ihrer Unterlippe, während sie die Antwort tippte:

Gefunden ja, aber er wird nicht mit zurückkommen. Ich fliege heute oder morgen zurück und erzähle dir alles zu Hause. LG Hannah

Mittlerweile drängten sich die Sonnenstrahlen durch die Ritzen der dünnen Holzwände. Der Raum maß ungefähr zehn Quadratmeter, im Zentrum des Raums stand das Doppelbett, über das sich ein Moskitonetz spannte; Leintücher und Polster waren mit bunten Mustern bedruckt.

Abgesehen vom Bett war das einzige Möbelstück eine Bambuskommode, neben die Hannah ihren Koffer gelegt hatte. Zu beiden Seiten der Kommode gingen Türen ab – die eine nach draußen, die andere führte vermutlich ins Badezimmer. Gestern war Hannah müde in ihr Bett gefallen, hatte sich nicht einmal die Mühe gemacht, die Zähne zu putzen oder ihr Gesicht zu waschen. Jetzt sehnte sie sich nach einer Dusche.

Sie schlüpfte in ihre Flip-Flops, kramte in ihrem Koffer nach dem Handtuch, öffnete die Badezimmertür und blieb am Absatz stehen. Dass das Bad wie der Rest der Hütte rustikal sein würde, hatte sie erwartet. Aber das?

Drei Treppenstufen führten in den schmalen, länglichen Baderaum, dessen Boden aus blankem Beton bestand. Die Wände reichten nicht bis zur Decke, sodass unter dem Dach ein etwa fünfzig Zentimeter großer Freiraum blieb, vermutlich zur Belüftung. Dort saß jetzt ein Gecko von der Länge ihres Unterarms und schaute sie an.

An der Wand neben der Treppe hing das winzigste Waschbecken, das Hannah je gesehen hatte. Dusche gab es keine. Es sei denn, man wollte den Gartenschlauch, der neben einem Abfluss angebracht war, als Dusche bezeichnen. Direkt daneben befanden sich das

Klo sowie ein mit Wasser gefüllter Eimer, in dem eine Plastikkelle schwamm. Ein Schild an der Wand informierte Hannah darüber, dass dieser Eimer ihre manuelle Spülung sein würde und sie das Klopapier keinesfalls in die Toilette, sondern in den Mülleimer werfen sollte, um das Abwassersystem der Insel zu entlasten. Ein zweites Schild teilte ihr mit, dass die Wasserzufuhr zwischen elf Uhr abends und fünf Uhr morgens abgestellt wurde. *Save water and help us save our beautiful island*, stand da.

Hannah musste grinsen, als sie daran dachte, wie Dedy gestern voller Stolz verkündet hatte, die schönste und luxuriöseste Hütte der Insel für sie reserviert zu haben: ein Mann, ein Wort und eine ganz große Übertreibung.

Sie schnappte sich den Gartenschlauch, hielt ihn sich über den Kopf und drehte den Anschluss auf.

„Scheiße, verdammte!"

Sie ließ den Schlauch fallen. Das Wasser ihrer provisorischen Dusche war noch kälter als der Rubinsee. In diesem Moment begann sie zu kichern. Was sollte sie auch sonst tun? Alles war schiefgegangen und das einzige Abenteuer, von dem sie Christoph zu Hause erzählen konnte, war ihre unerfreuliche Begegnung mit dem Duschschlauch.

Es fühlte sich gut an, all die aufgestauten Gefühle der letzten Nacht hinauszulachen, bis sich ihr geschüttelter Körper leer anfühlte.

„Positiv denken", murmelte sie sich selbst Mut zu, bevor sie den Schlauch erneut über ihren Kopf hielt. Auch beim zweiten Anlauf war das Eiswasser ein Schock, doch je länger sie im Strahl stand, desto mehr schaffte sie es, ihre Gedanken zu klären.

Ihren Koffer würde sie gar nicht erst auspacken, sondern nur ein Outfit für den Tag herausholen. Danach würde sie nach David suchen und sich bei ihm entschuldigen. Dann würde sie einen Rückflug buchen – am besten heute noch, spätestens morgen. Vielleicht konnte sie zuvor ein paar Schnappschüsse für Davids Mutter schießen oder für Christoph, der sicher umkam vor Neugierde.

Als sie wenig später aus der Hütte trat, wartete David an eine Palme gelehnt auf sie. In der Hand hielt er zwei Taucherbrillen, Schnorchel und Flossen. Er trug nichts außer einer Badehose, die nass an seinen Beinen klebte. Wassertropfen glitzerten auf seiner nackten Brust. Um ein Haar wäre Hannah bei seinem Anblick über ihre eigenen Flip-Flops die Treppe hinuntergestolpert.

„Gut geschlafen?", fragte er lächelnd.

„Ja, ähm ..."

Sie strich sich die Haare aus der Stirn und tat ihr Bestes, um den Stolperer zu kaschieren. David hatte entweder nichts bemerkt oder war höflich genug, so zu tun.

„Es war eine eher kurze Nacht."

„Jetlag?"

„Mhm." Sie holte tief Luft. Ihre Entschuldigung würde sogar noch früher kommen als gedacht. „Ich habe über gestern Abend nachgedacht. Über unser Gespräch und, na ja, dass es nicht so gut gelaufen ist ..."

Davids Blick ruhte auf ihr, während er langsam nickte. Er sagte: „Ich weiß. Und es tut mir leid."

„*Dir* tut es leid?"

„Es ist schwer für mich, über diese alten Dinge zu reden, weißt du."

Sie schaffte es nicht, seinem Blick standzuhalten, und senkte den Kopf. „Ich verstehe das. Ich hätte nicht so mit der Tür ins Haus fallen sollen. Ich weiß, dass ich nicht von dir erwarten kann, mit mir zurückzukommen. Das war unfair von mir."

„Dann sind wir uns wohl einig, dass wir den Streit hinter uns lassen möchten."

Vor Erleichterung wäre Hannah ihm am liebsten um den Hals gefallen, hielt sich jedoch zurück.

„Ich wollte mich unbedingt mit dir vertragen, bevor ich heute abreise."

„Heute!?"

Sein schockierter Tonfall brachte Hannah dazu, aufzuschauen. Das Lächeln war David von den Lippen gerutscht.

„Aber … ich hatte befürchtet, dass du bald wieder abreisen würdest, aber doch nicht sofort", sagte er.

„Ich hatte eine Mission und die habe ich versemmelt. Es gibt keinen Grund mehr für mich, länger hierzubleiben."

„Weil ich nicht mit dir zurückkomme?"

Ungläubig schüttelte David den Kopf, breitete dann die Arme aus. „Hast du Dedy und die anderen gestern nicht gehört? Du bist hier im Paradies! Es gibt tausend Gründe, zu bleiben." Das brachte Hannah zum Schmunzeln. „Du willst mir doch nicht erzählen, dass du den weiten Weg auf dich genommen hast, um nach einem Tag wieder abzureisen? Bleib länger! Gib der Insel eine Chance."

„Ich weiß nicht …"

„Was hält dich davon ab?“, wiederholte er Hannahs Worte von gestern.

„Ich muss zurück zu meinem Job.“

„Du kannst dir doch sicher ein paar Tage freinehmen.“

Tatsächlich hatte sie geplant, eine Woche auf der Insel zu bleiben, doch nachdem David gestern so negativ auf ihre Offenbarung reagiert hatte, kam sie sich dämlich dabei vor, ihn länger als notwendig zu belästigen.

Der versuchte weiter, sie zu überzeugen. „Na gut. Wenn die Insel nicht reicht, dann gib *mir* eine Chance! Gib mir einen Tag, um dich zu überzeugen, dass Gili Air mehr als 24 Stunden wert ist.“

„Du scheinst wirklich nicht zu wollen, dass ich abreise“, meinte sie und versuchte, das nervöse Zittern ihrer Stimme zu unterdrücken.

Was war nur los? Sie hatte während der letzten Jahre im Job doch gelernt, immer, auch während der kritischsten Gespräche, souverän zu bleiben.

„Mehr als du denkst“, gab David zu.

Plötzlich war da dieses schüchterne Lächeln, das sie von früher kannte, von David als elfjährigem Jungen, und dieses Lächeln sandte ein Kribbeln ihren Nacken und ihre gesamte Wirbelsäule hinab.

„Bitte, lass dich auf die Insel ein. Und auf mich. Einen Tag nur.“

Obwohl sie David erst gestern wiedergetroffen hatte, spürte sie bereits eine merkwürdige Vertrautheit. Die Art, wie er sie ansah, das warme Gefühl in ihrem Bauch, das sie in seiner Gegenwart verspürte – als ob sie beide nie mehr als ein Herzschlag getrennt hätte.

„Na gut, einen Tag.“

„Perfekt!" Er hielt die Hand mit den Taucherbrillen hoch. „Ich habe schon etwas für uns geplant. Wir gehen schnorcheln!"

***

David zog die Plastikbändchen von Hannahs Taucherbrille fester.

Es war ewig her, dass sie das letzte Mal schnorcheln gegangen war. Sie war noch ein Kind gewesen und selbst damals hatte sie den Druck, wenn das Plastik rund um die Brille sich an die Haut sog, und das Gefühl, durch einen Fremdkörper zu atmen, nicht gemocht. David zuliebe behielt sie das aber für sich und bemühte sich, den Ausflug zu genießen.

Nachdem er sie vor ihrer Hütte abgeholt hatte, war gerade einmal genug Zeit für einen starken Kaffee und ein paar Butterkekse gewesen. Schon hatte Dedy sie winkend zu einem Holzboot mit Elektromotor dirigiert, das in allen Farben des Regenbogens bemalt war.

Mittlerweile war Hannah ganz froh über das karge Frühstück. Denn nach einer zwanzigminütigen, äußerst wackligen Fahrt über die Wellen fühlte ihr Magen sich flau an.

Das Boot stoppte in einer von Mangrovenbäumen gesäumten Bucht. David reichte ihr die Hand, damit Hannah im schwankenden Boot aufstehen, mit ihren Flossen an den Rand watscheln und – sich deutlich ungeschickter als David – auf der Reling niederlassen konnte.

Dort saß sie etwas verkrampft und hielt sich mit beiden Händen am Holz fest. *Okay, jetzt bis drei zählen und dann springen.* Hannah holte tief Luft und begann innerlich zu zählen – eins –, David lächelte sie an, – zwei – und gab ihr einen Schubs, worauf sie platschend ins Wasser fiel.

Als die Wellen über ihrem Kopf zusammenschlugen, kniff Hannah die Augen zusammen und paddelte wie ein Hund, den jemand ins Wasser geworfen hatte. Kurz darauf spürte sie, wie David neben ihr untertauchte. Eine Wolke aus Luftbläschen kitzelte ihre Haut und im nächsten Moment fühlte sie Davids Hand auf ihrem Arm.

Langsam breitete Hannah die Arme aus, sodass ihr Körper Unterwasser in eine horizontale Position glitt, und öffnete die Augen.

Es war unglaublich! Während die Oberfläche schimmernd und rein war, als befände sich unter ihr nichts als pures Wasser, tat sich nun eine komplett neue Welt vor ihren Augen auf.

Ganze Schwärme winziger, silbrig funkelnder Fische zischten an Hannah vorbei. Darunter formten Felsen und Korallen ein verwinkeltes Konstrukt, das mit etwas Fantasie einer Unterwasserstadt glich. Da waren steinerne Hochhäuser, Tunnel und Korallenhäuschen, Straßen, an denen Fische entlangglitten, oder Parks voller regenbogenbunter Korallen, welche die Form von Bäumchen und Büschen hatten.

Noch bunter waren nur die Fische, die diese Miniaturstadt bevölkerten. Da waren bräunlich-weiß gepunktete, solche mit Zebrastreifen und andere mit leuchtend gelben Flossen. Hannah entdeckte zwei Anemonenfische, die gemütlich nebeneinander schwammen wie Nemo und sein Vater Marvin aus dem Disney-

Film. Zwei dicke Seesterne lagen auf einem Felsen nicht mal einen Meter unter ihr, und während Hannah sie musterte, glitt ein winziges Seepferdchen an ihr vorbei.

Zum ersten Mal, seit sie in Bali aus dem Flugzeug gestiegen war, fühlte sie sich leicht, befreit von all den Sorgen und Geheimnissen, die sie normalerweise mit sich trug.

David schwamm zu ihr heran und deutete mit ausgestrecktem Arm nach vorn. Erst wusste Hannah nicht, worauf er zeigte, doch dann tauchte keine drei Meter von ihnen entfernt eine Schildkröte auf. Das gepanzerte Tier schwebte federleicht durch das Wasser und Hannah sog vor Überraschung die Luft ein.

Oder, besser gesagt, sie hätte die Luft eingesogen, wäre sie mit ihrem Schnorchel nicht untergetaucht. So füllte plötzlich Wasser ihren Mund und ihre Lunge. Hannah spuckte hustend den Schnorchel aus, ihre Lunge brannte, ihr Magen zog sich zusammen.

Im nächsten Moment spürte sie David ganz nah an ihrem Körper. Er fasste ihre Hüfte und zog sie mit sich nach oben. Hustend tauchte Hannah auf, spuckte Wasser, wollte nach Luft schnappen und verschluckte sich wieder. Während ihr Körper geschüttelt wurde, hielt David sie fest. Hannah schlang die Arme um ihn, und als sie endlich aufhörte zu husten, lehnte sie erschöpft ihren Kopf nach vorn, sodass ihre Stirn die seine berührte.

„Geht's wieder?", fragte David.

„Ich hab mich nur verschluckt, nicht schlimm."

„Hat's dir denn gefallen?"

„Es war …"

Es war ein Klischee. Eines, bei dem sie sich fühlte wie die Darstellerin in einem altmodischen Kitschfilm, aber tatsächlich fehlten Hannah die Worte. Es war wunderschön. Es war unglaublich. Es war faszinierend. All das schien den Zauber der Unterwasserstadt nicht annähernd zu erfassen.

Davids stolzes Lächeln bezeugte, dass er verstanden hatte.

„Wie wär's mit einer Pause?", fragte er.

Gemeinsam schwammen sie zurück zum Boot, wo Dedy gemütlich in der Sonne döste, seine Schirmmütze über die Augen gezogen.

„Schon zurück?", fragte er und reichte ihnen Wasserflaschen, sobald sie im Boot waren. „Wie war's?"

Sein Grinsen verriet ihn ebenso wie David. Die beiden wussten ganz genau, welche Wunderwelt sie Hannah gezeigt hatten.

„Wir haben noch mehr schöne Schnorchelplätze, die ich dir zeigen möchte. Wenn du müde bist, können wir auch zurückfahren", meinte David.

Schnell schüttelte Hannah den Kopf. Die Chance, ein zweites Mal in die Unterwasser-Wunderwelt einzutauchen, würde sie sich auf keinen Fall entgehen lassen!

Dedy startete den Motor. Das Rattern riss zwei Möwen aus ihrem Schlaf, die kreischend aus dem Dickicht der Mangrovenbäume flatterten. Weiße Gischt tanzte um das Boot, während es Fahrt aufnahm. Hannahs Haare flatterten um ihr Gesicht und ließen den Geruch nach Salzwasser in ihre Nase steigen, während sie dabei zuschaute, wie die Bucht kleiner wurde. Kurz überkam Hannah dasselbe Gefühl der Übelkeit wie bei der Anfahrt, sodass sie die Augen schloss und sich etwas zurücklehnte – und das unbeabsichtigt direkt auf Davids Brust. Als ihr Rücken seine Haut berührte, zuckte sie zusammen.

„Oh, 'tschuldigung", murmelte sie und machte Anstalten, sich zurück nach vorn zu beugen.

„Schon okay." David legte seine Hand sanft auf ihre Schultern. „Du musst müde sein, ruh dich ruhig aus."

„Ich bin gar nicht so müde", murmelte sie noch und war einen Moment später eingedöst, den Kopf an Davids Brust gelehnt, während das Boot über die Wellen hüpfte.

David

Später spazierten David und Hannah um die Insel. Die Anspannung, die er gestern an ihr wahrgenommen hatte, schien verflogen zu sein.

Die Strände von Gili Air sahen zwar aus, als seien sie aus feinem weißen Sand, doch in Wirklichkeit mischten sich kleine Steinchen, Muschel- und Korallensplitter darunter, die einen an den Füßen stachen. David schlüpfte sofort in seine Flip-Flops, doch Hannah schien der pieksige Untergrund nicht zu stören, während sie nebeneinander den Strandabschnitt entlangschlenderten. Mittlerweile hatten einige Touristen es sich im Schatten der Palmen gemütlich gemacht. Die Bars und Restaurants waren noch leer, doch das würde nicht lange so bleiben. Immerhin war es schon später Vormittag.

„Schon unglaublich, dass du hier wirklich lebst."

Hannah breitete die Arme aus und drehte sich einmal um die eigene Achse. Das türkisblaue Meer zu ihrer Linken, weißer Strand vor und hinter ihr und eine Reihe Palmen, hinter denen Strandbars hervorlugten, zu ihrer Rechten. Ja, die Insel kam einem Traum ziemlich nahe.

„In den letzten Jahren bin ich viel rumgereist, habe an den unterschiedlichsten Orten gelebt", erzählte David.

Hannah nickte wissend. „Ich habe die Karten gesehen, die du Rebecca geschrieben hast", erklärte sie, als sie seine fragend gehobene Augenbraue sah, und schon wieder spürte er einen Stich der Schuld.

„Aber hier hat es dich gehalten. Was macht die Insel besonders?"

„Nicht die Insel, sondern die Leute."

„Dedy und Dominguo?"

David lächelte. „Ja. Die beiden sind ziemlich einzigartig. Dominguo ist schon sein ganzes Leben auf dieser Insel. Er hat Indonesien nie verlassen und es interessiert ihn auch gar nicht, andere Orte kennenzulernen. Er sagt, er hat hier alles, was er braucht, und ehrlich gesagt stimmt das sogar. Und Dedy? Er ist eine der außergewöhnlichsten Personen, die ich je kennengelernt habe."

„Das kann ich mir denken. Ich habe die beiden ja nur kurz erlebt, aber sie wirken ziemlich besonders."

Sie bückte sich, um einen Muschelsplitter vom Strand aufzuheben. Auf ihren Schultern hatte sich eine dünne weiße Salzschicht gebildet. David musste den Drang zurückhalten, sie zu berühren und das Salz wegzuwischen.

„Was ist mit dir? Wie sieht dein Leben aus? Du bist immer noch in Bad Rubinsee, oder?"

Hannah schaute ihn skeptisch an, als sei sie nicht sicher, ob er wirklich etwas über Bad Rubinsee hören wollte. Kein Wunder, immerhin kamen seine Fragen nach ihrem Leben reichlich spät, und er hatte gestern klar gemacht, dass er mit seiner Vergangenheit und mit dem Ort abgeschlossen hatte.

„Ich bin nie weg, das stimmt. Ich habe öfter darüber nachgedacht, in die Stadt zu ziehen, aber es hat sich nie ergeben."

„Wie das?"

Sie zuckte die Schultern. „Meine Freunde leben in Bad Rubinsee und meine Familie bis vor Kurzem auch. Vor zwei Jahren sind meine Eltern in die Stadt gezogen und haben mir ihr Haus überlassen. Noch ein Grund mehr, zu bleiben. Und dann habe ich meinen Job. Ich arbeite als Personalreferentin bei ViaRec."

„Wow." David zog anerkennend die Augenbrauen in die Höhe. Wenn er sich richtig erinnerte, war ViaRec eines der größten Unternehmen der Region. Während er von Ozean zu Ozean gebummelt war, hatte Hannah Karriere gemacht und besaß ein eigenes Haus.

Eine Weile gingen sie schweigend weiter. Mittlerweile hatten sie den geschäftigeren Abschnitt des Strands hinter sich gelassen, sodass ihnen nur mehr vereinzelte Touristen begegneten. Ein paar Äste und umgestürzte Baumstämme lagen auf dem Sand herum. Hinter ihnen wogen die Palmwedel friedlich im sanften Wind.

„Gefällt dir dein Job?", fragte David schließlich.

„Ja. Ich meine, es kann ganz schön stressig sein, aber im Großen und Ganzen macht es sehr viel Spaß."

Sie brach ab, dabei hätte David gerne noch mehr gehört.

„Lebst du allein?", fragte er.

„Nein. Ich wohne mit Christoph Engelbert zusammen."

„Christoph? Der vom Gemeindeamt?"

Als sie nickte, fühlte David sich für einen kurzen Moment wie ein Blasebalg, dem die Luft ausging. Natürlich hatte Hannah einen Freund. Wie sollte sie nicht, diese schöne, junge Frau, die jeden Bereich ihres Lebens unter Kontrolle zu haben schien. Aber dass es ausgerechnet Christoph sein musste? Dieser Aufschneider vom Gemeindeamt, der seiner Mutter früher am liebsten unter den Rock gekrochen wäre?

„Er ist ein ziemlich schräger Mitbewohner, aber ein netter", fügte sie schmunzelnd hinzu.

Ein Mitbewohner also, nicht ihr Freund.

„Christoph hat damals über den Fall mit der Seeleiche berichtet", meinte Hannah. Sie sprach die Worte vorsichtig aus, als wollte sie abtasten, wie nah sie sich an das Thema der Knochen im See herantasten konnte, ehe er abblockte.

„Er war ganz schön in meine Mutter verliebt. Deshalb hat er es gemacht."

„Das wusste ich nicht." Sie wirkte überrascht, dabei war es so offensichtlich gewesen.

„Du kümmerst dich also um sie? Um meine Mutter?"

Hannah nickte.

„Wie ... Wie geht es ihr?"

Über ihnen strahlte die Sonne, die Gischt sprudelte um seine Füße und auf dem Meer dümpelten Fischerboote. Trotzdem fröstelte David plötzlich. In der Luft lag eine gewisse Anspannung.

„Ihr geht es gut. Das heißt, körperlich geht es ihr gut. Geistig? Keine Ahnung. Sie spricht ja nicht, es ist also schwer, zu erraten, was in ihr vorgeht. Trotzdem glaube ich, dass sie alles mitbekommt, was um sie herum passiert."

„Und deshalb findest du, ich soll zurückkommen", sprach David das aus, was sie ungesagt gelassen hatte.

„Sie ist schließlich deine Mutter. Seeleiche hin oder her, irgendwann musst du sie besuchen. Bevor es zu spät ist. Was, wenn sie sich noch weiter in sich zurückzieht?"

„Hmmm."

„Meinst du nicht, du würdest dir Vorwürfe machen, wenn du zu lange wartest?"

Er wusste, worauf sie hinauswollte. „So wie bei meinem Vater, meinst du?", sagte er.

„Du kannst mir nicht erzählen, dass es dich im Nachhinein nicht umtreibt."

Er suchte nach dem Vorwurf in ihrer Stimme, doch er fand keinen. Ihren kritischen Worten zum Trotz klang sie neutral, als würde sie über das Wetter sprechen.

„Oder wolltest du ihn nicht mehr sehen?", fragte sie. Aus den Augenwinkeln erkannte David, wie Hannah sich auf die Unterlippe biss.

„Ich war zu spät." Er schüttelte den Kopf, denn er wusste selbst, dass seine Worte nach einer Ausrede klangen. „Ich habe meinen Vater nicht abgelehnt."

„Auch nicht wegen, na ja, wegen allem, was während der Ermittlungen passiert ist?", fragte Hannah.

Denn damals hatte sein Vater David und seiner Mutter nicht den Rücken gestärkt. Es war ihm peinlich gewesen, das Dorfgespräch Nummer eins zu sein. Ganz abgesehen davon, dass er von Anfang an nicht an einen Leichenfund geglaubt hatte.

„Mama war noch jahrelang sauer deswegen. Sie fand, dass er uns im Stich gelassen hat. Aber ich? Ganz ehrlich, im Nachhinein habe ich mir gewünscht, er hätte sich damals durchgesetzt. Dann wäre diese ganze Farce schneller zu Ende gewesen. Es gab also keinen Grund, meinen Dad nicht am Krankenbett zu besuchen."

Außer dem offensichtlichen, dass der Rubinsee und vor allem die Menschen, die dort lebten, David die Luft abschnürten. Doch trotzdem, trotz der vielsagenden Blicke, die ihn erwarteten, hätte er sich die Chance nicht entgehen lassen, seinen Vater ein letztes Mal zu sehen.

„Ich hatte keine Ahnung, wie schlecht es ihm wirklich ging." Er presste die Lippen aufeinander. Sollte er wirklich weitersprechen? Wollte er das? Diese ganze Geschichte in Gedanken erneut durchleben? Alles vor Hannah ausbreiten? Er wusste es nicht. Nur eines war klar: Dass er sie nicht schon wieder enttäuschen wollte, und das würde er durch sein Schweigen tun.

„Als mein Vater gestorben ist, habe ich in Yucatán gelebt, an der mexikanischen Küste", begann er.

Er hatte damals für Kost und Logis in einem Hostel gejobbt, dessen Gäste überwiegend Studierende aus Europa waren, und seine Ausbildung zum Tauchlehrer gemacht.

„Nachdem ich aus Tirol weg bin, war der Kontakt mit meinen Eltern nur sporadisch. Ein Telefonat hier und da, ein paar Textnachrichten dazwischen und alle paar Monate eine Postkarte. Telefoniert habe ich nur mit Mama, nie mit Papa. Sie hat mir allen möglichen Quatsch erzählt. Dass die Nachbarn Eheprobleme haben, oder welche Jobs meine alten Klassenkameraden machen. Als ob mich irgendwas davon ernsthaft interessiert hätte. Aber das mit Papa ...“

Er stockte. Dass sein Vater krank gewesen war, hatte sie nie erwähnt. Wenn David sich nach ihm erkundigte, antwortete sie ausweichend: „Oh, dem Papa, dem geht's gerade nicht so gut. Aber das wird schon wieder.“

Sie wiederholte dieselben Worte jedes Mal, wenn David nachhakte. *Das wird schon wieder.* Als sei dieser Satz ein Mantra, das, wenn man es nur oft genug und mit Bestimmtheit wiederholte, zu Realität werden würde.

„Sie hat es dir nicht erzählt?“, fragte Hannah ungläubig.

„Ich hätte mehr nachbohren sollen. Irgendwie kam es mir schon komisch vor, wie wenig sie von ihm erzählt. Aber ... Ach, ich wollte ihr einfach glauben, dass alles okay ist.“

Denn es nicht zu tun, hätte bedeutet, in sein altes Leben und damit in den bedrückenden Dunstkreis des Rubinsees zurückkehren zu müssen. Zu jener Zeit war David verzweifelt auf der Suche nach Freiheit gewesen. Er wollte Unbeschwertheit, wenn auch nur für einen Augenblick. Das Meer. Einen perfekten Frauenkörper unter seinen Lippen und die mexikanische Sonne auf der Haut. Das Gefühl von Sand unter seinen Zehen. Den

Geschmack von Meersalz und Mezkal auf seiner Zunge. All das hatte er gehabt und war deshalb allzu bereit gewesen, seiner Mutter zu glauben, als sie sagte, das werde schon wieder. Beim ersten Mal und auch beim zehnten Mal noch.

„Und ja, du hast recht", fügte er hinzu. „Es treibt mich wirklich um, dass ich damals nicht eher kapiert habe, was los ist."

„Du konntest es ja nicht wissen", murmelte sie.

„Irgendwie habe ich es aber geahnt."

Der Tag, an dem er nicht länger leugnen konnte, dass etwas im Busch war, kam gegen Ende des Sommers. Auch heute, unter der indonesischen Sonne und mit Hannah an seiner Seite, konnte er das Klingeln des Telefons hören, wenn er die Augen schloss. David wusste, was kommen würde, bevor er den Anruf entgegennahm. Er wusste es, bevor seine Mutter ohne ein Wort der Begrüßung oder ihren üblichen Smalltalk fragte: „David, kannst du heimkommen?"

Er wusste es, bevor er seine unsinnige Frage nach dem Warum stellte, worauf sie antwortete: „Der Papa, der stirbt."

David packte in aller Eile ein paar T-Shirts in seinen Rucksack – keines davon war schwarz oder auch nur annähernd für eine Beerdigung geeignet – und fuhr zum Flughafen, ohne sich bei irgendjemandem zu verabschieden. Auch bei seiner Freundin aus Singapur nicht, die Mexiko bis zu seiner Rückkehr verlassen haben würde.

Zwei Zwischenstopps und dreißig Stunden später kam er am Flughafen in München an. Das altbekannte Gefühl der Beklemmung folgte ihm ab dem Moment, als die ersten Bergspitzen am Horizont auftauchten, und wuchs, bis er sein Elternhaus erreichte.

Die Haustür war unverschlossen. Ein heller Streifen unter der Tür am Gang signalisierte, dass jemand im Wohnzimmer war. David stellte seinen Rucksack ab und öffnete. Der Geruch, der ihm entgegenschlug – eine Mischung aus abgestandener Luft, Reinigungsmittel und Medikamenten, der Geruch von Krankheit – ließ Übelkeit hochsteigen.

Der Anblick war vertraut und fremd zugleich. Vertraut waren die geschnitzte Holzdecke, die blauen Vorhänge mit dem Blümchenmuster und der breite Sessel mit farblich passender Polsterung. Vertraut waren auch das Ticken der Wanduhr und die Vase mit denselben getrockneten Blumen wie vor zehn Jahren auf der Wohnzimmerkommode.

Ein Mann stand, mit dem Rücken zu ihm, im Zimmer. Er hatte schütteres hellbraunes Haar, das von grauen Fäden durchzogen war, und trug ein schwarz-blau kariertes Holzfällerhemd. Der Mann hatte sich nach vorne gebeugt, was seine breite Schultermuskulatur betonte. Eine Millisekunde lang blitzte eine Erinnerung auf: David, drei oder vier Jahre alt, wie er auf den Schultern seines Vaters saß und alle anderen um mindestens einen Kopf überragte.

David räusperte sich, worauf sich sein Vater umdrehte und die Erinnerung wie auch das Gefühl der Vertrautheit verpufften. Es war nämlich gar nicht sein Vater, der da im Raum stand, sondern sein Onkel Roman, den er seit über zehn Jahren nicht mehr gesehen und dessen Gesicht einen gräulichen Farbton angenommen hatte.

Er sah alt aus und müde und seine Lippen trugen den Ausdruck verkniffener Betriebsamkeit.

„David", sagte er bloß.

Es versetzte David einen Stich, wie fremd ihm die Stimme seines Onkels war, als gehörte sie zu einem Unbekannten. Mit diesem Gedanken nahm das Fremde, das er beim Eintreten vage gespürt hatte, Gestalt an.

Die Couch war verschwunden. An ihrer Stelle befand sich ein Pflegebett, wie man es in Krankenhäusern und Altenheimen fand, daneben ein zusammenklappbarer Rollstuhl und ein futuristisch aussehender Metallkanister. Auf dem Bett lag eine Person, so dünn und so farblos, dass David sie erst auf den zweiten Blick als seinen Vater erkannte. Als er einen Schritt auf ihn zumachte, hob sein Onkel den Arm.

„Nicht, ich bin noch nicht fertig."

Im nächsten Moment rauschte Davids Mutter aus der Küche. Sie hauchte seinen Namen und umarmte ihn. Selbst ihre Umarmung fühlte sich fremd an, so sehr, dass es David den Atem abschnürte.

Er hörte sein Blut in den Ohren rauschen. Es war, als trete in diesem Augenblick ein Teil von ihm aus seinem Körper heraus, der sich nun selbst dabei zuschaute, wie er die Umarmung seiner Mutter zögerlich erwiderte. War sie schon immer so dünn gewesen? So durchscheinend?

„Komm", sagte Rebecca und fasst ihn an der Hand. „Lass den Roman machen. Du kannst den Papa später sehen."

Erst da begriff David, dass das Fremde, das er gefühlt hatte, kein Bett war, kein Metalltank und auch keine fehlende Couch, sondern der tote Körper, der noch vor wenigen Stunden sein Vater gewesen war.

David war zu spät gekommen.

Die letzte Chance, mit seinem Vater zu reden, hatte er verpasst.

Die Erinnerung an diesen Moment schnürte ihm die Kehle ab. Als Hannah ihm ihre Hand auf den Unterarm legte, fühlte es sich ebenso surreal und fremd an wie die Berührung seiner Mutter damals.

Er brauchte ein paar Sekunden, um sich von seinen Erinnerungen zu lösen. Dann schaute er Hannah fest in die Augen. „Ich wünschte, ich wäre früher gekommen.“

„Darf ich dich etwas fragen? Etwas, das du wahrscheinlich nicht hören willst?“

„Was ist, wenn ich *nein* sage?“

„Dann frage ich nicht“, meinte Hannah.

Aber er sagte Ja.

„Das mit deinem Vater kann ich nachvollziehen und auch, dass du nach der Beerdigung gleich wieder wegwolltest. Aber wieso bist du nicht zurückgekommen, nachdem deine Mutter angegriffen wurde?“

Denn der schicksalhafte Tag, an dem Rebecca ihre Stimme und irgendwie auch ihr ganzes Leben verlor, lag nur knapp hinter der Beerdigung.

„Das bin ich.“

„Was?“

David steuerte auf eine Reihe Palmen am Rand des Strands zu und ließ sich dort auf einer schiefen Holzbank nieder. Hannah setzte sich neben ihn. Dieses Gespräch erschöpfte ihn. Nein, vielmehr war es die Erinnerung, die ihm die Energie auszusaugen schien.

„Ich war auf dem Heimweg von der Beerdigung und bin gerade aus dem Flugzeug gestiegen, da habe ich die Nachricht von meinem Onkel bekommen, was passiert ist. Dass irgendjemand meine Mama am See angegriffen und fast erwürgt hat. Ich habe den Flughafen nicht mal verlassen, sondern gleich wieder eingecheckt.“

„Aber, ich … ich wusste nicht …“

„Keiner wusste, dass ich da war. Das heißt, keiner außer meinem Onkel und meiner Tante und der Polizei. Ich wollte es so. Wieder zurück zu sein, war schwer genug, auch ohne dass die Leute mich anstarren. Ich war zwei Wochen da, aber Mamas Zustand hat sich nicht verbessert. Und die Polizei … na ja, du weißt ja, wie ernst die in Bad Rubinsee ihren Job nehmen. Ich musste mit Franz Berger reden, wegen meiner Mutter und dem, was mit ihr passiert ist.“ Er schluckte. „Der hat mich ganz schön in die Mangel genommen, als ob *ich* meiner Mutter so etwas antun würde. Ich war zur Tatzeit ja nicht mal auf demselben Kontinent, also konnte er mir nichts anhängen. Und dann? Dann hat er mir gesagt, dass ich mir keine allzu großen Hoffnungen machen soll, dass sie den Täter finden. Keine Spuren, keine Verdächtigen, kein Motiv.“

„So wie vor siebzehn Jahren“, sagte Hannah, doch David ging nicht darauf ein.

„Irgendwann sagte mein Onkel, ich könne zurückfliegen. Meine Anwesenheit werde nicht mehr gebraucht und ganz ehrlich, ich glaube, erwünscht war sie auch nicht. Ich wollte länger bleiben, für meine Mutter da sein, aber meine Familie, allen voran mein Onkel, haben deutlich gemacht, dass ich nur ein Störfaktor bin. Immer wieder haben sie gefragt, wann ich endlich

fliege, und nach zwei Wochen haben sie mich damit
überrascht, dass sie ein Flugticket für mich gebucht haben.“

Damit war die letzte Verbindung, die er zu seiner Familie gehabt hatte, abgerissen. Sein Vater war tot, seine
Mutter völlig weggetreten, sein Onkel und seine Tante
hatten ihn wortwörtlich aus dem Ort gedrängt. So sehr
es damals geschmerzt hatte, es hatte ihm auch erlaubt,
loszulassen und sein Leben auf die Art zu leben, wie er
es für richtig hielt, ohne zurückzuschauen. Ohne Reue.

„Danach bin ich noch zweimal nach Hause geflogen.
Ein halbes Jahr später und dann nach zwei Jahren noch
mal. Ich hatte gehofft, Mama würde mich erkennen.
Aber sie hat nicht auf mich reagiert. Ich hab’s nicht ausgehalten, sie so zu sehen. Als ob sie schon tot wäre. Also
bin ich abgehauen. Weglaufen kann ich gut, weißt du.“

„Das tut mir leid“, murmelte Hannah.

Sie saß mit gesenktem Kopf da und zeichnete mit ihren Zehen Kreise in den Sand. „Ich wusste das alles
nicht.“

„Konntest du auch nicht“, meinte er und legte einen
Finger an ihre Wange, sodass sie ihn anschauen
musste. Tränen glitzerten in ihren Augenwinkeln.

„Mir geht es gut hier. Das hast du ja gesehen.“

„Du hast die Hölle gegen das Paradies getauscht.“ Sie
versuchte sich an einem Lächeln, aber es misslang ihr.

„Die Hölle würde ich es nun auch nicht nennen. Na ja,
das Tor zur Hölle vielleicht“, meinte David beim Gedanken an das rote Glänzen des Rubinsees. „Meinst du, wir
schaffen es, den restlichen Tag zu genießen, ohne über
den See und meine Mutter und ... eben alles zu reden?“

„Ich werde mir Mühe geben“, versprach Hannah.

Gut so, denn die nächsten Stunden waren Davids Chance, Hannah in den Bann der Insel zu schlagen.

Champaign, Illinois, 2023
Frankie

Tagebucheintrag 378
Ich erinnere mich an so vieles. Nicht alles davon ist wahr.
Ein Beispiel: Ich weiß noch genau, wie ich vor achtzehn Jahren meiner Mutter beim Backen half, während im Hintergrund Volksmusik spielte. Wir waren so vertieft, dass wir nicht bemerkten, wie unser Kater sich über die Küchentheke schlich, um am Teig zu naschen – bis die Schüssel klirrend auf dem Boden zersprang.
Meine Mutter regte sich wahnsinnig auf. Immerhin war es ihre gute Schüssel. Die rote mit dem Blumenmuster, die sie zum vierzigsten Geburtstag bekommen hatte. Ich weiß noch genau, wie sie die Katze als Teufelsbiest bezeichnete.
Ich habe lange nicht mehr an diesen Tag gedacht, bis ich beim letzten Heimatbesuch dieselbe Schüssel in der Küche stehen sah. Rot, mit Blumenmuster. Ganz. Ohne irgendwelche Absplitterungen oder Klebestellen.
Ob sie die Schüssel neu gekauft hätte, fragte ich meine Mutter. Sie runzelte nur die Stirn, verneinte und meinte, die Schüssel sei doch nie kaputt gewesen.
Manchmal ist es einfach, wahre von falschen Erinnerungen zu unterscheiden. So wie bei der Teigschüssel. Denn sie ist der Beweis dafür, dass meine Erinnerungen mich trügen, dass es diesen Moment nie gegeben hat.

Doch bei anderen Momenten ist es schwieriger.

Ich erinnere mich, dass ich meinen ersten Kuss auf dem Schulhof erlebte, versteckt hinter der Turnhalle. Ich erinnere mich aber auch, dass es auf dem Rummelplatz war, in der Schlange vor dem Riesenrad. Beides gleichzeitig kann nicht wahr sein.

Ich erinnere mich daran, wie mich vor siebzehn Jahren, kurz bevor alles zusammenbrach, ein Hund mit Schaum vorm Maul verfolgte, bis ich mich mit einem Hechtsprung in irgendeinen Garten rettete.

Wahr oder falsch? Ich weiß es nicht.

Ich erinnere mich daran, wie das Seewasser über mir zusammenschwappte, wie es alles Licht verschluckte, bis ich in meiner Orientierungslosigkeit vergaß, wo die Oberfläche ist. Wie ich dachte, ich würde sterben. Wahr oder falsch?

Ich erinnere mich an den Streit mit meinen Eltern, bei dem sie mir erklärten, ich hätte eine Psychose. Sie sagten, ich sei nicht bloß verrückt, sondern auch gefährlich, und sie hätten Angst vor mir.

Wahr oder falsch?

Wahr. Ich bin verrückt.

Falsch. Sie sagten später, diesen Streit hätte es nie gegeben.

Ich erinnere mich daran, wie wir beide durch den Wald rasten, bis wir Seitenstechen bekamen, aus Angst, dass jemand uns entdecken würde.

Ich erinnere mich, wie wir uns in der Hütte im Wald liebten.

Ich erinnere mich aber auch an das leere Bett, ohne Laken und Überwurf.

Wahr oder falsch?

Ich weiß es nicht. Bei so vielen Dingen.
Frankie

Gili Air, 2023
Hannah

Der Jetlag ließ Hannah auch in dieser Nacht nicht lange schlafen. Um vier Uhr morgens, noch bevor die Hähne krähend den Morgen einläuteten, sogar vor dem ersten Gebetsruf des Muezzins, schlich sie sich aus der Hütte und spazierte über einen schmalen Weg zwischen den Hütten zum nahegelegenen Strand, begleitet nur vom Zirpen der Grillen.

Der Sand war selbst jetzt noch warm. Was für ein Kontrast zum Rubinsee. Denn selbst an den wenigen Sandbuchten sorgten die Bergluft und das eisige Seewasser dafür, dass einem die Haut innerhalb weniger als einer Minute vor Kälte prickelte.

Unweit der Wasserlinie ließ Hannah sich im Schneidersitz nieder. Sie sog den Duft nach Meersalz und das sanfte Rauschen der Wellen in sich auf. Der Mond war hinter einer Wolke versteckt, sodass das Meer schwarz und unendlich vor ihr lag. Die Dunkelheit verstärkte das Rauschen der Brandung, das Gurgeln der Gischt und das Schmatzen der Wellen.

Irgendwann erloschen die Lichter der Strandbar, die wie Glühwürmchen in der Ferne gefunkelt hatten, und wenig später hörte Hannah zwei Touristinnen auf dem Weg zurück in ihre Hütte kichernd flüstern.

Du bist hier im Paradies. Genieß es, fielen ihr Dedys Worte ein.

Vielleicht sollte sie das wirklich. Den Tag schwimmend und sonnenbadend verbringen, sich von David zu den schönsten Tauchspots führen lassen, Panang-Curry essen und einen Cocktail schlürfen, während die Sonne unterging, und anschließend bis zum Morgengrauen tanzen. Kichernd und glücklich ins Bett fallen wie die beiden Touristinnen. Der Rubinsee und die Knochen liefen ihr schließlich nicht weg.

Während Hannah dem Meeresrauschen erlaubte, ihre Gedanken zu übertönen, spürte sie, wie die Ruhe sich in ihrem Bauchraum ausbreitete. Dafür wurden ihre Augenlider schwerer.

Als die Sonne sich langsam erhob und ihr Licht den Palmen, den Hütten und Booten Kontur verlieh, breitete sich diese Ruhe von ihrem Bauch über ihre Brust bis in die Fingerspitzen aus.

Noch ehe die Strahlen das Festland abseits des Strands erreicht hatten, krähten die Hähne los. In Dominguos Strandrestaurant wurden die Lichter eingeschaltet, um die Vorbereitungen für die ersten Frühstücksgäste zu treffen. Wenig später schoben zwei Fischer unweit von Hannah ihr Boot ins Wasser.

Auch die Geräuschkulisse nahm zu. Sie hörte Vogelgezwitscher, das Klatschen von Rudern im Wasser und ein Klopfen, das sie erst nicht zuordnen konnte. Doch als sie sich umdrehte, sah sie, dass es Dominguo war, der junge Kokosnüsse aufhackte.

Er wirkte hochkonzentriert, während er die Machete auf die fußballgroßen Nüsse niedersausen ließ, und mit einem Mal überkam Hannah der merkwürdige Wunsch, das Gleiche zu tun. Ihre Tage damit zu starten,

Kokosnüsse zu öffnen, anstatt ins Büro zu hetzen. In einem Boot zu sitzen, anstatt vor einem PC-Bildschirm. Sich mit den Urlaubsgästen über Schildkröten und Korallenriffe zu unterhalten, anstatt Gehaltsbudgets zu diskutieren.

Wenig später sah sie David, der auf der Veranda von Dominguos Restaurant stand. Mit abgeschirmten Augen sah er sich um. Als er Hannah bemerkte, winkte er. Auf dem Weg zu ihr ließ er sich von Dominguo eine Kokosnuss und zwei Strohhalme mitgeben.

Wie schon am Vortag fielen Hannah seine bedachten Bewegungen auf. Anders als gestern kamen sie ihr heute nicht zu langsam, sondern genau passend vor. Abgestimmt auf die Insel und ihre Bewohner. Schließlich gab es hier, im Paradies, keinen Grund für unnötige Eile.

„Jetlag?", begrüßte David sie und ließ sich neben ihr nieder.

„Leider ja", antwortete Hannah.

David nickte wissend. „Gegen zu wenig Schlaf und Morgenmüdigkeit gibt es nichts Besseres als Kokosnusswasser. Das behauptet Dominguo zumindest. Hier", sagte er und reichte ihr die Kokosnuss, in der nun ein pinker Strohhalm steckte.

„Gibt Schlimmeres, als den Sonnenaufgang über dem Meer zu beobachten", meinte Hannah.

„Manch einer würde sagen, es gibt wenig Besseres."

Sie nahm einen Schluck von der frischen Kokosnussmilch, die nur leicht süß, dafür wunderbar erfrischend war.

„Ich hab's jetzt verstanden", sagte sie. „Warum du unbedingt hierbleiben willst."

„Dann hat's dich also auch erwischt?"

„Hmm?"

„Na, du hast dich in die Insel verliebt", meinte er mit breitem Lächeln und nicht ohne Stolz in der Stimme. „Irgendwann erwischt es jeden. Ich kenne das Gefühl. Es ist einfach zu schön hier."

„Wie im Paradies", pflichtete Hannah bei.

„Nur dass du das Paradies nicht so richtig genießen kannst." Es war eine Feststellung, keine Frage.

Hannah zuckte die Schultern. „Ich bin ja nicht hergekommen, um einen schönen Urlaub zu machen, und ich weiß, dass du darüber nicht reden möchtest, aber ich kann nicht aufhören an den Knochen im See zu denken ... und daran, wer dieser Knochen einmal gewesen ist."

„Daran, was damals passiert ist. Du denkst oft an früher", stellte David fest.

„Hm." Er hatte recht. Aber taten das nicht alle?

Nein, David tat es nicht. Er war gut darin, die Vergangenheit von sich zu waschen und im Moment zu baden.

„Ist das etwas Schlechtes?", fragte Hannah.

„Nicht, wenn es dich glücklich macht."

Sein Tonfall ließ keinen Zweifel daran, dass er das bezweifelte.

„Denkst du denn, ich wäre fröhlicher, wenn ich den Rubinsee-Fall und alles, was mit ihm zusammenhängt, einfach vergessen würde."

„Ich sage nur, dass es manchmal gut ist, im Augenblick zu leben."

„Ich versuche es ja, aber es ist nicht so einfach." Hannah seufzte, ließ ihren Blick erneut über Strand, Meer und Palmen wandern. „Aber ich verstehe, dass man an einem Ort wie diesem, an dem alles perfekt ist, seine Vergangenheit zurücklassen kann. Vergessen fällt im Paradies wohl leichter."

Bildete sie es sich ein oder zuckte David unmerklich zusammen, als hätte sie ihn beleidigt. Sie wusste ja, dass man ihre Worte als Vorwurf auffassen könnte, auch wenn sie es dieses Mal nicht so gemeint hatte.

„Aber ich gebe dem Ganzen eine Chance", stellte sie fest. „Ich bleibe noch ein paar Tage, lerne tauchen." Denn laut Christoph gab es keine Neuigkeiten rund um den Knochenfund. Momentan würde sie in Bad Rubinsee also genauso wenig ausrichten können wie hier. „Wer weiß, vielleicht kriege ich es dann auch hin, die Gedanken an damals abzustreifen."

Auch wenn sie es bezweifelte.

Erinnerungen mochten sich abwaschen lassen.

Verletzte Gefühle und Angst ebenso.

Aber mit Schuld sah das ganz anders aus.

***

Mittlerweile war Hannah seit drei Tagen auf der Insel. Auch heute erhielt sie von Christoph den täglichen Statusbericht. Die nationalen Medien hatten den Fall der See-Knochen mittlerweile aufgegriffen. Da es weder weitere Knochenfunde noch Gewissheit gab, dass der Knochen von einem Verbrechen herrührte, hielt sich die Berichterstattung in Grenzen. Die meisten Artikel waren recht kurz und neutral gehalten. Eines hatten sie jedoch gemeinsam: Sie alle zeigten ein Bild des Rubinsees bei Sonnenuntergang, in dem Moment, in dem das Wasser rot glühte.

Da es für den Augenblick nichts gab, das Hannah in Bad Rubinsee tun könnte, um die Ermittlungen voranzubringen, konnte sie ebenso gut in Gili Air bleiben. Zumindest war es das, was sie sich sagte, als sie nach dem Telefonat mit ihrem Mitbewohner zur Tauchstunde mit David schlenderte.

„Heb die Taucherbrille leicht an, sodass Wasser reinfließt. Dann tauch ein oder zwei Meter und probier, die Brille auszublasen“, sagte David, nachdem sie sich zur ersten Lektion im Pool eingefunden hatte.

Hannah verzog das Gesicht. Sie stand bis zur Hüfte im Pool der Tauchschule und hatte eine Sauerstoffflasche auf den Rücken geschnallt, deren Gewicht ihren Schwerpunkt unangenehm nach hinten verlagerte.

„Chlorwasser in den Augen steht auf der Liste meiner Lieblingsempfindungen nicht gerade ganz oben“, meinte sie.

„Salzwasser in den Augen ist auch nicht besser“, entgegnete David.

„Klugscheißer“, scherzte sie.

Hannah steckte sich das Atemstück in den Mund und tauchte unter. Durch einen Schlauch zu atmen, fühlte sich fremd an. Hannah fragte sich, ob sie sich je daran gewöhnen würde.

Wie David sie angewiesen hatte, hob sie den Gummirand an der Unterseite ihrer Taucherbrille an, sodass Wasser hineinströmte. Als das Wasser ihre Wimpern berührte, blinzelte sie. Sie hasste dieses Gefühl.

Wie David es ihr vorhin erklärt hatte, schloss sie die Augen, hob das Plastik ein zweites Mal an, ganz leicht nur, dann drückte sie den oberen Rand der Brille gegen ihre Stirn und stieß, so fest sie nur konnte, die Luft durch ihre Nase aus. Als sie die Brille losließ und die Gummiränder sich an ihren Wangen festsaugten, befand sich nur noch ein letzter Rest Wasser in der Taucherbrille.

Im Anschluss ließ David sie bunte Plastikteile vom Boden des Pools aufsammeln. Wie ein Hund, hatte sie kommentiert, was er grinsend abtat. Da zwei Touristen Privatstunden mit ihm gebucht hatten, verabschiedete sich David am frühen Nachmittag.

„Sehen wir uns heute Abend?", fragte er und schaute Hannah hoffnungsvoll an.

Sie konnte sich ihr Schmunzeln nicht verkneifen.

„Sehr gerne."

Das Magazin, das David für sie dagelassen hatte und das die Vielfalt der Unterwasser-Fauna rund um die Gili Inseln beschrieb, ignorierte Hannah. Stattdessen schnappte sie sich ihr Badetuch und machte es sich am Strand im Schatten einer Palmenreihe gemütlich.

Eine Zeit lang genoss sie die Ruhe, doch dann holte sie ihr Handy aus der Badetasche. Sie hatte sich vorgenommen, die Tage auf Gili Air mit möglichst wenig Gedanken an zu Hause zu verbringen, doch ihr Finger bewegte sich wie von selbst zum Brief-Symbol, um das Postfach ihres E-Mail-Accounts zu öffnen. 382 neue Mails. Hannah biss sich auf die Unterlippe. Sie widerstand dem Drang, durch die Nachrichten zu scrollen, und schloss den Posteingang wieder.

„Jetzt ist Urlaub", redete sie sich selbst gut zu.

Abgesehen von der Flut an arbeitsbezogenen E-Mails waren, seit sie das letzte Mal nachgesehen hatte, fünf WhatsApp-Nachrichten eingegangen. Zwei stammten von ihren Eltern, zwei weitere aus dem Büro, genauer gesagt von Joe, dem Leiter der Buchhaltungsabteilung, der ihr *freundlicherweise* eine Liste an Bewerbern an ihr privates Handy weiterleitete.

Eigentlich hatte sie sich vorgenommen, das Handy gleich wieder wegzulegen, doch als hätten ihre Finger ein Eigenleben entwickelt, tippten sie: *Bad Rubin-see+Knochen.* Die Suchmaschine warf eine Reihe Artikel aus, die Hannah allesamt kannte. Kein Wunder, so oft wie sie in den letzten drei Tagen nach Neuigkeiten gesucht hatte.

Es ließ sie einfach nicht los.

Schnaubend drückte sie auf die Aus-Taste und der Bildschirm wurde schwarz. Sie hatte reinweißen Sand unter sich, den Geruch von Sonnencreme in der Nase und die Schatten der Palmwedel tanzten auf ihrer Haut. Und was tat sie? Klammerte sich wie eine Ertrinkende an ihre Vergangenheit, während ihr schlechtes Gewissen sie in die Tiefe zog, anstatt im paradiesischen Jetzt zu leben.

Sie stemmte sich hoch und lief über den heißen Sand ins Wasser. Wellen prallten an ihren Oberschenkeln ab und warfen Tropfen in die Luft, so hoch, dass sie Hannahs Wangen küssten.

Der Augenblick ist alles, was zählt.

Das hatte sie David sagen hören. Der Augenblick. Leb den Augenblick.

Hannah warf sich in die Wellen.

David

Dedy saß am Steuer des Boots, David neben ihm, während die Touristen im hinteren Teil in der Sonne fläzten. Sie würden während dieser Tour drei verschiedene Korallenriffe besuchen. Der erste Tauchgang war schon vorbei, Nummer zwei und drei standen noch bevor.

„Du magst sie", stellte Dedy grinsend fest. David brauchte nicht zu fragen, wen er meinte.

„Natürlich mag ich sie. Du doch auch."

„Ja", sagte Dedy noch immer mit diesem vielsagenden Grinsen. „Aber auf eine andere Weise. Du magst sie mehr."

„Du kennst mich doch. Ich verliebe mich viel zu leicht."

Seine Liebesbekanntschaften waren immer flüchtig, das brachte der Alltag mit Touristen mit sich. Frauen tauchten für ein paar Tage oder Wochen in seinem Leben auf, erfüllten sein Herz mit ihrem Lachen und die Nächte mit ihren Berührungen. Aber es war nie von Dauer.

„Eine Liebe für einen Augenblick, nicht wahr?", meinte Dedy, und David fragte sich, ob er hinter seinen riesigen dunklen Brillengläsern die Augenbrauen hochzog.

„Und das findest du nicht gut?"

„Doch, ich beneide dich sogar. Ich kann das nicht, weißt du. Ich denke immer an die Zukunft. An das, was noch gar nicht passiert ist. Ich habe Angst davor, jemand anderem wehzutun, oder mir selbst. Aber du hast diese Angst nicht. Du willst es fühlen, nicht wahr? Alles, die Liebe, aber auch den Schmerz. Manchmal glaube ich, du genießt es, wenn dein Herz gebrochen wird.“

David schaute auf den Ozean, der an dieser Stelle unendlich wirkte und auf dessen Oberfläche Lichtfetzen tanzten, und auf Gili Air, das in der Ferne wie eine Spielzeuginsel auf dem Wasser lag.

So hatte David noch nie darüber nachgedacht. Er wollte ein Leben voller Gefühle, ja, aber wollte er auch den Schmerz, so wie Dedy es sagte? Genoss er es, wenn ihn die Frauen verließen? Und was war mit Hannah? Wenn sie ging – und sie *würde* gehen – wie würde sich dieser Schmerz anfühlen? Würde er auch vergehen?

Davids Brust zog sich zusammen. Am besten gar nicht daran denken. Verhindern konnte er es sowieso nicht.

Champaign, Illinois, 2023
Frankie

Tagebucheintrag 379
Der See. Immer wieder dieser See.
Der geplante Abgabetermin für mein Forschungspaper rückt näher. Doch anstatt zu arbeiten, ertappe ich mich immer wieder dabei, wie meine Augen glasig werden, während ich auf den Bildschirm starre. Die Buchstaben und Zahlen verschwimmen und mein Geist wandert in die Vergangenheit.
Zu dir. Zum See. Zu der Hütte im Wald. Zu dem kahlen Raum mit der verschlossenen Tür.
Mit den Techniken, die mir mein Therapeut beigebracht hat, schaffe ich es normalerweise, meine Konzentration zurückzuerlangen. Indem ich meinen Blick

auf einen speziellen Punkt fokussierte, indem ich bis zehn zählte, während ich jeden Finger einzeln anhebe. Doch heute helfen auch diese Tricks nicht. Die Erinnerungen hüllen mich in einen Kokon aus Zweifeln, aus Wehmut und Nostalgie. Und aus Angst. Ich kenne diese Gefühle von damals, diese Ohnmacht, die Ruhelosigkeit. Das Unvermögen, meine Gedanken länger als ein paar Sekunden festzuhalten.

Ich war fünfzehn, als es losging. Meine Mitschüler behaupteten, ich würde ständig lügen, und ich fragte mich, warum sich die ganze Welt gegen mich verschworen hatte. Warum der Junge aus der Klasse über mir so tat, als würde er mich nicht kennen, obwohl wir doch letztes Wochenende gemeinsam auf das Dach der Schule geklettert waren und dort geraucht hatten. Warum meine Sitznachbarin sich weigerte, mir das Buch zurückzugeben, das ich ihr geliehen hatte, und sogar behauptete, sie habe sich nie etwas von mir geborgt. Warum mein bester Freund beim Abendessen mit seinen Eltern nur verwundert den Kopf schüttelte, während ich für uns beide darum bettelte, dass wir im Sommer nach Spanien reisen durften. Warum er später, als ich mich deshalb bei ihm aufregte, so tat, als wüsste er nichts von unserer geplanten Reise. All das verstand ich damals nicht.

Was war nur los mit den Leuten?

Ich war verzweifelt. Und meine Eltern? Die glaubten den anderen. Fragten mich, warum ich mir ständig Lügen ausdachte. Sie machten sich Sorgen, alle beide, meine Mutter auf die verzweifelte, mein Vater auf seine rigorose, strenge Art.

In diesen Tagen schien mir alles zu entgleiten. Und dann kamst du. Wir träumten davon, gemeinsam in den Süden zu fahren. Nach Italien. Dorthin, wo die Luft nach Salzwasser und Tomatensoße roch, wo das Leben nach Einbruch der Dunkelheit weiterging und die Menschen barfuß im Sand tanzten.

An die Liebe auf den ersten Blick glaubte ich bis dahin nicht. Zu kitschig. Zu oberflächlich. Trotzdem passierte es mir mit dir.

Wenige Tage danach schleppten meine Eltern mich zu einem Psychiater. Er stellte mir zahlreiche Fragen, manche zu persönlich, um sie einem Fremden zu beantworten. Am Ende sagte er, ich hätte etwas, das sich Psychose nennt.

„Ich bin kein Psycho", sagte ich, worauf er den Kopf schüttelte.

Nein, Psycho sei ich keiner, aber mein Verstand spiele mir trotzdem einen Streich. Er sprach von psychotischen Schüben und behauptete, dass viele der Dinge, an die ich mich glasklar erinnerte, nie passiert waren. Dass sie Hirngespinste waren, erzeugt von meinem Verstand. Dass ich zwar keine Lügen hatte verbreiten wollen, denn ich hatte ja nur das erzählt, woran ich mich erinnerte, dass es am Ende aber doch Lügen gewesen waren.

Der Junge aus der Klasse über mir tat nicht nur so, als würden wir uns nicht kennen. Wir kannten uns wirklich nicht, weil wir nie aufs Dach der Schule geklettert waren, nie miteinander geraucht hatten. Meine Sitznachbarin hatte sich nie ein Buch von mir ausgeliehen.

Mein bester Freund und ich hatten nie darüber gesprochen, nach Spanien zu reisen. Diese und viele andere Erinnerungen waren nicht echt.
Und auch du seist nicht echt, vermutete er.
Meine Eltern glaubten ihm sofort. Ich hasste sie dafür.
Meine Verzweiflung wuchs und mit ihr die Gewissheit, dass ich wegmusste. Weg von allen, die behaupteten, meine Erinnerungen seien falsch. Vor allem: Du seist falsch.
Nicht ich log, sondern sie.
Erst viel später begriff ich, dass sie doch recht gehabt hatten. In der Hütte im Wald geschah es. Ganz allein war ich dort. Und wartete. Auf dich. Aber du kamst nicht. Natürlich nicht. Wie solltest du auch, wo es dich doch nur in meinem kaputten Verstand gibt?
Es ist gut, dass ich es endlich begriffen habe, auch wenn es sich oft nicht so anfühlt.
Wie verrückt ich bin.
Wie falsch alles ist.
Meine Erinnerungen. Meine Worte. Die ganze Welt. Du.
Frankie

Gili Air, 2023
Hannah

Am folgenden Nachmittag stand Hannahs erster Trainingstauchgang im Meer an. Dedy lenkte das Boot, von dem aus sie und David ins Wasser gehen würden.

„Wie fühlst du dich?", fragte David.

„Wie eine Astronautin auf Mars-Mission."

In dem engen Tauchanzug und mit der Sauerstoffflasche auf dem Rücken fühlte Hannah sich tatsächlich ein bisschen wie auf einer gefährlichen Mission.

David lachte. „Die meisten sagen, sie sind nervös."

„Bin ich auch."

Mitten im Nirgendwo stoppte Dedy das Boot.

„Da wären wir", meinte David.

Hannah fragte sich, woran er und Dedy erkannten, dass dies die richtige Stelle war. Rund um sie herum war kilometerweit nur Meerwasser. Wie hatten sie es da geschafft, sich zu orientieren?

„Wir tauchen zwischen fünfzehn und zwanzig Meter tief", erklärte David, während er die Bleigewichte, die ihr beim Untertauchen helfen würden, an Hannahs Gürtel befestigte. „Bereit?"

Hannah setzte sich mit dem Rücken zum Wasser auf die Reling, wie David es ihr gezeigt hatte, nahm das Mundstück zwischen die Lippen und ließ sich mit geschlossenen Augen nach hinten fallen. Es platschte laut, als sie im Wasser aufschlug. Salzwasser schwappte über ihr Gesicht. Mit einem zweiten Platschen landete David neben ihr.

„Und los geht's", sagte er, steckte sich sein Mundstück zwischen die Lippen und tauchte unter.

Hannah folgte ihm oder versuchte es zumindest. Mit dem Sauerstofftank auf dem Rücken nach unten zu sinken, war schwerer, als sie es sich nach dem Training im Pool vorgestellt hatte. Die Wellen trieben sie wie einen Rettungsring nach oben.

David löste zwei Metallgewichte von seinem Gürtel und befestigte sie an Hannahs. Dann formte er mit Zeigefinger und Daumen ein O, das Zeichen für OK. Hannah erwiderte die Geste, ehe sie einen zweiten Versuch startete.

Mit den zusätzlichen Gewichten fiel es ihr leichter, abzutauchen. Nach wenigen Schwimmzügen spürte sie Druck auf ihren Ohren und machte einen Druckausgleich. Über der Taucherbrille drückte sie ihre Nasenflügel zusammen und blies Luft in ihre Backen. Sofort knisterte es in ihren Ohren – das Zeichen, dass der Ausgleich gelungen war.

David schwamm voraus, schaute jedoch immer wieder zu Hannah, um sich zu vergewissern, dass sie hinter ihm war. Unter sich wie über sich sah Hannah nur blau, ganz anders als beim Schnorcheln, wo das bunte Korallenriff von der Oberfläche aus zu sehen gewesen war.

David und Dominguo hatten Hannah vorgeschwärmt, dass sie sich beim Tauchen schwerelos fühlen würde. Wie ein Vogel in der Luft oder ein Astronaut im luftleeren Raum. Tatsächlich war sie sich der Flasche auf dem Rücken und den Flossen an ihren Füßen aber allzu bewusst. Atmen, eigentlich das Natürlichste der Welt, wurde hier unten zu einer Konzentrationssache.

Ihre Kehle fühlte sich eng an, das Wasser über ihr schien unendlich und bleischwer. Hatte sich so das Mädchen aus dem See gefühlt, ehe es ertrunken war? Eingeschlossen in einem Käfig aus Blau?

Plötzlich verharrte David und winkte Hannah zu sich heran. Da, klitzeklein und umgeben von Luftbläschen, tanzte ein Seepferdchen. Hannah schob den Gedanken an die Seeleiche zur Seite – versuchte es zumindest. Es war faszinierend, wie filigran das winzige Wesen war. Wie verloren im riesigen Ozean. Genauso verloren wie das Mädchen aus dem See. Sie musste das Thema noch einmal ansprechen. Musste sich entschuldigen ... Auch wenn sie nicht wusste, wie.

Kurz darauf erreichten David und sie das Korallenriff. Riesig, ja beinahe unendlich, breitete es sich vor ihnen aus. Doch irgendetwas war ... anders.

Hannah hatte eine farbenfrohe Unterwasserstadt voller Fische erwartet, wie David sie ihr beim Schnorcheln gezeigt hatte. Dieses Riff wirkte jedoch beinahe ausgestorben und nicht nur die Fische fehlten, sondern auch die Farben. Die Korallen waren weiß, bräunlich oder grau. Über manche hatte sich Seetang gelegt.

Hannah ließ sich über das Riff treiben, beobachtete vereinzelte Fische und die versteinerten Züge der Korallen, David immer an ihrer Seite.

Als es schließlich an der Zeit war, aufzutauchen, nahm David ihre Hand. Mit sanften Flossenschlägen ließen sie sich an die Oberfläche treiben. Etwas unbeholfen kletterte Hannah auf das Boot. Sofort war Dedy zur Stelle, half ihr, die Sauerstoffflasche auszuziehen, und nahm ihr den Gürtel mit den Gewichten ab.

„War es unglaublich? Das Tollste, was du je gesehen hast?", fragte er.

„Ja, es war super", antwortete Hannah, die ihn nicht enttäuschen wollte.

Dedy nahm ihr auch Taucherbrille und Flossen ab und verstaute beides in einer Kiste, aus der er nun eine Wasserflasche zog.

„Ein bisschen Erfrischung nach all dem Sport."

„Danke."

Auch David erhielt eine Wasserflasche, dann ging die Fahrt weiter. Dedy am Steuer, David und Hannah im hinteren Teil des Boots, von wo aus sie einen wunderbaren Blick über den Ozean und auf die Inseln hatten.

„Hast du dir deinen ersten Tauchgang so vorgestellt?", fragte David.

„Ehrlich gesagt, war ich überrascht. Das Korallenriff war so anders als das, das wir beim Schnorcheln gesehen haben. Viel weniger bunt und mit weniger Fischen. Liegt das daran, dass es weiter unten liegt?"

„Es liegt daran, dass es tot ist", stellte David fest.

„Was?"

„Wenn Korallen sterben, verlieren sie ihre Farbe, und wenn sie erst mal tot sind, bieten sie keinen richtigen Lebensraum für Fische mehr. Eigentlich sind Korallen unsterblich. Wusstest du das? Unter den richtigen Umweltbedingungen und wenn sie nicht gefressen werden, können sie ewig leben. Aber das Meer ist hier zu warm. Wegen der Klimaerwärmung. Nur ein paar Grad. Wir spüren den Unterschied nicht, aber die Korallen schon. Und sie sterben."

„Du hast mir ein *totes* Korallenriff gezeigt?", fragte Hannah ungläubig.

„Ich musste an unser Gespräch am Strand denken und, na ja, ich schätze, ich wollte dir zeigen, dass selbst im Paradies nicht alles perfekt ist. Ich liebe es hier. Aber die Insel hat ihre Probleme, genau wie jeder andere Ort."

Genau wie der Rubinsee? Meinte er das?

„Es war vielleicht eine blöde Idee. Du bist enttäuscht, oder?", sagte er zerknirscht. „Wir gehen noch an einer anderen Stelle runter. Dort wird es schöner sein. Versprochen."

Er lächelte. In seinen Augen glitzerte das Sonnenlicht. Es sah aus, als bewegten sich Wellen in seiner Iris. Plötzlich überkam Hannah der Drang, ihn zu küssen. Diesen Mann, in dessen Augen sich ihr Vergangenheitsfreund mit Freiheit und dem Versprechen auf das Paradies vermischte und der plötzlich so schüchtern aussah.

„Danke", sagte sie.

Dann musste sie schmunzeln. David hatte ihr tatsächlich ein totes Korallenriff gezeigt. Wie merkwürdig. Und doch auch irgendwie charmant.

Er war wirklich ganz anders als all die Männer, die sie bisher gekannt hatte.

David

David schob sich den letzten Bissen gegrillten Fisch in den Mund, während Dedy aufgeregt vor sich hin plapperte.

„Ich finde, wir sollten heute Abend etwas Besonderes machen, um Hannahs ersten Tauchgang zu feiern. Einen Insel-Initiationsritus!"

Dedys Augen funkelten, während Hannah sich beinahe schüchtern auf die Lippen biss.

Für den zweiten Tauchgang an diesem Nachmittag hatte David einen der schönsten Plätze der Insel ausgesucht. Gemessen an Hannahs strahlendem Gesicht war es ein voller Erfolg gewesen.

Beim ersten Tauchgang war sie zurückhaltend gewesen, beim zweiten regelrecht aufgeblüht. Das war die

Magie der Korallen, die in den leuchtendsten Farben strahlten und den Ozean in einen neuartigen Planeten verwandelten.

Hannahs Verwandlung während des Tauchens war eine Miniaturversion dessen gewesen, was in den vergangenen Tagen auf der Insel mit ihr passiert war. Anfangs hatte sie auf David gehetzt gewirkt, immer in Bewegung und irgendwie zwiegespalten. Als sei sie gleichzeitig hier und zu Hause. Gleichzeitig in der Gegenwart und in der Vergangenheit.

Aber jetzt fühlte es sich für David an, als gehörte Hannah auf die Insel. Der Gedanke, dass sie Gili Air verlassen und der Platz, den sie eingenommen hatte, leer bleiben würde, kam ihm surreal vor. Nach nur ein paar Tagen war sie fest verankert mit seiner Vorstellung vom Paradies.

„Ich finde auch, dass wir deinen ersten Tauchgang feiern sollten", meinte David. „Du hast dich richtig gut geschlagen."

„Danke." Sie lächelte, schaute dann zu Dedy. „Was hast du dir denn vorgestellt, so als Initiationsritus?"

„Wir gehen nacktschwimmen." Wieder funkelten seine Augen.

„Du meinst nachtschwimmen", korrigierte Hannah ihn, woraufhin er grinste.

„Ich meine nachtschwimmen und nacktschwimmen."

David schmunzelte beim Anblick von Hannahs schockiertem Gesicht, während Dominguos Wangen rot anliefen.

Dedys Grinsen wurde noch breiter. „Es ist stockfinster, da sieht uns doch keiner! Wenn ihr euch nicht traut, geht ihr halt mit euren Klamotten rein. Aber ich werde nicht mein Hemd mit Salzwasser ruinieren."

Als ihm niemand antwortete, seufzte er und stand auf. „Wer als Letzter im Wasser ist, bekommt von mir eine Maniküre. Und ich suche die Farbe aus!"

Dedy knöpfte sein Hemd auf, wobei er mit den Hüften wackelte, als wollte er einen Striptease veranstalten, streifte es dann ab und warf es Hannah ins Gesicht. Mit einem Satz sprang er über das Geländer, schlüpfte auch aus seiner Hose, ehe er jubelnd über den Strand zum Meer lief.

„Was machen wir jetzt?", fragte Dominguo, dessen Wangen wie die Rücklichter eines Autos leuchteten.

Normalerweise hätte David sich längst zusammen mit seinem besten Freund in die Wellen gestürzt, doch aus Rücksicht auf Hannah blieb er sitzen. Spätabends auf einer fremden Insel mit drei Männern nackt baden zu gehen, klang für sie bestimmt alles andere als einladend.

„Na, was wohl?", sagte sie zu seiner Überraschung und stand auf. „Ich will jedenfalls keine Maniküre von Dedy!"

Etwas umständlicher als Dedy kletterte sie über das Geländer und lief los in Richtung Meer. David und Dominguo tauschten einen Blick und rappelten sich hastig hoch. Keiner wollte der Letzte sein. Nicht nur wegen der Maniküre, sondern auch, weil die Wellen riefen.

Das Adrenalin sprudelte durch Davids Körper, während er über den Sand rannte und sich noch im Laufen sein T-Shirt über den Kopf streifte. Als er die Wasserlinie erreichte, schwamm Hannah bereits auf Dedy zu, der juchzend winkte.

David warf sich in die Wellen, die ihn sprudelnd einhüllten. Sie waren noch immer warm und trugen die Erinnerung an Sonne in sich. Als er Hannah erreichte, tauchte er prustend auf. Sie stieß einen Schrei aus, lachte dann und hielt sich an Davids Oberarmen fest. Dabei war das Wasser hier so seicht, dass sie stehen konnten.

„Ihr Jungs seid richtig verrück", meinte sie kichernd.

„Das sind wir. Völlig durchgedreht!", rief Dedy, warf sich auf Dominguo und versuchte, ihn unterzutauchen. Doch Dominguo war schneller. Er wich zur Seite aus und warf Dedy um. Wie zwei kleine Kinder spritzten und plantschten die beiden durch das Wasser.

Hannah legte den Kopf in den Nacken und schloss die Augen. Ihr Haar breitete sich im Wasser wie ein Fächer um ihr Gesicht aus und der Mond zeichnete einen silbrigen Schimmer auf ihre Wangen.

Langsam ließ David seinen Blick über ihre Nase und ihr Kinn wandern, dann den Hals entlang bis zum Schlüsselbein, auf das sich Wassertropfen gelegt hatten, und auf die Wölbungen ihrer Brüste, die halb vom Wasser verdeckt waren. In diesem Moment schaute Hannah auf. Als hätte sie seine Gedanken erraten, wanderte auch ihr Blick über seine Brust hinunter zu den Ansätzen seiner Bauchmuskeln.

Er lehnte sich leicht nach vorn, nur der Hauch einer Bewegung, erwartete beinahe, dass sie ihn loslassen und zurücktreten würde. Aber wieder überraschte sie ihn. Sie hielt seinen Blick fest und atmete tief ein. Salzwasser benetzte ihre Lippen.

Salzwasser, das er nur zu gerne wegküssen wollte.

Es platschte laut, als sich Dedy mit einem lauten Brüllen zwischen sie warf.

„Wuaaah!"

Er erwischte David am Hals und würgte ihn unbeabsichtigt, während er ihn unter Wasser zog. Hannahs spitzer Schrei wurde im nächsten Moment von ihrem Kichern abgelöst.

Als sie alle etwas später aus dem Wasser wateten, blieb Hannah etwas zurück. David beeilte sich, ihr Kleid zu holen, während sie mit vor den Brüsten verschränkten Armen im seichten Wasser wartete.

„Danke", flüsterte sie.

Dedy rief ihnen vom Strand aus zu: „Wollt ihr noch einen Drink? Oder tanzen gehen?"

„Ich glaube, wir gehen zurück", entgegnete David, der sah, wie Hannah vor Kälte zitterte. „Was Trockenes anziehen."

„Okay", meinte Dedy enttäuscht.

Sie schauten Dedy und Dominguo nach, die den Strand diskutierend verließen. Dominguo, der als Letzter im Wasser gewesen war, verweigerte sich der angedrohten Maniküre, was Dedy ganz und gar nicht akzeptierte.

Da sagte Hannah: „Ich würde gerne noch etwas hierbleiben, den Mond und das Meer genießen."

„Ist dir nicht kalt?"

Sie schüttelte den Kopf, dabei konnte er deutlich sehen, wie ihre Lippen zitterten.

„Warte kurz."

David eilte auf Dominguos Restaurant zu, um ein Handtuch zu holen. Er fand eines mit Palmenmuster und fröhlich lachenden Sonnen. Als er zurück an den

Strand kam, hatte Hannah sich ihr Kleid übergestreift und saß mit angezogenen Knien da. David setzte sich neben sie und drapierte das Handtuch so, dass es über ihrer beider Rücken lag.

„Besser?", fragte er.

„Viel besser. Danke. Ich …", begann sie, schluckte dann und schaute zu ihm auf.

Noch immer zeichnete das Mondlicht ihre feinen Gesichtszüge nach und setzte zwei funkelnde Diamanten in ihre Pupillen. Hannah legte ihre Hand auf seine Wange, ließ sie einen Moment lang dort liegen, bevor sie mit dem Zeigefinger die Kontur seines Kiefers nachzeichnete.

Er lehnte sich nach vorn und Hannah tat dasselbe.

Und dann … küssten sie sich.

Langsam erst, vorsichtig, wie zwei Teenager, die nicht wussten, wohin mit ihren Körpern oder ihren Gefühlen. David schloss die Augen und spürte Hannahs volle Lippen auf seinen. Sie schmeckte nach Meersalz.

Es war merkwürdig, ein Klischee beinahe. So mussten die Protagonisten in den kitschigen Filmen denken, die David normalerweise mied wie die Pest: Doch es fühlte sich so an, als hätte er seit Jahren auf diesem Moment gewartet. Auf diesen Kuss. Es war wie Nachhausekommen und gleichzeitig wie ein großes Abenteuer, denn so vertraut Hannah ihm war, so fremd und aufregend war diese neue Version von ihr.

Langsam öffnete er seine Lippen, spürte ihre Zunge, weich und fordernd. Hitze stieg in David auf, als sie ihren Arm um ihn schlang und näher zu ihm heranrückte. Er zog sie auf seinen Schoß und ließ seine Finger ihre Oberschenkel entlang gleiten. Ihr Kuss wurde drängender.

Doch plötzlich rückte Hannah von ihm weg. Statt ihrer Berührungen war nur mehr kalte Inselluft. Hatte er sie zu sehr gedrängt?

„Ich … ich wollte nicht …"

Sie zitterte leicht. Vom Wind auf ihrer nassen Haut? Oder seinetwegen?

„Es tut mir leid, ich meine … Hannah", stotterte David.

„Es ist okay. Es ist alles okay", sagte sie.

„Ich wollte nichts tun, das du nicht …"

„Ich will es ja", unterbrach sie ihn. „Aber ich kann nicht. Nicht so."

„Weil du wieder fährst?", fragte David, der in den wenigen Tagen mit ihr begriffen hatte, dass sie mit der Vergänglichkeit ihres kurzen Aufeinandertreffens noch mehr haderte als er.

Sie schüttelte den Kopf, antwortete aber: „Wir haben keine Zukunft, du und ich."

Und der Augenblick war für Hannah nicht genug.

Es war so frustrierend! David wollte, dass sie länger blieb. Wollte mit ihr zusammen sein, sie kennenlernen, so richtig! Nicht nur das Mädchen, das er einst gekannt hatte, sondern die Frau, zu der sie geworden war. Wenigstens für den Moment. Die Zeit, die sie hatten, wollte er nutzen, so gut es ging, voll und ganz.

Aber für Hannah reichte das nicht.

„Kann ich irgendetwas tun?", fragte er.

„Nein. Und du sollst dich auch nicht entschuldigen. *Mir* tut es leid. Ich bin nicht hergekommen, um mich zu verlieben. Scheiße. Das war alles nicht geplant. Ich wollte dir die Wahrheit beichten. Wegen damals. Ich wollte ... Es tut mir leid.“

Eine Träne lief ihre Wange hinab. Hannah wischte sie weg, rappelte sich hoch und marschierte mit einer gemurmelten Entschuldigung davon.

Und David? Konnte einen Moment lang an nichts anderes denken als an dieses eine Wort: *Verliebt.* Sie hatte sich in ihn verliebt!

„Hannah!“, rief er ihr nach.

Er hatte sie schon einmal wütend am Strand davonlaufen lassen, ein zweites Mal würde er das nicht zulassen. Vor allem nicht nach dem, was sie gesagt hatte. Er sprang auf, überholte sie und stellte sich ihr in den Weg.

„Rede mit mir. Bitte.“

Sie schniefte und wischte sich mit dem Handrücken über die Nase.

„Ich weiß auch nicht, was mit mir los ist“, murmelte sie.

Du bist verliebt, dachte er und spürte dabei ein freudiges Kribbeln in seinem Bauch.

Doch er sagte: „Wenn du willst, können wir über die Sache von damals sprechen. Ich wollte es erst nicht, ich weiß. Aber vielleicht war das nicht fair dir gegenüber. Ich merke doch, dass es dich nicht loslässt.“

„Weil es meine Schuld ist, dass der Fall damals eingestellt wurde“, murmelte sie und wagte es nicht, ihm ins Gesicht zu schauen. Ihre Schultern sackten nach unten. Es war, als hätte sie mit diesen Worten die gesamte Energie aus sich herausgelassen.

„Wie kann es deine Schuld sein?“

„Weil ich gelogen habe.“

Was meinte sie damit? Die feinen Härchen in seinem Nacken richteten sich auf, weil ein Teil von ihm überhaupt nicht wissen wollte, was sie ihm erzählen würde und er gleichzeitig begriff, dass nichts Hannah davon abbringen würde, weiterzuerzählen. Ihre Stimme war so leise, dass sie beinahe vom Rauschen des Ozeans übertönt wurde.

„Was meinst du damit?“

Erst neigte sie kaum merklich den Kopf zur Seite – war das ein Kopfschütteln? Er glaubte schon, sie würde ihm keine weiteren Erklärungen liefern, doch schließlich schaute sie zu ihm hoch, fixierte seinen Blick und nickte langsam.

Und sie begann zu erzählen.

Damals:
Lügen und Lügner

Bad Rubinsee, 2006
David

Seitdem Christoph Engelbert den Artikel über den Leichenfund publiziert hatte, waren fünf Tage vergangen.

Fünf Tage voller Spannung im Ort, voller Blicke, die David folgten, voller Geflüster. Voller Gerüchte und Vermutungen, die mit jedem Tag mehr wurden und neue Formen annahmen.

Fünf Tage ohne eine Spur von der Leiche, ohne neue Erkenntnisse.

Fünf Tage, an denen die Suchtrupps an der falschen Stelle suchten, weit weg von der Bucht, von der aus David in jener Nacht losgeschwommen war. Aber das hatte er der Polizei erzählt und es interessierte sie nicht. Um ehrlich zu sein, bereute er mittlerweile, überhaupt etwas gesagt zu haben.

All seine Mitschüler redeten über ihn, selbst die aus den höheren Klassen, die ihn sonst ignorierten. Ein paar machten Geistergeräusche, wenn David das Klassenzimmer betrat. Im Turnunterricht wollte keiner mit ihm ein Team bilden und in allen Fächern, in denen er nicht neben Hannah sitzen konnte, blieb der Platz neben seinem leer.

Alle redeten. Auch die Lehrer. Die Eltern. Die Frauen an der Supermarktkasse. Der Busfahrer. Einfach jeder.

Nur zu Hause, da wurde nicht geredet. Seit dem Streit, den David auf der Treppe belauscht hatte, herrschte zwischen seinen Eltern Funkstille. Sein Vater arbeitete noch länger als sonst. Oft war David schon im Bett, wenn er nach Hause kam, und wenn er doch wach war, setzte sich sein Vater mit einem Bier vor den Fernseher und sagte nicht einmal Hallo.

Davids Mutter tat so, als sei ihr das egal. Aber die Art, wie sie am Telefon demonstrativ laut über die Leiche im See fachsimpelte, obwohl sie wusste, dass Davids Vater nichts darüber hören wollte, und wie sie sich besonders schick machte, wenn sie aus dem Haus ging, verrieten, dass es sie doch störte.

Das Schlimmste war, dass ihn das Mädchen aus dem See weiterhin verfolgte. David hatte gehofft, dass sie ihn in Ruhe lassen würde, sobald er seine Aufgabe erledigt und die Polizei auf die Suche nach ihr geschickt hatte. Stattdessen fühlte er ihre Gegenwart mit jedem Tag stärker.

Sie war seine ständige Begleiterin. Schaute ihm über die Schulter, wohin er auch ging. Warf einen Schatten auf jede seiner Bewegungen und in seinen Träumen zog sie ihn in die Tiefe.

Hannah war die Einzige, der er davon erzählte.

„Bestimmt hört es auf, sobald die Polizisten sie finden", sagte sie.

„Die werden sie aber nicht finden. Nicht, wenn sie weiter an der falschen Stelle suchen."

„Vielleicht kannst *du* sie finden, wenn du noch mal runter tauchst."

Das konnte er nicht. Früher vielleicht, aber heute ...?

Er wünschte sich so sehr, dass er dazu in der Lage wäre, doch allein der Gedanke, abzutauchen und dem Geistermädchen – der Leiche – in der Dunkelheit des Sees abermals entgegenzuschwimmen, ließ Davids Herz so schnell schlagen, dass er vergaß, wie Atmen funktionierte.

„Du musst es bloß versuchen. Das ist wie mit einem Pferd", sagte Hannah.

„Was?"

„Na, wenn einer vom Pferd fällt, dann muss er sofort wieder aufsteigen. Sonst traut er sich nicht mehr."

Aus Hannahs Mund klang das so einfach. Aber in Wahrheit war es alles andere als das. David wollte wieder ins Wasser, mehr als alles andere, aber er konnte nicht. Vielleicht hatte er zu lange gewartet, hatte sich nicht sofort aufs Pferd gesetzt und die Chance vertan. Vielleicht lag es am Geist, der auf ihn wartete und darauf lauerte, ihn zum Grund zu ziehen.

Früher war der See sein Zuhause gewesen.

Jetzt erfüllte er ihn mit Angst.

August 2006
Franz

Von: Franz

An: Papa

Lieber Papa,

ich wünschte, du wärst hier, und gleichzeitig bin ich froh, dass du nicht miterleben musst, was gerade im Dorf passiert.

Seit über einer Woche ist Frankie schon weg und Carla spricht kaum noch mit mir. Ich fürchte, ich bin dabei, meine Frau zu verlieren, genau wie meinen Sohn. Sie erträgt es nicht, mir ins Gesicht zu schauen, und wenn ich ehrlich bin, bin ich froh darüber. Da sind zu viele Geheimnisse zwischen uns. Zu viel unausgesprochener Vorwurf.

Am liebsten würde ich ins Auto steigen und nach Italien fahren. Frankie zurückholen, ob er es will oder nicht. Seine Fehler wieder gutmachen. Aber ich kann nicht weg. Nicht jetzt, wo das ganze Dorf verrücktspielt wegen einer Leiche im See, die es gar nicht geben darf. Der Junge der Königs will sie gefunden haben. Zumindest behauptet seine Mutter das. Er selbst sagt wenig und er lügt. Er erzählt, er sei 33 Meter tief getaucht. Kannst du dir das vorstellen? 33 Meter? Lächerlich.

Aber die Leute kaufen ihm diese irrsinnige Geschichte ab. Das Telefon auf dem Präsidium klingelt unablässig. Unzählige Anrufe von besorgten Bürgern, die irgendwas gesehen haben wollen, von dem sich jedes Mal herausstellt, dass es nichts, aber auch gar nichts, mit den Märchen des König-Jungen zu tun hat. Auch jetzt, wo ich dir schreibe, klingelt es. Ich habe aufgehört dranzugehen.

Sogar Carla glaubt die Geschichte. Als ich gestern Abend nach Hause kam, hat sie Braten gekocht und sich ein Kleid angezogen. Sie sah schön aus. So wie früher. Es war das erste Mal, seit Frankie weg ist, dass sie mir etwas gekocht hat. Ich habe mich gefreut.

Aber sie wollte nur über die Leiche im See reden. Wie sie aussieht. Wie alt sie ist. Wie lange sie schon im See *liegt. Ob wir irgendwelche Spuren haben. Sie hatte so viele Fragen, aber ich hatte keine Antworten.*

Ich spürte, dass sie Angst hat.

Du musst dir keine Sorgen machen, habe ich gesagt. Und dass ich es regeln werde. Das habe ich ihr versprochen.

Sie glaubt mir nicht. Ich kann es ihr nicht verdenken, nach allem, was passiert ist. Ich werde mich trotzdem darum kümmern. Den Fall werden wir bald beenden. Dafür sorge ich.

Papa, ich wollte dir sagen, dass es mir leidtut. Ich hätte vieles anders machen müssen. Wir Väter sind dafür verantwortlich, welchen Weg unsere Kinder gehen. Für das, was sie tun. Für das, was sie nicht tun.

Aber Papa, ich werde alles für Frankie richtigstellen. Damit er zurückkommen kann.

Dein Franz

David

David saß am Frühstückstisch und stütze den Kopf in eine Hand, während er mit dem Löffel in einer Schüssel Cornflakes rührte. Er sollte essen, um Kraft für das zu sammeln, was ihm heute bevorstand. Doch allein der Gedanke, seine Kiefermuskeln zum Kauen zu bewegen, strengte ihn an.

Am liebsten hätte er sich krank gestellt und diesen schrecklichen Tag aus seinem Kalender gestrichen.

Rund um Davids kreisenden Löffel verwandelte die Milch sich in einen kleinen Strudel, der die Cornflakes in die Tiefe zog. So wie das Geistermädchen im See ihn in seinen Träumen nach unten zog.

Mittlerweile war David davon überzeugt, dass der Mädchengeist einen Teil von ihm bei sich behalten hatte. Ein Stück seines Verstandes, das noch immer am Grund des Rubinsees festsaß und das der Grund dafür war, dass er immerzu an die junge Frau dachte. Alles erinnerte ihn an sie. Die Milch, weiß wie ihre Haut. Die untergehenden Cornflakes. Die feinen Wellen, die durch die Flüssigkeit gingen, während er umrührte.

„Die Sonne scheint. Ich denke, heute wird's warm werden", sagte seine Mutter.

Schon den ganzen Morgen lief sie durch das Haus und plauderte dabei unablässig. Sie tat so, als wäre alles in Ordnung. Dabei brachte ihre Nervosität die Luft zum Flirren. Sie hatte sich hübsch gemacht, trug ein Sommerkleid, das für diese Jahreszeit eigentlich zu dünn war, und darüber eine feine Strickjacke. Eine Perlenkette hing um ihren Hals, passend zu den glänzenden Ohrsteckern.

Auch David hatte sich ein Hemd und seine gute Sonntagshose anziehen müssen. Es war ein bisschen so, als müsste er zum Gottesdienst gehen. Jetzt zupfte seine Mutter an seinen Haaren herum.

„Damit alles schön ordentlich aussieht", meinte sie.

David ließ sie machen, auch wenn er den Sinn hinter diesem Aufzug nicht verstand. Er konnte sich kaum vorstellen, dass Franz Berger sich davon beeindrucken ließ.

Die Tür schwang auf und sein Vater kam herein, grummelte nur ein leises „Guten Morgen". Er schenkte sich eine Tasse Kaffee ein und stürzte das Getränk hinunter, obwohl es noch heiß sein musste. Dabei ließ er seine Armbanduhr nicht aus den Augen.

„Guten Morgen“, sagte Rebecca. Ihre Stimme klang absolut nicht nach einem *guten* Irgendetwas, sondern eher danach, als hätte Davids Vater sich Ärger eingehandelt.

„Ich muss gleich los. Zur Arbeit“, sagte der nur und hob den Arm mit der Armbanduhr hoch.

„Muss das heute wirklich sein? Du könntest doch einen Tag freinehmen.“

„Ich wüsste nicht, wozu das gut sein sollte.“

Damit kehrte er den beiden den Rücken zu und ging nach draußen. Davids Mutter zwang sich zu einem Lächeln.

„Wir kriegen das auch ohne ihn hin. Was meinst du?“

Ihre Nasenflügel bebten. Sie war nicht gut darin, ihre Wut zu verstecken.

„Klar“, sagte David leise.

Dabei hätte er sich viel lieber wie sein Vater aus dem Staub gemacht. Wäre zur Bank gefahren oder zur Schule oder einfach irgendwohin anstatt aufs Polizeirevier.

Doch es half alles nichts und eine halbe Stunde später fanden David und seine Mutter sich im Präsidium ein. Die Luft im Inneren war unangenehm kühl und es roch nach Desinfektionsmittel.

Franz Berger begrüßte sie ohne den Hauch eines Lächelns. „Guten Tag.“ Er schüttelte den beiden die Hand. „Frau König, wenn es Ihnen nichts ausmacht, würde ich mich gerne mit David allein unterhalten.“

Davids Finger krallten sich in die Hand seiner Mutter. Auf keinen Fall sollte sie ihn allein mit Herrn Berger lassen.

„Das halte ich für keine gute Idee", entgegnete seine Mama.

„Es wird nicht lange dauern. Sie können so lange einen Kaffee trinken."

„Also, ich …", begann seine Mutter, doch da wies Franz bereits eine Kollegin an, einen Automatenkaffee für sie zu holen.

„Ist das überhaupt legal, dass Sie mit einem Minderjährigen allein reden?", fragte seine Mutter.

„Er ist ja kein Verdächtiger. Es geht nur um ein paar einfache Fragen über die Sache, die David im See gefunden hat."

Die beiden sagten noch mehr, doch die Worte wurden vom Klingeln in Davids Ohren übertönt. Er hörte nur immer wieder dieses eine Wort. Die *Sache.* Kein Mädchen. Keine Leiche. Eine *Sache.* Ein Etwas.

Da wusste David, dass dieses Gespräch keinen guten Gang nehmen würde.

Wenig später saß er allein mit dem Polizisten in einem Verhörraum – und es waren keineswegs ein paar wenige Fragen, die Berger an David hatte, sondern ein ganzer Schwall davon.

„Erzähl mir noch einmal genau, was an diesem Abend passiert ist", forderte Herr Berger.

Während David sprach – stockend und flüsternd, weil er es nicht wagte, die Stimme im Beisein des Polizisten zu erheben –, machte der sich fleißig Notizen.

Aber damit, die Geschehnisse des Abends zu beschreiben, war es nicht getan. Egal, wie viel David erzählte, Franz Berger hatte weitere Fragen. So viele, dass irgendwann alle ineinander überliefen.

Beschreibe das Mädchen. Welche Haarfarbe hatte sie? Welche Kleidung trug sie? War sie nackt? Bist du sicher, dass sie nicht nackt war? Du sagtest doch, dass du dich nicht an ihre Kleidung erinnern kannst. Woher weißt du dann, dass sie welche anhatte? Wie sah ihr Gesicht aus? Wie alt war sie in etwa? Hast du sie davor schon einmal gesehen? Wirklich nicht? Wie kannst du dir dann so sicher sein, welche Augenfarbe sie hatte? Konntest du das erkennen? Im Dunkeln? Im See? Hast du sie vorher schon einmal gesehen?

Und dann von vorne.

Beschreibe das Mädchen noch einmal. Welche Haarfarbe? Welche Augenfarbe? Hast du sie schon einmal gesehen?

Wieder und wieder. Immer die gleichen Fragen.

Auf dieselbe Art fragte Franz Berger ihn über seinen Tauchgang aus.

War da noch jemand? Nein? Bist du sicher? Woher weißt du dann so genau, ob du nicht in eine andere Richtung geschwommen bist? Wie oft bist du untergetaucht? Wie tief? Woher hattest du das Boot? Lüg nicht, Junge, wir wissen genau, dass du das Boot vom Wirtshaus ausgeliehen hast. War da noch jemand? Beschreibe noch einmal das Mädchen. Wie sah sie aus? Warst du allein? War da noch jemand?

Und wieder dieselben Fragen. Und wieder von vorn.

David wusste nicht, wie lange er in diesem Verhörraum saß, nur, dass es sich wie eine Ewigkeit anfühlte und dass er müde war. So müde. Als er den Verhörraum endlich verlassen durfte, drehte sich alles in seinem Kopf. Erinnerungen verwoben sich mit Träumen, Antworten mit Fragen, und er war sich selbst nicht mehr sicher, was er im See erlebt und was er sich im Traum zusammengesponnen hatte.

Seine Mutter rauschte auf ihn zu: „Was ist passiert?", hauchte sie und nahm sein Gesicht in beide Hände.

„Frau König, ich rate ihnen dringend, professionelle Hilfe mit ihrem Sohn aufzusuchen", hörte David die strenge Stimme des Polizisten. Die Augen seiner Mutter weiteten sich. Sie sah wütend aus, doch bevor sie etwas entgegnen konnte, fuhr Franz Berger fort: „Es hat sich erneut bestätigt, was ich schon bei unserem ersten Ge-spräch dachte. Ihr Sohn erinnert sich nicht, was er in dieser Nacht gesehen haben will. Seine Aussage ist vol-ler Widersprüche und Lücken. Wäre ich zynisch, müsste ich denken, er lügt." Berger seufzte. „Und wenn man bedenkt, wie viele Ressourcen wir bereits in die Suche nach seinem Fantasie-Gespenst gesteckt haben." Er schüttelte den Kopf – und in David zog sich alles zu-sammen. Er log nicht! Wie konnte der Polizist das be-haupten?

Doch er schaffte es nicht, zu protestieren. Seine Stimme war verpufft, sein Kopf rauschte noch immer und in seine Augen traten Tränen, als Berger feststellte: „Ich denke, es ist für uns alle das Beste, wenn wir uns darauf einigen, dass David in seinem Delirium wirklich *geglaubt* hat, er hätte einen Geist gesehen."

Hamburg, 3 Wochen zuvor
Soleil

Soleil rannte, so schnell sie konnte. Als sie um die Ecke bog und auf der anderen Straßenseite das Bahnhofsgebäude sah, stieß sie einen Jubelschrei aus. Zum ersten Mal seit Wochen war sie frei.

Vor zwei Tagen hatten ihre Eltern die Tür aufgemacht. Ihr Zimmer, in dem sie so lange eingesperrt gewesen war, war nicht länger ein Gefängnis.

„Du weißt, dass wir es nur gut mit dir meinen", hatte ihre Mutter gesagt. „Wir haben das für dich getan."

Und Soleil hatte genickt und gelächelt, auch wenn sie ihrer Mutter viel lieber die Augen ausgekratzt hätte. Ihre Eltern hatten sie von allem ferngehalten. Von ihren Freunden, von der Schule, vor allem aber von Frankie. Sie hatten Soleil mit Tabletten vollgestopft, die sie schläfrig machten und ihr Kopfschmerzen bereiteten. Hatten ihre Zimmertür zugesperrt und sie eine Zeit lang sogar an den Handgelenken ans Bett gefesselt.

Und warum das alles? Weil Soleil anders dachte als ihre Eltern? Weil sie kein kleines Mädchen mehr war, das zu allem *Ja* sagte, was ihre Eltern wollten? Weil die beiden nicht damit klarkamen, dass sie erwachsen wurde?

Sie wusste es nicht, nur eines: Dass es sicher nicht zu ihrem Besten gewesen war.

Trotzdem hatte sie ihren Vater lächelnd umarmt, hatte so getan, als sei sie immer noch sein kleines Mädchen. Weil es der einzige Weg war, um diese verdammte Tür zu öffnen.

Und tatsächlich hatten ihre Eltern sie heute zum ersten Mal allein zu Hause gelassen, ohne sie vorher zu zwingen, die Tabletten zu schlucken, und ohne ihre Zimmertür zuzusperren.

„Weil wir dir vertrauen“, hatten sie gesagt.

Soleil hatte die Chance genutzt. So schnell sie konnte, hatte sie die wichtigsten Sachen in einen Rucksack gestopft und war losgelaufen.

Jetzt stand sie am Bahnhof. Während sie darauf wartete, dass der Zug eintraf, ging sie unruhig auf und ab. Ihre Eltern mussten mittlerweile entdeckt haben, dass sie weg war. Wenn die beiden sie erwischten, würde Soleil keine zweite Chance bekommen. Dafür würde ihr Vater sorgen. Er und die Fesseln. Die verschlossene Tür und die kleinen weißen Pillen.

Soleil starrte auf die Bahnhofsuhr, deren Zeiger schmerzhaft langsam wanderten, dann auf den Aus- und Eingang, wo sich hunderte Leute tummelten. Als sie eine hochgewachsene Gestalt mit schütterem, hellbraunem Haar sah, zuckte sie zusammen. *Nein, das durfte nicht sein.* Schnell huschte sie hinter eins der Schilder mit den Fahrplänen. Sie musste tief durchatmen, um sich zu beruhigen. Ihr Vater durfte nicht hier sein, er durfte sie nicht gefunden haben!

Da fuhr der Zug ein. Sobald sich die Türen öffneten, sprintete Soleil los. Zwei Passanten fluchten, als sie sich an ihnen vorbeidrängte. Ein älterer Herr wollte gerade aussteigen, aber Soleil konnte nicht warten, weil jede Sekunde auf dem Bahnsteig eine Sekunde war, in der sie entdeckt werden konnte.

Drinnen sank sie vor einer Sitzreihe auf die Knie und zog den Kopf ein, damit man sie durch die Fenster nicht sehen konnte.

Es dauerte eine gefühlte Ewigkeit, bis der Zug losfuhr, und selbst dann blieb sie auf dem Boden kauernd und mit eingezogenem Kopf sitzen. Die nächste Stunde war die Hölle. Die ganze Zeit rechnete sie damit, dass ihr Vater auftauchen würde. Aber er kam nicht. Sie war allein – und langsam, ganz langsam stellte sich ein Gefühl der Euphorie ein.

Und noch etwas, etwas viel Schöneres, das sie zu lange nicht mehr gespürt hatte: Freiheit.

Zufrieden seufzend lehnte sie sich in ihrem Sitz zurück. Sie würde nie erfahren, ob der Mann mit dem schütteren Haar wirklich ihr Vater gewesen war. Es war auch egal.

Er gehörte zu einem alten Leben, während sie zu einem neuen aufbrach. Zu Frankie.

Er wartete schon.

Heute:
Wo einst zu Hause war

Gili Air, 2023
Hannah

Hannah fröstelte. Sie wusste jedoch nicht, ob es wegen des Windes war, der mittlerweile über den Strand blies, oder wegen der Erinnerungen an damals.

„Ich hätte eine Aussage machen müssen."

„Wie meinst du das?" Die Verwirrung stand David ins Gesicht geschrieben.

„Ich habe sie gesehen. Dein Mädchen aus dem See. Sogar an ihre Augen kann ich mich erinnern. Grün und ganz hell, wie du's beschrieben hast."

„Du hast sie gesehen", stammelte David. „Aber … ich meine … wieso?"

Er strich sich mit beiden Händen durch die Haare. Dabei ließ er ihre Hand los, vermutlich unbeabsichtigt, doch Hannah fühlte deutlich die Leere, wo vorher Davids Finger gewesen waren.

„Ein paar Tage, bevor du sie im See entdeckt hast, bin ich ihr über den Weg gelaufen. Aber sie war nicht allein, sondern mit Frankie zusammen."

Davids Mund klappte auf. Ein paar Sekunden lang starrte er Hannah blinzelnd an. Sie vergrub ihre Finger im Sand, während sie auf eine Antwort wartete.

Dann: „Frankie? *Dem* Frankie?"

Hannah nickte.

„Denkst du, er hat sie umgebracht?" Seine Stimme war ein Flüstern.

„Ich weiß es nicht. Es würde erklären, warum Franz Berger den Fall nicht verfolgen wollte. Aber ich kann mir nicht vorstellen, dass ..." Sie biss sich auf die Unterlippe. „Ich habe die beiden im Wald in der Nähe des Rubinsees gesehen. Sie haben ein Picknick gemacht und ... na ja, sie wirkten glücklich. Ich glaube, sie waren verliebt."

Frankie und das blonde Mädchen hatten auf einer karierten Decke gesessen und er hatte sie mit Trauben gefüttert. Hannah erinnerte sich noch an den Klang ihres Lachens. So frei. So glücklich. Als ob sie jeden Moment vor Freude davonschweben könnte.

„Frankie bat mich, niemandem von seiner Freundin zu erzählen, weil sie sonst riesigen Ärger bekommen würden. Er sagte, das sei jetzt unser Geheimnis, und ... verdammt, ich weiß, wie blöd sich das anhört, aber es hat sich richtig gut angefühlt, mit Frankie unter einer Decke zu stecken. Als ob wir ein Team wären."

Im Nachhinein schämte Hannah sich für ihre kindliche Naivität. Sie hätte es besser wissen müssen.

„Ich habe sofort begriffen, dass das Mädchen aus dem See und das Mädchen von der Lichtung im Wald dieselbe Person sein müssen. Und als ich hörte, dass Frankie abgehauen ist, wurde mir klar, dass etwas Schlimmes passiert ist. Ich hätte sofort aussagen sollen. Ich frage mich bis heute, warum ich es nicht getan habe. Ich glaube, zum Teil war es, weil ich Angst hatte, selbst Ärger zu kriegen. Immerhin ging es um Franz Bergers Sohn. Aber vor allem war es, weil ich mein Versprechen nicht brechen wollte. Er war doch immerhin Frankie."

David nickte. Ob er verstand?

Frankie war einer von den Guten gewesen. Einer der Wenigen, die Hannah nie wegen ihrer Locken oder David wegen seiner singenden Mutter aufzogen. Einmal, als ein älterer Junge aus ihrer Schule, der Hannah schon länger auf dem Kieker hatte, sie Struwwelpeter nannte, hatte Frankie sie in Schutz genommen.

Während die anderen Kinder lachten, hatte Frankie dem Jungen zugerufen: „Hey, Kalle, mach dein dickes Maul wieder zu. Du siehst aus wie ein Frosch."

Und Kalle war still gewesen. Er war rot angelaufen, wütend davongestampft und hatte Frankie heimlich einen Hippie genannt. Aber zu Hannah hatte er nie wieder etwas Gemeines gesagt.

So war Frankie immer gewesen. Hatte diejenigen verteidigt, die schwächer waren als er. Gesagt, was er dachte, ohne Angst vor Konsequenzen zu haben. Er hatte Gutes getan, ohne dafür eine Gegenleistung zu erwarten. Er war kein Mörder. Das konnte Hannah einfach nicht glauben.

Hatte es zumindest damals nicht gekonnt.

Heute war sie sich nicht mehr so sicher.

„Ich habe so gehofft, dass sie das Mädchen im See finden würden, bevor ich etwas aussagen muss. Aber als die Polizei die Ermittlungen einstellen wollte, hatte ich keine Wahl mehr."

„Warte ... du hast eine Aussage gemacht!?“

„Nicht offiziell. Ich habe es erst meinen Eltern gebeichtet, aber die waren skeptisch. Sie dachten wohl, ich hätte mir das alles nur ausgedacht, um dir zu helfen.

„Anstatt zur Polizei zu gehen, hat mein Vater Franz Berger direkt angerufen. Der kam zu uns nach Hause und bat meine Eltern, mit mir allein sprechen zu dürfen. Er sagte, es würde kein Verhör werden, nur ein bisschen Geplauder.“

„Bergers Geplauder kenne ich“, grummelte David.

Die Erinnerung an das Verhör – das keineswegs bloßes Geplauder gewesen war – ließ Hannahs Herz noch heute schneller schlagen. Der Polizist hatte sich groß wie ein Berg vor ihr aufgebaut und geknurrt, er wüsste, dass sie sich ihre Geschichte zusammengezimmert hätte. Er war nie laut geworden. Im Gegenteil, je länger das Gespräch dauerte, desto leiser war seine Stimme geworden – und umso bedrohlicher.

Am Ende hatte er ihren Eltern erzählt, Hannah hätte zugegeben, dass sie sich die Geschichte nur ausgedacht hatte. Das war eine Lüge gewesen, die Hannah kopfschüttelnd und mit Tränen in den Augen dementiert hatte. Doch die beiden hatten ihm sofort geglaubt. Das war das Schlimmste an der ganzen Sache gewesen. Zu wissen, dass ihre eigenen Eltern sie für eine Lügnerin hielten.

„Franz Berger sagte, niemand würde mir diesen Blödsinn abkaufen und dass es eine Schande wäre, wenn ich Frankies Namen in den Schmutz ziehe, nur weil ich Aufmerksamkeit will. Da bin ich eingeknickt. Ich hätte kämpfen müssen, darauf bestehen, dass er meine Aussage richtig aufnimmt, hochoffiziell auf dem Revier oder zumindest mehr Leuten davon erzählen. Aber ich ... scheiße ..."

Ohne es zu bemerken, hatte Hannah zu weinen begonnen. David zog sie in seine Arme, legte sein Kinn auf ihren Kopf und streichelte ihren Rücken.

„Es ist alles meine Schuld", flüsterte sie.

Es fiel Hannah schwer, weiterzusprechen, weil sie sich immer wieder an ihren Tränen verschluckte. Aber die Worte mussten nach draußen. Viel zu lange hatte Hannah sie mit sich herumgetragen.

„Wenn ich ehrlich gewesen wäre, hätten sie das Mädchen finden können. Stattdessen liegt sie bis heute im See. Der Mörder läuft frei herum. Und deine Mum, was mit ihr passiert ist ... Das hängt doch alles miteinander zusammen! Ich weiß das, ich weiß es einfach! Wenn ich die Sache richtiggestellt hätte, dann wäre sie nie angegriffen worden."

Da war er: der Grund für ihr schlechtes Gewissen.

Sie war erst zu naiv und dann zu eingeschüchtert gewesen, um die Wahrheit zu sagen, und hieß das nicht, das alles, was danach passiert war, zum Teil ihre Schuld war?

„Darum ist es so wichtig für dich, diesen Fall zu lösen", stellte David fest. „Aber Hannah, es ist nicht deine Schuld."

Er war so verdammt verständnisvoll und das machte alles noch schlimmer – weil Hannah dieses Verständnis nicht verdient hatte!

„Doch, es ..."

Er ließ sie nicht zu Wort kommen. „Es ist Franz Bergers Schuld, weil er dich unter Druck gesetzt hat, genau wie mich. Und die Schuld der Polizei, weil sie nicht richtig ermittelt haben. Es ist die Schuld von allen Leuten im Dorf, die sich das Maul über uns zerrissen haben. Du warst ein Kind. Du hattest Angst und du hast ein Versprechen gehalten.“

„Das ist keine Entschuldigung.“

„Vielleicht nicht.“ Er zuckte die Schultern. „Aber es braucht auch keine. Ich sag's noch mal: Hannah, es ist okay.“

Sie atmete ein paarmal tief durch, ließ Davids Worte auf sich wirken. War es wirklich okay? Wie konnte es das sein, solange das Mädchen im See lag?

„Ich muss zurück“, sagte sie dann.

Denn so war es. Solange sie nicht herausfand, was damals *wirklich* passiert war, würde sie keine Ruhe finden. Als der Fall vor siebzehn Jahren geschlossen worden war, war sie ein Kind gewesen, doch jetzt war sie erwachsen und sie würde nicht zulassen, dass es ein zweites Mal passierte.

David hielt in der Bewegung inne.

„Ich ... ich kann nicht mitkommen“, flüsterte er.

Obwohl Hannah begriff, dass er eigentlich *Ich will nicht mitkommen* meinte, versuchte sie nicht, ihn zu überreden.

Sie würde gehen, er würde bleiben.

Vermutlich war das für alle das Beste. Aber wenn es das Beste war, warum fühlte es sich so schrecklich an?

Champaign, Illinois, 2023
Frankie

Tagebucheintrag 380

Ich wusste immer, dass meine Vergangenheit mich eines Tages einholen würde. Ich dachte nur nicht, dass es auf diese Art geschehen würde.

Dass die Dinge, die ich als Lügen zu erkennen gelernt habe, vielleicht gar keine Lügen sind.

Klinge ich verrückt? Kein Wunder ... ich bin es ja auch.

Gestern Nacht, als mich die Alpträume rund um dich und den See wieder einmal nicht schlafen ließen, habe ich meinen Laptop geöffnet und ihn gegoogelt. Den See. Die Hütte. Dich. Und weißt du was? Ich habe ihn gefunden.

Nicht sofort, doch nachdem ich eine Zeitlang durch die Bilder gescrollt habe, war da eines, das einen See mit rötlich schimmernder Oberfläche zeigte. Harsche Berghänge warfen ihre Schatten auf das Wasser. Ich erkannte ihn sofort, den Höllensee aus meinen Alpträumen. Nur dass dies kein Traum war.

Ich klickte auf das Bild und landete auf einem Artikel von einer österreichischen Tageszeitung. Weißt du, worüber darin berichtet wurde? Von einem Knochenfund in ebendiesem See. Davon, dass vor vielen Jahren ein Mensch dort ums Leben gekommen ist und die Knochen wie durch ein Wunder so lange erhalten geblieben sind. Dass sie ebendiesen Menschen jetzt suchen.

Und ich wollte den Gedanken erst nicht zulassen, weil ich wusste, dass er mich auffressen würde, doch er schrie zu laut in meinem Kopf. Schrie, wie die Worte es schon immer in meinem Inneren getan hatten.

Was, wenn du es bist?
Wenn du im See liegst?
Wenn sie dich finden?
Wenn du doch keine Lüge bist?
Was dann?
Was mache ich dann?
Frankie

Gili Air, 2023
Hannah

Hannah hatte nie richtig ausgepackt. Also bestanden ihre Abreisevorbereitungen lediglich darin, ihren Bikini, zwei Shorts und ihre Zahnbürste in den Koffer zu schmeißen. Was in der Theorie komfortabel klang, ließ Hannah in der Praxis zu wenig Zeit, um sich mental darauf vorzubereiten, der Insel Lebewohl zu sagen.

In einem Moment stand sie vor ihrer Hütte und fühlte die Sandkrümel zwischen ihren Zehen, im nächsten bereits am Anlegesteg für die Fähre nach Bali und umarmte ihre neuen Freunde zum Abschied.

Dominguo tätschelte ihr etwas umständlich den Rücken und überreichte ihr in Folie gewickelte Dumplings, gebratenen Reis und Mangoschnitten als Reiseproviant. Dedy umarmte sie dafür umso fester.

„Wir werden dich vermissen, Hannah, und denk daran, wir haben immer einen Platz für dich hier", flüsterte er in ihr Ohr.

Hannah musste tief durchatmen, um nicht zu weinen. Es war schon merkwürdig. Sie war vor weniger als einer Woche in Gili Air angekommen, doch die letzten Tage waren so intensiv gewesen, so voller Farben und neuer Eindrücke, dass es sich anfühlte, als lasse sie einen ganzen Lebensabschnitt hinter sich.

Ob sie Dedy je wiedersehen würde? Oder Dominguo? Ob sie je wieder das beste Curry der Insel in seinem Restaurant kosten würde? Und was war mit David? Würde er noch hier sein, falls sie zurück auf die Insel käme, oder wäre er längst weitergezogen?

Als Dedy sich nach einer gefühlten Ewigkeit von ihr löste und David auf Hannah zutrat, senkte sie den Blick. Er sollte die Tränen nicht sehen, die sich in ihren Augenwinkeln gesammelt hatten.

„Das heißt dann wohl Lebewohl", flüsterte sie.

„Wir sehen uns wieder, bestimmt", meinte er und zog sie in eine Umarmung.

Er lächelte nicht, versuchte nicht einmal, so zu tun, als wäre er fröhlich. Hannah schmiegte sich einen viel zu kurzen Moment lang an ihn. Am liebsten wäre sie stundenlang so dagestanden, hätte sich mit geschlossenen Augen von David halten lassen und seinen Herzschlag gespürt. Doch da ertönte ein lautes Tröten von der Fähre. Das Signal für die Abfahrt. Also mussten sich die beiden voneinander lösen.

Wie schon bei der Herfahrt deponierte Hannah ihren Koffer neben einem Haufen Backpacker-Rucksäcken im Unterdeck und stieg die Treppe hoch. Die Fähre setzte sich bereits in Bewegung, als sie am Oberdeck ankam.

Ein letztes Mal winkte sie den drei Männern auf dem Landungssteg zu. David in der Mitte, links von ihm Dedy, der einen Arm um Davids Schultern gelegt hatte, rechts von ihm Dominguo, der mit beiden Armen in der Luft wedelte. Nur David winkte nicht.

München, 2023
Hannah

Die Heimreise kam Hannah länger und anstrengender vor als die Hinfahrt. Vermutlich, weil sie dieses Mal nicht von der Aufregung des Abenteuers begleitet wurde. Und weil es so viel zu vermissen gab.

Ausgelaugt stieg sie aus dem Flugzeug und folgte den anderen Passagieren in die Gepäckhalle. Dort hatte sie alle Mühe, die Augen offen zu halten, während sie darauf wartete, dass ihr Koffer endlich auftauchte. Als sie wenig später durch die elektrischen Schiebetüren in die Ankunftshalle des Münchner Flughafens trat, war Hannah völlig gerädert. Christoph wartete mit einem Strauß Blumen in der einen und einem *Coffee-to-Go*-Becher in der anderen Hand.

„Willkommen zurück!", rief er und strahlte dabei, als sei sie wochenlang weg gewesen.

„Für dich." Er überreichte ihr die Blumen.

„Danke, Christoph. Ist der da auch für mich?" Sie deutete hoffnungsvoll auf den Kaffeebecher.

„Ich dachte mir, dass du nach dem Flug einen brauchen würdest. Sowas macht man als guter Mitbewohner. Man denkt mit."

„Und Mitdenken ist eines deiner vielen Talente", murmelte Hannah leise, während sie den Kaffee entgegennahm. Das war genau das, was sie jetzt brauchte. Koffein und Christophs gute Laune.

„Wie war es in Indonesien? Du musst mir alles erzählen", sagte er, sobald sie im Auto saßen.

„Die Insel war ein Traum und die Leute total nett. Ich habe Tauchen gelernt."

„Und David?"

„Mit dem habe ich mich versöhnt. Aber er wollte nicht mitkommen."

Unfreiwillig hatte Hannahs Stimme einen gepressten Klang angenommen. Sie musste schlucken, um sich daran zu hindern, schon wieder zu weinen. Christoph warf ihr einen Seitenblick zu, war aber so nett, nicht nachzubohren.

„Ich bin total müde. Wäre es okay, wenn ich dir alles beim Abendessen erzähle? Du könntest mir in der Zwischenzeit ein Update darüber geben, was ich in Bad Rubinsee verpasst habe", schlug Hannah vor.

„Natürlich!" Er startete den Motor. „Also, das Wichtigste zuerst. Ich habe ein neues Rezept für Bohneneintopf gefunden. Du darfst ihn verkosten, sobald wir zu Hause sind."

„Das klingt toll."

Er erzählte von den Interviews, die er vergangene Woche für die Dorfchronik geführt hatte, und er beichtete, dass er vielleicht vergessen haben könnte, die Balkonblumen zu gießen, und dass diese möglicherweise – so genau konnte man das nicht wissen – eingegangen sein könnten. Braune Farbe war kein gutes Zeichen, oder?

Von den Knochen aus dem See erzählte er nichts – und das sagte Hannah genug.

„Was ist mit dem Fall?", hakte sie nach.

„Hm?"

„Na, mit den Knochen."

„Ja, also ... Sie haben weiter ermittelt. Aber besonders viel haben sie nicht herausgefunden", druckste Christoph herum. „Ich habe ein paarmal auf dem Revier angerufen. Einer der Polizisten hat zugestimmt, mit uns über die Ermittlungen von vor siebzehn Jahren zu sprechen. Der junge mit den roten Haaren.“

„Michi?“

„Kennst du ihn?“

„Flüchtig“, meinte Hannah. „Das sind gute Neuigkeiten.“

„Erst wollte er nicht, aber ich habe nicht aufgegeben. Hartnäckigkeit hilft manchmal.“

Hannah wartete darauf, dass er sagen würde, Hartnäckigkeit sei eines seiner vielen Talente. Aber es kam nichts.

„Es gibt also nichts Neues über die Knochen?“, fragte sie.

„Ja, hmm.“ Plötzlich schaute Christoph doppelt konzentriert auf die Straße.

„Was? Sag schon.“

„Sie haben gestern noch mehr gefunden.“

„Mehr Knochen? Im See?!“ Was für eine Frage. Natürlich im See! Hannah fühlte die Aufregung in sich hochsteigen wie blubbernde Seifenblasen.

„Einen Hüftknochen. Der Rest des Skeletts fehlt noch“, meinte Christoph.

Ein Hüftknochen. Das war doch etwas! Wieso hatte Christoph ihr das nicht sofort erzählt? Wenn die Polizei den Fundort dieses Knochens kannte, konnten sie auch den Rest des Skeletts bergen. Das war ein großer Schritt, um den Fall endlich aufzuklären.

„Es ist nur so ...“, begann Christoph und wieder stockte er. „... und das wird dich vielleicht enttäuschen, wenn man an den damaligen Fall denkt. Ja, hmm ...“

Hannah schob ihre Finger unter die Oberschenkel, um sie daran zu hindern, nervös zu tanzen, während sie darauf wartete, dass er fortfuhr.

„Sie haben die Knochen untersucht und, ähm, also es sieht so aus, als ob … na ja …"

„Was, Christoph? Mach es nicht so spannend!"

„Die Knochen sind vielleicht doch nicht von dem Mädchen, das David damals entdeckt hat. Das heißt, eigentlich sind die Knochen sogar ganz sicher nicht von ihr."

„Was soll das bedeuten?"

Christoph seufzte tief. „Die Sache ist die, Hannah. Die Knochen stammen von einem Mann."

Champaign, Illinois, 2023
Frankie

Tagebucheintrag 381

Ich habe einen Flug gebucht. Er geht in zwei Tagen. Von Chicago nach München und von dort führt eine Zugverbindung bis zum Höllensee.

Ich habe niemandem erzählt, was ich vorhabe. Dass ich ernsthaft plane, nach Europa zu fliegen, um meinen kaputten Erinnerungen nachzujagen. Um ehrlich zu sein, bin ich unsicher, ob ich wirklich einsteigen oder diesen Irrsinn für immer begraben werde.

Was würdest du tun?

Ach, ich weiß es ja. Nichts. Rein gar nichts.

Das ist es, was die Toten tun, und auch die, die es nie gegeben hat.

Frankie

Gili Air, 2023
David

David saß am Strand und schaute der Sonne beim Aufgehen zu. Ihre Strahlen überzogen den Ozean erst mit einem violetten, dann einem rötlichen Film. Normalerweise liebte er die frühen Morgenstunden, wenn er das Meer für sich allein hatte. Heute jedoch fühlte er sich zum ersten Mal seit Jahren einsam.

Seit Hannah auf die Fähre nach Bali gestiegen war, spürte er eine Leere, die ihn verwirrte. Immerhin hatte David die letzten neun Jahre damit verbracht, zu reisen und Orten genauso wie Menschen Lebewohl zu sagen. Er hatte gelernt, die Flüchtigkeit des Augenblicks wertzuschätzen.

Warum konnte er jetzt nicht einfach dasselbe tun? Er sollte sich nicht den Kopf darüber zermartern, was Hannah gedacht hatte, als sie in ihr Flugzeug nach Hause gestiegen war. Sich nicht fragen, ob sie bereits in Bad Rubinsee angekommen war. Sich nicht vorstellen, wie sie um den See spazierte und dem Rätsel der Knochen ohne ihn nachging.

Im Grunde musste er bloß dasselbe tun wie immer: den kurzen Abschiedsschmerz vorbeiziehen lassen und zurückkehren in den Augenblick. Damit hatte er nie ein Problem gehabt.

Verdammt noch mal, wieso war es dieses Mal so schwer?

David stand auf und lief über den Strand zum Meer. Die Wellen umfingen seine Knöchel sprudelnd. Als er hüfttief im Wasser stand, hob er die Arme und machte einen Kopfsprung nach vorn

Das Salz brannte in seinen Augen, aber das war egal. Es war ein guter Schmerz, einer von der Sorte, die einen daran erinnerte, dass man zu Hause war.

Mit festen Tritten kraulte er los, schob sich immer weiter hinaus ins Meer und tauchte schließlich unter. Auf die Atemübungen, die er gewöhnlich vor dem Tauchen machte, verzichtete er. Denn er wollte sich so schnell wie möglich der Tiefe übergeben.

Wenn es einen Ort gab, an dem er die Gedanken an Hannah abschütteln konnte, dann hier unten. Das hatte er schon als Kind gelernt. Betrunken vom Ozean schien die ganze Welt unglaublich weit weg zu sein. Nirgends fühlte David sich so papierdünn, so bedeutungslos und mächtig zur selben Zeit. Niemals fühlte er seine Sterblichkeit und sein Leben so nah nebeneinander wie in diesen Momenten unter Wasser.

Nur dass es heute nicht funktionierte. Egal, wie tief er tauchte, die Einsamkeit wollte sich nicht wegspülen lassen. Selbst als er den Druck in seiner Lunge und den Ohren spürte, der ihm signalisierte, dass er auftauchen musste, dachte er noch an Hannah und daran, wie er gemeinsam mit ihr zu den Korallenriffen getaucht war. Das Meer hatte so viel bunter gewirkt, als er es mit ihr geteilt hatte.

David blies die Luft durch seine Nase aus und ruderte mit den Beinen, um den Auftrieb zu beschleunigen. Schwungvoll stieß er durch die Wellendecke. Die Sonne blendete ihn. Während er unter Wasser gewesen war, hatte der Tag begonnen.

Der erste Tag ohne Hannah.

David breitete die Arme aus und ließ sich auf dem Rücken liegend treiben. Bald schon würden die Wellen ihn zurück zum Strand getragen haben.

Er hatte gedacht, dass er den Rubinsee längst hinter sich gelassen hatte. Dort gab es nichts mehr für ihn, niemanden der auf ihn wartete, nicht wirklich zumindest. Aber mit ihren Geschichten hatte Hannah etwas in ihm ausgelöst. Und wenn er ehrlich mit sich war, wollte er doch wissen, was damals passiert war. Wer das Mädchen aus dem See war. Was sie mit Frankie zu tun hatte und mit dessen Vater Franz. Und auch, warum seine Mutter ihre Stimme hatte verlieren müssen.

Als die Wellen ihn zum Strand getragen hatten und er Kiesel und Sand unter seinem Rücken fühlte, legte sich ein Schatten über ihn. Er hörte die Stimme seines besten Freundes Dedy sagen: „Na, du, was machst du hier?“

Blinzelnd öffnete David die Augen. „Ich war tauchen. Und nachdenken.“

„Über Hannah?“

Eine Welle schwappte über Davids Gesicht. Hustend spuckte er das Salzwasser aus und rappelte sich hoch.

„Du vermisst sie“, stellte Dedy fest und fügte, ohne auf Davids Antwort zu warten, hinzu: „Wirst du ihr nachreisen?“

Instinktiv wollte er Nein sagen. Natürlich nicht. Es wäre verrückt, einfach in ein Flugzeug zu steigen und ans andere Ende der Welt zu fliegen, nur um Hannah zu sehen. Wobei, hatte sie nicht genau dasselbe getan?

„Ich weiß es nicht.“

„Hmm“, machte Dedy und scharrte mit den Zehen im Sand. „Du wirst sicher das Richtige tun.“

Er klopfte sich die Hände an den Shorts ab. Dann schlenderte er davon. David kannte Dedy zu gut, um dessen kryptischen Satz falsch zu deuten. *Das Richtige tun.* Dedy glaubte, dass er ihr hinterherfliegen sollte. Und er selbst?

Er war vor allem verwirrt. Zumindest wusste er, was er als Nächstes tun würde. Nämlich in seine Hütte gehen und das Manuskript lesen, das Christoph Engelbert vor Jahren geschrieben und das Hannah für ihn dagelassen hatte. Danach würde er entscheiden, wie es weiterging.

Die Chroniken des Rubinsees

Von Christoph Engelbert

Manche Geschichten sind wie Kieselsteine. Plumpsen sie ins Wasser, reißen sie die Oberfläche für einen Moment auf, doch schon im nächsten beruhigt sich diese wieder.

Andere Geschichten sind wie flache Steine, die, im richtigen Winkel geworfen, über die Wasseroberfläche hüpfen, bis sie irgendwo, weit entfernt von ihrem Ursprung, untergehen. Solche Geschichten ziehen weite Bahnen. Sie erfüllen den Werfenden mit Stolz, sie schlagen Wellen, sie bleiben in Erinnerung.

Doch auch sie verändern am Ende nichts, dafür ist der See zu groß. Die Oberfläche beruhigt sich, wie sie es immer tut, denn Wasser lässt sich nicht auf Dauer formen.

Die Geschichte, die ich niederschreiben möchte, ist keine von denen, die leicht untergehen. Auch sie begann als flacher Stein oder als kleiner Kiesel, doch dieses Steinchen, aus dem Fundament der Böschung gezogen, löste eine Mure aus.

Äste, Erde, Kiesel, Wurzeln und irgendwann sogar Felsbrocken rutschten von der Böschung ins Wasser und der See schluckte sie alle. Ein Monster, dessen Gier nicht zu stillen war, bis da gar keine Böschung mehr übrig blieb und die Wellen an neue Buchten schlugen.

Ja, eine solche Geschichte will ich erzählen. Es ist die Geschichte des Rubinsees und eines kleinen Jungen, der einen Geist im See entdeckte. Der Junge, David König, mochte bloß ein Kiesel gewesen sein, doch er war es, der die Böschung zum Rutschen brachte. Und seien wir ehrlich: War das Land rund um den Rubinsee nicht immer schon gefährdet, in sich zusammenzufallen?

Wir alle kennen sie, die Geschichten über die Gier des Sees. Es heißt, im siebzehnten Jahrhundert ertränkte sich dort ein Mädchen, nachdem ihr Geliebter, der Sohn eines reichen Bauern, eine andere heiratete. Zwanzig Jahre später, in einer Vollmondnacht, wanderten die Kühe ebendieses Bauernsohns von der Weide zum See, als habe der Mond selbst sie hypnotisiert, und sie ertranken. Oder – wenn man den Worten meiner Großmutter Glauben schenkt: Sie lösten sich im Wasser auf, bis nur noch die golden schimmernden Kuhglocken zurückblieben.

Das ist nur eine von vielen Sagen rund um den See. Ich kenne sie alle. Ammenmärchen, sagt man, doch insgeheim wissen alle Dörfler, dass ein Funke Wahrheit in ihnen steckt. Wie sonst hätten sie sich von Generation zu Generation halten können?

Kein Wunder also, dass David auf wackligem Grund wanderte, als er an jenem Abend vor vielen Jahren alleine tauchen ging und etwas oder jemanden im See entdeckte. Indem er den Leuten von seinem Fund erzählte, brachte er als erstes Steinchen alles ins Rollen. Und wie es der Rubinsee seit Hunderten von Jahren tut, nahm er sich ein Stückchen von allen, die der brüchigen Böschung zu nahe kamen.

David nahm er den guten Ruf, die Glaubwürdigkeit und auch den Glauben an sich selbst.

Dass der Junge entweder ein Lügner oder ein Verrückter sein müsse, sprach sich schneller im Ort herum als der Leichenfund selbst. Wann immer ich David von da an sah, hielt er den Blick gesenkt.

Es wunderte mich nicht. Menschenkenntnis und gutes Zuhören gehören zu meinen Talenten, und so entging mir nicht, welche Namen ihm die Leute gaben – Mitschüler, aber auch Eltern, von denen man meinen sollte, dass sie zu reif sein müssten, um sich über ein Kind lustig zu machen.

Auch am See sah ich ihn nicht mehr. Der Junge, der einst wie ein Fisch gewesen war und von dem ich mich gefragt hatte, ob er insgeheim das Kind eines Wassermanns sei, mied das Wasser nun. Mittlerweile hat er dem See den Rücken gekehrt und ich hoffe, dass er es geschafft hat, weit fort von seinen Wurzeln den Glauben an sich selbst wiederzufinden.

Davids Vater, dem während der Ermittlungen sein Ruf als ehrenwerter Bankvorsteher wichtiger gewesen war als seine Frau oder sein Sohn, nahm er die Familie. Denn seit den Ereignissen am See gab es anstelle von glücklichen Abendessen Schweigen. Das erzählte mir seine Frau – und nicht nur mir, sondern allen, die gewillt waren zuzuhören. Anstelle von Familienausflügen am Wochenende gab es Rebecca und David – und Davids Vater, der allein im Wohnzimmer saß. Und als er Jahre später erkrankte und auf dem Sterbebett lag, so geschah dies ohne seinen Sohn.

Rebecca König verlor von allen am meisten.

Erst verlor sie ihren guten Ruf und ihre Glaubwürdigkeit. Genau wie ihr Sohn. Nur dass sie trotzdem gehobenen Hauptes durch das Dorf ging, zu schön und zu stark, um etwas auf das Gerede zu geben. Gleichzeitig nahm der See ihr die Liebe ihres Mannes – oder war es ihre Liebe zu ihm?

Als Nächstes verlor sie David. Sie machte ihm nie Vorwürfe, verteidigte ihn sogar, wenn ich sie auf Davids Abwesenheit ansprach.

Schleichend nahm der See ihr die Schönheit, oder vielleicht war es nicht der See, sondern die Einsamkeit, die ihr Sorgenfalten und fahle Gesichtsfarbe bescherten.

Ich fragte sie, was sie hier noch hielt. Riet ihr, dem See ebenfalls den Rücken zu kehren. Doch das wollte sie nicht. Obwohl sie darüber nachgedacht hatte, zu gehen, viele Male schon – als David das Tal verließ, und dann wieder, als ihr Mann erkrankte – aber sie brachte es nicht über sich. Denn der Anblick des Seewassers bei Sonnenuntergang, in diesem besonderen Moment, wenn es die Farbe einer reifen Blutorange annimmt, brachte stets so viele Erinnerungen mit sich, die sie unmöglich hinter sich lassen konnte.

Ein weiteres Beispiel für die Gier des Sees: Er hatte ihr alles genommen und trotzdem spazierte sie regelmäßig an sein Ufer, um zu singen. Weil das Spiegelbild der Berge im Wasser, der Morgendunst an einem Herbsttag oder die rotglänzende Oberfläche sie inspirierten, so erklärte Rebecca es mir. Bis der See ihr auch die Stimme nahm.

Es geschah weniger als eine Woche nach der Beerdigung ihres Mannes und es ist nur eines von vielen herausstechenden Ereignissen dieser Tage.

Matthias König war gestorben, David zum ersten Mal seit Jahren zurück. Zur selben Zeit begann das Gemunkel rund um den Geist im See wieder.

Als wenige Tage nach der Beerdigung die Waldhütte des Polizeiobmanns Franz Berger abbrannte, sagten die Leute, es sei das Werk des Seemädchens gewesen, das sich dafür rächte, nie gefunden worden zu sein. Ich für meinen Teil glaube, dass die Geister, die in jenen Tagen gerufen worden waren, sehr viel realer waren.

Zufall war es gewiss nicht, dass all diese Dinge – die Beerdigung von Herrn König, Davids Rückkehr und das Feuer in der Hütte von Franz Berger – innerhalb einer Woche passierten und dass am Ende dieser Woche Rebecca halbtot mit Würgemalen am Hals und ohne Stimme am Ufer des Sees lag.

Wer ihr das angetan hat, bleibt ein Rätsel. Sie selbst kann nicht mehr davon berichten. Sie lebt zwar, aber sie hat sich in einen Geist verwandelt. Ist das nicht Ironie? Dass wir den Mädchen-Geist im Rubinsee so lange leugneten, bis wir einen neuen Geist bekamen.

Auch mir nahm der See etwas, wobei ich es trotz zahlreicher Versuche nicht recht schaffe, es in Worte zu fassen. Vielleicht, weil es kein Ding war, das er mir nahm, keine greifbare Sache, nicht einmal ein definierbares Gefühl, sondern etwas viel Vageres. Ich will es trotzdem zu beschreiben versuchen:

Noch heute erinnere ich mich an die Aufregung, die mich erfasste, als ich zum ersten Mal von der Leiche im See hörte. Es war dieselbe Aufregung, die ich an dem

Tag verspürte, als ich die Zusage für meine Anstellung bekam. Eine ganz ähnliche Aufregung wie bei meinem ersten Kuss. Dieses Gefühl, dass etwas Großes passierte. Etwas, das neue Bahnen für mein Leben zeichnen würde. Ich sah mich schon als Journalist, der für die Landeszeitungen schreiben würde. Ich sah mich Interviews im Fernsehen geben. Ich sah mich als Protagonist meines eigenen Kriminalromans. Ich war nicht länger Christoph, über den die Leute lachten oder den die Damen im Tanzcafé zugunsten der anderen Männer stehenließen. Ich war mehr.

Und als es den Fall nicht mehr gab, war es, als überrollte dieselbe Mure, die das Ufer des Sees verformt hatte, auch meine neuen Wege. Der Platz, an dem ich mein Leben lang gestanden hatte, erschien mir nun, nachdem ich einen Blick auf all diese Möglichkeiten geworfen hatte, klein und irrelevant.

Am besten lässt sich mein Verlust wohl durch das erklären, was der See mir in jenen Tagen gegeben hatte: die Erkenntnis, wer ich bin und wer ich für immer sein werde. Christoph. Nur Christoph.

Nicht mehr.

Im Vergleich zu Rebeccas Verlust mag dies unbedeutend klingen, doch für mich war es wichtig. Genau wie die vielen anderen Kleinigkeiten, die der See in jener Zeit nahm und die unbemerkt blieben.

Einige Mütter trauten sich nicht mehr, ihre Kinder alleine am Seeufer spielen zu lassen. Denn die Angst blieb eine Weile, auch nachdem der Fall geschlossen worden war. Die kleine Hannah wurde beinahe ebenso still wie ihr Freund David. Im Gemeindeamt hörten wir auf, uns zum gemeinsamen Nachmittagskaffee zu treffen, weil meine Kollegen es keine fünf Minuten aushielten, ohne einen Spruch über meine journalistischen Ausflüge zu machen. Die Einkünfte in vielen Hotels rund um den See gingen zurück. Zwei Köchinnen beklagten sich bei mir, weil sie daraufhin ihre Jobs verloren.

So traf die Mure, die David ausgelöst hatte, auch Menschen, von denen ich es nie erwartet hätte.

Am meisten überraschte mich die Härte, mit welcher der See zuschlug, bei niemand Geringerem als dem Polizisten Franz Berger.

Denn Franz nahm der See ganz.

Zumindest erzählt man sich das.

Ähnlich wie bei Rebecca begann es schleichend. Sein Sohn Frankie verschwand zur Zeit der Ermittlungen. Es hieß, Frankie habe seine Familie verlassen, um bei den Brüdern seiner Mutter in Italien zu leben. Es hieß auch, er sei der Gewalttätigkeit seines Vaters entflohen, und obwohl es, soweit ich weiß, keinerlei Beweise für diese Gerüchte gab, zweifelte niemand daran, dass ein Mann wie Franz Berger gewalttätig sein könnte. Es hieß auch, Franz selbst habe ihn aus dem Haus gejagt. Es hieß so vieles. Was davon wahr ist, weiß ich nicht. Nur so viel: Frankie kehrte nicht nach Bad Rubinsee zurück.

Ein halbes Jahr danach verließ Carla, Franz' Frau, Bad Rubinsee und ihren Mann.

Dass auch diese Verluste mit dem See zusammenhingen, wurde mir erst später bewusst, als Franz sich bereits aus dem öffentlichen Dienst zurückgezogen hatte. Damals begann er zu trinken, was mich nicht wunderte. Er kam mir schon immer wie jemand vor, der einer Flasche mehr zu sagen hatte als einem Menschen.

Was mich umso mehr überraschte, war, dass er sich kurz nach dem Brand seiner Waldhütte und dem darauffolgenden Angriff auf Rebecca ein Boot kaufte, mit dem er regelmäßig abends auf den See ruderte. Immer allein. Nur er und sein flüssiger Freund in Schnapsflaschen.

Was Franz in seinem Ruderboot auf dem See tat, ist mir bis heute ein Rätsel. Jedenfalls nicht segeln, fischen, schwimmen oder tauchen. Einmal beobachtete ich ihn vom Ufer aus, wie er stundenlang aufs Wasser schaute und trank. Ich glaubte, zu sehen, dass sich sein Mund bewegte, als würde er eine Unterhaltung führen. Aber sicher bin ich mir nicht. Franz war eigentlich niemand, der Selbstgespräche führte.

Und dann, eines Tages, Jahre nachdem seine Frau ihn verlassen hatte, ruderte er hinaus wie an so vielen Abenden zuvor, doch dieses Mal blieb er im See. Die ganze Nacht über. Als am nächsten Morgen Segler in die Nähe des Boots fuhren, stellten sie fest, dass es bis auf ein paar ausgetrunkene Flaschen leer war.

Man suchte nach Franz Berger. In seinem Haus, im Ort, rund um den See und schließlich auch im Wasser, doch man fand ihn nicht. Später hieß es, der Rubinsee habe ihn verschluckt, und wir alle wissen, was das bedeutet: Was der See sich einverleibt hat, das gibt er nicht wieder her.

Heute:
Der Schatten der Berge

Bad Rubinsee, 2023
Hannah

Es war Montagnachmittag und der Alltag hatte Hannah wieder. Den Bikini hatte sie gegen einen Blazer getauscht. Die Tauchausrüstung gegen einen Laptop und einen Bewerbungsbogen. Die Sonne Indonesiens gegen den klimatisierten Meetingraum, in dem sie zusammen mit Joe, dem Leiter der Buchhaltungsabteilung, ein Bewerbungsgespräch führte.

Der Kandidat erzählte gerade von seinem beruflichen Werdegang. Die Notizen auf Hannahs Block waren in etwa so wirr wie ihre Gedanken. Denn die wanderten immer wieder zurück zur Insel und zu den Neuigkeiten, die sie gleich nach ihrer Ankunft erhalten hatte. Jetzt, wo sie wusste, dass die Knochen nicht zu dem Mädchen aus dem See gehörten, war sie beinahe froh, dass David nicht mitgekommen war. Auch wenn sie jedes Mal einen Kloß im Hals spürte, wenn sie an ihn dachte – und daran, wie unendlich weit weg er war.

Der Kandidat, von dem Joe letzte Woche so begeistert gewesen war, hatte sich als Niete herausgestellt. Nun saß Bewerber Nummer sechzehn vor ihnen. Ein Mittzwanziger namens Noah mit raspelkurzem Haar und dünner Brille, der jede Frage ausschweifend beantwortete. Gerade erzählte er, dass sein Vater ihm schon als Kind beigebracht habe, sein Leben nach Soll und Haben einzuteilen. Joe war hingerissen. Hannah hingegen verdrehte innerlich die Augen.

„Sie scheinen sich sehr für Buchhaltung zu interessieren", stellte sie fest.

„Oh ja, absolut!" Während er antwortete, zupfte Noah kleine Stückchen von der Serviette, die Hannah ihm zusammen mit einem Kaffee serviert hatte. Obwohl er sich selbstsicher gab, war seine Nervosität spürbar. Das war eines der wenigen Dinge, die Hannah an ihm sympathisch waren. Nervosität machte die Leute irgendwie menschlicher.

Hannahs Handy vibrierte in ihrer Hosentasche. Zum dritten Mal innerhalb der letzten halben Stunde schon. Unauffällig holte sie das Telefon hervor und drückte den Anrufer – Christoph – weg, bevor sie es auf stumm schaltete. Was war so dringend, dass er sie gleich dreimal während ihrer Arbeitszeit anrief?

Zwanzig Minuten später – sie hatten die Fragerunde beendet und waren dazu übergegangen, dem Kandidaten über das Unternehmen zu berichten – klopfte es an der Tür. Martha, die Empfangsdame, streckte ihren Kopf herein.

„Hannah, da ist jemand für dich", flüsterte sie und zog ihre Augenbrauen bedeutungsschwer nach oben.

„Wer ist es?"

„Christoph Engelbert und noch jemand.“

Christoph? Erst seine vielen Anrufe und nun war er hier? Das konnte nichts Gutes bedeuten. Was, wenn es einen Notfall gab?

Hannah zwang sich, ihre Nervosität hinunterzuschlucken. „Ich brauche noch ein paar Minuten. Sag ihm bitte, er soll so lange auf mich warten.“

Sie konnte Noah schließlich nicht mitten im Bewerbungsgespräch sitzen lassen.

„Haben Sie denn noch Fragen an uns?“, erkundigte sie sich und hoffte, dass er höchstens eine oder zwei Standardfragen vorbereitet hatte. Zähneknirschend sah sie dabei zu, wie er einen ganzen Bogen voller Themen aus seiner Aktentasche zog.

Als sein Fragefluss endlich beendet war, beeilte Hannah sich, ihm die Hand zu schütteln. Sie verließ den Meetingraum, ehe er sich das Sakko übergestreift hatte.

„Christoph, was ist passiert?“, fragte sie, kaum dass sie die Empfangshalle betreten hatte.

Christoph saß auf einer Couch im Wartebereich. Und er war nicht allein.

„Was … du?“ Hannah blinzelte.

Im ersten Moment konnte sie ihren Augen nicht trauen.

„Hallo, Hannah.“ David lächelte sie schüchtern an.

Sie wollte etwas sagen, etwas Witziges, etwas Schlagfertiges. Etwas, das Joe und Martha und all die anderen Kollegen, die *zufällig* im Eingangsbereich herumstanden, dazu bringen würde, sich um ihre Arbeit zu kümmern, anstatt über Hannahs Besuch zu tuscheln. Aber ihr fiel nichts Passendes ein und eigentlich war es egal, was ihre Kollegen dachten.

David war hier.

David. War. Hier.

David

Eine halbe Stunde später saßen David und Hannah auf dem Balkon, von wo aus man einen wunderbaren Blick auf die Berge hatte. Er unterdrückte den Drang, Hannahs Wange zu streicheln, ihre Hand zu nehmen oder sie dort zu küssen, wo zwei kleine Muttermale auf ihrer Schulter saßen. Denn nachdem sie Gili Air und damit auch ihn verlassen hatte, wusste er nicht, ob sie seine Berührung überhaupt wollte.

Christoph werkelte gerade in der Küche. Kaum dass sie das Haus betreten hatten, hatte er eine Flasche Rotwein geöffnet und den Inhalt großzügig in drei Gläser verteilt.

„Für den Schock", hatte er erklärt und sich weder von Davids verdutztem Blick noch von Hannahs Augenverdrehen beirren lassen. „Was denn? Wenn jemand, der so lange verschollen war, plötzlich vor der Tür steht, dann ist das ein Schock! Du musst hungrig sein, David? Wie wäre es, wenn ich für uns koche?"

„Du solltest Ja sagen", hatte Hannah gemeint. „Christoph hat ein Talent für's Kochen ... neben diversen anderen Dingen."

Die Essensgerüche, die mittlerweile auf den Balkon schwebten, ließen Davids Magen knurren.

„Ich fasse es immer noch nicht, dass du hier bist", sagte Hannah nun.

Sie schwenkte das Weinglas. Das Sonnenlicht brach sich in der roten Flüssigkeit und zeichnete einen rosa Halbmond auf ihr Gesicht, der David daran erinnerte, wie ihre Wangen nach dem ersten Tauchgang geglüht hatten. Und an das, was später an diesem Abend passiert war, als sie nackt in die Wellen gesprungen waren. Er nahm einen großen Schluck aus seinem Glas. *Konzentrier dich, David.*

„Ich hoffe, es war kein allzu großer Schock", sagte er.

„Der beste! Wie fühlt es sich an, wieder hier zu sein?"

„Komisch. Aber irgendwie auch gut."

Sobald David die Bergketten am Horizont hatte auftauchen sehen, hatte er das altbekannte Gefühl der Beengung gespürt. Er hatte seine Atemübungen gemacht und versucht, seinen Puls zu verlangsamen. Anstatt auf einen Tauchgang hatte er sich auf das Abtauchen in seine Vergangenheit vorbereitet.

Er hatte erwartet, dass ihn dieselben Emotionen einholen würden, die er aus seiner Kindheit kannte. Diese dumpfe Angst, die niemals wegging, als würde sein Geistermädchen ihm ständig über die Schultern schauen. Das Gefühl von tausend Augen auf der Haut. Das Wispern der Leute, das er selbst dann nicht hatte aussperren können, wenn er die Tür seines Kinderzimmers geschlossen und sich die Bettdecke über den Kopf gezogen hatte.

Doch als David in Bad Rubinsee aus dem Zug gestiegen war, hatte er nichts von alledem gefühlt. Stattdessen hatten die Freude, Hannah wiederzusehen, und die Aufregung darüber, wie sie auf seinen Überraschungsbesuch reagieren würde, alles überlagert. Ob es ihr ähnlich ergangen war, als sie auf Gili Air aufgetaucht war?

Hannahs Haus hatte er sofort gefunden. Immerhin war er als Kind oft dort gewesen. Sie lebte in einem ehemaligen Bauernhaus, dessen Balkon, Dachgiebel und Fensterläden aus dunklem Holz bestanden.

Zu klingeln und nicht von Hannah, sondern von einem Mann empfangen zu werden, den er erst auf den zweiten Blick als Christoph Engelbert erkannt hatte, hatte ihn für einen Moment aus der Bahn geworfen.

Der hatte ihn erst mit offenem Mund angestarrt und dann darauf bestanden, sofort zu Hannahs Büro zu fahren, um sie zu überraschen. Er war es auch gewesen, der David mit ernstem Gesicht darüber aufgeklärt hatte, dass die Knochen im See von einem Mann waren.

Als hätte sie seine Gedanken gelesen, fragte Hannah nun: „Und du bist wirklich nicht zu sehr enttäuscht?"

„Ich bin sogar ein bisschen erleichtert."

Er war schließlich nicht wegen der Knochen gekommen – oder zumindest nicht nur –, sondern vor allem wegen Hannah. Und wegen seiner Mutter, die er viel zu lange alleingelassen hatte.

Hannah rückte näher zu ihm heran. „Ich weiß, ich habe es schon ein paarmal gesagt, aber ich kann immer noch nicht glauben, dass du hier bist."

Sie legte ihre Hand auf seinen Unterarm, wie, um sich davon zu überzeugen, dass David nicht bloß eine Fata Morgana war. Ihre Berührung war so leicht, als hätte sich ein Schmetterling auf seiner Haut niedergelassen. Trotzdem durchlief David ein angenehmer Schauer.

„Ich würde dich gerne fragen, wie lange du bleibst. Aber ich fürchte mich ein bisschen vor der Antwort."

„Vertauschte Rollen.“ Er schmunzelte, drehte seinen Arm herum und zog ihn leicht zurück, sodass seine Handfläche unter ihrer lag und ihre Finger sich ineinander verhakten. „Ich weiß noch nicht. Ein paar Tage bestimmt. Ich möchte morgen meine Mama besuchen.“

Hannah lächelte. „Sie wird sich freuen.“

„Kannst du mitkommen?“

Es war kindisch, aber er hatte Angst davor, seiner Mutter gegenüberzustehen. Wie würde es sich anfühlen? Ihr Schweigen? Die Leere in ihrem Blick? Der Vorwurf, den sie nicht aussprechen konnte? Das Wissen, dass er zu spät kam?

All die Jahre, in denen er sie nicht besucht hatte, wie sollte er die jemals aufwiegen?

„Natürlich. Ich komme sehr gerne mit, wenn du möchtest.“

„Danke.“

„Wir könnten am Nachmittag hingehen. Davor haben Christoph und ich einen Termin bei der Polizei. Wegen der Knochen“, erklärte sie dann.

Da war es wieder, Hannahs Lieblingsthema, von dem David gehofft hatte, es zumindest für einen Abend ignorieren zu können.

„Ach ja“, sagte er bloß.

„Ein junger Polizist hat sich bereiterklärt, uns ein paar Details über die Ermittlungen weiterzugeben. Auch über die von damals. Wenn du willst, kannst du mitkommen.“

„Hat das denn einen Sinn? Jetzt, wo wir wissen, dass es nicht *die richtigen* Knochen sind?“

David ließ Hannahs Hand los und nahm noch einen Schluck.

Sie sagte: „Ich würde trotzdem gerne verstehen, was damals passiert ist. Dass es nicht die Knochen des Mädchens sind, heißt ja nicht, dass ihre Knochen nicht im See liegen. Klinge ich schon wieder verrückt?"

„Gar nicht." Er spürte, dass Hannah gerne mehr zu diesem Thema gesagt hätte, also fragte er: „Von wem denkst du, sind die neuen Knochen?"

„Franz Berger."

„Du klingst ziemlich sicher."

„Von wem sollten sie sonst sein? Als er verschwunden ist, da dachte ich, das sei alles inszeniert. Aber wie es aussieht, liegt er wirklich im See. Vielleicht hat ihn die Schuld eingeholt." Sie seufzte. „Irgendwie ist es ein passendes Ende, oder? Dass der Rubinsee ihn am Ende auch noch gekriegt hat."

„Wen hat der See gekriegt?", fragte Christoph, der eben drei Teller Spaghetti auf den Balkon balancierte.

„Den Franz", antwortete Hannah, woraufhin Christoph schnaubte.

„Pff, der alte Sack hat es auch verdient."

David warf Hannah einen Seitenblick zu. Die schmunzelte.

„Na, wie dem auch sei, wir lassen uns jedenfalls nicht von den Gedanken an diesen Miesepeter den Appetit verderben. Und den Durst auch nicht!", meinte Christoph lachend, stellte die Teller vor ihnen ab und schnappte sich sein volles Weinglas. „Prost, ihr Lieben! Auf alte und auf neue Freunde. Auf die Heimkehr und darauf, dass wir nicht mehr an alte Säcke denken!"

Die Gläser stießen klirrend aneinander.

***

Der Termin auf dem Polizeipräsidium war für 10:30 Uhr angesetzt. David hatte ein komisches Gefühl bei der Sache. Obwohl er vermutete, dass die Polizeiakten ihnen keine neuen Informationen bieten würden, war es, als machten sie einen Schritt in die Vergangenheit.

„Bist du aufgeregt?", fragte Hannah, die nach ihrer Morgendusche mit nassen Haaren in der Küche stand und eine Tasse Kaffee in der Hand hielt.

„Sollte ich?"

Sie zuckte die Schultern. „Na, immerhin erfahren wir heute, an welchen Fäden Franz Berger gezogen hat, um den Fall zu schließen."

„Vielleicht", meinte David bloß.

„Du denkst, es wird nichts in den Akten stehen?"

„Wenn der Berger so ein Meister-Manipulator war, wie du vermutest, dann … na ja."

„Hmmm." Sie führte die Tasse an die Lippen, ohne zu trinken.

„Warum hat dieser Polizist eigentlich zugestimmt, uns Akteneinsicht zu geben?"

„Er ist ein Freund", antwortete Hannah. „Michi. Er war in der Schule eine Stufe unter uns. Erinnerst du dich noch an ihn? Der mit den roten Haaren und den großen Ohren."

„Ich bin mir nicht sicher."

„Bestimmt erinnerst du dich, wenn wir ihn treffen. Christoph hat ihn dazu überredet. Aber ich habe Michi auch schon vorher über den Fall ausgefragt. Er ist echt in Ordnung." Sie schaute auf Davids leeren Teller. „Hast du noch Hunger? Falls nicht, räume ich die Frühstückssachen weg."

Sie waren dabei, die Marmeladen, Butter und Milch in den Kühlschrank zu räumen, als Christoph in die Küche kam. Er hatte sich in ein zu enges Hemd gepresst, dessen Knöpfe an Brust und Bauch spannten. Eine Welle Parfüm folgte ihm.

„Guten Morgen! Seid ihr bereit für den großen Tag?"

„Absolut", sagte Hannah.

David rang sich ein Lächeln ab. *Geht so*, dachte er.

Sie fuhren mit Christophs Wagen. Hannah saß auf dem Beifahrersitz und drehte am Rädchen für die Radiosender und David war froh, sich durch seinen Platz auf dem Rücksitz vom Gespräch zurückziehen zu können.

Da sowohl der Bahnhof als auch Hannahs Haus außerhalb des Zentrums lagen, hatte er bei seiner Anreise wenig vom Dorfkern gesehen. Nun betrachtete er Bad Rubinsee durch das Autofenster.

Sie passierten die Bäckerei, die genauso aussah wie damals, als seine Mutter ihn sonntags losgeschickt hatte, um Semmeln und Nussschnecken fürs Frühstück zu holen, und den Supermarkt, der mit moderner Glasfassade und Betonverkleidung kaum mehr an den Tante-Emma-Laden von früher erinnerte. Das alte Müller-Haus, das als Kulturzentrum der Gemeinde fungierte und in dem Rebecca Musikunterricht gegeben hatte. Die Schön-Allee, eine von hohen Bäumen gesäumte Straße, die als das Einkaufs- und Freizeitzentrum von Bad Rubinsee galt, obwohl sie eigentlich nur aus vier Geschäften, einer Eisdiele und einem Café bestand. Seine Mutter hatte es geliebt, auf einem der Tischchen neben der Straße ihren Cappuccino zu trinken oder im Frühling die Allee entlangzuschlendern.

Dafür hatte sie sich immer besonders hübsch gemacht. Sein Vater hatte geglaubt, dass sie es tat, um den Männern im Dorf zu gefallen. Aber Rebecca hatte einmal erklärt, dass sie es nur für die Frauen tat. „Was interessieren mich diese Dorfbauern, die mich anglotzen? Nein, ich will, dass die anderen Frauen mich sehen, mich und mein Kleid, und dass sie sich wünschen, ich zu sein."

Alles in diesem Ort erinnerte ihn an sein altes Leben. Ach was, alles erinnerte ihn an seine Mutter. Selbst das Polizeirevier, vor dem Christoph jetzt parkte.

Als David aus dem Auto stieg, atmete er tief durch. Er versuchte, die Nervosität abzuschütteln, die ihn beim Gedanken, heute Nachmittag seine Mutter im Pflegeheim zu sehen, überkam.

Gegen die Sonne blinzelnd, schaute er sich um. Zwei Passanten spazierten an ihm vorbei und eine junge Frau stieg unweit von ihnen aus dem Auto. Keiner tuschelte über David. Überhaupt hatte er während der Fahrt niemanden gesehen, der ihm bekannt vorkam. Wie es aussah, hatte Bad Rubinsee den kleinen Verrückten, auf den man früher so gerne mit dem Finger gezeigt hatte, vergessen.

Hannah und Christoph standen bereits am Eingang des Reviers und hielten die Tür auf.

„Kommst du?", rief Hannah.

Bevor David sich zu ihnen umdrehte, fiel ihm eine Frau ins Auge, die auf der gegenüberliegenden Straßenseite stand und ihn anstarrte. Sie sah aus, als wäre sie um die fünfzig Jahre alt. Ihr Blick war stechend. Vielleicht erweckte auch nur der starke Kontrast zwischen ihren dunklen Augen und ihrem blassen Gesicht mit den eingefallenen Wangen diesen Eindruck. Sie war dünn, hatte kurze braune Haare und umklammerte ihre Halskette mit den Fingern der linken Hand.

Wer war sie? Sie kam David merkwürdig vertraut vor, aber er konnte sie nicht zuordnen.

„David?", rief Hannah.

„Ja, ich … ich …"

Einen Augenblick lang ließ er die blasse Frau aus den Augen, während er zu Hannah schaute. Als er sich wieder umdrehte, war sie verschwunden. Nur die Ahnung ihrer Präsenz blieb und die Frage, ob David sie sich nur eingebildet hatte.

Er schüttelte den Kopf über sich selbst. Da war er gerade einmal einen Tag zurück in Bad Rubinsee und sah schon wieder Geister.

Christoph meldete sie am Empfangsschalter an, woraufhin ein junger Polizist mit roten Haaren sie abholte. Er schüttelte einem nach dem anderen die Hand.

„Morgen, Christoph. Hallo, du musst David sein. Ich bin Michael. Willkommen in Bad Rubinsee. Oder: Willkommen zurück, sollte ich wohl sagen." Er hob einen Mundwinkel an.

„Danke." David lächelte schwach.

Hannahs Hand schüttelte Michi besonders lange. „Morgen, Hannah. Wie geht's dir? Gut siehst du aus."

Dabei warf der Polizist ihr sein strahlendstes Lächeln zu und drückte die Schultern durch, um einen imaginären Zentimeter an Körpergröße zu gewinnen.

David musste ein Schmunzeln unterdrücken. Michi hatte eindeutig nicht bloß wegen Christophs Überzeugungstalent zugestimmt, ihnen Akteneinsicht zu gewähren.

Instinktiv legte er seine Hand auf Hannahs Rücken, ließ sie im nächsten Moment aber sinken. Was tat er hier? Hannah war schließlich nicht seine Freundin. Er hatte kein Recht, Besitzansprüche zu stellen.

Hannah lächelte gewohnt charmant, als hätte sie nichts mitbekommen. „Danke, Michi. Ich bin wahnsinnig gespannt darauf, was du uns heute erzählen wirst. Wie geht's deinem Bruder? Ich habe gehört, er studiert jetzt."

Während sie mit Michi plauderte, ergriff sie ganz selbstverständlich Davids Hand und zwinkerte ihm zu.

Der junge Polizist führte sie in einen Raum, in dessen Zentrum ein länglicher Tisch umgeben von mehreren Stühlen stand. Die Akten lagen bereit.

„Na, was gibt es Neues von den Knochen?", fragte Christoph im Plauderton, doch ohne Erfolg.

„Über die laufenden Ermittlungen darf ich keine Auskunft geben", antwortete Michi und fügte mit Blick auf Christoph hinzu: „Vor allem dir nicht. Anweisung vom Chef."

„Na, also ...", murmelte Christoph und verschränkte die Arme vor der Brust. Sein Gesicht lief rot an. Bestimmt hätte er noch mehr gesagt, hätte Hannah ihm nicht einen ihrer strengen Blicke zugeworfen. So ließ er sich grummelnd am Tisch nieder.

Nachdem sich alle gesetzt hatten, schlug Michi die oberste Akte auf und schnalzte mit der Zunge.

„Ich weiß ehrlich gesagt nicht genau, was ihr euch hiervon versprecht."

„Da bist du nicht der Einzige", murmelte David leise, wofür Hannah ihn unter der Tischplatte in den Oberschenkel kniff.

„Wir glauben, dass es damals bei den Ermittlungen ein paar …“, sie wägte die ihre Worte ab, „… Unstimmigkeiten gab.“

„Es ist geschlampt worden“, erklärte Christoph, die Arme vor der Brust verschränkt.

Sofort spiegelte Michi seine Geste, lehnte sich zurück, hob die Arme vor die Brust und zog eine Augenbraue hoch, wie Christoph es tat. „Ach, wirklich?“

„Du hast es doch gelesen, oder? Würdest du sagen, dass die Polizei ihre Arbeit damals ordentlich gemacht hat?“

„Das würde ich allerdings“, entgegnete Michi.

Hannah versuchte, das Gespräch wieder auf eine freundliche Basis zu steuern.

„Was Christoph meint“, sagte sie, „ist, dass wir das Gefühl haben, es wurde nicht allen Spuren nachgegangen. Wer das vermisste Mädchen ist oder der Tatsache, dass Frankie zur selben Zeit verschwunden ist, zum Beispiel.“

„Von Frankie steht nichts in den Akten“, meinte Michi stirnrunzelnd. „Komisch.“

David fand das kein bisschen komisch und Hannah schien dasselbe zu denken, denn sie zog die Augenbrauen nach oben.

„Aber was die Vermisste betrifft, da kann man den Kollegen nichts vorwerfen.“

„Wie das?“, fragte Christoph.

„Sie haben die nationale Vermisstendatenbank durchsucht, sich persönlich bei den umliegenden Revieren erkundigt, Hoteliers und Gastwirte nach möglichen Gästen befragt, die der Beschreibung der Seeleiche entsprechen könnten. Alles ohne Erfolg. Sie haben auch das Seeufer auf Spuren eines Gewaltverbrechens hin abgesucht. Zudem gab es begründete Zweifel an den Zeugenaussagen." Dabei warf er David einen Seitenblick zu.

„Begründete Zweifel an meiner geistigen Stabilität, meinst du", sagte der, woraufhin Michi abwehrend beide Hände vor die Brust hob.

„Begründete Zweifel, was deine Aussage betrifft. Da wäre einmal der Zeitpunkt der Aussage – erst Tage, nachdem die Leiche angebliche entdeckt wurde. Dem Vernehmungsprotokoll habe ich außerdem entnommen, dass du deine Aussage mehrmals geändert hast."

Michi machte ein angestrengtes Gesicht. Vermutlich, weil er sich solche Mühe gab, sich gewählt auszudrücken.

„Was ist mit der Fundstelle?", wollte Hannah wissen. „Wenn ich mich richtig erinnere, hat die Polizei damals nie an dem Ort gesucht, den David ihnen genannt hatte."

Christoph gab ein bestätigendes Grunzen von sich.

„Ach ja, das", meinte Michi und zog eine Karte aus den Akten. „Schaut."

Er breitete die Karte, die den Umriss des Sees zeigte, auf der Tischplatte aus. Zwei Kreuze waren auf die Karte gemalt worden, eines im See, eines am Ufer. Um sie herum waren Kreise gezeichnet worden, neben denen mehrere Zahlen standen.

„Das hier ist die Stelle, an der du angegeben hast, die Leiche gefunden zu haben. Richtig?", fragte Michi und deutete mit dem Zeigefinger auf das erste Kreuz.

David zuckte die Schultern. „Ich weiß nicht mehr so genau. Ich meine, ja … wahrscheinlich schon."

„Okay. Und das hier", dabei deutete Michi auf das zweite Kreuz, „ist der Ort, an dem das Boot gefunden wurde, mit dem du rausgerudert bist."

„Ich bin mit keinem Boot rausgerudert", murmelte David.

Das hatte er damals mehrmals zu Protokoll gegeben.

„Dass du das gesagt hast, steht auch in den Akten. Das Boot wurde aber ganz in der Nähe der Stelle gefunden, an der du später von Christoph Engelbert aufgegriffen wurdest, und darin lag dein Neoprenanzug. Du musst also im Boot gewesen sein", erklärte Michi.

David schnaubte zur Antwort. Damals hatte ihm niemand geglaubt, heute würde es auch keiner tun.

„Und der Kreis gibt den Suchradius an?", fragte Christoph.

„Den ursprünglichen, ja."

„Was heißt das, den ursprünglichen?"

„Die Kollegen haben damals mit der Wasserrettung und mit Mitgliedern des Tauchverbands gesprochen. An dieser Stelle hier", wieder deutete Michi auf das erste Kreuz, wo David nach eigenen Angaben tauchen gegangen war, „ist der Rubinsee fast 130 Meter tief. Laut Aussagen der Wasserrettung wäre eine gefahrlose Suche in dieser Tiefe für die Taucher gar nicht möglich gewesen."

„Aber das kann nicht sein." David biss sich so fest auf die Unterlippe, dass es schmerzte.

33 Meter. So tief hatte er tauchen wollen. 33, nicht 130, und schon das hatten alle Leute für unmöglich und verrückt gehalten. Dabei lag der Weltrekord im Freitauchen mittlerweile bei über 150 Metern und so hätte er sich diese Tiefe durchaus zugetraut. Er erinnerte sich

genau daran, wie er bei seinem ersten Tauchversuch beinahe den Grund erreicht hätte. Oder zumindest hatte er das gedacht.

Hatte sein Gefühl ihn getäuscht? Hatte er seine eigenen Fähigkeiten als Elfjähriger schlichtweg überschätzt? Immerhin war er nie zuvor und viele Jahre danach nicht so tief gekommen. Wenn er nun darüber nachdachte, erschien ihm die Tiefe für sein damaliges Alter selbst ein wenig ... aberwitzig. Hätte er für 33 Meter nicht viel häufiger einen Druckausgleich ausüben müssen? Verdammt, er begann schon wieder, an seiner Erinnerung zu zweifeln. Vielleicht hatten die Leute ja doch recht gehabt damit, ihn verrück zu nennen.

„Der Chef der Wasserrettung wird wohl wissen, wie tief seine Leute tauchen können." Michi verdrehte die Augen.

„Vielleicht hat David sich damals bei der Angabe des Ortes ja geirrt", warf Hannah ein.

Unter der Tischplatte ergriff sie Davids Hand und drückte sie.

„Das dachten die Kollegen auch", erklärte Michi. „Darum haben sie gemeinsam mit den Experten von der Wasserrettung basierend auf der Tiefe des Sees sowie auf den Wetterdaten mögliche Suchorte bestimmt. Das heißt, sie haben anhand der Windrichtung und -stärke den Abtrieb des Boots geschätzt."

Der junge Polizist musste die Akten genau studiert haben – und seinen Text außerdem auswendig gelernt. Jetzt machte er ein zufriedenes Gesicht. Wie eine Katze, die eine Schüssel Milch genascht hatte, sah er aus.

„In den Akten heißt es, dass du wahrscheinlich wegen des Windes abgetrieben wurdest. Schwimmend oder mit dem Boot."

„Das heißt, die Stelle, an der er tauchen wollte …", begann Hannah.

„Ist vermutlich nicht die Stelle, an der er wirklich getaucht ist", beendete Michi ihren Satz. An David gewandt fügte er hinzu: „Sorry, Mann."

Konnte das sein? War er wirklich an der falschen Stelle untergetaucht? Er wünschte, er könnte irgendwie in der Zeit zurückreisen und sein jüngeres Ich fragen. Aber es war alles so verdammt lange her.

Michi fuhr fort: „Jedenfalls haben die Taucher an den definierten Stellen nichts gefunden. Den ganzen See abzusuchen, hätte Wochen gedauert. Ganz abgesehen davon, dass die Taucher große Bereiche aufgrund der Tiefe sowieso hätten auslassen müssen. Ihr seht also, die Kollegen haben damals nicht geschlampt. Es gab nur einfach keine Anhaltspunkte."

„Scheiße", murmelte Christoph.

Hannah sagte gar nichts, kaute nur auf ihrer Unterlippe, und auch David hatte genug damit zu tun, das Gehörte zu verdauen.

Vielleicht gab es wirklich keine Leiche. Nur einen Geist in Davids Kopf. Aber das würde weder Frankies Verschwinden erklären noch die Art, wie Franz Berger Hannah zugesetzt hatte, damit sie nichts von Frankies Freundin erzählte.

„Was ist mit Frankie?", fragte er.

„Was soll mit dem sein?" Ein Prise Ärger mischte sich in Michis siegessicheren Tonfall.

„Der ist doch zur selben Zeit verschwunden", fügte Hannah hinzu. „Hat die Polizei nie einen Zusammenhang vermutet?"

Nun runzelte Michi die Stirn. „Ist Frankie nicht nach Italien abgehauen? Zur Familie seiner Mutter oder so?"

„Nein, er ist abgetaucht. Wie vom Erdboden verschluckt oder von Aliens weggebeamt. In Rauch aufgelöst", tönte Christoph.

„Wir haben's verstanden", unterbrach Hannah ihn mit einem liebevollen Lächeln. „Was Christoph damit sagen will, ist, dass Frankie unseres Wissens nie wieder aufgetaucht ist. Erinnerst du dich daran nicht mehr, Michi? Es gab einige Gerüchte im Dorf."

„Hmmm ... ja, jetzt wo du es erwähnst. Vage erinnere ich mich daran, ganz vage. Aber für genauere Infos müsste ich nachschauen. Das ist ja auch schon lange her. Ich bin mir nicht einmal sicher, ob es eine Vermisstenanzeige gab."

Christoph schnappte betont laut nach Luft. „Keine Vermisstenanzeige, wenn der Sohn des Polizeichefs verschwindet?", fragte er, wobei er die Lippen schürzte. Michi konnte nur die Schultern anheben. Er hatte keinerlei Insider-Informationen, was ihm sichtlich unangenehm war.

„Und der Fall von Rebecca König ein paar Jahre später, hast du zu dem was gefunden?", hakte Hannah nach.

Schlagartig hellte sich Michis Miene auf. „Ja, da habe ich die Akten ebenfalls hier." Er zog eine dicke Mappe aus dem Stapel. „Leider konnte dieser Fall ebenfalls nicht aufgeklärt werden."

„Eure Fälle enden ganz schön oft ungeklärt", konnte
Christoph sich eine Anmerkung nicht verkneifen.

„Die Kollegen haben auch hier gute Ermittlungsarbeit
geleistet, das versichere ich euch. Aber es gab keine ver-
wertbaren Spuren, keine Zeugen, kein Motiv. Was soll
man da machen?"

„Wirklich gar nichts?", hakte Hannah nach, während
David die Luft anhielt.

Schließlich ging es um seine Mutter. Um seine Mutter, die er im Stich gelassen hatte.

„Die Rettungssanitäter hatten Wichtigeres zu tun, als
darauf aufzupassen, keine Spuren zu zerstören. Nachdem sie auf der Lichtung waren, wo Frau König angegriffen wurde, konnte man mit Fußabdrücken und
Ähnlichem nichts mehr anfangen."

„Verstehe", murmelte Hannah zerknirscht.

„Die Kollegen haben natürlich nicht gleich aufgegeben. Wie ihr vielleicht wisst, ging in dieser Nacht ein
anonymer Notruf ein. Die Kollegen haben versucht,
den nachzuverfolgen, konnten den Anrufer aber nicht
ausfindig machen. In der Notdienststelle sagte man
ihnen nur, dass der Anrufer ein Mann gewesen sei und
dass seine Stimme gedämpft geklungen habe. So als
hätte er ein Tuch gegen den Hörer gehalten."

„Um seine Stimme zu verstellen", schlussfolgerte
Hannah.

Das war David neu. Niemand hatte ihm damals von
einem Notruf erzählt. Aber warum sollte jemand so etwas tun? Rebecca erst halb erwürgen und dann die Ret-
tung rufen?

Die Fakten zu dem Angriff auf seine Mutter aus dem
Mund eines Polizisten zu hören, machte das, was mit

ihr geschehen war, auf merkwürdige Art realer. Brachte es näher, machte es schmerzhafter. Jeder Satz dieses jungen, rothaarigen Polizisten war ein Schnitt in Davids Haut.

„Rebecca König hatte ihre Handtasche bei sich. Darin befand sich unter anderem ihr Portemonnaie. Außerdem trug sie Schmuck. Ein Raubüberfall kann daher ausgeschlossen werden. Es gab auch keinen sexuellen Übergriff.“

David wurde schlecht. An diese Option hatte er noch nie gedacht. Er versuchte, kontrolliert zu atmen, um sich zu beruhigen. Ein tiefer Atemzug durch die Nase, spüren, wie der Bauchraum sich hebt. Luft anhalten.

Wieder ausatmen.

„Man vermutete damals ein persönliches Motiv. Aus Statistiken wissen wir, dass die meisten Gewalttaten im familiären Umfeld passieren. Die Kollegen haben also die Familienmitglieder verhört. Besonders viele gab es davon ja nicht. Mir liegen die Verhörprotokolle von dir“, er nickte in Davids Richtung“, und die von ihrem Schwager und ihrer Schwägerin vor.“

„Ihr habt geglaubt, dass mein Onkel ihr das angetan hat?“ David lief es gleichzeitig heiß und kalt den Rücken hinunter.

Kein Wunder, dass sein Onkel ihn schnellstmöglich aus Bad Rubinsee hatte weghaben wollen.

„Nun ja ...“ Michi räusperte sich.

„Was?“, fragte Hannah. Als er nicht sofort antwortete, bestärkte sie ihn mit ihrem süßesten Lächeln.

„Um ehrlich zu sein, hatten die Kollegen eigentlich David im Verdacht.“

David starrte ihn bloß an. Das musste ein Scherz sein.

„Warte, sie dachten, David hätte ... seine eigene Mutter ...", begann Christoph, brach jedoch kopfschüttelnd ab. Sogar ihm, dem es sonst nie an Worten mangelte, hatte es die Sprache verschlagen.

„Es lag nahe. Kurz nachdem du in Bad Rubinsee angekommen bist, passiert so etwas", erklärte Michi, wobei sein Tonfall entschuldigend klang.

„Welches Motiv soll David denn gehabt haben?", fragte Hannah.

„Dass sie ihm die Krankheit des Vaters so lange verschwiegen hat", antwortete Michi. „Also, das habe ich zumindest den Verhörprotokollen entnommen."

„Der Berger hat mir nicht gesagt, dass ich verdächtigt werde", meinte David kopfschüttelnd.

Er erinnerte sich vielleicht nicht mehr an jedes Detail des Verhörs, dafür war er zu durcheinander gewesen, hatte nur schnellstmöglich ins Krankenhaus zu seiner Mutter oder, lieber noch, zurück nach Mexiko gewollt. Doch dass Franz ihn weder nach einem möglichen Motiv gefragt noch ihm sonst wie signalisiert hatte, dass er ihn verdächtigte, daran erinnerte David sich sehr wohl.

„Ich war außerdem gar nicht da, als es passiert ist. Ich saß zum Tatzeitpunkt im Flugzeug. Das habe ich dem Berger auch erzählt."

„Davon stand nichts in den Berichten", meinte Michi.

Hannah sog die Luft ein. „Bist du dir da ganz sicher? Könnte es sein, dass du es überlesen hast?"

„Ich, ja ... vielleicht. Ich müsste es mir noch einmal anschauen."

Aber er glaubte nicht, dass er es übersehen hatte. Das las David deutlich in Michis Blick.

Und David glaubte es auch nicht.

„Du sagtest, dass du im Verhörprotokoll gelesen hast, dass David verdächtigt wurde. Richtig?", hakte Hannah nach, woraufhin Michi nickte. „Um welches Verhör ging es?"

„Es war das mit Frau Königs Schwager."

Seinem Onkel also.

Hannah fuhr fort: „Franz Berger hat während dieses Verhörs also angedeutet, dass David der Täter sein könnte? Und dass David zur Tatzeit im Flugzeug saß, hat er da nicht erwähnt?"

Wieder nickte Michi.

„Das klingt, als hätte er Davids Onkel ganz schön unter Druck gesetzt."

Jetzt begriff David, worauf sie hinauswollte. Natürlich! Darum hatte sein Onkel ihn damals weggeschickt. Nicht, um ihn loszuwerden, sondern um ihn zu beschützen. Weil er dachte, die Polizei würde David ernsthaft verdächtigen.

Einatmen.

Luft anhalten.

Ausatmen.

Einatmen.

„Und auf der Lichtung, wo die Tat passiert ist, hat da auch Franz Berger die Spuren aufgenommen?", fragte Hannah nun. Ihre Stimme klang zuckersüß, geradezu unschuldig, und das brachte Michis Gesicht dazu, sich aufzuhellen.

„Ja, ganz genau. Er war zufällig in der Gegend, als der Polizeiruf einging, und war sogar noch vor den Sanitätern vor Ort."

„Ach so", sagte Hannah bloß.

Unter dem Tisch drückte sie Davids Hand fester. Christoph schlug mit der flachen Hand auf die Tischplatte.

„Ich wusste es doch, ich wusste es", murmelte er, ehe er sich erhob und verkündete: „Ich habe es heute schon mal gesagt, aber ich sage es noch einmal. Denn passender könnte man das alles nicht beschreiben: Scheiße!"

München, 2023
Frankie

Das Flugzeug kam rumpelnd auf dem Boden auf. Ein kleiner Junge in derselben Sitzreihe begann zu klatschen, seine Mutter lächelte schwach. Auch Frankie versuchte zu lächeln, schaffte es jedoch nicht und drückte stattdessen die Stirn gegen die Lehne des Vordersitzes.

Was habe ich nur gemacht?

Nach Europa zu fliegen, war ein Fehler gewesen. In den Zug Richtung Tirol zu steigen, wäre ein noch größerer. Der größte würde es sein, in Bad Rubinsee auszusteigen. Dem Ort, an dem die Polizei derzeit nach einer Leiche suchte. Falsch, nicht nach einer Leiche, sondern nach einem Haufen Knochen, denn das war alles, was nach dieser langen Zeit übrig sein würde.

Frankie war nicht bereit für die Antworten, die am Höllensee warteten. Doch es war zu spät, um umzukehren, und das nicht nur, weil der Rückflug erst in einer Woche gebucht war.

Nein. Wenn Frankie ehrlich war, hatten alle Tagebucheinträge der letzten Jahre zu ebendiesem Moment

geführt und zu den Antworten, die heilen oder zerstören konnten.

Umkehren war keine Option.

Es war schon immer zu spät dafür gewesen.

Damals:
Ein Lächeln auf Papier

Das Boot dümpelte gemütlich über das Wasser. Frankie hatte es heute Nachmittag heimlich vom Steg des Hauser-Wirts gelöst. Morgen würde er es zurückbringen … und bis dahin würde hoffentlich niemand sein Fehlen bemerken.

Sie waren weit genug draußen, um sich vorzustellen, dass sie auf dem Ozean segelten. Ein Gedanke, der Frankie nostalgisch und froh zugleich stimmte. Wenn er sich jemanden aussuchen müsste, mit dem er das Ende der Welt verbringen würde, dann wäre es Soleil.

Noch immer konnte er nicht fassen, dass sie tatsächlich hier war. Soleil und er auf einem kleinen Boot im Zentrum des Rubinsees. Es fühlte sich wie ein Traum an.

Er hatte sie vor ein paar Monaten während eines Schulausflugs in Hamburg kennengelernt und er hatte sich sofort in sie verliebt. Vom ersten Augenblick an hatte er gespürt, dass Soleil etwas Besonderes war. Sie hatten davon geträumt, gemeinsam wegzureisen. Erst nach Italien und dann immer weiter in Richtung Süden. Doch dann hatte er plötzlich nichts mehr von ihr gehört.

Frankie hatte nicht verstanden, warum sie den Kontakt so plötzlich abgebrochen hatte. Bis sie sich endlich doch wieder gemeldet und ihm erzählt hatte, dass ihre Eltern sie zu Hause eingeschlossen und unter Drogen gesetzt hatten.

„Warum?", hatte Frankie gefragt.

„Sie sagen, ich muss die Liebe töten."

„Was?"

Daraufhin hatte sie den Kopf geschüttelt. „Vergiss es. Sie sagen viele Dinge. Aber eigentlich ist es doch so: Sie wollen nicht, dass ich erwachsen werde."

Aber sie war erwachsen geworden. Sie war losgeflogen wie ein Vogel, dem der gesamte Himmel gehörte. Sie hatte sich in den Zug gesetzt und war zu ihm gekommen. Dass sie es tatsächlich geschafft hatte, war ein Traum.

Sein Traum.

Jetzt würde er sie beschützen. Er würde nicht zulassen, dass ihr verrückter Vater oder sonst jemand ihr je wieder wehtat.

„Zeigst du's mir jetzt?", fragte Soleil und lehnte sich nach vorn, um einen Blick auf seine Zeichnung zu erhaschen.

Schnell drückte Frankie den Block an seine Brust. „Erst, wenn ich fertig bin."

„Ach, komm schon!"

Soleil biss sich auf die Unterlippe und kroch näher, wobei sie ihm diesen ganz besonderen Blick zuwarf, denselben, den sie ihm vor wenigen Stunden im Bett geschenkt hatte und der winzige Kolibris durch seinen gesamten Körper flattern ließ.

Frankie rutschte zurück, bis der hölzerne Bootsrand sich in seinen Rücken drückte. Soleil kroch noch näher, drückte seine Knie auseinander und schob sich zwischen seine Beine.

„Bitte", flüsterte sie und hauchte Küsse erst auf seine Nasenspitze, dann auf seine Wange. „Ich würde es so gerne sehen."

Als ihre Lippen auf seinen landeten, stieg Wärme in Frankies Bauch hoch. Soleil schmeckte nach Erdbeeren und Sommer, nach Limonade und Glück. Er streichelte ihr über den Rücken. Sanft ließ Soleil ihre Finger an Frankies Arm entlanggleiten – ein Ablenkungsmanöver.

Als sie nach dem Papier griff, riss er seinen Arm hoch und hielt ihn ausgestreckt hinter sich, den Block in der Hand und außerhalb von Soleils Reichweite. Die löste ihre Lippen von seinen, lehnte sich über ihn und versuchte, sich den Block zu schnappen.

Das Boot neigte sich gefährlich zur Seite. Frankie rutschte zurück, Soleils Körper drückte sich auf ihn. Sie quietschte.

„Mist!", zischte sie, stemmte sich dann hoch und landete auf der anderen Seite des Boots, das schwankend seine Balance wiederfand.

„Fast hätte ich es geschafft!" Sie warf kichernd das Haar zurück.

„Ja, fast hättest du uns zum Kentern gebracht."

„Das meinte ich nicht!"

„Nein? Was denn dann?" Frankie grinste.

Es war ein perfekter Tag gewesen. Sie hatten zusammen in der Waldhütte gekocht und sich danach geliebt. Es war sein erstes Mal gewesen und ihres auch, und obwohl er nervös gewesen war, hätte er es sich nicht schöner wünschen können.

Danach waren Soleil und er zum See spaziert, hatten sich heimlich das kleine Holzboot ausgeliehen und waren auf den Rubinsee hinausgerudert.

Dort hatte Soleil ihn gebeten, sie zu zeichnen.

„Ich möchte einfach, dass es perfekt ist, bevor ich es dir zeige“, sagte er.

„Ich bin mir sicher, das ist es.“

„Noch nicht, aber hoffentlich bald.“

Sie ließ sich seufzend auf den Rücken sinken. „Du Perfektionist.“

„Stört dich das?“, fragte er.

Sie runzelte die Stirn. „Nein“, sagte sie schließlich. „Ich mag es, weil es zeigt, dass dir Dinge wichtig sind. Alle Dinge. Und das ist etwas Besonderes.“

Ihre Worte brachten ihn zum Lächeln. Soleil hatte eine Art siebten Sinn dafür, was er brauchte, was er dachte, was er fühlte. Und ihr Lächeln löste etwas in ihm aus, das er nie zuvor gespürt hatte.

Umso dringender wollte er dieses Lächeln so perfekt wie möglich auf dem Papier einfangen. Aber wie tat man so etwas? Ein Lächeln zeichnen, das so viel mehr war als ein Lächeln?

Während er Soleils Lippen mit feinen Bleistiftstrichen ausmalte, räkelte sie sich und bat: „Erzähl's mir noch mal.“

Sie meinte die Reiseroute, nach der sie ihn schon mehrmals gefragt hatte und die zu hören, sie nie müde wurde.

„Zuerst fahren wir nach Verona, in die Stadt der Liebe", wiederholte er. „Wir schauen uns eine Oper in der Arena an, gehen Pizza essen und küssen uns unter Julias Balkon. Danach steigen wir in den Zug und fahren nach Osten, bis nach Venedig."

„Da füttern wir die Tauben", fuhr Soleil fort. Auch sie konnte die Reisebeschreibung auswendig, so oft hatten sie und Frankie die Route durchgesprochen. „Wir trinken einen überteuerten Kaffee am Markusplatz, spazieren über die Rialtobrücke und kaufen uns eine venezianische Maske. Und von dort geht es weiter nach Florenz."

„Zur Ponte Vecchio und zu Michelangelos David."

„Auf den freue ich mich besonders. So ein hübscher Kerl", zog Soleil ihn auf. „Aber nicht so hübsch wie du."

Sie blies ihm einen Luftkuss zu.

„Danke für die Rosen", meinte er lachend.

„Und danach fahren wir nach Umbrien."

„Zu meiner Familie", fügte Frankie hinzu.

„Freust du dich?"

„Ja."

Das war eine Untertreibung. Er konnte es kaum erwarten, seine Großmutter und Onkels, allen voran Tio Matteo, wiederzusehen und seine Cousins und Cousinen kennenzulernen.

Er hatte seine italienische Familie erst vor ein paar Monaten zum ersten Mal getroffen. Davor war weder über seine Großeltern noch über die Geschwister seiner Mutter gesprochen worden. Weihnachten und Ostern hatten er und seine Eltern stets nur mit den Großeltern väterlicherseits verbracht.

Die Geburtstagskarten, die aus Italien kamen, wurden mit einem Nicken quittiert. Anrufe gab es keine, Besuche sowieso nicht, als ob diese Leute in Italien gar nichts mit ihm und seinen Eltern zu tun hätten. Dabei waren sie seine Familie und sie waren ihm, wie sich beim ersten Treffen herausgestellt hatte, viel ähnlicher als sein Vater oder dessen Verwandte.

Als Kind war es Frankie nie aufgefallen, doch je älter er wurde, desto deutlicher zeichnete sich ab, dass er nur wenig Gemeinsamkeiten mit der Familie hatte, bei der er aufgewachsen war. Er hatte eine andere Statur als sein Vater, andere Gesichtszüge, vor allem jedoch andere Ansichten. Sein Vater gab sich nicht die geringste Mühe, ihn zu verstehen, ließ ihn immer und immer wieder spüren, für wie unzulänglich er Frankie hielt. Seine Mutter versuchte es wenigstens, aber auch sie verstand ihn nicht wirklich.

So oft hatte Frankie sich gefragt, warum er anders war und ob anders falsch bedeutete.

Und dann, diesen Frühling, waren seine Großmutter und drei seiner Onkels für ein paar Tage in Innsbruck, der Hauptstadt Tirols, gewesen. Dort hatten Frankie und seine Mutter die vier besucht, ohne seinem Vater davon zu erzählen. Denn der hielt die italienischen Verwandten für Kriminelle und hatte Frankies Mutter den Kontakt mit ihnen verboten.

Plötzlich hatte Frankie seinem Onkel Matteo gegenübergesessen, der so aussah wie Frankie, so redete wie Frankie, der über dieselben Witze lachte und, obwohl er ein Stück älter war, dieselben Filme mochte. Zum ersten Mal hatte Frankie jemanden, der wie *er* war, kennengelernt.

Hier komme ich also her, hatte er gedacht. Die Wurzeln, die er in seiner Familie vermisst hatte, gab es doch, nur dass sie in Italien gewachsen waren.

„Bist du nervös?", unterbrach Soleil seine Gedanken.

Sie sprach damit auf das Gespräch an, das Frankie an diesem Abend bevorstand und bei dem er seinem Vater eröffnen würde, dass er die restlichen Ferien bei seiner Familie in Italien verbringen würde. Dass Soleil ihn begleiten und dass er nicht auf direktem Weg nach Umbrien reisen, sondern ein paar Zwischenstopps nur mit ihr machen würde, hatte er nicht vor zu erwähnen. Das war sein und Onkel Matteos Geheimnis, der ihn decken würde, während er mit Soleil Verona, Venedig und Florenz entdeckte. Doch auch ohne dieses Detail würde sein Vater von den Italienplänen alles andere als angetan sein.

„Ein bisschen", gestand er, wobei er weit weniger nervös war als noch am Morgen.

Der Tag war mehr als perfekt gewesen und Frankie hatte beschlossen, das als gutes Vorzeichen zu interpretieren.

„Mama hat versprochen, mir dabei zu helfen, es Papa möglichst schonend beizubringen."

„Hmmm", machte Soleil. „Das ist gut, denke ich. Erzählst du ihnen auch von mir?"

„Ich glaube nicht."

Ganz bestimmt nicht! Es würde schwer genug werden, seinen Vater davon zu überzeugen, ihn die Verwandten in Umbrien besuchen zu lassen. Wenn Frankie auch noch erwähnte, dass er eine Freundin hatte und dass ebendiese Freundin von zu Hause weggelaufen war und sich seit fast drei Wochen in der Hütte im Wald versteckte, würde sein Vater definitiv durchdrehen. Ganz bestimmt würde er darauf bestehen, Soleils Eltern zu informieren. Dass die beiden Verrückte waren, die Soleil eingesperrt und mit Medikamenten ruhiggestellt hatten, würde ihn nicht interessieren.

Niemand wusste von ihr, nicht einmal seine Mutter oder seine Freunde. Nur seinem Onkel Matteo hatte er von Soleil erzählt, weil er wusste, dass Matteo ihn verstehen würde. Der hatte versprochen dichtzuhalten.

„Stört dich das? Dass ich den beiden nicht von dir erzähle?", fragte Frankie.

Soleil kräuselte die Nase, während sie überlegte. „Nein, eigentlich bin ich sogar erleichtert. Ich weiß ja, wie verrückt Eltern sein können."

Ihr Lächeln war verschwunden. Ein Schatten hatte sich über ihr Gesicht gelegt, wie immer, wenn sie an ihre Eltern dachte. Und daran, was sie ihr angetan hatten. Es versetzte Frankie einen Stich. Er ertrug es nicht, sie traurig zu sehen.

„Schau", sagte er deshalb und hielt ihr den Block hin.

Zwar war er immer noch nicht zufrieden mit seiner Zeichnung – wahrscheinlich würde er das nie sein, Soleil war einfach zu schön, um sie auf Papier zu bannen –, doch er wusste, dass das Bild sie zum Lächeln bringen würde. Und tatsächlich funkelten ihre Augen, als sie den Block entgegennahm.

Eine Weile schaute sie die Zeichnung nur an und sagte nichts. In Frankies Bauch begann es, zu rumoren. Das passierte immer, wenn er nervös war. Er bildete sich dann ein, seinen Puls im Bauch fühlen zu können.

„Es ist noch nicht ganz fertig", murmelte er und strich sich mit der Hand über den Nacken. „Die Augen und die Haare, da muss ich noch etwas ausbessern. Und ... na ja, ich male nicht so oft Menschen."

Als Soleil aufschaute, glitzerten ihre Augen feucht. Waren das Tränen? So schrecklich war seine Zeichnung nun auch wieder nicht.

Ihre Nasenflügel hoben sich, als sie tief einatmete, ein Lächeln auf den Lippen, die Zeichnung fest in den Händen.

„Danke", flüsterte sie und musste schlucken. „Vielen Dank."

***

Als Frankie am späten Nachmittag zu Hause ankam, saß sein Vater vor dem Fernseher in der Stube. Seine Mutter arbeitete derweil in der Küche. Auf der Anrichte stand eine Schüssel geschälter Kartoffeln, daneben der Schweinebraten, den sie eben würzte. Ihre Bewegungen waren unmerklich schneller als gewöhnlich.

„Hallo, Mama."

„Frankie, da bist du ja endlich."

Sie atmete hörbar aus. Es war, als entwiche mit dem Kohlenstoffmonoxid auch ein Teil ihrer Anspannung.

„Bereit für die Höhle des Löwen?", fragte Frankie, woraufhin seine Mutter gekünstelt lachte.

„Es wird sicher halb so wild werden."

Gemeinsam gingen die beiden in die Stube, wo Franz es sich auf der Ofenbank gemütlich gemacht hatte. Die Beine hatte er von sich gestreckt, die Füße steckten in dicken Socken, die viel zu warm für diese Jahreszeit waren. Im Fernsehen lief eine Dokumentation über Weinbaugebiete in Norditalien. Wie passend.

Frankies Mutter räusperte sich. „Franz, hast du kurz Zeit für uns?" Als er fragend die Augenbrauen hochzog, fügte sie hinzu: „Wir möchten mit dir reden."

„Muss ich mir Sorgen machen?", fragte Franz und wieder kicherte sie auf diese gekünstelte Art, ein wenig zu hoch, ein wenig zu schrill, um echt zu wirken.

Frankie biss sich auf die Zunge. Warum war seine Mutter nur so nervös? Hatte sie etwa Angst vor ihrem Mann?

Wenn Frankie einmal erwachsen war und seine eigene Familie hatte, würde er ganz anders sein als sein Vater. Seine Kinder würden offen mit ihm reden können. Über alles. Soleil würde niemals auch nur einen Funken Angst vor ihm haben müssen.

Franz schaltete den Fernseher stumm, nahm die Füße von der Ofenbank und stellte sich hin.

„Also?"

„Ja, also, hmmm ...", begann Frankies Mutter. „Du weißt doch, also ... meine Familie ... du weißt doch, dass wir schon länger nicht mehr in Kontakt waren. Also, seit Jahren ... und ... na ja ... und ich dachte mir, es wäre schön, also ..."

Frankies Wangen wurden heiß. Er ertrug es kaum, sich das Gestammel seiner Mutter anzuhören. Was war nur los mit seinen Eltern, dass seine Mutter unter dem strengen Blick des Vaters keinen geraden Satz mehr zustande brachte?

Also ergriff er das Wort: „Ich möchte meine Familie in Italien kennenlernen."

„Aha", meinte Franz bloß.

Sein Gesichtsausdruck war vollkommen emotionslos.

„Ich frage mich schon seit Jahren, wer sie sind, und ich finde, ich sollte wissen, wo ich herkomme.“

„Solltest du das?“ Über Franz Stirn zog sich eine tiefe Furche.

Frankie warf seiner Mutter einen Seitenblick zu, doch die lächelte bloß verkniffen.

„Darum möchte ich sie gerne besuchen fahren. In den Sommerferien“, fuhr Frankie fort.

Franz lehnte sich zurück, streckte beide Arme zur Seite und ließ die Muskulatur seiner Schultern knacken. Schließlich schaute er auf. „Nein.“

„Nein?“

„Nein“, wiederholte er.

„Aber …“

Dann griff sein Vater zur Fernbedienung. Die Bilder italienischer Weinberge, die bisher stumm auf dem Bildschirm getanzt hatten, wurden plötzlich von Musik untermalt. War das sein Ernst? Glaubte er wirklich, das Gespräch einfach beenden zu können, indem er den Fernsehton anmachte?

Am liebsten hätte Frankie ihn angeschrien, aber er wusste, dass das nichts bringen würde. Er musste sich zusammenreißen.

„Sollten wir nicht wenigstens darüber reden?“, fragte er.

„Ich wüsste nicht, warum.“

„Findest du nicht, dass ich ein Recht habe, meine Familie kennenzulernen?“

„Du bist *mein* Sohn“, stellte Franz fest.

Als würde das alle anderen Argumente automatisch vom Tisch wischen.

„Mama, sag du auch etwas!"

„Franz, ich finde, Frankie hat recht."

Sein Vater gab keine Antwort, starrte nur auf den Fernsehbildschirm.

„Du kannst mir nicht verbieten, meine Familie zu treffen!"

Wieder keine Antwort. Der Fernsehsprecher erklärte die unterschiedlichen Rebsorten und Frankies Mutter schaute verloren von ihrem Mann zu ihrem Sohn und wieder zurück. In Frankies Innerem brodelte es. Das war so unfair und so typisch für seinen Vater! Dass er sich nicht einmal die Mühe machte, Frankie zuzuhören, dass ihm Frankies Wünsche vollkommen egal waren.

Du bist mein Sohn. Für Franz bedeutete das, dass Frankie genauso zu sein hatte wie er. Dass er sich unterzuordnen hatte, immer, ganz egal, was er selbst wollte. So sein wie Franz, nicht so sein wie Frankie. Aber er konnte das nicht und er hatte es satt!

„Bin ich dir dermaßen egal, dass ich nicht mal eine richtige Antwort kriege?!"

„Du hast eine richtige Antwort bekommen", antwortete Franz ruhig.

„Ein Nein ist keine richtige Antwort. Nicht, wenn du gar nicht über das nachdenkst, was ich dir zu sagen habe. Aber wen wundert es? Es hat dich immer schon einen Scheiß interessiert, was ich will!"

„Frankie", zischte seine Mutter.

In dem Versuch, die Situation zu entschärfen, legte sie beide Hände auf seinen Oberarm. Aber er wollte keine Entschärfung. Er wollte, dass sein Vater ihm zuhörte. Dass er ihn endlich verstand oder, wenn er das schon nicht konnte, dass er sich genauso mies fühlte wie Frankie.

„Von mir aus! Dann ist es dir eben scheißegal, was ich will. Aber dann bist du mir auch egal. Ich bin kein kleines Kind mehr! Du kannst mir nicht verbieten, meine Familie zu sehen. Ich gehe nach Italien, ob du es willst oder nicht!"

Endlich erhob sein Vater sich. Die Ruhe war aus seinem Gesicht verschwunden und machte etwas Dunklerem Platz. An seinem Hals trat eine Vene hervor.

„Franz", flüsterte Frankies Mutter auf dieselbe Art, auf die sie vorhin Frankies Namen ausgesprochen hatte.

Frankies Vater ließ sich kaum je aus der Ruhe bringen. Der Einzige, der es regelmäßig schaffte, ihn zur Weißglut zu treiben, war Frankie. So auch jetzt.

„*Wir* sind deine Familie!", donnerte er, doch aus seinem Mund klang es wie eine Drohung. „Nicht diese Kriminellen aus Italien! Was willst du dort unten, hä? Gemeinsam mit deinen Onkels irgendwelche krummen Dinger drehen? Das würde dir gefallen, oder? Mein Sohn hat unter Kriminellen nichts verloren!"

„Das sind keine Kriminellen!"

„Was weißt du schon? Du sagst, du bist kein kleiner Junge? Aber genau das bist du! Ein Hosenscheißer, der meint, er hätte die Weisheit mit Löffeln gefressen. Dabei kommt aus dir der gleiche Blödsinn heraus, wie aus den Säufern und Taugenichtsen im Knast. Ich lasse nicht zu, dass du so wirst wie die, so ein Schmarotzer. Mein Sohn nicht!"

Er zerschnitt die Luft mit seinem Arm. Sein Gesicht war hochrot.

„Woher willst du überhaupt wissen, ob sie dich wollen, hä? Was machst du, wenn du vor der Tür deiner ach so tollen *Familie* stehst und sie dich wegschicken?"

„Das werden sie nicht. Sie freuen sich auf mich."

Franz lachte laut auf. „Sie freuen sich auf dich, ach so!"

Er schlug sich auf den Bauch. Im nächsten Moment realisierte er, was die Worte seines Sohns bedeuteten, und plötzlich senkte sich Stille über den Raum.

„Du hast mit ihnen gesprochen?", fragte Franz.

„Ja", antwortete Frankie.

Doch sein Vater sah nicht ihn an, sondern seine Mutter.

Die stieß ein nervöses Kichern aus.

„Frankie hat sich so sehr gewünscht, seine Großmutter kennenzulernen, und da ... na ja, ich dachte mir, es wäre nett ..."

„Du steckst also mit ihm unter einer Decke?" Er knurrte beinahe. „Und das habt ihr alles hinter meinem Rücken beschlossen?"

Frankies Mutter wagte es kaum, seinen Vater anzuschauen, während sie antwortete. „Wir wollten schon mit dir darüber reden. Also, jetzt. Jetzt reden wir ja darüber. Wir wollten wissen, was du denkst. Wir möchten natürlich nichts machen, womit du nicht einverstanden bist."

Frankie hätte sie am liebsten angeschrien. Sie hatte versprochen, ihm den Rücken zu stärken, und jetzt das.

Was sein Vater dachte, war klar, und auch, dass Frankie sich auf seine Mutter nicht verlassen konnte. Am Ende würde sie ja doch wieder zu ihrem Mann halten.

„Die Tickets sind schon gekauft. Ich fahre, ob du es willst oder nicht", stellte Frankie fest.

Sein Vater presste die Lippen so fest aufeinander, dass sie weiß wurden.

„Du fährst nicht", sagte er dann.

„Mama!"

„Also, Franz, wir sollten das in Ruhe besprechen ..."

„Da gibt es nichts zu besprechen! Der Junge fährt nicht nach Italien."

„Du kannst mir das nicht verbieten!", rief Frankie.

Ehe seine Eltern mehr sagen konnte, stürmte er aus der Stube und hoch in sein Zimmer. Was hatte er erwartet? Dass sein Vater ihm *einmal* zuhören würde?

Er hätte es wissen müssen. Es war immer das Gleiche!

Tränen brannten in seinen Augen, aber er würde nicht weinen. Denn egal, was sein Vater dachte, er war kein kleiner Junge mehr! Vor allem würde er die beiden seine Tränen nicht sehen lassen.

Also zerrte er seinen Rucksack, den er schon vor Tagen gepackt hatte, unter dem Bett hervor und schnappte sich seinen Reisepass. Doch als er das Zimmer verlassen wollte, stand sein Vater im Türrahmen.

„Mein Sohn ist kein Taugenichts", sagte er.

Dann schlug er die Tür so heftig zu, dass der Boden in Frankies Zimmer vibrierte. Einen Augenblick lang stand Frankie reglos da und starrte die geschlossene Tür an. Erst als er das Knacken des Schlüssels im Schloss hörte, lief er darauf zu und zerrte an der Klinke. Zu spät. Verschlossen!

„Was soll das?"

Keine Antwort.

„Papa! Lass mich raus!"

Er rüttelte an der Klinke, fluchte. „Papa! Mama! Hört ihr mich? Verdammt, macht die Tür auf, macht auf!"

Er schrie und trat gegen das Holz, obwohl er wusste, dass es nichts bringen würde. Er hämmerte gegen die Tür, bis seine Knöchel aufsprangen, und er fluchte und rief nach seiner Mutter und nach seinem Vater. Und er dachte an Soleil, die auf ihn wartete, und daran, wie sie von ihren eigenen Eltern eingeschlossen worden war. Er konnte es nicht fassen. Konnte nicht fassen, dass sein Vater ihn tatsächlich eingesperrt hatte. Wie ein kleines Kind, wie ein Tier, wie ein Gefangener.

Wie der Gefangene, der er in dieser Familie schon immer gewesen war.

Soleil

Soleil lag auf der ausklappbaren Couch in der Waldhütte und wartete auf Frankie. Eigentlich hätte er vor einer Stunde hier sein sollen. Nachdem sie heute Nachmittag durch den Wald zurückspaziert waren, hatten sie vereinbart, sich nach seinem Gespräch mit den Eltern zu treffen und noch einmal auf den See zu rudern. Sie hatten den Zeitpunkt abwarten wollen, an dem die Sonne unterging, um das Schauspiel der sich färbenden Oberfläche vom Zentrum des Rubinsees aus zu betrachten.

Doch die Sonne war bereits hinterm Horizont verschwunden und Frankie war nicht hier. Ob das bedeutete, dass das Gespräch mit seinem Vater schlecht gelaufen war?

Schon den ganzen Tag hatte sie diese merkwürdige Unruhe verfolgt, die sich nun noch steigerte. Soleil drehte sich auf den Bauch und drückte ihr Gesicht in die Laken, die nach Frankie rochen. Nach seinem Aftershave gemischt mit dem Duft von Tannennadeln und einem Hauch Schweiß. Sie sog seinen Geruch tief ein. Ein wohliger Schauer durchlief ihren Körper, als sie an den Morgen zurückdachte.

Sie hatten zum ersten Mal miteinander geschlafen. Er hatte sie geküsst, ganz vorsichtig am Anfang und dann voller Leidenschaft, hatte sie gestreichelt und sie langsam ausgezogen. Als sie nackt vor ihm lag, war der Ausdruck eines staunenden Kindes auf sein Gesicht getreten.

„Wow", hatte er gemurmelt.

Soleil hatte es nicht verstanden. Sie war doch ganz gewöhnlich, ein Körper wie jeder andere, nicht einmal besonders gut geformt. Was hatte ihn da so in Staunen versetzt? Erst als sie seine Zeichnung von ihr gesehen hatte, da hatte sie es begriffen. Auf dem Bild sah sie aus wie ein Supermodel oder ein Engel oder wie das beliebte Mädchen, in das alle Jungs heimlich verliebt waren.

So sah Frankie sie also.

„Bist du dir sicher?", hatte er sie gefragt, bevor er seine Finger unter ihren Slip geschoben hatte, und sie hatte genickt. Und dann hatte er noch einmal gefragt, bevor er sie an derselben Stelle küsste, und ein drittes Mal, bevor er in sie eindrang. „Bist du dir sicher? Bist du nervös?"

„Bist du denn nervös?", hatte sie zurückgefragt und seine Wangen waren rosarot angelaufen.

„Vielleicht ein bisschen."

Dabei hatte es keinen Grund gegeben, nervös zu sein. Soleil und Frankie: Wie hätte es nicht perfekt sein sollen? Der Gedanke an diesen Moment sandte ein heißes Kribbeln in Soleils Schoß.

Wo war Frankie bloß?

Als eine weitere Stunde vergangen war und von Frankie immer noch jede Spur fehlte, rappelte Soleil sich von der Ausklapp-Couch hoch. Sollte sie sich Sorgen machen? War etwas passiert? Oder hatte er sie einfach nur versetzt?

Sie begann, unruhig auf und ab zu laufen.

Auf.

Bestimmt würde er noch kommen.

Ab.

Was, wenn seine Eltern wütend auf ihn waren und ihm deshalb Hausarrest erteilt hatten?

Auf.

Nein. Frankie war kein kleiner Junge mehr. Wenn er nicht kam, dann eher, weil er mit seinen Eltern beim gemütlichen Abendessen saß.

Ab.

Aber er würde sie nicht einfach über ein Abendessen mit den Eltern vergessen. Bestimmt hatte es Ärger gegeben.

Auf.

Was, wenn er seinen Eltern doch von ihr erzählt hatte? Wenn der strenge Vater mit Soleils Eltern in Kontakt treten würde, wie Frankie es prophezeit hatte. War sein Vater nicht Polizist? Was, wenn er mit Streifenwagen und Blaulicht auf dem Weg zu ihr war.

Ab.

Sie durfte auf keinen Fall zurück nach Hamburg geschickt werden! Denn dort würde sie wieder in ihrem Zimmer landen und dieses Mal, da war sie sich sicher, würde die Tür zu bleiben.

Die Unruhe wurde beinahe unerträglich. Und mit ihr kamen die Wortmonster zurück, die in ihren Gedanken flüsterten. *Lügnerin. Krankheit. Töte die Liebe.*

Soleils Finger begannen zu kribbeln. In ihrem Magen rumorte es. Sie konnte nicht länger hier auf und ab laufen und warten. Sie musste irgendetwas tun. Sich bewegen. Nach draußen gehen.

Zum See. Genau, sie würde vorausgehen. Dort, wo sie und Frankie das Boot heute Nachmittag festgemacht hatten, würde sie auf Frankie warten. Bestimmt wüsste er, wo er nach ihr suchen musste.

Sofort fühlte Soleil sich besser. Sie hatte jetzt etwas zu tun. Noch wichtiger: Sie hatte einen Ort, an dem sie sein musste. Einen, an dem weder Frankies noch ihr Vater sie je finden würden.

Es war, als würde der See sie magisch anziehen.

Frankie

Frankie saß mit dem Rücken an die Tür gepresst in seinem Zimmer und grub seine Finger so fest in die Oberschenkel, dass es schmerzte.

Er hasste das, diese ganze Situation, einfach alles. Dass sein Vater ihn sofort verurteilt hatte, ohne ihm zuzuhören. Dass er naiv genug gewesen war zu glauben, es könnte dieses eine Mal anders sein und sein Vater würde ihm endlich einmal richtig zuhören und Frankie unterstützen.

Dass seine Mutter wie immer zu feige gewesen war, um sich gegen ihren Mann zu stellen, obwohl sie es Frankie versprochen hatte.

Dass sein Vater ihn wie einen Straftäter eingeschlossen hatte. Dass er Soleil versprochen hatte, sich mit ihr zu treffen, und sie nun auf ihn wartete, allein in der Hütte im Wald, ohne eine Nachricht, ohne zu wissen, warum er nicht kam.

Das war das Schlimmste. Sich vorzustellen, wie sie auf ihn wartete, wie sie sich Sorgen machte. Und das würde sie, ganz bestimmt sogar. Er hatte es bemerkt, all die Male in den letzten Tagen, wenn ihr Blick abwesend geworden war. Wenn ihre Gedanken von Frankie davon wanderten, hin zu einem dunkleren Ort. Mit jedem Tag, den sie im Wald verbrachten, war Soleil nervöser geworden. Wenn Frankie sie danach gefragt hatte, hatte sie den Kopf geschüttelt und erklärt, alles sei gut. Aber war es das wirklich?

Frankie hörte knarzende Dielen und dann die Stimme seiner Mutter auf dem Gang. „Frankie?"

Er presste den Hinterkopf gegen die Tür.

„Frankie, es tut mir leid", sagte sie.

„Das sagst du immer", flüsterte er.

„Frankie, ich mache die Tür auf."

Ob sie sich heimlich hochgeschlichen oder die Erlaubnis seines Vaters eingeholt hatte?

Im nächsten Augenblick wurde der Schlüssel im Schloss umgedreht und seine Mutter drückte die Klinke nach unten. Frankie war mit einem Satz auf den Beinen.

„Frankie, ich …", begann sie.

Er hörte ihr nicht zu, sondern nutzte den Moment, um sich an ihr vorbeizudrücken. Jetzt oder nie! Er musste weg, musste zu Soleil. Sie wartete schon viel zu lange auf ihn.

Für ein Gespräch mit seiner Mutter, für ihre immergleichen Ausreden hatte Frankie jetzt ebenso wenig Zeit wie für einen weiteren Streit. Außerdem, wer wusste schon, was sein Vater tun würde, wenn er erst bemerkte, dass Frankie den Plan, nach Italien zu fahren, keine Sekunde lang aufgegeben hatte?

„Ich habe Braten gemacht!", rief seine Mutter ihm nach, als er den Treppenabsatz bereits erreicht hatte.

Braten – als ob das irgendetwas wiedergutmachen würde. Dachte seine Mutter allen Ernstes, Frankie würde sich zusammen mit seinem Vater an einen Tisch setzen und sie würden während des Abendessens heile Familie spielen?

Polternd lief er die Treppe hinab, war erleichtert, dass sein Vater offenbar in der Stube oder in der Küche saß. Jedenfalls stand er nicht im Hausflur, sodass Frankie ihm nicht begegnen musste. Er schnappte sich seine Jacke und den Fahrradschlüssel. Dabei fiel sein Blick auf das Holster, das sein Vater abgenommen und auf die Kommode gelegt hatte.

Auf das Holster und auf die Pistole, die darin steckte.

Ohne lange nachzudenken, griff er sich die Waffe. Es war dumm. Er brauchte keine Pistole und sein Vater würde noch wütender werden, als er es ohnehin schon war, wenn er bemerkte, dass seine Dienstwaffe weg war. Doch wenn Frankie ehrlich war, war genau das der Grund für sein Handeln.

Sein Vater *sollte* sich Sorgen machen. *Sollte* wütend werden.

Er wollte seinen Vater enttäuschen, so wie dieser ihn enttäuscht hatte. Ihn verletzen, so wie er Frankie verletzt hatte.

Mit der Pistole in der Hand stürmte er nach draußen.

Heute:
Die stumme Frau

Bad Rubinsee, 2023
Hannah

Davids Aufregung war während der Fahrt zum Pflegeheim beinahe greifbar. Zu gerne hätte Hannah die neuen Erkenntnisse rund um Franz diskutiert, doch David starrte dermaßen angespannt aus dem Autofenster, dass sie beschloss, damit bis nach dem Besuch bei seiner Mutter zu warten.

Christoph parkte direkt vor dem Pflegeheim und bot an, hier auf die beiden zu warten.

„Du kannst ruhig mitkommen", meinte David.

„Lasst nur", winkte Christoph ab. „Dieser Moment gehört nur dir. Ich bin hier, wenn ihr fertig seid."

Hannah fragte sich, ob das nur eine Ausrede war. Immerhin hatte Christoph ihr gegenüber zugegeben, wie schwer Rebeccas Anblick für ihn zu ertragen war. Sie legte eine Hand auf seinen Unterarm und lächelte ihm zu, bevor sie die Autotür öffnete.

„Dann bis später, Christoph. Falls du es dir anders überlegst, weißt du ja, wo du uns findest."

Als sie aus dem Wagen stiegen, umklammerte David den Blumenstrauß so fest, dass seine Fingerknöchel weiß hervortraten. Er hatte ihn vorhin in der Gärtnerei gekauft. Rosen und Hortensien zur Beruhigung des schlechten Gewissens, dachte Hannah.

„Bereit?", fragte sie.

Er atmete tief durch.

„Muss ich wohl." Sein gequältes Lächeln wirkte allerdings alles andere als bereit. Trotz sonnengebräunter Haut sah David blass aus. Von der Ruhe, die ihn auf der Insel umgeben hatte, fehlte jede Spur.

Hannah ging voraus und öffnete die Eingangstür. Drinnen begrüße Kathrin, eine der Pflegerinnen, sie fröhlich: „Hi, Hannah! Ich habe gehört, du warst auf Reisen. In Indonesien, richtig? Zum Neidisch-Werden." Sie seufzte. „Und noch mehr Besuch ..." Ihre Augen weiteten sich. „Das gibt's doch nicht ... David?"

Als hätten sie nur auf ihr Stichwort gewartet, kamen in diesem Augenblick zwei weitere Pflegerinnen aus dem Pausenraum und starrten David mit großen Augen an. Auch einige der Heimbewohner drehten sich nach ihm um. Kein Wunder. Hannah kannte keinen Ort, an dem heißer mit Gerüchten gehandelt wurde als im Bad Rubinseer Pflegeheim. Sie spürte, wie David sich neben ihr noch mehr versteifte, und schob ihre Hand in seine.

„Der Urlaub war wirklich schön, Gili Air ist ein Traum. Und ja, das hier ist David, den habe ich direkt von dort mitgebracht. Jetzt haben wir es eilig, Rebecca zu besuchen. Schönen Tag euch allen noch", sagte sie betont fröhlich und zog David hinter sich in Richtung der Wohnräume.

Kurz darauf standen sie vor Rebeccas Zimmer. „Da wären wir."

Hannah zählte stumm bis fünf, konnte damit jedoch weder gegen ihre eigene noch gegen Davids Anspannung etwas ausrichten. Der blieb steif neben ihr stehen, als sie die Tür öffnete. Also trat Hannah zuerst ein.

Auch heute saß Rebecca in ihrem Rollstuhl am Fenster und schaute nach draußen. Eine Vase mit frischen Blumen stand auf ihrem Nachttisch, also musste ihr Schwager hier gewesen sein. Hannah war froh darüber, denn so sah David, dass sich jemand um seine Mutter kümmerte.

„Hallo, Rebecca. Heute habe ich dir jemand Besonderen mitgebracht."

Natürlich reagierte Rebecca nicht.

David trat vorsichtig in den Raum und schaute sich um, betrachtete das Pflegebett und den kleinen Tisch mit den zwei Stühlen, den Schrank und die Bilder auf der Kommode. An der Fotowand blieb sein Blick länger hängen, dort wo Bilder seiner Mutter hingen, aus Zeiten, als sie noch gesund und glücklich war, und Bilder von ihm als Baby, als Junge, als Teenager, als junger Mann. Obwohl er in den letzten Jahren durch Abwesenheit geglänzt hatte, war David in diesem Raum allzu präsent.

Hannah bedeutete ihm, zum Fenster zu kommen, und drehte Rebeccas Rollstuhl herum.

„Schau, David ist zurück", sagte sie.

Sie hatte die naive Hoffnung gehabt, das Wiedersehen mit ihrem Sohn würde etwas in Rebecca auslösen. Dass sie wieder sprechen, zumindest aber eine Gefühlsregung zeigen würde. Einen zuckenden Mundwinkel, ein Lächeln, Tränen in den Augen. Irgendetwas. Aber sie starrte bloß ins Leere, wie sie es immer tat. David schien sie überhaupt nicht zu bemerken.

„Hallo … Hallo, Mama", flüsterte David. Er hielt ihr den Blumenstrauß entgegen.

Als sie nicht reagierte, schüttelte er kaum merklich den Kopf und ließ den Arm mit dem Strauß sinken, sodass die Blumen mit den Köpfen nach unten hingen. Hannah sah, wie er schluckte. Für einen kurzen Augenblick wurden seine Augen glasig, doch er blinzelte die Tränen weg, bevor sie sich aus seinen Augenwinkeln lösen konnten.

Langsam machte er einen Schritt auf seine Mutter zu, dann noch einen, beugte sich hinab und nahm sie in seine Arme. Seine Berührung war so vorsichtig, als würde er eine filigrane Skulptur umarmen, die jeden Moment zerbrechen könnte.

Dann ging ein Beben durch seinen Körper. Hannah hörte ein Schluchzen und er schloss die Arme fester um die reglose Frau. Er flüsterte etwas, zu leise, als dass Hannah die Sätze hätte verstehen können, doch sie glaubte, *Es tut mir leid* herauszuhören.

Sie ließ sich auf einen der zwei Stühle sinken, um diesen Augenblick zwischen Mutter und Sohn nicht zu stören. Irgendwie kam sie sich fehl am Platz vor, als würde sie in einen intimen Moment eindringen, in dem sie nichts verloren hatte. Gleichzeitig wusste sie, dass sie David nicht alleinlassen konnte. Sie hatte versprochen, ihm beizustehen.

Also saß sie eine ganze Weile lang da und schaute bloß zu, wie David seine Mutter in den Armen hielt. So lange und so fest, als wollte er sie nie wieder loslassen.

David

Beim Tauchen an tiefen Stellen gab es diesen Moment, wenn man sich zu weit von der Oberfläche entfernt hatte, um den Tanz der Sonnenstrahlen ausmachen zu können, jedoch noch nicht weit genug, um den Untergrund zu sehen. Wenn man nur von Wasser umgeben war. Blau und Unendlichkeit so weit das Auge reichte. Wenn die Geräuschkulisse der Oberfläche einem Vakuum wich und man sich wie der einzige Mensch auf diesem Planeten vorkam.

Diesen Moment der Schwerelosigkeit.

Ebenso fühlte David sich jetzt. Schwerelos. Obwohl er nicht unter Wasser war, sondern Sonnenlicht und Wind auf der Haut fühlte. Obwohl er nicht allein war, sondern umgeben von Menschen, deren Geplauder ihn einhüllte wie ein Schwarm Bienen. Obwohl er die Hand seiner Mutter hielt, die Wärme ihrer Haut und die Gebrechlichkeit ihrer Finger in seiner Handfläche spürte.

Trotz alledem fühlte er sich wie der letzte Mensch auf diesem Planeten.

Oder vielleicht auch genau deswegen.

Hannah hatte vorgeschlagen, gemeinsam in den Innenhof des Pflegeheims zu gehen, wo kleine Tischchen für die Heimbewohner und deren Familien bereitstanden. Christoph, der bis dahin im Auto gesessen hatte, hatte sie überredet, sich zu ihnen zu gesellen, und Getränke für alle bestellt. Christoph war sichtlich nervös. Immer wieder schielte er zu Rebecca und zupfte an den Kuppen seiner Finger.

So saßen sie nun da. Rebecca im Rollstuhl, die anderen auf weißen Metallstühlen mit Blumenmuster. Gläser mit Leitungswasser und Tassen mit Kaffee standen vor ihnen auf dem Tisch. Davids Tasse war unberührt genau wie die von seiner Mutter. Er fragte sich, warum Hannah überhaupt einen Kaffee für sie bestellt hatte. Um den Schein der Normalität zu wahren? Oder weil sie nicht wollte, dass Rebecca sich ausgeschlossen fühlte – obwohl sie doch ausgeschlossen war?

Hannah und Christoph gaben ihr Bestes, ein Gespräch am Laufen zu halten. Hannah erzählte vom Urlaub in Indonesien, vom Schnorcheln und vom Tauchen und Christoph füllte die Momente der Stille mit witzigen Anekdoten rund um das Dorfleben. Nur David schaffte es nicht, sich am Gespräch zu beteiligen. Er war zu beschäftigt damit, zu begreifen, dass das fragile Wesen neben ihm und die Frau, die während seiner Kindheit ihre Lippen rot nachgezogen und herzlich gelacht hatte, ein und dieselbe Person waren.

Er hatte es gewusst, natürlich hatte er das, schließlich hatte er Rebecca gleich nach dem Unfall gesehen und in den Jahren darauf noch zwei Mal besucht. Schon damals hatte der Anblick seiner reglosen Mutter ihn mit etwas erfüllt, von dem er nicht wusste, ob es Schock, Trauer oder Wut war. Von seinem Onkel und zuletzt von Hannah hatte er gehört, dass sich ihr Zustand seit dem Unfall kaum gebessert hatte.

Aber es zu wissen, war nicht dasselbe, wie es zu sehen, und auf der anderen Seite des Kontinents, so weit weg vom Rubinsee und von allem, was ihn an seine Mutter erinnerte, war es ihm leichtgefallen, so zu tun, als gehörte die stumme Frau, in die sich seine Mutter verwandelt hatte, zu einem längst vergangenen Leben.

Vorsichtig zog er mit dem Daumen einen Kreis über ihren Handrücken. Die Venen zeichneten sich dick und blau ab. Ihre Haut schien so dünn wie Seidenpapier. Fast durchsichtig. Jeder einzelne Knochen war zu erkennen und Rebecca war blass, so blass. Viel weißer als damals. Sie musste häufiger an die frische Luft. Nicht nur in ihrem Zimmer hinter Glas sitzen und nach draußen schauen, sondern im Licht der Sonne baden.

David nahm sich vor, sie jeden Tag zu einem ausgedehnten Spaziergang mitzunehmen, solange er in Bad Rubinsee war. Das war das Mindeste, was er tun konnte – und es war ziemlich wenig.

Er schluckte und zwang sich, seinen Blick von der durchscheinenden Hand seiner Mutter zu lösen. Da sah er die Frau, die ihn heute Morgen vor der Polizeistation angestarrt hatte. Sie stand am Rande des Innenhofs und hatte die Finger wie zum Gebet ineinander gehakt.

Als sie Davids Blick auffing, öffnete sie ihren Mund, als wollte sie etwas sagen. Dann durchlief ein Zittern ihren Körper. Nervös schaute sie sich in alle Richtungen um. Sie wirkte, als wollte sie auf die Gruppe zugehen und würde gleichzeitig in die entgegengesetzte Richtung gezogen werden.

Immer wieder öffnete und schloss sie den Mund, wie ein Fisch auf dem Trockenen, hob schließlich ihren Arm und deutete auf David. Oder auf seine Mutter? Sie machte einen Schritt nach vorne, hielt dann in der Bewegung inne, während ihr Arm noch in der Luft schwebte.

Hannah und Christoph drehten sich Davids Blick folgend um.

„Wer ist das?“, fragte Hannah.

David wusste es nicht. Obwohl ihr Anblick ein Gefühl von Vertrautheit in ihm auslöste, konnte er die Frau nicht zuordnen. Sie wirkte ebenso durchscheinend wie seine Mutter. *Zwei Geister für den Rubinsee*, dachte er.

„Das gibt's doch nicht“, murmelte Christoph und erhob sich. „Carla? Bist du es?“

In Davids Kopf rumorte es. *Carla.* Der Name sagte ihm etwas. Aber er war nie gut mit Namen gewesen. Als Christoph Anstalten machte, auf sie zuzugehen, wich die Frau zurück. Sie wirkte unschlüssig, ob sie weglaufen oder bleiben sollte.

„Ist das Carla Berger?“, flüsterte Hannah ihm zu und da erinnerte er sich.

Natürlich! Franz' Frau und Frankies Mutter. Jetzt, wo er ihren Namen hörte, tauchte ein Bild von Carla in seiner Erinnerung auf, wie sie ihn vor vielen Jahren nach dem Mädchen im See gefragt hatte. Auch damals hatte sie getrieben gewirkt. Seitdem war sie deutlich gealtert und irgendwie weniger geworden. Ihre Haare waren kürzer, sie hatte abgenommen, ihre Wangen waren eingefallen und ihre ganze Statur wirkte kleiner. Als sei sie geschrumpft.

Aber was tat sie hier? Hatte sie Bad Rubinsee nicht schon vor Jahren verlassen?

Die ganze Zeit, in der sie von Frankie und Franz und von allem, was damals passiert war, gesprochen hatten, hatte David nicht einen Moment lang an Carla gedacht. Dabei war sie ebenso in diese Geschichte verwickelt wie er oder Hannah. Sie hatte schließlich ihren Mann und ihren Sohn verloren.

Während Christoph auf Carla zueilte, ihr sacht eine Hand auf den Oberarm legte und sie unter stetigem Geplapper an ihren Tisch führte, erinnerte sich David an etwas, das seine Mutter vor vielen Jahren einmal gesagt hatte. Er war damals in der Grundschule gewesen und hatte ein Gespräch zwischen seinen Eltern belauscht, in dem seine Mutter abfällig über die anderen Frauen im Dorf gesprochen hatte.

„Sie sind alle gleich", hatte sie gesagt. „Keine sticht hervor. Sie sind Mauerblümchen und sie sind glücklich damit."

David wusste nicht mehr genau, wieso das Gespräch diesen Verlauf genommen hatte, doch irgendwie waren seine Eltern auf Carla gekommen.

„Sie ist ein blasser Mensch. Manchmal kommt es mir so vor, als würde sie mit der Umgebung verschmelzen. Ich vergesse dann, dass sie da ist, und erinnere mich erst wieder an sie, wenn sie sich zu Wort meldet", hatte seine Mutter gesagt.

Davids Vater hatte Rebecca daraufhin arrogant genannt, während David die Worte seiner Mutter nicht verstanden hatte.

Jetzt tat er es.

Carla blieb unschlüssig und leicht zitternd vor dem Tisch stehen und sie sah tatsächlich so aus, als würde sie am liebsten mit der Luft verschmelzen. Christoph bedeutete ihr, sich auf seinen Stuhl zu setzen, und zog sich selbst einen neuen heran.

„Hallo, Carla. Was für eine Überraschung", meinte Hannah, bekam aber keine Reaktion.

Carla starrte nur Davids Mutter an. Wie schon zuvor hob sie den Arm und streckte ihn aus, ganz langsam und vorsichtig. Als ihre Finger Rebeccas Bluse berührten, zuckte sie zusammen und presste beide Hände vor ihren Mund.

„Oh Gott", flüsterte Carla und dann schluchzte sie los. Ihr ganzer Körper bebte.

Hannah nahm ihr Wasserglas und hielt es Carla hin. „Hier, trink etwas. Das wird helfen."

Erst ignorierte Carla die freundliche Geste. David war kurz davor, Hannahs Hand wegzuschieben, doch dann ergriff Carla das Glas. Zitternd führte sie es sich an die Lippen und nahm ein paar kleine Schlucke.

„Danke", murmelte sie.

„Was, ähm … Was machst du hier?", wollte Christoph wissen.

Es dauerte ein paar Sekunden, ehe sie sich genug gefasst hatte, um zu antworten.

„Ich bin gekommen, als ich von den Knochen gehört habe, und …" Sie wollte noch mehr sagen, doch ihre Stimme brach und sie senkte den Kopf.

Vermutlich hatte sie auch gerade erfahren, dass die Knochen aus dem See von einem Mann stammten, und wie David, Christoph und Hannah eins und eins zusammengezählt. Ob sie schon geahnt hatte, dass die Leiche im See Franz war, und deshalb nach Bad Rubinsee zurückgekommen war?

„Es tut mir so leid", sagten Christoph und Hannah unisono. Offenbar hatten sie den gleichen Gedanken gehabt.

Aber Carla drehte den Kopf nach rechts, dann nach links und wieder nach rechts und das so langsam, dass

David erst nach ein paar Sekunden begriff, dass sie den Kopf schüttelte.

„Nein, mir tut es leid. Ich hätte schon viel früher kommen müssen. Es ist wegen mir, nur wegen mir."

Was meinte sie damit?

„Oh, meine Liebe. Sag doch so etwas nicht", sagte Christoph und tätschelte ihr den Arm.

Sie hob den Kopf. „Als ich gehört habe, dass du wieder da bist, wollte ich mit dir sprechen. Du verdienst die Wahrheit." Sie hatte David angesprochen, fixierte mit den Augen jedoch seine Mutter. Als sie weitersprach, klang ihre Stimme monoton. „Ich war bei der Polizei. Ich habe wegen der Knochen nachgefragt. Ich habe gehofft, so sehr gehofft, dass ..." Sie sog Luft ein.

Christoph tätschelte immer noch ihren Arm, als er sagte: „Das mit Franz muss ein Schock für dich sein. Aber es kann auch ein Trost sein, endlich zu wissen, was mit ihm passiert ist."

„Ihr denkt, es ist Franz?", fragte Carla ungläubig.

Wieder presste sie die Hände vor den Mund; stieß mit einem Mal glucksende Laute aus, von denen David zuerst dachte, dass es Schluchzer waren, die sich jedoch in ein Kichern verwandelten. Christoph zog seine Hand zurück und warf Hannah einen hilfesuchenden Blick zu. Nur, dass die ebenfalls nicht zu wissen schien, was sie tun sollte. Hilflos starrten die drei Carla an, deren Körper von einer Mischung aus Lach- und Weinanfall geschüttelt wurde.

„Es ist nicht Franz", presste sie schließlich hervor. „Es ist Frankie. Mein, lieber, lieber Frankie. Mein Junge liegt im See."

Und dann brach sie völlig zusammen.

Damals:
Das Geheimnis der Mutter

Bad Rubinsee, 2006
Frankie

Bis zur Hütte im Wald brauchte Frankie fast eine halbe Stunde und jede einzelne Minute kam ihm zäh wie Kaugummi vor. Als er sie endlich erreichte, war alles dunkel.

Er sprang vom Rad, ehe es vollständig zum Stillstand gekommen war. Scheppernd fiel es zu Boden. Frankie riss die Tür auf. „Soleil?"

Alles war ruhig. Soleil war nicht hier. Frankie fühlte es. Menschliche Präsenz verlieh Räumen eine andere Aura, eine Art Ausgefüllt-Sein, und dieser Raum war eindeutig leer. Trotzdem schaltete er das Licht ein. Auf dem Küchentisch fand er einen Zettel, den Soleil für ihn hinterlassen hatte.

Bin am See.

Sie war vorgegangen. Hoffentlich war sie nicht wütend.

Frankie verließ die Hütte zu Fuß. Er nahm eine Abkürzung durch den Wald, die mit dem Rad nicht befahrbar war. Die beiden hatten sich eine verlassene Bucht ausgesucht, die nur selten von Touristen besucht wurde, und dort das Boot versteckt.

Im Geiste übte er seine Entschuldigung, was gar nicht so einfach war. Soleil sollte nicht schlecht über seine Eltern denken, obwohl Frankie selbst gerade Mühe hatte, irgendwelche positiven Worte für sie zu finden.

Er rannte so schnell, dass seine Seite zu stechen begann. Äste schlugen ihm ins Gesicht und mehr als einmal fluchte er, als er beinahe über eine Wurzel stolperte.

Trotzdem beruhigte sich etwas in ihm, je näher er dem See kam. Soleil würde ihm verzeihen. Natürlich würde sie das. Und sobald er sie in die Arme nehmen und sich seine Enttäuschung von der Seele reden konnte, würde die Welt ganz anders aussehen.

Bei Soleil war alles gut.

Carla

Lange nachdem Frankie aus dem Haus gestürmt war, stand seine Mutter Carla im Flur und starrte die geschlossene Tür an, als erwartete sie, dass er jeden Moment zurückkommen würde. Sie würde ein Knacken vernehmen, wenn der Schlüssel im Schloss umgedreht wurde. Ein kühler Lufthauch würde um ihre Waden wehen. Die Tür würde sich öffnen und ihr Sohn mit zerzausten Haaren, blassen Wangen und einem immer noch wütenden Gesichtsausdruck vor ihr stehen.

Bitte. Bitte. Bitte.

Er kam nicht. Und als sie so an der Türschwelle stand, brach die Machtlosigkeit über sie herein. Was sollte sie tun? Es war zu spät, um Frankie hinterherzurennen. Mit dem Auto könnte sie ihn erwischen, wenn sie nur wüsste, wohin er geradelt war.

Carla nahm den Autoschlüssel aus dem Körbchen auf der Kommode und griff nach ihrem Mantel. Und dann? Was dann?

Franz würde wütend werden, wenn sie ohne ein Wort ging. Frankie würde nicht mit ihr reden wollen, selbst wenn sie ihn fand. Weil sie nicht diejenige war, vor der er weggerannt war. Weil ihre Entschuldigung rein gar nichts bedeutete. Derjenige, der sich entschuldigen musste, war Franz. Aber das würde er nicht. Oder? Was, wenn Carla ihn bat, es ihr zuliebe zu tun? Würde er sich erweichen lassen?

Sie legte den Schlüssel zurück in das Körbchen und verharrte, den Mantel noch immer in der Hand. So starrte sie die Tür an, griff sich dann erneut den Schlüssel. Hasste sich für ihre Unentschlossenheit, legte den Schlüssel zum zweiten Mal zurück. Legte den Mantel auf die Kommode, weil das ein guter Kompromiss zu sein schien zwischen ihn in der Hand behalten, was bedeutet hätte, dass sie Frankie nachgehen würde, und ihn zurück an die Kommode zu hängen, was bedeutet hätte aufzugeben.

Nun ging Carla in die Küche, wo Franz am Tisch saß und seelenruhig seinen Braten verspeiste.

„Franz", sagte sie.

„Hmmm."

„Franz, was machen wir jetzt?"

Anstatt zu antworten, griff er sich das Bierglas und nahm einen tiefen Schluck. Carla ging weiter in den Raum, sodass sie Franz ins Gesicht statt auf seinen Hinterkopf schaute.

„Franz?"

Er ließ sich Zeit, stellte das Bierglas bedächtig ab, doch sein Gesicht verriet ihn. Nach fast zwanzig Jahren Ehe kannte Carla ihn zu gut, um sich von der Ruhe seiner Gesten täuschen zu lassen.

Die Leute im Dorf hielten ihn für steinhart, für jemanden, den nichts aus der Ruhe bringen konnte. Das war es, was ihn so gut in seinem Beruf machte, bei Verhören, oder wenn er Betrunkene aus dem Verkehr zog. Dass er sich seine Emotionen nicht anmerken ließ. Doch für Carla war er ein offenes Buch, sie konnte in seinen Gesichtszügen lesen wie in einer Geschichte für Leseanfänger.

Sein Hals, auf dem sich rötliche Flecken abzeichneten, verriet, dass er aufgeregt war. Seine Augenbrauen, die leicht zuckten, zeugten von unterdrückter Wut und in seinen Augen spiegelte sich die Sorge.

„Was hast du dir dabei gedacht?", fragte er schließlich.

„Was meinst du?"

„Das weißt du."

Carla wusste wirklich, was er meinte, nämlich den Kontakt zu ihrer Familie, aber sie hatte weder die Energie noch die Muße, jetzt darüber zu reden.

„Franz, was sollen wir tun? Wir können doch nicht einfach hier sitzen, während Frankie dort draußen ist."

„Frankie ist alt genug."

„Franz!"

„Wenn er alt genug ist, um allein nach Italien zu fahren, ist er auch alt genug, um allein im Dorf herumzulaufen."

„Das ist etwas völlig anderes."

Die Gläser klirrten, so fest schlug Franz mit der Faust auf die Tischplatte.

„Ja, etwas völlig anderes!", donnerte er und erhob sich halb. „Du hättest unseren Sohn allein nach Italien geschickt, zu diesen ... diesen ..."

„Diesen was?", unterbrach Carla ihn. „Das ist meine Familie, von der du da redest!"

„Diese Leute sind ein schlechter Einfluss für Frankie!"

„Diese Leute? Frank, das sind meine Mutter und meine Brüder ... keine gefährlichen Kriminellen!"

Er ging nicht darauf ein, fragte nur: „Wie lange geht das schon?"

„Was?"

„Wie lange bist du wieder mit ihnen in Kontakt?"

So wie er es sagte, klang es, als hätte Carla eine Affäre. Sie lachte laut auf. Es war gemein und gehässig, das wusste sie. Sie wollte gar nicht lachen, aber sie konnte nicht anders, weil die Situation so absurd war.

Ihr Sohn war weggelaufen und alles, was Franz interessierte, war, wie lange sie in Kontakt mit ihrer eigenen Familie gestanden hatte. Wenn er sie im Bett mit einem anderen Mann erwischt hätte, hätte es ihn vermutlich weniger hart getroffen.

„Findest du das lustig?", fuhr Franz sie an.

„Dass du dich dermaßen aufspielst, weil ich mit meiner eigenen Mutter telefoniert habe? Ja!"

„Es ist deine Schuld. Du hast Frankie diese Flausen mit Italien in den Kopf gesetzt! All diese Lügen und Geheimnisse von Frankie, die ganze Zeit schon."

War es das? Ihre Schuld? Nicht etwa seine, weil er vor Jahren darauf bestanden hatte, dass Carla den Kontakt zu ihrer eigenen Familie abbrach? Weil er sie für Verbrecher hielt, obwohl das schlimmste Verbrechen, das sie je begangen hatten, Steuerhinterziehung war? Sie nahmen es mit den Regeln nicht so streng, genossen die schönen Seiten des Lebens mehr als Franz ... machte sie das zu schlechten Leuten? In all den Jahren, in denen Carla angedeutet hatte, ihre Familie, ihre Heimat zu vermissen, hatte ihr Ehemann nicht einmal in Erwägung gezogen, dass sein Urteil zu streng sein könnte.

Carla, das ist deine Familie. Lass uns die Streitigkeiten von damals begraben und uns mit ihnen aussöhnen, hätte er sagen können. Aber das hatte er nicht. Dafür war er zu stur und zu sicher in seiner Position als ehrenwerter Polizist. Er war gut, Carlas Familie war böse. Dazwischen gab es in seiner Welt nichts.

Und Frankie? Welche Farbe hatte er in Franz' binärem Weltbild?

Ja, Carla trug Mitschuld, das begriff sie nun. Aber nicht, weil sie Frankie den Wunsch erfüllt hatte, seine Großmutter oder seine Onkel kennenzulernen, sondern weil sie sich Franz zu lange untergeordnet hatte.

All das hätte sie ihm gerne an den Kopf geworfen, doch sie wusste nicht, wie, und eigentlich war es auch egal. Er hätte seine Meinung sowieso nicht geändert.

Darum sagte sie bloß: „Ich fahre jetzt mit dem Auto los, um Frankie zu suchen. Es ist deine Entscheidung, ob du mitkommst."

Sie drehte sich um, ehe Franz etwas erwidern konnte, und stürmte in den Flur. Dort blieb sie stehen. Wieder griff sie zu Schlüssel und Mantel. Betont langsam tat sie das und sperrte in Zeitlupe die Tür auf, um Franz genügend Zeit zu geben, es sich anders zu überlegen und ihr hinterherzukommen.

Selbst als sie schon im Auto saß und den Motor anließ, hoffte sie noch. Langsam rollte sie aus der Einfahrt, den Blick auf das Küchenfenster geheftet. *Komm schon. Bitte. Bitte.*

Hätte es sie wundern sollen, dass Franz, dieser ewige Sturschädel, drinnen sitzen blieb? Sie fühlte heiße Tränen in den Augen. Nicht weinen, das hatte er nicht verdient!

„Du Arschloch, Franz. Du Arschloch, Arschloch, Arschloch", flüsterte sie zwischen zusammengebissenen Zähnen.

Am liebsten hätte sie losgeschrien, aber sie fürchtete, die Nachbarn könnten ihre erhobene Stimme durch die geschlossenen Autofenster hören. Also begnügte sie sich damit, das Gaspedal bis zum Anschlag durchzutreten.

Röhrend fuhr der Wagen los. Bestimmt hatte Franz das gehört und es würde ihn ärgern, dass ausgerechnet seine Frau die vorgeschriebene Verkehrsgeschwindigkeit missachtete. Das erfüllte Carla mit einer merkwürdigen Genugtuung.

Soleil

Während Soleil durch den Wald lief, versuchte sie, ihre Gedanken zu beruhigen. Doch die Nervosität, die sie in der Hütte erfasst hatte, wollte sich nicht abschütteln lassen, ebenso wenig wie die Wortmonster, die zwar leise, aber stetig flüsterten.

Lügner. Lügner. Lügnerin.

Töte die Liebe.

Als sie die Stelle erreichte, an der Frankie und sie am Nachmittag das Boot versteckt hatten, kribbelten ihre Finger immer noch.

Und jetzt? Am Seeufer zu sitzen und tatenlos zu warten, fühlte sich ebenso schrecklich an, wie allein in der Hütte zu sein. Vielleicht sogar noch einsamer. Und die Worte in ihrem Kopf wuchsen, wurden lauter, umfassender, schienen in der Dunkelheit des Waldes eine eigene Körperlichkeit zu entwickeln, die nun nach ihr griff.

„Konzentrier dich", murmelte sie und fasste sich in die Haare.

Doch ihr Kopf war so prall gefüllt mit lauten Gedanken. Beunruhigenden Gedanken. Solchen, die sie nicht hören wollte, aber auch nicht zum Schweigen bringen konnte.

Töte die Liebe. Lügnerin. Du bist falsch. Lüge. Lügnerin.

Spontan streifte sie sich das Kleid über den Kopf und zog ihre Schuhe aus. Der See rief nach ihr, drängender noch als die Wortmonster. Er lockte sie mit dem Versprechen, dass die Ruhe und die Kälte des Wassers ihren Kopf klären würden. Zumindest hoffte sie das.

Eine Gänsehaut bedeckte Soleils Beine, sobald ihre Zehen das Wasser berührten. Sie holte tief Luft und rannte in den See. Mit einem Platschen ließ sie sich der

Länge nach ins Wasser fallen. Für einen Moment verschlug es ihr den Atem, als das Eiswasser sie umfing.

Sie musste sich bewegen. Das hatte sie schon im Kindergarten gelernt. Bewegung machte warm. Je schneller man schwamm, desto weniger spürte man, wie kalt das Wasser war. Also kraulte sie los.

Sie schloss die Augen und konzentrierte sich ganz auf ihren Atem und auf das Gefühl des Wassers, das ihren Körper mit jedem Zug streichelte, auf das Brennen ihrer Haut. Langsam ließen die schreienden Gedanken von ihr ab.

Als sie die Augen wieder öffnete, sah sie einen Schemen im Wasser. Er war zu weit entfernt, um Details auszumachen, doch einen Haarschopf konnte sie deutlich erkennen.

War das Frankie? Nein, das ergab keinen Sinn. Wieso hätte er allein schwimmen gehen sollen? Außerdem hatte er Soleil gestanden, dass ihm die Weite des Sees Angst machte. Er fühlte sich in einem Boot wohler als schutzlos im Wasser. Niemals würde er allein so weit hinausschwimmen.

Trotzdem steuerte sie auf die Gestalt zu, wurde wie magisch von dem Kopf angezogen, der wie eine rettende Boje über den See glitt. Doch plötzlich tauchte er unter.

Soleil machte ein paar weitere Schwimmzüge, aber wer auch immer es war, den sie gesehen hatte, er blieb verschwunden. Sie drehte sich im Wasser um die eigene Achse.

„Hallo?", rief sie. Doch rund um sie herum war nichts.

Sie war so damit beschäftigt gewesen, ihre Gedanken auszublenden und dem Haarschopf zu folgen, dass sie gar nicht bemerkt hatte, wie weit sie geschwommen war. Das Ufer konnte sie nicht einmal mehr erkennen, wusste nicht, in welcher Richtung es lag. Da waren nur sie und das Wasser, das ihr plötzlich unendlich weit und noch viel tiefer vorkam.

Ihr Herz schlug schneller. Ihre Finger fühlte sie kaum mehr, so kalt waren sie, trotzdem wurde ihr vor Angst heiß.

Wo war der Schwimmer? Sie hatte ihn doch eben noch gesehen! War er untergetaucht?

Ja, so musste es sein. Soleil hielt die Luft an und tauchte Kopf voraus ins Wasser. Sie musste ihn finden! Musste, musste, musste es – auch wenn sie nicht so genau wusste, wieso. Sie machte ein paar weitere Züge, aber da war niemand.

Nur das Wasser. Nur die unendliche Schwärze.

Verdammt, was machte sie hier überhaupt?

In diesem Moment kam ein Schwall Gedanken zurück. Es waren so viele und alle überschwemmten sie auf einmal. Sie waren laut, sie schrien in Soleils Kopf. Da war die Stimme ihrer Mutter, die ihr sagte, sie würde nur das Beste für Soleil wollen. Das Geschrei von Möwen über der Nordsee. Frankies Gesichtsausdruck, als er sie nackt gesehen hatte. Ihr Vater, der betreten den Kopf schüttelte, während er sie eine Lügnerin nannte. Und nicht nur er. Alle hatten es gedacht. So viele dachten es noch. Glaubte sie es am Ende selbst? Weil es die Wahrheit war?

Lügnerin. Lügnerin. Lügnerin.

Die Schmerzen in ihren Handgelenken, als ihre Eltern sie aufs Bett drückten und sie zwangen, die Pillen zu nehmen, die sie schlafen ließen. Ein Glas Wasser, an dessen Boden weißes Pulver lag. Das Fenster in ihrem Zimmer. Die geschlossene Tür. Der Zug, der sie nach Tirol gebracht hatte. So viele Erinnerungen und Fragen, Zweifel und Angst.

Und immer wieder diese Worte. *Töte die Liebe. Töte die Liebe. Töte die Liebe.*

Soleil wollte auftauchen, sie musste sogar. Ihre Lunge brannte. Aber sie wusste nicht mehr, wo oben und wo unten war. Wie schwimmen ging, das hatte sie auch vergessen. Wie man die Luft anhielt, wie man atmete.

Gar nichts wusste sie mehr!

Ihr Herz schlug so schnell, als wollte es explodieren. War das eine Panikattacke? Egal, was es war, Soleil wurde eines mit beunruhigender Gewissheit klar: Sie würde ertrinken.

Der See würde sie verschlucken wie die armen Leute in Frankies Geistergeschichten.

Da gleißte Licht auf.

Wie war das möglich? Licht unter Wasser? War sie schon tot?

Ihr Herz raste ... so schnell, viel zu schnell. Es würde in tausend Einzelteile zerspringen.

Ein Schemen schob sich vor das Licht. Soleil wollte schreien, doch das war unter Wasser unmöglich.

Da fühlte sie eine Berührung am Arm. War da jemand? Oder war es der See, der mit ihr spielte?

Es war egal. Alles war egal.

Denn diese Berührung war das Einzige, was sie hier unten hatte, und sie hielt sich daran fest, krallte ihre Finger in die Gestalt, während sie tiefer sank.

2 Wochen zuvor

Es war ein Donnerstagmorgen, als Soleil aus dem Zug stieg. Plattform 2 in Bad Rubinsee.

Während der gesamten Zugfahrt hatte sie durch die Fenster den Bergen dabei zugesehen, wie sie sich immer weiter und harscher gen Himmel streckten, und sich gefragt, was sie tun würde, wenn der Junge mit den dunklen Augen nicht am Bahnsteig stände.

Würde sie zurück nach Hause fahren und sich eingestehen, dass ihre Eltern recht gehabt hatten? Dass sie nie hätte weglaufen sollen, weil es niemanden gab, der auf sie wartete? Würde sie sich wieder einsperren lassen? Die Tabletten dieses Mal freiwillig nehmen?

Doch als sie ihren Fuß auf die Plattform setzte, hörte sie ihn rufen.

„Soleil"!

Und als sie ihren Blick hob, stand er da, ein breites Lächeln auf den Lippen, die Haare unordentlich in der Stirn und die Hände in den Hosentaschen versenkt, während er auf seinen Fußballen wippte.

„Hi", sagte sie bloß.

Was gab es mehr zu sagen? Er zog die Hände aus den Hosentaschen und umarmte sie fest. Sein Geruch stieg in ihre Nase. Schon in Hamburg war ihr aufgefallen, dass er nach Tannennadeln roch. Doch diese Erinnerung lag in so weiter Ferne, dass sie sich gefragt hatte, ob sie sich seinen Geruch nur eingebildet hatte.

„Ich bin so froh, dass du hier bist", flüsterte Frankie in ihr Ohr.

„Ich auch. Unglaublich froh."

Dann nahm er ihren Rucksack hoch. Falls er sich darüber wunderte, wie wenig Gepäck Soleil mitgenommen hatte, obwohl sie doch vorhatte, nie wieder nach Hause zurückzukehren, sagte er es nicht.

Hand in Hand spazierten sie vom Bahnhofsgelände. Es dämmerte gerade erst, so früh war Soleil angekommen. Frankie hatte das vorgeschlagen, damit niemand sie sehen und blöde Fragen stellen konnte.

„Ist es okay, wenn wir zu Fuß gehen?", fragte er, woraufhin Soleil nickte.

Natürlich war es okay. Da niemand Soleil sehen sollte, konnten sie schlecht in den Bus steigen. Frankie führte sie durch eine Siedlung, die verschlafen und leer wirkte, und über ein Feld in Richtung Wald.

„Wie müde bist du?", fragte er.

„Gar nicht müde. Wieso?"

„Ich würde gerne am See entlangspazieren, aber das ist nicht der direkte Weg."

„Ein Umweg also?"

„Mhm. Aber ein schöner."

Also gingen sie quer über ein Moosbeet und zwischen Tannen hindurch, bis sie einen schmalen Trampelpfad erreichten.

„Das ist ja eine richtige Wanderung", neckte Soleil nach zwanzig Minuten.

„Hätten wir doch den kurzen Weg nehmen sollen?"

Sie schüttelte den Kopf.

„Es ist nur", begann Frankie und schaute sich um. „Das klingt vielleicht komisch, aber manchmal stelle ich mir vor, mein Leben sei ein Film und ich der Regisseur. Bei einem guten Film sind nicht nur die Handlung und die Dialoge wichtig, sondern auch die Kinematografie. Das Drumherum, weißt du. Der Hintergrund."

„Also gehst du Umwege, um eine schönere Kulisse für dein Leben zu haben?"

Frankie strich sich über den Nacken. „Ich weiß, es klingt merkwürdig."

„Gar nicht", meinte Soleil.

Sie nahm sich fest vor, sich diese Eigenart von Frankie anzueignen. Sie hatte nie auf die Kulisse ihres Lebens geachtet und vielleicht war das einer der Gründe dafür, dass ihr Film ihr völlig entglitten war.

Als sie den See erreichten, kroch die Sonne gerade über die Bergkette. Dunst stieg von der Wasseroberfläche auf.

„Wow", sagte Soleil.

„Du magst es?"

Sie nickte. „Ich habe mal ein Gedicht gelesen, in dem es um Wasser geht. Um Regen und um den Ozean und um das hier." Sie deutete auf die Seeoberfläche. „Ich kann mich nicht mehr genau an den Wortlaut erinnern, aber der Dichter sagte, dass dieser Nebel die Seele des Wassers ist."

Frankie schaute sie lange an, bevor er antwortete. „Der Rubinsee hat eine gierige Seele."

„Ach ja?"

„Das sagen die Leute zumindest. Die sagen allerdings auch, dass das Tor zur Hölle an seinem Grund liegt."

Soleil zog die Augenbrauen zusammen.

„Wir sollten wiederkommen, wenn die Sonne untergeht. Dann verstehst du, was sie damit meinen."

Und sie kamen wieder, am selben Abend, nachdem sie einen Tag voller schüchterner Küsse in der Hütte im

Wald verbracht hatten. Frankie hatte Tee gekocht und in eine Thermoskanne gefüllt. Diese Kanne drückte sich nun warm gegen Soleils Oberschenkel, während sie mit verschränkten Fingern am Ufer saßen und darauf warteten, dass die Sonne sich senkte.

Soleil wusste nicht so recht, wonach sie eigentlich Ausschau hielten. Nach dem Tor zur Hölle, hatte Frankie gesagt, nur was bedeutete das? Doch sie protestierte nicht, denn solange sie mit Frankie am Ufer sitzen, seine Hand halten und ihren Kopf auf seine Schulter legen konnte, hätte sie auch auf ein UFO gewartet.

Während sie so dasaßen, studierte Soleil seine Gesichtszüge. Seinen kantigen Kiefer, seine Wangen, auf denen noch kein richtiger Bart wuchs, nur ein Flaum, seine Nase, die so gerade war, als hätte jemand sie gezeichnet. Frankie drehte seinen Kopf zu ihr und lächelte, als er ihren Blick bemerkte.

„Du sollst doch den See anschauen, nicht mich.“

„Du bist aber viel spannender.“

„Das wirst du gleich nicht mehr sagen.“

„Na gut.“

Sie richtete ihren Blick auf den See, wobei sie sich wunderte, was so besonders an ihm sein sollte. Das Wasser lag ruhig zwischen den Bergen, deren Hänge sich in der Oberfläche spiegelten. Es war wunderschön, aber nicht ungewöhnlich. Ein Bergsee eben.

Doch dann geschah etwas. Die Sonne sank tiefer, das Glitzern verschwand, ebenso die spiegelverkehrten Abbilder der Berge. Das Seewasser verwandelte sich von einem Spiegel in glatten, dunklen Samt, und als die Sonne noch tiefer sank, als ihre Strahlen das Wasser in einem ganz bestimmten Winkel berührten, begann es violett und schließlich, wenn man genau hinschaute, rötlich zu schimmern. Es war das Faszinierendste und zugleich Furchteinflößendste, das Soleil je gesehen hatte.

Das Tor zur Hölle. Das hatte Frankie also gemeint!

Sie fühlte eine Magie von diesem See ausgehen, spürte plötzlich das Verlangen, eins mit ihm zu sein – als ob das Schicksal sie hierhergeführt hätte. Als ob es keinen anderen Platz auf dieser Welt geben könnte, an den sie mehr gehörte.

In diesem Moment verliebte Soleil sich in den See, genauso wie sie sich in Frankie verliebt hatte.

Jetzt
Frankie

Atemlos erreichte Frankie das Seeufer.

Das Boot dümpelte im Wasser, wo Frankie und Soleil es am Nachmittag zurückgelassen hatten. Als Frankie nähertrat, sah er, dass Soleils Kleid fein säuberlich gefaltet im Boot lag. Von ihr fehlte jedoch jede Spur. Wie auf Kommando gurgelte sein Magen vor unterdrückter Angst.

„Soleil?", rief er.

Das Echo seiner Worte hallte geisterhaft über das Wasser. *Soleil. Soleil. Soleil.*

Frankies Herz pochte schneller. Wo war sie? Sie konnte doch nicht ernsthaft mitten in der Nacht allein in den See geschwommen sein.

Doch, das konnte sie ... Hatte er Soleil nicht erst heute gesagt, wie sehr er sie für ihre Spontaneität bewunderte? Dafür, dass sie sich so sorglos in Abenteuer stürzte?

Aber er sah sie nicht. Wenn sie wirklich hinausgeschwommen war, dann viel zu weit, um wieder sicher zurückzukommen, vor allem bei der Kälte des nächtlichen Wassers.

„Verdammt, Soleil", murmelte Frankie, löste den Knoten, mit dem das Boot an einem dünnen Baumstamm befestigt war, und schob es ins Wasser.

Er wünschte, er hätte daran gedacht, eine Taschenlampe einzupacken. Oder eine Schwimmweste. Frankie konnte zwar schwimmen, doch er fühlte sich in einem Pool, in dem der Beckenrand höchstens drei Schwimmzüge entfernt war, wesentlich wohler als in diesem riesigen Niemandsland aus Wasser. Trotzdem ruderte er los.

„Soleil!", rief er, erhielt aber keine Antwort.

Da sah er, sicher 50 Meter oder noch weiter entfernt, einen hellen Kopf. Blondes Haar fing das Mondlicht ein, sodass der Kopf wie ein Irrlicht über dem Wasser schwebte. Frankie ruderte schneller.

Plötzlich verschwand der blonde Haarschopf. Verdammt! Wo war sie?

„Soleil!", rief er. Und noch einmal, so laut, dass es dutzendfach zurückgeworfen wurde: „Soleil! Wo bist du? Soleil!"

Sie war weg. Das konnte nicht sein! War sie untergegangen?

Frankie biss die Zähne zusammen und ruderte so heftig, dass die Muskeln in seinen Armen ächzten. Er musste sie erreichen! So schnell wie möglich.

Da hörte er etwas. Ein Platschen und Gurgeln. Unweit von ihm wurde die Oberfläche unruhig, Wellen wurden aufgeworfen. Im nächsten Moment durchbrach etwas das Wasser. War das ein Kopf, der da aufblitzte und sofort wieder unterging?

Sofort ließ Frankie die Ruder los und macht einen Hechtsprung ins Wasser. Vergessen war die Angst vor der Tiefe des Sees. Da war nur noch ein Gedanke: Er musste Soleil retten!

Mit mehreren Stößen hatte er die Stelle erreicht, an der das Wasser aufgewirbelt war. Frankie tauchte unter. Wasser schlug über seinem Kopf zusammen und stieg in seine Nase. Er keuchte, strampelte, stieg wieder auf.

Da sah er wenige Meter entfernt etwas Helles, das aus dem Wasser auftauchte und wieder unterging. Dieses Mal war er sicher: Es war ein menschlicher Kopf.

Frankie kraulte los, das Boot zog er an einer Leine hinter sich her. Immer wieder schluckte er Wasser. Egal!

Aber was war das?

Als er näherkam, erkannte er, dass nicht nur Soleil im Wasser strampelte. Da war eine zweite Person. Ein Junge, der um sich schlug, und Soleil klammerte sich an ihm fest. Für ein paar Sekunden schaffte der Junge es, sich an der Oberfläche zu halten. Dann gingen beide unter.

Frankie kraulte weiter, das Boot im Schlepptau. Er musste schnell sein. Musste sie erreichen, bevor beide endgültig untergingen.

Er bekam den Arm des Jungen zu fassen und zog ihn nach oben. Soleil hing noch immer an ihm.

„Nimm ... das", keuchte Frankie zwischen zwei Atemzügen.

Und tatsächlich griff der Junge blindlings nach dem Seil. Er schaffte es irgendwie, Soleil abzuschütteln – oder hatte sie ihn einfach losgelassen? –, hangelte sich am Seil entlang und erreichte das Boot. Er klammerte sich nun an das Holz, schaffte es jedoch nicht, sich ins Boot zu ziehen.

Bitte, du musst es schaffen, dachte Frankie.

Er konnte ihm nicht helfen. Nicht sofort. Erst musste er Soleil aus dem Wasser ziehen. Soleil, deren Kopf schon wieder unter der Wasseroberfläche verschwand.

Nein! Das durfte nicht sein!

Frankie tastete im Wasser nach ihr, doch seine Hände fassten nur Leere. Wo war sie?

War sie tot?

Nein, nein, nein! Er musste sie retten!

Frankie holte tief Luft, ließ das Seil los und tauchte unter.

Carla

Erst wusste Carla nicht, wohin ihre Fahrt ging. Sie hoffte bloß, Frankie zufällig am Straßenrand zu entdecken. Doch nach ein paar Minuten klärten sich ihre Gedanken.

Die Hütte im Wald! Sie war Frankies Lieblingsort gewesen, als er noch ein kleiner Junge war, und in den letzten Tagen hatte er sich öfter dorthin zurückgezogen. Um zu zeichnen, hatte er gesagt, und weil er das allein tun wollte, hatte er seine Eltern gebeten, ihn dort in Ruhe zu lassen. Seine Skizzen hatte er ihnen nie gezeigt. Den Wunsch nach Ruhe hatten sie trotzdem akzeptiert, wenngleich Franz es zähneknirschend getan hatte.

Wenn er sich verstecken wollte, welchen besseren Ort gäbe es dafür?

Carlas Herz schlug immer schneller, während sie die dunkle Landstraße entlangbretterte. Vor der Hütte brachte sie den Wagen quietschend zum Stehen. Frankies Fahrrad lag auf dem Schotter. Also war er hier!

Die Fenster waren jedoch dunkel. Carla brauchte drei Anläufe, bis sie es schaffte, den Schlüssel ins Schloss zu stecken, so heftig zitterten ihre Hände. Überrascht stellte sie fest, dass die Tür unverschlossen war.

„Frankie?“, rief sie in die Dunkelheit.

Keine Antwort.

Carla schaltete das Licht ein, das sich über die kleine Küche, die zugleich Eingangsbereich war, ergoss. Zwei ungewaschene Töpfe und ein paar Teller standen neben dem Herd. Hatte Frankie gekocht? Und wieso waren da zwei Teller, zwei Gläser, zwei Gabeln und Messer?

Auf dem Küchentisch lag ein Zettel.

Bin am See.

Es war nicht Frankies Handschrift, noch ein Beweis dafür, dass jemand mit ihm in der Hütte gewesen war. Nun wusste Carla zumindest, wo ihr Sohn sich gerade befand. Sollte sie zum See fahren und ihn suchen? Das

Ufer war weitläufig und teils von Wald umgeben, sodass es schwierig wäre, ihn zu finden, und selbst wenn, würde er sie überhaupt sehen wollen?

Die Gedanken wurden verdrängt, als Carlas Blick auf Frankies Rucksack fiel, der neben der Küchentheke am Boden lag.

Carla ließ sich auf die Knie sinken und öffnete den Reißverschluss. Da waren zusammengefaltete T-Shirts und Hosen, zwei Hemden, Unterwäsche, Frankies Skizzenblock, sein Reisepass. Carla atmete aus. Für einen Moment füllte Erleichterung sie aus.

Sie hatte mit ihrer Vermutung richtiggelegen. Frankie war zur Hütte gegangen und er würde zurückkommen, spätestens, wenn er Bad Rubinsee in Richtung Italien verlassen wollte. Denn er musste seine Sachen holen. Carla musste nur geduldig sein.

Als sie ein Knarzen im Nebenzimmer vernahm, schreckte sie hoch.

„Frankie?"

Schnell rappelte Carla sich auf und stolperte durch die Küchentür in das Aufenthaltszimmer der Hütte, in dessen Zentrum eine Couch stand, die so breit war, dass man gut auf ihr schlafen konnte.

Sie spürte Frankies Präsenz, ehe sie ihn sah, oder zumindest dachte sie das. In Wahrheit war es ihr Verstand, der ihr einen Streich spielte. Denn als sie das Licht einschaltete, war der Wohnraum leer.

„Frankie?", fragte sie noch einmal in den leeren Raum hinein. Leiser diesmal. Vorsichtiger. Als könnte sie einen Geist aufschrecken, wenn sie zu laut sprach. „Frankie?"

Da war niemand.

Doch der Raum zeugte davon, dass bis vor Kurzem jemand hier gewesen war. Und das nicht allein.

Auf dem Schlafsofa lagen mehrere Kissen und eine unordentlich zusammengefaltete Decke. Ein zweiter Rucksack und zwei Kleidungsstücke, die nicht Frankie gehörten, lagen auf dem Boden. Als Carla sich bückte, um sie aufzuheben – zwei dünne T-Shirts, ganz offensichtlich von einem Mädchen –, entdeckte sie darunter eine aufgerissene Kondompackung. Schnell steckte sie die Packung ein, wobei sie sich nach allen Seiten umschaute. Im nächsten Augenblick musste sie kichern.

So etwas. Da verhielt sie sich, als sei sie die Teenagerin, die etwas zu verheimlichen hatte. Dabei war sie doch die Mutter.

Carla hatte sich schon gedacht, dass Frankie heimlich eine Freundin haben könnte. Er hatte sich in den letzten Wochen verändert. Er war schon immer verträumt gewesen, doch seit Kurzem ging sein Blick noch öfter ins Leere und seine Gedanken verloren sich häufiger in seiner persönlichen Fantasiewelt.

Er hatte plötzlich so viele Fragen. Wie Carla in seinem Alter gewesen war. Wovon sie geträumt hatte. Was wirklich wichtig war in dieser Welt.

Sein Wunsch, die Familie in Italien kennenzulernen, war von einer vagen Idee zu einem alles umfassenden Bedürfnis geworden. Und dann war da dieses unsichtbare Lächeln, das Carla zu allen Zeiten auf seinem Gesicht ausmachte, selbst dann, wenn seine Lippen nicht lächelten.

Franz hatte sich Sorgen gemacht. Er machte sich immer Sorgen. Dass Frankie plötzlich abwesend war, hatte ihn gestört, dass er so oft von zu Hause fort war, ohne ihnen zu sagen, was er machte, noch mehr.

Doch trotz der Sorgen ihres Mannes und Frankies Schweigen – er hatte mit keinem Wort ein Mädchen erwähnt – hatte sie es tief in sich drin gewusst. Die erste Liebe. Eine Mutter spürte so etwas.

Carla ging zurück in die Küche, zu Frankies Rucksack. Die Neugierde trieb sie dorthin. Sie wusste, dass es falsch war, in die Privatsphäre ihres Sohns einzudringen, doch sie konnte sich nicht helfen. Nun, da sie um Frankies Geheimnis wusste, zog sein Zeichenblock sie geradezu magisch an.

Carla redete sich ein, dass ihre Finger ein Eigenleben entwickelt hatten, dass sie den Block ganz von allein aus dem Rucksack zogen und ihn aufschlugen.

Auf den ersten Seiten fand sie Bilder von Bäumen und einer Waldlichtung, von Blumen und Tieren, aber auch vom See. Schließlich schlug sie eine Seite auf, die das Abbild eines Mädchens zeigte. Carla hielt die Luft an, während sie die feinen Gesichtszüge betrachtete, die mit so vielen Details – mit so viel Liebe – gezeichnet worden waren.

Das Mädchen hatte helle Augen, die von filigranen Wimpern umrahmt waren. Ein gerader Nasenrücken endete in einer Stupsnase. Die Lippen waren schmal, aber vielleicht wurde dieser Eindruck nur dadurch erweckt, dass das Mädchen seinen Mund zu einem breiten Lächeln verzogen hatte. Langes, helles Haar fiel über seine Schultern. Eine Perle hing an einer Kette um seinen dünnen Hals und lag genau zwischen den Schlüsselbeinen.

Mit einem Mal überkam Carla die Intimität dieser Situation mit voller Wucht. Was würde Frankie sagen, wenn er wüsste, dass sie in seinen Sachen gewühlt und einen Blick auf dieses Bild geworfen hatte? Auf eine Zeichnung, aus der so viel Zuneigung sprühte, dass sie einem Liebesbrief glich.

Sie beeilte sich, den Zeichenblock zurück in den Rucksack zu stopfen und den Reißverschluss zu schließen. Sie wollte nicht hier sein, wenn Frankie und seine Freundin vom See zurückkamen. Bestimmt war er noch wütend auf sie und nicht in der Stimmung, sich mit ihr auszusprechen. Außerdem wollte sie seiner Freundin nicht mit verlaufener Wimperntusche und nach einem Streit zum ersten Mal begegnen.

Sie nahm sich beide Rucksäcke – den von Frankie und den des geheimnisvollen Mädchens. Denn ohne ihre Sachen und vor allem ohne Frankies Reisepass würden die beiden nicht nach Italien aufbrechen, oder? Dann legte sie ihren Mantel an die Stelle, an der Frankies Rucksack gestanden hatte. Ihr Sohn würde verstehen. Er würde wissen, dass sie hier gewesen war, und wenn er seinen Rucksack wollte, musste er nach Hause zurückkommen.

Dann würden sie miteinander sprechen. Morgen, wenn sie sich ausgeschlafen hatten, wenn sie alle, auch Franz, etwas Zeit gehabt hatten, sich zu beruhigen, würde es sich leichter reden lassen.

***

Drei Tage. So lange war Frankie schon verschwunden.

Drei Tage ohne ein Wort von ihm. Drei Tage, an denen Carla neben dem Telefon saß und sich kaum traute, den Raum zu verlassen, um auf die Toilette zu gehen, weil sie Angst hatte, Frankies Anruf zu verpassen.

Dabei hatte sie wirklich versucht, ihrem Sohn beizustehen. Frankies Wunsch, die Reise nach Italien so lange geheim zu halten, bis sich der perfekte Moment ergäbe, um mit Franz darüber zu sprechen, hatte sie respektiert. In dem naiven Versuch, ihren Ehemann für dieses Gespräch in eine wohlwollende Stimmung zu versetzen, hatte sie sogar sein Lieblingsessen gekocht. Womit also hatte sie das Schweigen ihres Sohns verdient?

Wieder wählte sie Frankies Nummer. Das Rufzeichen ertönte ein einziges Mal, bevor sie auf die Mailbox weitergeleitet wurde. Wollte er das Gespräch mit seiner Mutter so dringend vermeiden, dass er sein Handy ausgeschaltet hatte?

Sie hoffte so sehr, dass das der Grund war. Dass er selbst auf den Ausschaltknopf gedrückt hatte, weil er in seiner pubertären Sturheit zu wütend war, um auf die Anrufe seiner Mutter zu reagieren. Denn die Alternativen, die Carla seit drei Tagen durch den Kopf spukten, sahen weit dunkler aus.

Frankie hielt sich selbst für stark und erwachsen. Er wusste nicht, wie verletzlich er war. Für die Welt da draußen war er noch nicht bereit, ihr sanfter, liebevoller Junge. Sie würde ihn auffressen, die echte Welt, ihn und seine Träume!

Die Verzweiflung brach mit einem lauten Schrei aus Carla heraus. Sie hatte nicht gewusst, dass sie so klingen konnte. Wie ein Tier, das jemand angeschossen hatte. Das Wasserglas, das sie bis eben gehalten hatte, schleuderte sie quer durch den Raum. Es knallte an die gegenüberliegende Wand und hinterließ eine Delle.

Im selben Augenblick zischte ein Schatten an ihren Füßen vorbei und verschwand knurrend unter dem Tisch. Pumuckl! Den Kater musste sie mit ihrem Ausbruch völlig verschreckt haben. Sofort tat es ihr leid. Carla rutschte auf den Boden. Auf allen vieren kroch sie unter den Tisch, wo sich der Kater in einer Ecke versteckte.

„Pumuckl, hab keine Angst", flüsterte sie.

Das Tier rührte sich keinen Millimeter, fauchte bloß und schaute sie aus großen Augen an, als würde er sie nicht wiedererkennen. Langsam streckte Carla den Arm nach ihm aus. „Es tut mir leid, Pumuckl. Ich wollte dir keine Angst machen. Komm her, es ist alles gut", flüsterte sie.

Vorsichtig beschnupperte Pumuckl Carlas Finger. Als das Telefon klingelte, schreckte sie jedoch so abrupt hoch, dass sie sich den Kopf anstieß. Sofort zuckte der Kater zurück.

Carlas Herzschlag beschleunigte sich. So lange hatte sie auf den Anruf gewartet! Endlich! Fluchend schob sie sich unter dem Tisch hervor, schnappte sich, noch am Boden sitzend, den Hörer und presste ihn an ihr Ohr.

„Frankie", hauchte sie anstelle eines Hallos.

Doch es war nicht Frankie.

„Ciao, Carla!", begrüßte die Stimme ihres Bruders sie.

„Matteo, oh … du bist es."

„Mama hat mir ausgerichtet, dass du angerufen hast. Ich bin eben erst nach Hause gekommen. Was gibt es, Carla?“

„Ich habe wegen Frankie angerufen“, sagte sie.

„Frankie? Was ist mit ihm?“

Sofort sank ihr Herz. Matteos Frage bedeutete, dass Frankie noch nicht bei ihm angekommen war.

Trotzdem fragte Carla nach, denn sie musste sicher sein: „Ist Frankie bei dir?“

„Nein, Carla, Liebes. Er ist noch nicht angekommen.“ Sie seufzte.

An das erste Zusammentreffen von Matteo und Frankie konnte sie sich so genau erinnern, als hätte jemand eine Skizze davon hinter ihren Augenlidern gezeichnet. Im Frühjahr war das gewesen. Zwischen Frankie und Matteo war es Liebe auf den ersten Blick gewesen. Jeder hatte das sehen können, auch Carla.

Kein Wunder, immerhin war Frankie ihrem kleinen Bruder wie aus dem Gesicht geschnitten. Dieselben dunklen Augen und Haare, diese schmale Nase, dieselbe Art, die Lippen zu schürzen, wann immer sie mit etwas nicht einverstanden waren. Ihr war schon vorher klar gewesen, dass es zwischen Frankie und Matteo eine gewisse Ähnlichkeit gab, doch wie sehr sich die beiden glichen, hatte Carla mit unerwarteter Überraschung getroffen.

Es war nicht bloß ihr Aussehen, sondern auch die Art, wie sie sich bewegten. Die ausschweifenden Gesten, die sie benutzten, wenn sie Geschichten erzählten. Der Klang ihrer Stimme, wenn sie lachten.

„So etwas, Carla, der da könnte glatt als mein Sohn durchgehen", hatte Matteo damals gesagt und Frankie auf die Schultern geklopft, der vor Stolz gestrahlt hatte.

Seit diesem Treffen waren Frankie und Matteo heimlich in Kontakt geblieben, telefonierten und schrieben sich E-Mails, denn Briefe hätte Franz entdecken können. Immer wieder sprach Frankie von Matteo und zog dabei Vergleiche zwischen sich und ihm, als wäre Carlas kleiner Bruder der verlorene Vater, auf den er so lange gewartet hatte.

Als Frankie ihr eröffnet hatte, dass er den Sommer in Italien verbringen wollte, um diesen Teil seiner Familie besser kennenzulernen, war sie nicht überrascht gewesen, hatte sich sogar gefreut und gehofft, dass auch sie ihrer Familie wieder näherkommen würde.

Jetzt wünschte Carla, sie hätte ihm Matteo nie vorgestellt.

„Carla, ist alles in Ordnung?", fragte Matteo nun.

„Ja, alles ist gut." Sie zwang sich zu einem Lächeln, das er durch die Telefonleitung ja doch nicht sehen konnte. „Es ist nur, dass ich seit drei Tagen nichts mehr von Frankie gehört habe."

„Seit drei Tagen?", wiederholte Matteo.

„Ja, ich ... wir ... Es gab einen Streit. Franz war nicht glücklich, als er davon hörte, dass Frankie, na ja ..."

„Dass er seine kriminelle Mafia-Familie besuchen möchte?", frage Matteo mit Spott in der Stimme.

„So ist das nicht", begann Carla, ihren Mann zu verteidigen, wusste jedoch nicht, was sie sagen könnte. Denn Matteo hatte den Nagel auf den Kopf getroffen.

„Jedenfalls haben wir seit dem Streit nichts mehr von Frankie gehört."

„Bestimmt braucht er nur etwas Zeit, um Dampf abzulassen“, versuchte Matteo, sie zu beruhigen.

„Drei Tage lang? Ich weiß nicht mal, wo er gerade ist. Wo er schläft, ich ...“ Sie brach ab und biss sich auf die Lippe.

Sie schämte sich dafür, ihren Sohn verloren zu haben. Schämte sich, weil sie nicht wusste, wo er war und ob es ihm gut ging, weil sie ihn einfach hatte aus dem Haus stürmen lassen und weil alles, was sie tun konnte, war, ihm Nachrichten auf die Mailbox zu sprechen.

„Carla, glaub mir, er braucht nur etwas Zeit. Ich kenne das. Mit siebzehn, da war ich auch so wie dein Frankie. Da ist man emotional und manchmal muss man einfach sein Ding durchziehen. Alleine.“

„Wenn du meinst“, sagte Carla, dabei halfen seine Worte kein bisschen, sie zu beruhigen.

„Bestimmt meldet er sich bald“, fügte Matteo hinzu.

„Wenn er bei dir anruft, sagst du ihm bitte, dass ich mir Sorgen mache? Und richtest du es mir aus, wenn er sich meldet?“, fragte Carla.

Es schmerzte, sich vorzustellen, dass ihr Sohn sich eher ihrem Bruder anvertrauen würde, den er erst seit Kurzem kannte, als seiner eigenen Mutter.

„Natürlich, Carla, das mache ich. Glaub mir, es gibt keinen Grund, sich Sorgen zu machen. In ein paar Tagen, wenn er sich beruhigt hat, ruft Frankie dich an und erzählt dir, dass alles in Ordnung ist.“

***

Die Schlange in der Bäckerei war kurz, doch Annie, die Bäckersfrau, liebte es, mit ihrer Kundschaft zu plaudern, und mit zwei Rentnerinnen vor sich stand Carla länger an, als ihr lieb war. Verstohlen lugte sie auf ihre Armbanduhr. Acht Minuten stand sie schon hier und das, obwohl sie nur ein paar Semmeln und Schwarzbrot brauchte. Sie hätte lieber zum Supermarkt fahren und das Brot dort einkaufen sollen. Das hätte Zeit gespart.

Normalerweise störten sie das Geplänkel und die längere Wartezeit in der Bäckerei nicht. Carla schätzte sie sogar, die kleinen Freundlichkeiten, die Annie zuverlässig mit ihren Kunden austauschte. An manch schlechtem Tag, wenn die Dinge so gar nicht laufen wollten, kam Carla in die Bäckerei, um Zimtkringel oder Nussschnecken garniert mit den freundlichen Worten der Bäckersfrau zu holen, und sie fühlte sich danach jedes Mal besser.

Normalerweise war ihr Sohn aber auch nicht verschwunden. Es war mittlerweile Tag fünf, seitdem Frankie wütend aus dem Haus gestürmt war, und noch immer hatte sie kein Wort von ihm gehört. Carlas Bruder Matteo hatte ihr gestern erzählt, dass Frankie sich bei ihm gemeldet hatte. Es gehe ihm gut, aber er sei zu aufgewühlt, um mit seiner Mutter zu telefonieren. Dabei hatte sie doch gar nichts falsch gemacht!

Es gab jedoch nichts, das sie tun konnte. Bloß warten. Und das tat sie. Seit fünf Tagen schon.

Sie verbrachte den Großteil ihres Tags in der Küche, darauf achtend, sich höchstens zwei Meter vom Telefon wegzubewegen, um Frankies Anruf nur ja nicht zu verpassen. Das Haus verließ sie nur zum Einkaufen und um zur Hütte im Wald zu fahren. Denn die Hoffnung, dass Frankie dort auftauchen würde, hatte sie nicht aufgegeben.

Das dreckige Geschirr in der Spüle sowie die unordentlichen Bettlaken hatte sie aufgeräumt, damit Franz, sollte er auf die Idee kommen, seine Hütte zu besuchen, nichts merken würde. Er würde sich nur aufregen – über die Unordnung, die sein Sohn hinterlassen hatte, und darüber, dass Frankie jemand Fremden in die Hütte gelassen hatte. Dann würde er sich über Frankies Freundin mokieren, die bestimmt ein Taugenichts war, genauso wie der Sohn, denn warum sonst hätte Frankie sie geheim gehalten?

Überhaupt ertrug Carla den Anblick ihres Manns im Moment kaum. Schließlich war es seine Schuld, dass Frankie weg war. Warum sah er das nicht ein?

Endlich hatten die Rentnerinnen ihren Einkauf beendet und verließen den Laden. Schon wieder wanderte Carlas Blick zur Armbanduhr. Zehn Minuten, seit sie das Geschäft betreten hatte.

„Hallo Carla, dich habe ich ja schon lange nicht mehr gesehen! Wie geht es dir?", begrüßte Annie sie.

Wie immer lächelte sie so breit, als hätte Carlas Erscheinen im Laden ihren Tag wirklich schöner gemacht.

„Gut, Annie, danke. Dir hoffentlich auch?"

„Oh, ja. Du weißt ja, es gibt immer viel zu tun hier im Laden. Wir probieren gerade neue Rezepte für Vollkornweckerl aus. Sie sind köstlich!"

„Das ist schön", meinte Carla und beeilte sich, ihre Bestellung aufzugeben. „Ich nehme einen halben Laib Schwarzbrot und fünf Semmeln bitte."

„Du magst die hellen, richtig?", fragte Annie, woraufhin Carla nickte.

„Wusste ich es doch!" Annie war stolz darauf, die Geschmäcker ihrer Kunden auswendig zu kennen.

Während sie die hellsten Semmeln heraussuchte, plauderte sie weiter.

„Frankie habe ich schon länger nicht mehr gesehen. Ist er krank?"

Das Lächeln gefror auf Carlas Lippen. Wieso fragte sie nach Frankie? Wusste sie von dem Streit und davon, dass er weggelaufen war?

Unmöglich. Carla hatte es niemandem außer ihrem Bruder erzählt und Franz würde sich eher die Zunge abbeißen, als ein solches Familiendrama nach draußen zu tragen.

„Der ist in Italien. Meine Verwandten besuchen."

„Oh." Annies Augenbrauen wanderten in die Höhe. „Ich wusste gar nicht, dass du Verwandtschaft in Italien hast."

„In Umbrien", antworte Carla. „Wir hatten ein bisschen den Kontakt verloren in den letzten Jahren."

Sie hätte gerne noch mehr erzählt. Niemanden zu haben, mit dem sie ihre Sorgen rund um Frankie teilen konnte, war hart, und Annies freundliche Art lud dazu ein, sein Herz auszuschütten. Doch Franz würde wütend werden, wenn er hörte, dass sie diese Dinge mit Leuten im Dorf besprach.

Also sagte sie bloß: „Es ist ganz ungewohnt ohne ihn im Haus. So ruhig."

Annie stellte das Säckchen mit den Semmeln auf den Tresen und nickte wissend. „Das kann ich mir vorstellen. Als meine zwei Jungs zum Studieren ausgezogen sind, da hat sich das Haus plötzlich riesig und leer angefühlt. Wenigstens ist es bei dir nur vorübergehend. Da kannst du die Ruhe noch genießen."

Carla zwang sich zu einem Lächeln und nickte. Schon wieder streifte ihr Blick die Uhr. Zwölf Minuten.

„Momentan hast du ja sicher viel Zeit für dich. Franz ist im Revier bestimmt eingespannt."

Carla war froh über den Themenwechsel. Über Franz und seine Arbeit zu sprechen, war vergleichsweise sicheres Terrain.

„Ach, der hat immer viel zu tun", wiegelte sie ab.

„Aber momentan doch sicher mehr als sonst. Wegen der Sache."

Die letzten Worte flüsterte Annie beinahe. *Die Sache.* Carla hatte keine Ahnung, wovon sie sprach. Franz erzählte ihr nie etwas von seiner Arbeit, das verbot sein Berufsethos ihm, aber Carla würde einen Teufel tun und das vor der Bäckersfrau zugeben.

„Mag sein", sagte sie.

„Ach, ich weiß schon. Du darfst nichts ausplaudern!", meinte Annie lachend. „Magst du das Bauernschwarzbrot oder lieber den Sonnenblumenkernlaib?"

„Das Bauernbrot, bitte."

Annie holte einen Laib vom Regal. „Einen halben hast du gesagt, ja?"

„Ja, bitte."

„Das ist wirklich eine schreckliche Geschichte", plauderte Annie weiter, während sie den Laib in der Mitte zerteilte. „Wenn ich mir vorstelle, es wäre mein Kind. Und dann sind sie sich nicht mal sicher, wer das Mädchen ist. Das ist es, was ich an der Sache nicht verstehe.

Sie muss doch irgendwo herkommen, oder? Es muss doch Eltern geben oder sonst wen, der sie vermisst.“

„Mhm“, machte Carla. Obwohl der Zeiger der Uhr schon wieder vorrückte, hatte sie es plötzlich nicht mehr eilig, aus dem Laden zu kommen. Ein verschwundenes Mädchen? Das wollte sie genauer wissen.

„Luna, du weißt schon, die Rothaarige vom Friseursalon, meint, es muss eine Ausreißerin sein. Sonst würde ja jemand nach ihr suchen. Aber erst heute Morgen hat mir eine Kundin erzählt, dass sie von einem deutschen Touristenmädchen gehört hat, das verschwunden ist. Die Eltern machen sich natürlich fürchterliche Sorgen. Stell dir das mal vor. Du fährst mit deiner Familie auf Urlaub und kommst mit einem Kind weniger nach Hause.“ Annie schnalzte mit der Zunge. „Natürlich reden die Leute viel. Wer weiß, was von alldem überhaupt stimmt.“

„Was reden die Leute denn noch so?“, fragte Carla, wobei sie sich gleichgültig zu geben versuchte.

„Hah! Da spricht die Frau eines Ermittlers aus dir. Willst wohl für Franz herausfinden, was wir schon wissen?“, fragte Annie lachend, fuhr jedoch fort, ohne Carlas Antwort abzuwarten. „Alles Mögliche sagen sie. Aber ein bisschen was habe ich von Rebecca selbst erfahren und die muss es ja wissen.“

„Rebecca“, wiederholte Carla.

„Ja, du weißt schon, die Frau König. Die Musiklehrerin. Die mit den blonden Haaren, die immer so enge Kleider trägt und sich herrichtet, als sei sie in Hollywood und nicht auf dem Land.“

„Ich weiß schon, wer Rebecca ist.“

„Na, jedenfalls war sie gestern hier und hat Brot gekauft für ihre Familie. Und ein paar Cremeschnitten."

„Aha."

„Und da hat sie mir ein bisschen was erzählt. Du weißt ja, dass es ihr Junge war, der das Mädchen im See entdeckt hat?"

Wieso hörte sie das jetzt zum ersten Mal? Und was hatte das Mädchen im See gemacht? War sie ausgerissen und dann schwimmen gegangen?

„Sie sagt, ihr David war ganz verstört danach. Der arme Junge. Ich will mir gar nicht vorstellen, was so etwas mit einer Kinderseele anrichtet. Da geht der arme Junge nichts ahnend tauchen und dann so etwas!"

„Tauchen", wisperte Carla.

Das hieß, er hatte das Mädchen nicht über, sondern unter Wasser gefunden? Am Grund lag man nur, wenn man tot war.

„Ja, ganz schrecklich. Das will man sich gar nicht vorstellen", pflichtete Carla der Bäckerin bei. In ihrem Magen rumorte es. „Wann hat er das Mädchen noch mal gefunden."

„Hmmm ... vor vier Tagen oder waren es fünf? Irgendwann diese Woche jedenfalls."

Das Rumoren wurde lauter. Carla fürchtete, Annie könnte es hören, so geräuschvoll war es in ihrem Magen. Vor fünf Tagen war Frankie verschwunden und mit ihm das Mädchen, das er in der Hütte versteckt hatte. Vor fünf Tagen hatte der Junge der Königs ein Mädchen im See gefunden.

Sie dachte an die Nachricht, die Frankies Freundin ihm in der Hütte hinterlassen hatte: *Bin am See.* Ihr wurde schlecht.

„Wie alt war das Mädchen?"

„Ich weiß nicht." Annie zuckte die Schultern.

„War sie noch klein?"

„Oh, nein. Älter als David, hat seine Mutter gesagt. Aber auch nicht erwachsen."

„Also eine Teenagerin."

Wie Frankie. Wie das Mädchen auf Frankies Zeichnung.

„Kann sein", antwortete Annie mit gerunzelter Stirn.

Ob sie ahnte, worauf Carla mit ihren Fragen hinauswollte? Nein – das war unmöglich!

„Und weißt du, wie sie aussah?"

„Rebecca sagt, sie sah aus wie ein Engel. Lange Haare und helle Haut und grüne Augen. Da frage ich mich dann schon, ob die Geschichte stimmen kann. Wie soll der Junge denn unter Wasser gesehen haben, welche Augenfarbe sie hatte?"

Annie plapperte noch weiter, aber Carla hörte sie nicht mehr. Alle Worte verloren sich in Rauschen. Es war das Mädchen von Frankies Zeichnung. Das durfte nicht wahr sein!

Aber es war wahr.

War Frankie deshalb verschwunden? Weil seine Freundin im See ertrunken war? Aber wieso? Was war geschehen?

Ein paar Münzen fielen auf den Boden, als Carla mit zittrigen Fingern in ihrem Portemonnaie wühlte. Sie bückte sich, um das Geld aufzuheben, legte alles auf den Tresen, rang sich ein Lächeln ab und verließ den Laden, so schnell sie konnte.

Ihre Gedanken rasten. Es kostete sie alle Mühe, auf dem Heimweg nicht zu schnell zu fahren, aber sie durfte keine Aufmerksamkeit erregen. Wenn das Mädchen im See wirklich dasselbe Mädchen war wie auf Frankies Zeichnung, was bedeutete das dann? Hatte es einen Unfall gegeben? Oder ... oder ...

Zu Hause angekommen sprang sie aus dem Wagen, kaum dass sie den Motor abgestellt hatte, und lief nach drinnen. Pumuckl kam aus der Wohnstube gelaufen, um Carla zu begrüßen. Beinahe wäre sie über ihn gestolpert.

Was würde Franz tun, wenn er herausfand, dass ihr Sohn mit dem Mädchen aus dem See in Verbindung stand? Oh Gott, ...

Sie musste alles daransetzen, dass er keinen Verdacht schöpfte. Zumindest bis sie es schaffte, Frankie zu erreichen und sich von ihm erzählen zu lassen, was mit seiner Freundin passiert war. Und ob überhaupt irgendetwas passiert war.

Vielleicht täuschte sie sich ja! Vielleicht war das Mädchen im See gar nicht Frankies Freundin.

Gott sei Dank hatte Carla die Hütte bereits aufgeräumt, sodass Franz dort keinen Hinweis auf sie finden würde. Den Rucksack und die zwei T-Shirts des Mädchens sowie eine Zeichnung von ihr hatte Carla mitgenommen. Wenn Franz diese Indizien im Haus fand, würde er eins und eins zusammenzählen. Sie hatte alles gut versteckt, aber das hieß nichts. Ihr Mann war Polizist, das Schnüffeln lag ihm im Blut.

Solange irgendwelche Hinweise im Haus waren, waren weder Carla noch Frankie sicher. Sie musste sie besser verstecken. Nein, das war nicht genug. Sie musste sie verschwinden lassen!

Carla lief in die Waschküche, wo sie die Rucksäcke im Regal mit den Waschmitteln verstaut hatte. Sie zog Frankies Zeichenblock und die zwei T-Shirts des Mädchens heraus und leerte den Rucksack aus. Da waren ein paar Kleidungsstücke und Toilettenartikel, ein Geldbeutel, aber keine Ausweise, außerdem ein Handy, Lipgloss, eine Packung Taschentücher.

Carla sammelte alles zusammen, wickelte Lipgloss und Handy in eine Plastiktüte und stopfte sie in die Mülltonne. Ganz nach unten, wo Franz sicher nicht nachsehen würde. Den Rest trug sie in die Stube und schob alles, was brennbar war, in die Feuerluke des Kachelofens.

Sie gab ein paar Holzscheite dazu – die guten, die Franz als Dekoration neben dem Ofen gestapelt hatte – , weil sie es nicht wagte, nach draußen in den Holzschuppen zu gehen und die geöffnete Luke mit den Zeichnungen und den Shirts allein zu lassen, und entfachte ein Feuer. Carla brauchte mehrere Anläufe, bis die kleine Flamme von den Zündhölzern auf die Scheite übergriff. Als das Feuer sich endlich ausbreitete, sank sie erleichtert auf die Knie.

Endlich beruhigte sich ihr Magen. Natürlich war noch nichts überstanden. Sie hatte Frankie noch nicht erreicht, wusste nicht, was mit dem Mädchen in der Hütte tatsächlich passiert war. Aber immerhin hatte sie es geschafft, die Beweise vor ihrem Mann zu verstecken.

Da hörte sie das Knacken der Eingangstür und einen Moment später polterten Franz' schwere Schritte durch den Hausgang.

Was machte er hier? Es war viel zu früh! Sollte er nicht bei der Arbeit sein?

Carla verharrte reglos, hoffte, dass Franz nur etwas vergessen hatte und wieder gehen würde, ohne sie zu finden. Doch wie immer in den letzten Tagen, wenn sie etwas wirklich wollte, geschah das genaue Gegenteil. Die Tür zur Stube öffnete sich und Franz kam herein.

„Was machst du da?", fragte er.

„Ich mache ein Feuer."

„Es ist Sommer."

„Mir war kalt."

Carla stand auf. Sie musste so tun, als wäre alles in Ordnung. Er durfte nichts merken.

„Hast du Kleider in den Ofen gestopft?", fragte Franz und machte Anstalten, sich die Feuerstelle genauer anzuschauen.

„Was machst du so früh schon hier?", entgegnete Carla.

Sie baute sich vor dem Ofen auf, sodass Franz den Inhalt nicht sehen konnte.

„Stört es dich, dass ich schon da bin?"

„Nein, ich freue mich."

Sie trat auf ihn zu, nahm sein Gesicht in beide Hände und küsste ihn so leidenschaftlich, wie sie ihn schon seit Monaten nicht mehr geküsst hatte. Oder zumindest versuchte sie es, obwohl es sich falsch anfühlte, ihre Lippen so hart auf seine zu pressen.

Sie hatte das im Fernsehen gesehen. So taten es die hübschen Damen, wenn sie ihre Männer ablenken wollten. Sie küssten sie stürmisch und voller Begehren und die Männer konnten plötzlich an nichts anderes mehr denken als daran, ihre Frauen ins Bett zu tragen.

Aber Franz war kein Mann aus dem Fernsehen und er schob Carla von sich.

„Was ist denn los mit dir?“, fragte er.

„Ich freue mich nur so, dich zu sehen“, sagte sie. Die Worte klangen selbst in ihren eigenen Ohren lächerlich. „Ich dachte mir, ich koche heute dein Lieblingsessen. Hackauflauf mit Karotten. Was meinst du?“

Sie nahm seine Hand und versuchte, ihn mit sich aus der Stube zu ziehen. Doch Franz rührte sich nicht, schaute nur skeptisch zum Kachelofen.

„Wir haben in den letzten Tagen so wenig miteinander geredet. Ich wollte das wiedergutmachen“, sagte Carla.

Noch einen letzten Blick warf er dem Ofen zu, dann ließ er sich von Carla mitziehen. Sie atmete erleichtert auf.

Ein romantisches Essen war das Letzte, was sie jetzt wollte. Franz hatte weder ihre Zuneigung noch ihren Hackauflauf verdient, aber wenn das der Preis dafür war, dass er dieses eine Mal wegschaute, würde sie ihn bezahlen.

Es gab nichts, das sie nicht tun würde.

Alles für Frankie.

Heute:
Warum die Hütte brannte

Bad Rubinsee, 2023
Hannah

Nachdem Carla schluchzend verkündet hatte, ihr Sohn läge im See, hatte sie sich in ein zitterndes Nervenbündel verwandelt, das kein gerades Wort mehr herausbrachte. Hannah und Christoph hatten versucht, sie zu beruhigen, doch ohne Erfolg. Schließlich verabreichten Rebeccas Pfleger Carla ein Beruhigungsmittel und führten sie in einen Ruheraum, wo sie sich hinlegen und ausruhen konnte. Währenddessen warteten Hannah, David und Christoph im Vorraum des Pflegeheims.

Eine Pflegerin hatte Rebecca derweil zurück in ihr Zimmer gebracht, weil die Aufregung ihrer Meinung nach zu viel für sie sei. Nicht, dass Rebecca mit der kleinsten Regung zu verstehen gegeben hätte, dass sie davon überhaupt etwas mitbekam.

Die Wartezeit nutzte Hannah, um die letzten Ereignisse im Geist zu rekapitulieren und die unzusammenhängenden Fragmente zu ordnen, die Carla ihnen schluchzend erzählt hatte, bevor die Pflegerinnen sie hatten ruhigstellen müssen.

Erstens: Das Mädchen, mit dem Hannah Frankie vor so vielen Jahren im Wald gesehen hatte, war tatsächlich seine heimliche Freundin gewesen. Carla hatte von ihr gewusst, dieses Wissen aber vor allen, insbesondere vor ihrem Mann geheim gehalten.

Zweitens: Es hatte einen heftigen Streit zwischen Frankie und seinem Vater gegeben, an dessen Ende der junge Frankie von zu Hause weggelaufen war. Worum es in diesem Streit gegangen war, hatte Hannah nicht verstanden, so sehr waren Carlas Sätze von ihrem Schluchzen überlagert worden. Nur, dass es irgendetwas mit Italien zu tun gehabt hatte.

Drittens: Carla hatte seitdem nichts mehr von Frankie gehört und schien überzeugt davon zu sein, dass er gemeinsam mit seiner Freundin am Grund des Sees lag.

Zu gerne wüsste Hannah, was in jener Nacht vorgefallen war. Doch falls Carla es wusste, hatte sie es in ihrer Verzweiflung nicht geschafft, es zu erzählen.

„Und jetzt?", fragte Hannah.

Jede Faser ihres Körpers schrie danach, der Sache weiter auf den Grund zu gehen. Sie waren so nah dran, das Geheimnis zu lüften. Tatenlos herumzusitzen fühlte sich schrecklich an.

Kurz darauf kamen zwei Pflegerinnen mit Carla zusammen aus dem Ruhezimmer. Sie hatte sich dank der Tablette beruhigt. An ihren emotionalen Ausbruch erinnerten nur ihr verlaufener Mascara und ihre Haare, die aussahen, als wäre sie eben erst aus dem Bett aufgestanden. Ihr Blick wirkte leer, ihre Bewegungen waren langsam und unsicher. In den Händen hielt sie den Rosenkranz, den sie vorher um den Hals getragen hatte. Sie ließ ihre Finger in einem stummen Gebet von Perle zu Perle wandern.

„Sie sollte sich ausruhen", stellte Kathrin, eine der Pflegerinnen, fest. „Kann einer von euch sie nach Hause bringen?"

„Aber sicher doch. In diesem Zustand würden wir sie niemals alleine gehen lassen", verkündete Christoph. „Äh, wo wohnt sie denn?"

„Ich habe ein Zimmer in der Pension *Krone*", antwortete Carla. Dabei klang ihre Stimme so monoton wie die eines Roboters.

Die Pension *Krone* war eines der ältesten Hotels im Ort. Es wunderte Hannah nicht, dass Carla ausgerechnet dort abgestiegen war. Die Pension war ein Stückchen Vergangenheit, das sie an eine Zeit erinnern musste, als sie, Frankie und Franz noch eine Familie gewesen waren und in Bad Rubinsee gelebt hatten.

„Okay, wollen wir?", fragte Christoph und hielt Carla den Arm hin, den diese emotionslos anstarrte. „Ähm, hier ... darf ich?"

Er dirigierte ihren Arm, sodass sie sich bei ihm unterhakte, und führte sie nach draußen. Hannah warf Kathrin einen entschuldigenden Blick zu. Bei ihrem nächsten Besuch im Pflegeheim musste sie sich auf einen Haufen Fragen gefasst machen.

Gemeinsam fuhren sie zur Pension. Carla schaute während der gesamten Autofahrt aus dem Fenster und sagte kein Wort mehr. David war ebenso schweigsam wie sie. Zu gerne hätte Hannah gewusst, was in seinem

Kopf vorging. Nur Christoph versuchte auf seine liebevolle Art, ein Gespräch in Gang zu bringen.

Er parkte direkt vor dem Hotel und führte Carla am Arm nach drinnen. Hannah und David folgten ihnen. Es sah alles noch genauso aus wie vor zehn Jahren. Dunkelrot gemusterter Teppich bedeckte den Boden. In einer Schauvitrine neben der Eingangstür waren Broschüren mit möglichen Tagesausflügen ausgestellt, daneben luden zwei weiche Polstersessel zum Warten ein. Die Rezeption thronte im Zentrum des Eingangsbereichs.

Hannah holte den Schlüssel für Carla ab und begleitete sie in ihr Zimmer im dritten Stock. Christoph und David warteten währenddessen unten. Gleich neben der Eingangstür stand Carlas ungeöffneter Koffer. Sie war also erst vor Kurzem angekommen.

„Bist du sicher, dass ich dich alleinlassen kann?“, fragte Hannah.

Carla, die im Türrahmen stand und unschlüssig in ihr dunkles Hotelzimmer schaute, brauchte ein paar Sekunden, bevor sie antwortete. „Ich denke, ich werde schlafen.“

„Gut. Die Pflegerinnen meinten, es wäre gut, wenn du dich ausruhst.“ Kurz zögerte Hannah, doch dann sagte sie: „Du meintest vorhin, du wolltest uns etwas erzählen.“ Dass Carla nur David etwas hatte erzählen wollen, ließ sie absichtlich aus. „Meinst du, wir könnten uns noch einmal treffen und ...?“

„Ja, morgen. Kommt morgen vorbei“, meinte Carla mit ihrer Roboterstimme.

Dann drehte sie sich um und ging in ihr Zimmer. Die Tür ließ sie offen und fiel wie ein Mehlsack auf das Bett, wo sie mit geschlossenen Augen liegenblieb. Ein paar Sekunden lang stand Hannah unschlüssig auf dem Hotelgang herum, ehe sie die Tür schloss. Hoffentlich würden sie morgen endlich Antworten bekommen.

Frankie

Frankie saß im Zug auf dem Weg zum Rubinsee. Die Landschaft hier war vollkommen anders als in Illinois. Irgendwie harscher, härter ... und doch von einer gewissen Magie erfüllt. Die ersten Gipfel tauchten am Horizont auf und sandten ein Kribbeln in Frankies Magen.

Bald schon ... bald.

Und wieder zog Frankie das Tagebuch hervor. Dieser Moment und alle Gedanken mussten festgehalten werden.

Tagebucheintrag 387
Ich weiß, dass du nicht echt bist. Trotzdem trägt meine Haut die Erinnerung an deine Berührung. Die Fältchen an den Seiten deiner Augen, wann immer du gelacht hast, sind hinter meinen Pupillen eingeprägt, und wenn ich alle Rationalität loslasse, kann ich dich immer noch auf meiner Zungenspitze schmecken.
An den Tag, an dem du mir sagtest, ich könnte fliegen, erinnere ich mich wie an meinen Lieblingsfilm, den ich zu oft angeschaut habe. Und genauso wie an mein Lieblingslied habe ich den Klang deiner Stimme selbst nach Jahren im Ohr. Und auch, wie sie um zehn Grad wärmer wurde, während du gegen die Lautsprecher in der Bar anschriest an diesem besonderen Tag.

Mein Bierglas hinterließ einen perfekten wässrigen Kreis auf dem Tresen, während der Untersetzer gleich daneben lag. Unbenutzt, jungfräulich, das Bild einer fülligen Blondine in einem Kleid zeigend, das kaum genug Stoff hatte, um den Namen Dirndl zu verdienen. Sie war mit Sicherheit keine Jungfrau, und wenn doch, so erledigte sie einen Wahnsinnsjob damit, es zu verbergen. Mit Apfelbäckchen und allem Drum und Dran. Sogar an diese kleinen Details erinnere ich mich. An die Dame auf dem Bierdeckel genauso wie an die kahle Stelle auf dem Hinterkopf des Kellners. Oder an die Farbe deiner Jacke, die über der Lehne des Barsessels hing, dunkelbraun wie geröstete Kastanien.

Daran, wie du deine Finger mit meinen verschränktest, während du sagtest: „Lass dir von niemandem erzählen, dass die Wolken zu weit weg sind."

Und du hast meine Hand losgelassen, nur für ein paar Sekunden, um einen Schluck aus deinem Glas zu nehmen.

„Die anderen kennen dich nicht so wie ich", fuhrst du fort, während du meine Hand wieder nahmst. „Sie haben keine Ahnung, dass du Flügel hast."

Deine Worte waren zu kitschig, um wahr zu sein. Wie aus einem billigen Liebesfilm. Ich suchte nach einem Hinweis, der dich verraten würde, einem flirtenden Unterton, einem Zucken deiner Augen, einem betrunkenen Lächeln. Aber alles, was ich sah, war Aufrichtigkeit.

Und einen perfekten Moment lang, der eingehüllt war in den Geruch von Zigaretten und billigem Alkohol, glaubte ich dir. Das tat ich wirklich. Ich glaubte, ich könnte fliegen.

Sogar jetzt, siebzehn Jahre später, ertappe ich mich dabei, wie ich mir vorstelle abzuheben. Kein Berg zu hoch, keine Wolke zu weit entfernt. Ist es nicht das, was man sagt?

Andererseits ist natürlich nichts von alldem wahr. Genauso wenig wie der Geruch deines Haars, der immer noch in meiner Nase hängt, Kokosnuss-Shampoo und Kaffee. Wie deine Ungeduld, die Berge und deren Schatten endlich hinter dir zu lassen. Oder wie das Kribbeln in meinem Bauch, wenn du mir diesen speziellen Blick zuwarfst und ich wusste, du würdest mich gleich küssen. All diese Dinge sind nur das Produkt meines kaputten Gehirns.

Dann ist da die Narbe auf meiner linken Hand, genau zwischen Daumen und Zeigefinger. Die Narbe ist echt. Ich kann sie mir anschauen, sie berühren, sie anderen zeigen. Wenn ich einen Beweis ihrer Existenz brauche, muss ich nur ein Foto von dieser dünnen, rosaroten Linie schießen.

Andere Dinge sind schwieriger zu beweisen oder auch gar nicht. Zum Beispiel, wie ich diese Narbe bekommen habe. Es passierte in der Hütte im Wald. Du wolltest mir beibringen, wie man ein bestimmtes mexikanisches Gericht kocht, von dem deine Lehrerin während des Spanischunterrichts gesprochen hatte. Du warst ziemlich stolz darauf, dass du das Rezept kanntest.

Grüne Poblano-Paprika, gehäutet und in Streifen geschnitten, mit Zwiebeln, Mais und Zucchini in Sauerrahmsoße. Alles gebraten und in eine Tortilla gerollt.

Bob Dylan spielte im Hintergrund. „Es ist der Soundtrack, der einen Moment besonders macht. Genauso wie die Kulisse. Vergiss nicht, wir sind die Regisseure

unseres eigenen Lebens." Das hast du mir damals erklärt, überhaupt hast du ständig über die Kinematografie unseres Alltags gesprochen und dieser Moment war
mit Sicherheit besonders.

„Hier, schau", sagtest du, während du die Paprika auf
die blanke Ofenplatte legtest. „Wir müssen sie rösten
und danach in Plastiksäcke packen, damit die Haut locker wird."

Während wir darauf warteten, dass die Paprikahaut
schwarz wurde, zeigtest du mir deine Art, Zwiebeln in
perfekte Halbmonde zu schneiden.

„Neben den Paprika sind die Zwiebeln die wichtigste
Zutat, also muss das hier richtig gemacht werden", erklärtest du und wedeltest mit einer dünn geschnittenen Zwiebelscheibe vor meinem Gesicht.

Ich rollte meine Augen und ganz ehrlich, ich hatte
ziemliche Schwierigkeiten, nicht laut loszulachen. Was
für ein Getue nur wegen Zwiebeln. Aber war es nicht
genau das, was ich am meisten an dir bewunderte? Die
Leidenschaft, die du selbst in die kleinsten Details legtest. Dein Verlangen, jede Minute zählen zu lassen, als
ob dir die Zeit davonrannte, als ob das Leben nicht Millionen und Abermillionen an Sekunden übrig hatte.
Also lachte ich nicht.

Ich nahm das Messer und ich schnitt so konzentriert,
als würde ich eine Operation an einem lebenden Wesen durchführen. Jede Scheibe nur einen halben Millimeter dick, ein sauberer Schnitt, keine Brüche oder
schiefen Kanten. Ich musste die Tränen wegblinzeln.
Meine Augen und Nasenhöhlen brannten vom Zwiebelgeruch, aber meine Finger konnte ich nicht benutzen, um die Tränen wegzuwischen. Auf keinen Fall

würde ich die Zwiebel oder das Messer loslassen und damit das Kunstwerk gefährden, das ich auf dem Schneidbrett kreierte.

In dem Moment passierte es. Ich weiß nicht, ob ich einfach ausrutschte oder ob ich von Tränen geblendet war. Was ich sehr wohl weiß, ist, wie sehr es wehtat, als ich mich schnitt. Zwiebelsaft und offene Wunden sind keine gute Kombination. Im nächsten Moment kamst du angerauscht, nahmst meine blutende Hand und hieltest sie unter das laufende Wasser. Ich hörte dich fluchen. „Fuck" und „Scheiße" und „Blödes Messer". Aber alles, woran ich denken konnte, war mein Blut und ob es die Zwiebelscheiben ruiniert hatte.

„Bist du in Ordnung?" Du klangst wirklich besorgt.

Und ja, das war ich. Mit Bob Dylan im Hintergrund und den Paprika, die auf der Ofenplatte rösteten. Mehr als in Ordnung. Als ich zum Schneidebrett schaute, sah ich, dass kein Blut auf den Zwiebeln war. Da lagen sie, weiß und glänzend wie Perlen. Makellose Zwiebel-Halbmonde.

Wenn das keine Perfektion war, dann weiß ich nicht, was dieses Wort bedeutet.

Nur, dass da in Wahrheit keine Halbmonde waren. Keine Paprika, kein Bob Dylan. Nichts von alledem. Auch du nicht. Weil all das nur in meinem kaputten Kopf passiert ist.

Falsche Erinnerungen, geschaffen von den Neuronen meines Gehirns, die verrücktspielten, oder vielleicht auch von einer Art irrem Hormoncocktail. Was macht es schon für einen Unterschied, wie genau es passierte? Was allerdings einen Unterschied macht, ist, dass die größte Liebesgeschichte, die ich jemals hatte und die *ich vielleicht jemals haben werde, nur eine Lüge ist. Es konnte nie ein Du und ich geben, kein Frankie und Soleil, weil es dich nie gab.*

Jahrelang versuchte ich, mich an diesen Gedanken zu gewöhnen. An das Fehlen von uns. So richtig habe ich es nie geschafft. Und nun, da ich hier bin, auf dem Weg zum Höllensee, da keimt die alte Hoffnung wieder auf.

Vielleicht warst du doch mehr als eine Lüge.

Vielleicht ist all das damals wirklich passiert.

Vielleicht sind meine Erinnerungen an dich echt und die Erklärungen meiner Eltern und des Therapeuten, die mir versicherten, ich müsse dich aus meiner Gedankenwelt löschen, die wahren Lügen.

Das sind gefährliche Gedanken. Eine Hoffnung, die ich nicht haben sollte. Aber ich wünschte es mir so sehr.

Frankie

Hannah

Normalerweise liebte Christoph ein ausgedehntes Frühstück, doch am nächsten Morgen drängte er Hannah und David zur Eile. Ein Gefallen, den Hannah ihm allzu gerne tat, immerhin brannte sie selbst darauf, schnellstmöglich zur Pension *Krone* zu fahren.

Währen der Autofahrt hielt sie Davids Hand fest umklammert. Sie redete sich ein, dass sie es tat, um ihm im Stillen Mut zuzusprechen. Denn seit dem Besuch bei seiner Mutter war David einsilbig und merkwürdig in sich gekehrt. Insgeheim half die Berührung jedoch auch Hannah, ihren Herzschlag zu beruhigen. David streichelte sanft mit dem Daumen über ihren Handrücken.

Als sie bei der Pension ankamen, wartete Carla bereits auf sie. Sie saß in einem alten Ohrensessel im Eingangsbereich, auf den Knien eine Zeitschrift mit Wanderbildern, die sie gedankenverloren durchblätterte.

Sobald die drei eintraten, stand Carla auf. Die Zeitschrift rutschte von ihren Knien auf den Boden. Sie machte keine Anstalten, sie aufzuheben.

„Hallo, Carla. Geht's dir besser heute?", fragte Hannah.

Carla nickte fahrig.

„Sehr gut", meinte Hannah. „Danke, dass du mit uns redest."

„Ich bin froh, dass mir jemand zuhört. Ich habe das zu lange mit mir herumgetragen."

Dieses Gefühl kannte Hannah nur zu gut.

„Kommt." Carla bedeutete ihnen, ihr die Treppe hinauf in ihr Zimmer zu folgen. Offenbar hatte sie es eilig. Sie rannte die Stufen beinahe hoch. Das Bett in ihrem Zimmer war ungemacht. Die zerknitterte Bettwäsche wies auf eine unruhige Nacht hin. Außer dem Bett gab es in dem Zimmer ein kleines Tischchen mit zwei Stühlen, einen Wandfernseher und ein Fenster mit Blick auf die Alpen.

Christoph schnappte sich einen der Stühle, Hannah und David ließen sich auf die Matratze sinken. Carla blieb mitten im Raum stehen, lugte zwar kurz auf den freien Stuhl, machte aber keine Anstalten, sich hinzusetzen.

„Ich ... ich weiß gar nicht, wo ich anfangen soll", murmelte sie.

Es war erstaunlich, wie gefasst sie heute wirkte. Sie war noch immer blass und spielte nervös mit ihren Fingern. Aber das war kein Vergleich zu dem weinenden und zitternden Wrack, dem Hannah und die anderen gestern gegenübergesessen hatten. Carlas Finger wanderten zu dem Rosenkranz um ihren Hals. Langsam strichen sie an den Perlen entlang und schlossen sich schließlich um das Kreuz. Das schien Carla zu beruhigen.

„Du wusstest also von Frankies Freundin", stellte Hannah fest, um das Gespräch in Gang zu bringen.

„Frankie hat sie mir nie vorgestellt. Sie war sein Geheimnis." Carla lächelte traurig. „Ich wünschte, ich hätte eine Chance gehabt, sie kennenzulernen, bevor ... bevor es zu spät war."

„Und als die beiden weg waren, da hast du nichts gemacht?", hakte Christoph nach.

Hannah konnte sich nur mit Mühe davon abhalten, die Augen zu verdrehen. Feingefühl war definitiv keines von Christophs vielen Talenten.

„Doch." Wieder lächelte Carla auf diese unfassbar traurige Art. „Aber das völlig Falsche. Ich habe dafür gesorgt, dass Franz nichts von dem Mädchen erfährt. Ich hatte Angst, dass er wütend werden und gegen Frankie ermitteln würde. Ich habe die Hütte aufgeräumt, sodass es aussah, als wäre nie jemand dort gewesen. Die Sachen des Mädchens habe ich verbrannt. Ich war eine Furie damals", sagte sie und schüttelte den Kopf über ihr eigenes Verhalten. „Ich dachte, ich würde Frankie beschützen. Ich wusste ja nicht, was am See passiert ist. Früher oder später würde er sich bei mir melden und mir alles erklären. Davon war ich überzeugt. Und in der

Zwischenzeit wollte ich dafür sorgen, dass niemand Verdacht gegen ihn schöpfte. Vor allem Franz nicht."

Hannah schluckte. Wie musste es sich für Carla angefühlt haben, ein solches Geheimnis vor ihrem eigenen Mann zu verbergen? Vor allem, wie musste es sich anfühlen, zu erfahren, dass der eigene Sohn womöglich für den Tod von jemandem verantwortlich war?

„Hast du wirklich nie mit Franz darüber geredet?", wollte Christoph wissen.

„Damals nicht. Jahre später haben wir über alles gesprochen. Nach der Beerdigung deines Vaters", antwortete sie und schaute dabei David an. „Ich dachte bis dahin, nur ich hätte Frankie beschützt, aber mein Mann hat insgeheim dasselbe getan. Frankie hat in der Nacht, in der er verschwunden ist, Franz' Dienstwaffe gestohlen. Ich wusste das damals nicht. Franz hat es mir erst Jahre später erzählt. Es war sein Geheimnis. Die ganze Zeit."

Sie lächelte schwermütig.

Die Dienstwaffe? Hieß das, er hatte vorgehabt, seine Freundin zu erschießen? Das passte überhaupt nicht zu Frankie … oder zumindest nicht zu dem Bild, das Hannah von ihm hatte.

„Aber …", begann sie und machte auf der Suche nach den richtigen Worten eine Pause.

„Aber wie habe ich es geschafft, mit meinem Mann unter einem Dach zu wohnen, obwohl so viele Geheimnisse zwischen uns standen?", beendete Carla ihren Satz. „Das habe ich nicht. Darum habe ich ihn auch verlassen." Sie schaute in die Luft, überlegte. „Franz war so voller Überzeugung. Er schien immer zu wissen, was richtig war und was falsch. Das hat unser Leben einfach gemacht. Wenn ich meine Richtung verlor, musste ich nur zu Franz schauen und er zeigte mir den Weg. Bloß dass sein Weg mich von meinen Eltern und Brüdern entfernte und irgendwann auch von unserem Sohn."

Sie biss sich so fest auf die Lippe, dass ein weißer Rand zurückblieb.

Christoph räusperte sich nach ein paar Sekunden. „Und niemand wusste von dem Mädchen?", hakte er nach.

„Doch. Mein Bruder. Soweit ich weiß, war Matteo der Einzige, dem Frankie von Soleil erzählt hat. So hieß sie, seine Freundin. Soleil."

Soleil also. Endlich hatte der Geist aus dem See einen Namen.

„Ein schöner Name", murmelte Hannah.

„Ja, das ist er wirklich. Es ist heiß hier drin, findet ihr nicht?"

Carla trat zum Fenster und öffnete es, ließ Vogelgezwitscher herein, das in seiner Fröhlichkeit so gar nicht zu dieser Situation passen wollte. Christoph saß weit vorgelehnt auf seinem Stuhl und kaute auf seiner Unterlippe. Hannah sah ihm deutlich an, wie hart die Rädchen in seinem Kopf arbeiteten. David hielt sich währenddessen mit beiden Händen am Leintuch fest, als würde dieses Stück Stoff allein ihn davor bewahren, die Fassung zu verlieren.

Vor dem Fenster blieb Carla stehen. Sie schaute nach draußen, während sie fortfuhr: „Ich wusste, dass Frankie den Sommer in Italien bei meiner Familie verbringen wollte. Wir haben es zusammen geplant. Was ich nicht wusste, war, dass er Soleil mitnehmen wollte, und auch nicht, dass die beiden vorhatten, zwei Wochen allein durch Italien zu reisen. Sie wollten nach Verona, von dort nach Venedig und weiter in den Süden. Ein paar romantische Tage, nur sie beide. Mein Bruder hat die zwei gedeckt. Erst als ich ein paar Tage später weinend am Telefon zusammengebrochen bin, da hat er es mir erzählt." Sie schluckte. „Er hat sich Sorgen gemacht, genau wie ich, weil er Frankie nicht erreichen konnte. Aber er hatte ihm versprochen, nichts zu sagen, und an dieses Versprechen hat er sich gehalten. Er hat mir sogar vorgegaukelt, Frankie hätte sich bei ihm gemeldet. Alles nur, weil er ihm helfen wollte", fügte sie hinzu, als müsste sie ihren Bruder verteidigen.

Es war geradezu erstaunlich, wie klar und geordnet sie die Geschichte erzählte. Als hätte sie die Sätze Wort für Wort vor dem Spiegel geprobt.

„Nachdem Matteo mir gestanden hat, dass Frankie gar nicht bei ihm ist, habe ich meinen Koffer gepackt und bin nach Italien gefahren. Franz habe ich nichts von alledem erzählt. Er sollte schließlich nichts von Soleil wissen. Sonst hätte er sicher seine Schlussfolgerungen gezogen."

„Und gewusst, dass sie das Mädchen im See ist", vervollständigte Christoph ihren Satz.

So war das also. Langsam setzten sich die Puzzleteile zu einem fertigen Bild zusammen. Hannah wusste nicht, was das Schlimmste an der Sache war. Die vielen Lügen oder die Tatsache, dass sowohl Frankies Mutter als auch sein Vater und sein Onkel versucht hatten, ihn zu beschützen. Und dass sie dadurch nichtsahnend verhindert hatten, dass er gefunden wurde.

Genau wie Hannah selbst.

"Ich bin nach Verona gefahren. Es war eine Verzweiflungsreise." Carla ließ den Rosenkranz los und legte beide Hände auf den Fenstersims. "Selbst wenn Frankie und Soleil nach Italien gereist wären, sie hätten überall sein können. In Venedig, in Florenz, in Turin. Aber mein Gefühl sagte mir, ich könnte sie in Verona finden. Die Stadt der Liebe für zwei Liebende. Es kam mir richtig vor. Ich habe alle Sehenswürdigkeiten abgegrast, habe an den Eintrittsschaltern, in Hotels, in Restaurants gefragt, ob jemand meinen Frankie oder das Mädchen gesehen hat. Niemand konnte mir helfen. Eine ganze Woche lang war ich in Verona."

Je länger sie sprach, desto leiser wurde Carlas Stimme. Mittlerweile übertönte das Vogelgezwitscher sie fast. Gleichzeitig griff die Traurigkeit von ihr auf den gesamten Raum über. Christoph zog auf seinem Platz den Kopf ein, während David den seinen auf Hannahs Schulter sinken ließ. Als sie zu ihm schaute, sah sie, dass er die Augen geschlossen hatte. Sanft streichelte sie ihm über die Schläfe.

"Jeden Tag bin ich zu Julias Balkon gegangen. Es ist doch *der* Ort für Verliebte. Wie wunderschön wäre es gewesen, Frankie und Soleil genau dort zu finden?"

"Aber sie waren nicht da", flüsterte Hannah und spürte, wie ihr Herz schwerer wurde.

Carlas Gesicht hatte einen verträumten Ausdruck angenommen. "Der Balkon ist klein, regelrecht unscheinbar. Er liegt in einem Innenhof, in dem Julias Statue steht. Sie ist wunderhübsch, Julia. Nicht so hübsch, wie Soleil es war, aber doch ... Ich saß lange da, in diesem Innenhof, und beobachtete die Leute, wie sie Julias

Brust berührten, wie sie auf dem Balkon standen und für ein Foto posierten und wie sie Liebesbriefe an die Wand hefteten. Die ganze Zeit überlegte ich, was ich tun sollte. Weiterzusuchen schien sinnlos, aber nach Hause fahren wollte ich auch nicht. Ich konnte es nicht. Denn es hätte Aufgeben bedeutet. Es hätte bedeutet, dass mein Sohn endgültig weg ist."

„Das tut mir so leid", murmelte Hannah.

„Irgendwann musste ich es mir eingestehen. Dass ich dachte, Frankie hätte Soleil umgebracht und wäre deswegen weggelaufen. Dass ich ernsthaft glaubte, mein lieber Junge wäre ein Mörder."

Wie schon tags zuvor ging ein Zittern durch Carlas Körper. Sie hielt sich am Fensterrahmen fest, um aufrecht stehen zu bleiben, ihr Fingerknöchel traten hell hervor.

„Dann bin ich weg, von Franz, vom Rubinsee, von allem. Ich bin zurück zu meiner Familie nach Italien gegangen. Erst ein paar Jahre später, als dein Vater gestorben ist, David, da bin ich zurück. Ich habe mit Franz gesprochen und ich … ich habe …" Ihre Schultern sackten nach unten. „Ich kann nicht mehr."

Sie trat vom Fenster zurück und ließ sich vor ihrem Koffer in die Hocke sinken.

„Das verstehen wir. Du hast uns schon viel erzählt", beschwichtigte Hannah sie, doch Carla hörte ihr nicht zu.

Frenetisch kramte sie in ihrem Koffer, warf Kleidungsstücke und den Kosmetikbeutel auf den Boden. Schließlich rappelte sie sich auf. In der Hand hielt sie einen Stapel Umschläge, von denen sie nun einen David entgegenhielt.

„Das sind Briefe von Franz an seinen Vater.“

„Ist der nicht schon vor langer Zeit gestorben?“, fragte Christoph und hob im nächsten Moment abwehrend die Hände. „Also, ich meine ... nicht, dass es wichtig wäre ... Vergesst es.“

„Er ist gestorben, als Franz ein Jugendlicher war“, erklärte Carla. „Seitdem hat er Briefe an seinen toten Vater geschrieben. Ich hatte keine Ahnung davon. Ich war so blind ... für so viele Dinge.“ Sie schluckte. „In diesen Briefen, da war er ein ganz anderer Mensch. So viel sensibler und weicher ... Er spricht darin Zweifel und Wünsche an, die er im echten Leben nie geäußert hat. Es ist, als ob der briefeschreibende Franz und der echte Polizist Franz zwei verschiedene Personen wären. Ich glaube, er hat seine weiche Seite nur auf dem Papier ausgelebt, und vielleicht hat ihm das geholfen, im wahren Leben hart zu bleiben. Ich wünschte mir, ich hätte sie gefunden, bevor er verschwunden ist. Ich wünschte, ich hätte diese Seite von ihm kennengelernt.“

Sie wollte den Brief David in die Hand drücken. Der starrte das Papier bloß unschlüssig an, sodass Hannah es entgegennahm.

„Das ist einer seiner letzten Briefe. Er hat ihn geschrieben, kurz nachdem dein Vater beerdigt wurde“, sagte Carla. „Lest ihn, dann werdet ihr verstehen.“

Mai 2016
Franz

Von: Franz
An: Papa
Lieber Papa,
ich habe unsere Hütte im Wald angezündet.
Ich konnte es nicht mehr, konnte all die Erinnerungen nicht mehr ertragen, die jeder Balken dieser Hütte, jede Bodendiele, jedes Fenster in sich trugen. Erinnerungen an die Zeit, als du und Mama noch lebtet. Als wir zusammen unsere Sommer in der Hütte verbracht haben. An den Geruch von Mamas Essen in der Luft. An den Geruch von Tannennadeln, der mich in den Schlaf begleitete.
Erinnerungen an Frankie. Daran, wie er als Junge stundenlang stillsitzen konnte, nur um einen kurzen Blick auf ein Reh zu erhaschen. Wie ihn der Anblick eines Tieres dermaßen in Staunen versetzte. Wie er kleine Menschen aus Kastanien und Pinienzapfen gebastelt, ihnen aus Ästen Häuschen gebaut und sich ein ganzes Leben für sie ausgedacht hat. Wie seine Zapfenmännchen sich verliebt und gestritten haben, wie sie auf Reisen gegangen sind, wie sie als Doktor und Polizist und Bäcker und Lehrer gearbeitet haben.
Vor allem aber ertrug ich den Gedanken nicht, dass all diese Erinnerungen nun schmutzig sein sollen. Überzogen von Schuld.
Carla hat es mir gestanden. So viele Jahren habe ich sie schon nicht mehr gesehen und plötzlich ist sie wieder da, um die Beerdigung dieses Bankvorstehers zu besuchen. Ich wusste erst nicht, ob ich mich freuen soll, dass

ich sie wiedersehe, oder wütend sein. Als sie dann mit mir geredet hat, da war das bisschen Freude schnell weg.

Ich habe nie aufgehört, nach Frankie zu suchen, hat sie gesagt. Auch wenn ich weiß, dass ich ihn nicht finden werde.

Und da hat sie es mir erzählt. Dass Frankie eine Ausreißerin in der Hütte versteckt hatte. Dass er dachte, sie zu lieben, und mit ihr davonlaufen wollte. Nach Italien. Zu seiner anderen Familie, die er nicht einmal kannte und die in seiner Vorstellung besser war, als Carla und ich es je sein könnten.

Aber er ist nie in Italien angekommen. Und sein Mädchen auch nicht.

Carla denkt, dass Frankie das Mädchen umgebracht hat. Sie ist die Leiche im See. Lange blonde Haare, helle Haut. Es passt alles. Und die beiden haben sich in der Nacht, als er abgehauen ist, am See getroffen, *sagt Carla.*

Vielleicht ist sie gemeinsam mit Frankie weggelaufen, *habe ich gesagt. Weil ich es nicht glauben wollte – und auch nicht glauben konnte. Dass unser Junge ein Mörder sein soll.*

Aber Carla sagte, dass sie die Sachen der Ausreißerin in der Hütte gefunden hat, genauso wie Frankies Reisepass und Geldtasche. Und niemand würde diese Dinge zurücklassen, wenn er wegwill. Niemand. Carla hat alles verbrannt. Die Kleidung des Mädchens, ihren Rucksack, alles. Das war es, wobei ich sie vor Jahren erwischt habe, und um ehrlich zu sein, habe ich damals schon geahnt, was sie vor mir versteckt. Aber ich wollte es nicht wahrhaben.

*Genauso wenig, wie ich damals wahrhaben wollte, dass
Frankie wirklich meine Dienstwaffe gestohlen hat –
oder vielmehr, wofür er sie gestohlen haben könnte.
Was macht ein siebzehnjähriger Junge mit einer Pistole? Ich wollte es gar nicht wissen. Ich will es immer
noch nicht.*

Bestimmt war es ein Unfall, *hat Carla heute gesagt.* Eine
Tat im Affekt, so nennt man das doch, wenn jemand einen anderen im Streit umbringt und es gar nicht will,
oder? Unser Frankie hätte doch so etwas Schreckliches
nie geplant.

*Siehst du, Papa, ich kenne ihre Worte noch auswendig.
Und ich konnte es nicht ertragen. Den Gedanken, dass
mein Frankie, der das Leben im Wald mit solcher Fas-
zination beobachtet und sich ein Leben für seine Zapfenmännchen erdacht hat, zu jemandem heranwuchs,
der ein Leben nehmen sollte.*

Wo ist Frankie jetzt, *habe ich gefragt.*

Und sie antwortete: Bestimmt versteckt er sich. Weil er
Angst hat. Weil er sich schuldig fühlt. Er wollte sie ja
nicht umbringen. Es war ein Unfall. Darum ist er damals auch nicht zu meiner Familie nach Italien gefahren.

*Und ich habe genickt. Ich habe ihr nicht gesagt, dass
Frankie vielleicht deshalb nicht nach Italien gefahren
ist, weil er selbst im See liegt.*

*Ich glaube, dass Carla es auch weiß. Aber wir sagen es
nicht laut. Darin sind wir beide gut. Dinge nicht auszusprechen.*

*Am selben Abend bin ich zur Hütte im Wald gefahren.
Ich stand da und starrte sie an. Ich dachte an die guten
Erinnerungen und an die schlechten. Ich hielt es nicht*

mehr aus. Also zündete ich sie an, sah zu, wie die Flammen höher schlugen, wie die Außenwand sich schwarz färbte, wie die Fenster zersplitterten, das Holz zerbarst. Und weißt du, Papa, es fühlte sich befreiend und traurig zugleich an, und ich wollte den Brand löschen oder hineinlaufen in die Hütte, um noch ein paar Erinnerungsstücke zu retten, und gleichzeitig wollte ich noch mehr Benzin über das Holz gießen, damit nicht nur die Hütte, sondern auch die Lichtung davor verschwinden würde. Und ich schrie in den Wald und ich weinte. Und ich trank – weil Taubheit von allen Gefühlen noch das beste ist.

Irgendwann drehte ich mich um und ging. An den See, der mir alles genommen hat. Ich habe sie nie geglaubt, die Ammenmärchen von der Gier des Rubinsees. Mama hat sie so gerne erzählt, Geschichten von Liebenden, die der See entzweit hat, von Menschen, die im See verschwunden sind. Davon, dass der See sich nimmt, was er will, und dass er nie etwas zurückgibt. Jetzt glaube ich diese Geschichten.

Am Seeufer begegnete ich Rebecca König, der Mutter des Jungen, der vor zehn Jahren einen Geist im See gefunden haben will. Sie sang. Ist das nicht merkwürdig? Ein Gutenachtlied für den Rubinsee.

Ich wollte ihr so viel sagen. Ich wollte mich dafür entschuldigen, dass ich ihrem Sohn damals nicht geglaubt habe. Dass ich zugelassen habe, dass das verschwundene Mädchen nicht nur meine, sondern auch ihre Familie zerstört. Dass ich nicht gesucht habe – nicht an der richtigen Stelle im See, denn wenn ich es getan hätte, hätte ich vielleicht meinen Sohn finden können.

Aber ich konnte ihr nichts sagen, ohne Frankies Schuld einzugestehen, und sie schaute mich nur an, schaute auf meine Hände, die schwarz vor Ruß waren, und ich war mir sicher, sie wusste es.
Sie wusste, was ich getan habe. Sie wusste, was Frankie gemacht hat.
Sie gibt mir die Schuld.
Und sie hat recht damit. Weil ich kein guter Vater war. Weil ich Frankie nicht zuhören wollte, ist er weggelaufen, anstatt sich mir anzuvertrauen. Damit ging alles los.
Es ist meine Schuld.
Alles.
Papa, habe ich dir schon gesagt, dass es mir leidtut?
Dein Franz

Bad Rubinsee, 2023
Hannah

Die Worte verschwammen vor Hannahs Augen. Die Geheimnisse, die sie seit Jahren zu lüften versuchte, offenbarten sich plötzlich vor ihr. Franz Berger hatte also tatsächlich – und mutwillig – an der falschen Stelle im See nach der Leiche suchen lassen. Er hatte dafür gesorgt, dass weder das Mädchen noch sein Sohn je gefunden wurden. Und dann hatte er Rebecca am Seeufer getroffen und begriffen, dass sie von seiner Schuld wusste. Und dass dieses Wissen sein Kartenhaus aus Lügen und Geheimnissen zum Einsturz bringen könnte …

Hannah versuchte, sich zu beruhigen, indem sie ihren Blick bewusst auf den Möbeln im Hotelzimmer ruhen ließ. Bett, Tischchen, Schrank. Landschaftsbild an der

Wand. Fenster mit Blümchenvorhängen. Lampenschirm.

Aber es half nichts. Um ihre Gedanken zu ordnen, fasste sie laut zusammen: „Franz hat seine Hütte im Wald also selbst angezündet, nachdem er erfahren hat, was mit Frankie passiert ist. Rebecca hat ihn dabei erwischt. Das war wenige Tage nach der Beerdigung von Davids Vater und kurz bevor ..."

Sie lugte zu David, der das Leintuch noch fester umklammerte als vorhin schon und die Lippen aufeinanderpresste. Auf seiner Stirn zeichnete sich eine Vene ab.

„Dieses miese Arschloch", zischte er und sprang auf. „Wenn er nicht schon tot ist, dann werde ich ... ich werde ..."

Er hatte die Arme so fest angespannt, dass die Muskeln sich unter seinem Shirt abzeichneten. Seine Hände waren zu Fäusten geballt und bebten. So kannte Hannah ihn gar nicht. Um ehrlich zu sein, hatte sie nicht gedacht, dass David dermaßen aufbrausend sein könnte. Er, der immer ruhig war, für den es der Inbegriff eines Gefühlsausbruchs war, gegen einen Haufen Sperrholz zu treten.

Sie wusste nicht, was sie tun sollte.

„Er war es nicht", flüsterte Carla.

„Dieser Bastard hat meine Mutter angegriffen, ich hätte es wissen müssen!", stieß David aus.

Christoph erhob sich ebenfalls, wenn auch etwas umständlicher, und stimmte ihm frenetisch nickend zu.

„Ich hatte schon immer so ein komisches Gefühl bei Franz."

Nur Hannah saß noch auf ihrem Platz und schaute vom einen zum anderen. Sie war die Einzige, die bemerkte, wie sich eine Träne aus Carlas Augenwinkel löste und langsam ihre Wange entlang rann.

Wieder flüsterte diese: „Er war es aber nicht."

„Ich weiß, Carla, es ist hart für dich, zu hören, dass dein Mann zu so etwas fähig ist, aber …"

„Nein, nein! Er war es nicht! Er hat es nicht getan! Er … er …"

Hannah begriff als Erste, was Carla damit meinte, und schließlich auch David, dessen Augen sich weiteten, während Christoph noch immer versuchte, Carla zu trösten. Die brach in Tränen aus. Ihr Oberkörper sackte nach vorne, das Gesicht presste sie in die Handfläche und sie schluchzte.

Christoph legte eine Hand auf ihren bebenden Rücken. „Na, na, Carla. Es wird schon wieder. Was Franz getan hat, ist nicht deine Schuld."

„Christoph, lass sie", zischte Hannah, wofür sie einen finsteren Blick von ihm erntete. Also fügte sie hinzu: „Hör ihr doch zu. *Er* war es nicht."

Christoph zog die Nase kraus. „Wer soll es denn sonst gewesen sein?"

In dem Augenblick, als die Frage seine Lippen verließ, verstand auch er die Bedeutung von Carlas Worten. Er riss die Augen auf, zwei tiefe Furchen zeigten sich auf seiner Stirn.

„Ich wollte es nicht. Es ist einfach passiert", schluchzte Carla.

Hannah musste irgendetwas tun. Carla in den Arm nehmen oder Davids Hand halten oder Christoph den Rücken tätscheln oder das Fenster schließen, um dieses verdammt fröhliche Vogelgezwitscher nicht mehr hören zu müssen. Einfach irgendetwas! Aber sie schaffte es nicht, sich zu bewegen. Konnte nur dasitzen und Carla anschauen.

David hingegen drehte sich um, um die Frau, die seiner Mutter die Stimme genommen hatte, nicht länger sehen zu müssen.

Damals: Ein Gutenachtlied für den See

Bad Rubinsee, 2016
Carla

Rebecca sang ein Wiegenlied. Ihre Stimme wurde vom Wasser bis in den Wald getragen, hallte hell durch die Nacht und berührte etwas in Carla. Einen Teil von ihr, den sie jahrelang zu vergessen versucht hatte. Den Teil, der vor langer Zeit die Zeichnung eines lachenden Mädchengesichts und ein paar T-Shirts verbrannt hatte und der alles getan hätte, um Frankies Fehler wiedergutzumachen.

Vertrocknete Blätter raschelten unter ihren Füßen, als sie zwischen den Bäumen heraus in die Bucht trat, wo Rebecca stand und sang. Sie war eine geradezu übernatürliche Erscheinung. Ihr helles Haar leuchtete im Mondlicht. Sie trug ein schwarzes, eng anliegendes Kleid, hatte die Schuhe ausgezogen und stand mit durchgestrecktem Rücken da. Ihre Arme glitten in fließenden Bewegungen durch die Luft, als dirigierte sie ein unsichtbares Orchester.

Der See, der glatt und schwarz vor ihr lag, war ihre Zuschauertribüne. Die Bucht ihr Theater. Der Mond und die Sterne waren ihre Scheinwerfer.

Einen Moment lang verharrte Carla und schaute sie nur an, diese attraktive Frau, deren Schönheit die Männer im Dorf schon bewundert hatten, als sie noch zur Schule ging, und sie fühlte, wie unscheinbar sie selbst im Gegensatz zu Rebecca war.

Langsam drehte Rebecca sich zu Carla um. „Ich komme hier her, um zu singen", sagte sie anstelle einer Begrüßung. „Früher war die Musik so ein großer Teil meines Lebens, aber jetzt? In den letzten Jahren ist mir das Gefühl für die richtigen Töne entglitten. Nur hier, am See, ausgerechnet da fühlt es sich noch richtig an, zu singen. Dabei sollte ich doch wütend auf den See sein."

Carlas Beine fühlten sich zittrig an, während sie auf Rebecca zuging. Sie hatte ihre guten Schuhe angezogen, die aus schwarzem Lack mit fein gearbeiteten Mustern und kleinen Absätzen, mit denen sie jetzt in der sumpfigen Wiese versank. So tat man das, wenn man von der schönsten Frau des Orts um ein Treffen gebeten wurde. Man warf sich in Schale, um wenigstens so zu tun, als sei man neben ihr nicht bloß ein Mauerblümchen.

Rebecca fuhr lächelnd fort: „Aber wem erzähle ich das? Wir wissen beide, was es bedeutet, unser Leben an den See zu verlieren."

Wie meinte sie das?

Carlas Beine zitterten noch mehr, dieses Mal nicht wegen der Schuhe. Sie fühlte Kälte ihre Wirbelsäule hochsteigen.

„Wieso wolltest du mich ausgerechnet hier treffen?“, fragte sie.

„Ich dachte mir, der See wäre der perfekte Ort, weil hier alles begonnen hat. Findest du nicht auch?“ Rebecca kicherte.

Was hatte sie zu kichern? Carlas Magen verkrampfte sich.

„Aber vielleicht bin ich auch nur melodramatisch. Ich hatte schon immer einen Hang zum Kitsch“, fügte Rebecca hinzu.

„Ich weiß nicht …“, begann Carla, stockte dann und legte ihre Hand auf den Bauch, in dem sie ihren Herzschlag spüren konnte. Es fühlte sich an, als sei ihr Herz bis tief in die Bauchhöhle gerutscht. „Worüber wolltest du sprechen?“

„Weißt du das denn nicht?“

„Nein.“

„Sicher?“

Carla schluckte.

„Ich weiß es, Carla. Ich weiß alles“, sagte Rebecca dann und Carlas Herz schlug nun so heftig, dass ihr übel wurde.

„Dein Mann hat seine Hütte angezündet. Drei Tage ist das erst her. Ich habe ihn danach hier am See getroffen. Seine Hände waren schwarz vor Ruß.“

Rebecca lachte laut auf. Es war eines dieser gekünstelten Lachen, die Carla von damals kannte, als sie noch in Bad Rubinsee gelebt hatte.

„Ich glaube, es war das erste Mal, dass ich ihn so richtig menschlich erlebt habe. Und weißt du was, Carla, ich war neidisch auf ihn. Ich hätte auch gerne etwas niedergebrannt.“

Sie pausierte, als erwartete sie, dass Carla etwas sagte. Aber was?

„Ich weiß nichts davon", antwortete Carla bloß. Über ihr fuhr der Wind in die Nadeln der Tannenbäume und ließ sie rauschen.

„Natürlich. Du weißt nichts von nichts. So warst du immer schon, Carla. Oder? Hast dich hinter deinem Mann versteckt."

„Hör auf", zischte Carla.

„Hast ihn die Entscheidungen treffen lassen. Wie ein Hündchen bist du ihm nachgelaufen."

Carla presste die Lippen noch fester aufeinander. Ihre zitternden Finger versteckte sie hinter dem Rücken. Hatte Rebecca sie deshalb herbestellt? Um sie zu beleidigen?

Das wäre zumindest besser als die Alternative. Die war nämlich, dass Rebecca tatsächlich Bescheid wusste. Doch im nächsten Augenblick verblasste diese Hoffnung.

Rebecca fragte: „Hast du ihn damals auch einfach machen lassen, als Frankie verschwunden ist?"

Wieder schwappte die Übelkeit hoch, so heftig, dass Carla sich vornüberbeugen musste.

„Ich weiß nicht, wovon du redest", flüsterte sie.

Ihre Stimme zitterte in der Luft. So leise war sie, dass sie vom Windrauschen und von den Schreien der Raben am dunklen Nachthimmel übertönt wurde.

„Schau, Carla, das glaube ich dir sogar. Wahrscheinlich hat er dir nie etwas erzählt, dein Franz. Aber du solltest wissen, was damals passiert ist. Das musst du sogar, schließlich bist du seine Mutter,"

Rebecca ging auf sie zu.

„Ich …“, begann Carla. Ihr Magen pulsierte so heftig, dass sie keinen geraden Satz zustande brachte.

„Du musst wissen, was Frankie getan hat“, wiederholte Rebecca.

Ihre Stimme hatte einen weichen Klang angenommen. Carla spürte Wärme auf ihrer Schulter, als Rebecca sie sanft streichelte. Sie war nicht hier, um Carla zu erpressen oder ihr ihre Wut ins Gesicht zu schreien, begriff Carla da. Rebecca war als Freundin gekommen. Sie wollte Carla helfen, ihr die Wahrheit sagen, und das machte alles noch schlimmer.

„Damals haben sie behauptet, David hätte sich die Seeleiche nur ausgedacht. Aber das stimmt nicht“, erklärte Rebecca.

Carla versuchte, den Kopf zu schütteln, doch da legte Rebecca ihr die Hände auf ihre Wangen und hielt sie fest. Zwang sie, ihr in die Augen zu schauen, forderte ihre Aufmerksamkeit. Carla schaute angestrengt zur Seite, auf die Wasserlinie, wo der See in Sand überging.

Sie wollte Rebecca nicht ansehen müssen, wollte dieses schöne Gesicht nicht sehen, das die Dinge aussprach, die Carla so viele Jahre lang zu vergessen versucht hatte.

„Ich habe damals nicht verstanden, warum die Polizei die Ermittlungen so schnell abgebrochen hat. Erst viel später habe ich begriffen, dass Franz das Mädchen gar nicht finden *wollte*.“

Nein, bitte, hör auf. Bitte. Rede nicht weiter. Carla wollte das alles nicht hören. Stumm flehte sie: *Bitte. Bitte. Bitte.* Aber Rebecca hörte sie nicht.

„Hast du dich nie darüber gewundert, dass Frankie genau zu der Zeit verschwunden ist, als mein David das Mädchen im See entdeckt hat?"

Da! Jetzt hatte sie es getan. Sie hatte Frankies Namen in Verbindung mit der Seeleiche ausgesprochen. Und sie würde noch mehr sagen, würde seinen Namen in den Dreck ziehen.

„Und dass auch nach Frankie nie richtig gesucht wurde?", fuhr Rebecca fort.

„Nein", schaffte Carla es, zu murmeln.

„Das glaube ich dir nicht, Carla! Du musst dir doch Sorgen gemacht haben? Hast du den Zusammenhang nie vermutet?"

„Bitte", flüsterte Carla.

In diesem einen Wort steckte so viel. *Bitte hör auf, zu reden. Bitte verrate niemandem, was mein Sohn getan hat. Bitte zieh Frankies Namen nicht in den Schmutz. Bitte lass ihn ruhen, lass die Toten ruhen.*

In diesem Augenblick geschah etwas. Der See, Rebeccas Gesicht, der Nachthimmel, das alles verschwand für einen Moment in Schwärze. Da war nur noch dieses eine Wort. Tot.

Carla hatte sich verboten, es zu denken. Sie hatte es gewusst und gleichzeitig nicht gewusst. Doch Rebecca hatte es hervorgeholt, dieses dunkelste aller Geheimnisse.

Dass Frankie tot war. Dass er tot sein musste. Und nicht einmal jetzt hörte sie auf zu reden.

„Franz hat alles vertuscht damals. Ich verstehe es sogar. Wäre es David gewesen, ich hätte ihn auch beschützen wollen. Aber Carla, das war kein kleiner Kinderstreich von Frankie. Mord ist eine ganz andere Sache.“

Sie hatte es tatsächlich gesagt. Mord. *Frankie* und *Mord.* Beide Worte in einem Satz. Als ob sie zusammengehörten. Carla wollte das nicht hören. Sie konnte es nicht!

Rebecca sollte still sein. Sie sollte aufhören.

Und im nächsten Moment war sie tatsächlich still.

Ihre Augen weiteten sich, ihr Mund klappte auf. Ein rauer Ton, ein Pfeifen, wie wenn man ein Loch in einen Reifen bohrte und die Luft entwich, drang aus Rebeccas Mund. Ihre Finger lösten sich von Carlas Wange. Lösten sich und legten sich auf Carlas Hände um Rebeccas Hals.

Carla drückte zu. Sie wusste nicht, was sie tat. Nur, dass sie diese Worte nicht mehr aus Rebeccas Mund hören wollte. *Frankie. Mord. Frankie. Mord.*

Sie durfte das nicht denken. Sie hatte sich verboten, es zu denken. Ihr Herz schlug heftig in ihrem Magen. Alles in ihr zog sich zusammen.

Es war wie damals, als sie Frankies Rucksack in der Hütte gefunden hatte. Ihre Finger handelten von selbst. Das war nicht Carla, die Rebeccas Hals zudrückte. Es waren nur ihre Hände, losgelöst vom Rest ihres Körpers.

Rebeccas Finger krallten sich in ihre Haut. Den Schmerz fühlte Carla kaum. Alles Gefühl war aus ihr gewichen, jeder Gedanke, jede Empfindung. Da waren nur sie und ihre Finger. Ihre Finger und Rebeccas Gesicht, ihr offener Mund, ihre hervorquellenden Augen. Alles andere war schwarz.

Es knackte, als hätte Carla Karton eingedrückt. Rebecca sackte in sich zusammen und riss Carla mit sich zu Boden. Noch immer drückten deren Hände zu. Sie durfte nicht loslassen.

Loslassen bedeutete, die Worte wieder hören zu müssen. *Frankie* und *Mord.*

Sie musste ihren Sohn beschützen.

Carlas Hals schnürte sich zusammen. Sie bekam keine Luft mehr. Sie schnappte nach Sauerstoff. Oder war es Rebecca, die nach Luft schnappte? Carla wusste es nicht mehr. Rebeccas Mund klappte auf und zu wie bei einem Fisch. Und dann dieses Geräusch. Dieses Pfeifen. Dieser Reifen, aus dem die Luft entwich.

Frankies Gesicht schob sich vor Carlas Gedanken. Seine sanften, dunklen Augen. Sein Lächeln. Die Haare, die ihm immer in die Stirn fielen. War es so gewesen? Hatte er seine Hände auf dieselbe Art um den Hals des Mädchens gelegt?

Oder hatte er sie erschossen?

Frankie. Frankie. Frankie.

Was würde er denken, wenn er seine Mutter so sehen könnte? Wie enttäuscht wäre er?

Carla stieß sich zurück, stolperte. Keuchend krümmte sie sich am Boden.

Ihre Finger pulsierten vor Hitze. Was hatten sie getan, ihre Hände? Diese Hände, die Frankie über den Kopf gestreichelt hatten, die ihn als Baby an ihre Brust gedrückt hatten?

Rebecca lag neben ihr am Boden. Sie rührte sich nicht.

Carlas Magen verkrampfte sich.

Verzeih mir, Frankie.

Sie schmeckte Salz auf ihrer Zunge. Dass sie weinte, hatte sie bis eben nicht bemerkt. Taumelnd richtete sie sich auf, zog ihre Schuhe von den Füßen und lief barfuß zurück in den Wald.

Wohin, das wusste sie nicht. Nur weg von dieser Bucht und von Rebeccas leblosem Körper.

Heute: Zusammen am Grund

Bad Rubinsee, 2023
Hannah

„Ich habe sie einfach liegen lassen und bin davongestolpert. Rebeccas regungsloser Körper hat mir Angst eingejagt. In dem Moment wollte ich einfach nur weg." Carla stockte, ihre Lippen zitterten.

„Du hättest sie einfach sterben lassen", flüsterte David.

„Nein! Ich bin zurückgegangen!"

„Was?"

„Als ich bei meinem Auto angekommen bin, da habe ich zum ersten Mal innegehalten und nachgedacht. Erst da ist mir so richtig klargeworden, was eben passiert ist. Ich hatte nicht vor, deiner Mutter wehzutun, Und irgendwie … irgendwie, … als ich ihren Körper am See liegen sah, da habe ich erst gar nicht begriffen, was los ist. Dass ich das getan habe. Meine Hände …" Wieder stockte sie, schüttelte den Kopf. „Also bin ich zurückgelaufen. Als ich an der Bucht ankam, lag Rebecca immer noch dort. Ich habe ihren Puls gefühlt und sie hat tatsächlich noch gelebt. Ich war so erleichtert! Dann habe ich Franz angerufen. Ich habe ihm alles gebeichtet. Ich dachte, er wird wissen, was zu tun ist. Franz hat gesagt, ich soll von dort verschwinden, und er hat den Krankenwagen gerufen."

Er war also der anonyme Anrufer.

„Wieso bist du nicht geblieben?", fragte Hannah.

„Weil ich Angst hatte", antwortete Carla.

„Wovor? Entdeckt zu werden?"

„Ja. Und auch vor dem, was ich getan habe. Vor dem Mensch, zu dem ich geworden bin. Und ..."

„Und *was*?"

„Wenn ich geblieben wäre, hätten die Sanitäter oder die Polizei mich gefragt, was passiert ist. Sie hätten wissen wollen, warum ich Rebecca ..." Sie verharrte mit offenem Mund, schaffte es nicht, die Worte auszusprechen.

„Warum du sie erwürgen wolltest", beendete Christoph ihren Satz. „Und das wäre schlecht gewesen, weil sie dann herausgefunden hätten, was Frankie getan hat."

David stieß schnaubend die Luft aus. „Es ging also um Frankie?", fragte er mit deutlicher Bitterkeit in der Stimme.

Carla senkte den Kopf, ehe David die Träne sehen konnte, die sich aus ihrem Augenwinkel löste. „Es ging immer um Frankie."

Sie wischte sich die Tränen von den Wangen. „Ich habe so viele Fehler begangen, weil ich ihn beschützen wollte. Damals dachte ich noch, er wäre am Leben und dass ich ihn eines Tages wiedersehen würde. Ich wusste ja nicht, wie falsch das war. Mittlerweile glaube ich, es war ein Unfall. Und dass Soleil und Frankie gemeinsam ertrunken sind. Ich wünschte so sehr, ich hätte es früher geahnt. Ich hätte so vieles anders gemacht. Ach was, alles! Aber ich kann die Zeit nicht zurückdrehen. Ich bin nur froh, dass er nicht allein ist. Wenn er schon dort unten im See sein muss, dann wenigstens mit dem Mädchen, das er geliebt hat."

Sie schaute auf, warf David und Hannah einen flehenden Blick zu.

„Es ist doch gut, dass er im Tod nicht allein sein muss. Das macht einen Unterschied. Oder? Das macht es doch?"

Aber sie bekam keine Antwort.

David

Davids Herz raste.

Er wollte sich kopfüber in den Ozean werfen und so lange schwimmen, bis das Wasser den letzten Rest Sonnenlicht verschluckt hatte. Tiefer, immer tiefer. Bis zum Grund. Bis in die Ewigkeit.

Er wollte die Schwerelosigkeit des Wassers fühlen, die Unendlichkeit eines nachtschwarzen Meers. Er wollte dieses Gefühl, dass alles egal war.

Er wollte die Ruhe eines Herzens, das im Takt der Wellen pulsierte.

Nicht dieses Hotelzimmer, das mit jedem von Carlas Worten zu schrumpfen schien. Nicht ihr hohes Schluchzen, das seine Ohren zum Klingeln brachte.

Nicht die Hitze, die von seinem Bauch aus in seine Glieder schoss und ihn von innen heraus zu verbrennen drohte. Nicht die erwartungsvollen Blicke.

Christoph schaute ihn an, ebenso wie Carla, deren Augenlider flatterten und die ihren Rosenkranz an die Lippen presste. Sie warteten. Auf was? Auf eine Antwort von ihm? Darauf, dass er Carla Absolution erteilte, dass er ihr verzieh? Oder dass er sie verurteilte, weil sie seiner Mutter die Stimme und gleichzeitig ihr Leben genommen hatte?

Er fühlte sich genauso wie damals, als sein Vater gestorben war. Als sei ein Teil von ihm aus seinem Körper herausgetreten und würde ihm dabei zuschauen, wie er regungslos auf dem Hotelbett saß. Sein Magen war flau. Jeden Moment würde er sich übergeben und seine Eingeweide genauso wie sein Herz auf den Boden des Hotelzimmers spucken.

Da legte Hannah einen Arm um seine Schultern und ihren Kopf an seine Wange. Ihre Haare kitzelten ihn an der Nase, er spürte ihren Atem auf dem Schlüsselbein.

Sie sagte nichts, hielt ihn nur fest und ließ ihn die Wärme ihres Körpers spüren.

Und langsam, ganz langsam, beruhigte sich sein Herz.

Frankie

Der Geruch der Tannenbäume war stechend. Die vertrockneten Nadeln am Grund knirschten, während Frankie durch den Wald ging. Alles hier war so vertraut. Die Geräuschkulisse, die Gerüche, das Spiel von Licht und Schatten auf der Haut. Es war geradezu be-

ängstigend. Frankie war diesen Weg so viele Male gegangen – vor siebzehn Jahren war das gewesen oder
auch niemals, weil es nie wirklich passiert war. Nur in
Frankies kaputter Erinnerung.

Welche Version stimmte, würde sich jeden Moment
zeigen. Als das Dickicht der Bäume sich lichtete, hielt
Frankie die Luft an. Doch dort, wo eine Hütte sein
sollte, befand sich heute nur mehr eine Ruine.

Und wieder wusste Frankie nicht: wahr oder falsch.
War dies der Ort, an dem Frankie und Soleil sich geliebt
hatten? Oder war es reine Einbildung wie so vieles anderes?

Tagebucheintrag 386
*Müsste ich den Moment definieren, in dem ich begriff,
dass du nicht existierst, würde ich sagen, dass es in der
Hütte im Wald passiert ist, während ich allein auf dich
wartete. Doch in Wirklichkeit war es kein einzelner
Moment, sondern eine Abfolge von Ereignissen, die damit begann, dass ich in einem Boot aufwachte, über mir
der Sternenhimmel, rund um mich herum Wasser so
dunkel und bewegungslos wie Teer.*
*Mit mir im Boot lag ein Kind. Ein kleiner Junge im
Tauchanzug, der viel zu kalt und nass an seiner Haut
klebte. Der Junge atmete, aber bewegte sich nicht. Wer
hatte ihn hierhin gelegt? Wie war er ins Boot gekommen. Ich zog ihm den Neoprenanzug aus, damit er
warm werden würde, aber realisierte schnell, dass die
kühle Nachtluft nicht besser war.*
Was tat ich überhaupt hier?

Ich rief deinen Namen, wieder und wieder. Bis ich so heiser war, dass meine Stimme brach. Bis mein zitternder Körper aufgab.

Ich wollte es nicht wahrhaben, wollte nicht glauben, dass du im Wasser sein könntest. Ich klammerte mich an den Rand des Boots und versuchte, eine Gestalt oder eine Bewegung unter der Oberfläche zu erkennen. Aber da war nichts. Nur ich und der See.

Nein, das ist nicht ganz richtig. Ich, der See und all die Dinge, an die ich mich in diesem Moment erinnerte. Zum Beispiel das Gefühl des Wassers, das über meinem Kopf zusammenschlug, die Panik, als ich sicher war, unterzugehen. Der Knall eines Schusses. Und ich begann mich zu fragen, wie viel davon wirklich passiert war und wie viel mein kaputter Verstand sich ausgedacht hatte. Vielleicht wollte ich es auch einfach nur glauben, weil die Alternative – zu denken, dass diese Erinnerungen echt wären, vor allem die letzten, vor allem dein Blick, so voller Unglaube, bevor er für immer verschwand – zu schrecklich gewesen wäre.

Nein, diese Erinnerungen mussten falsch sein.

Irgendwann ruderte ich zurück. Es war gar nicht schwer. Ich war dem Ufer bereits so nahe, obwohl ich nicht wusste, wie ich dorthin gekommen war. Ich versteckte mich im Wald, viele Stunden lang, in der Hoffnung, du würdest zurückkommen. Erst dann ging ich zu unserer Hütte.

Ich hoffte so sehr, dass du dort auf mich warten würdest. In der Hütte, die für mich aus Erinnerungen an dich bestand, anstatt im kalten Seewasser. Aber das warst du nicht.

Und schlimmer noch: Es war, als wärst du nie hier gewesen. Genauso wenig wie ich. Unsere Sachen waren weg, die Spuren unserer gemeinsamen Zeit beseitigt. Trotzdem wartete ich auf dich. Tagelang. Aber du kamst nicht. Je mehr Zeit verstrich, desto stärker wurden meine Zweifel.

Was, wenn alles, was ich glaubte, in den letzten Tagen erlebt zu haben, Einbildung war? Wenn der Therapeut recht hatte, als er behauptete, ich hätte eine Psychose und würde mir mein halbes Leben – und insbesondere dich – nur einbilden?

Ich schrie. Ich weinte. Ich riss mir Haare aus. Weil ich es nicht glauben konnte. Und doch musste ich es irgendwann einsehen. Die schönste Zeit meines gesamten Lebens war eine Lüge gewesen.

Weißt du, was ich als Nächstes tat? Ich fuhr nach Italien, denn das war es, was wir uns erträumt hatten. Ein kleiner, naiver Teil meiner selbst hoffte noch immer, dass ich dich in Italien finden könnte. Tatsächlich schaffte ich es mit dem Zug bis nach Verona und machte mich sofort auf den Weg zu Julias Balkon. Dort wartete ich auf dich. Das klingt wahrscheinlich romantisch, doch in Wahrheit war es schrecklich. Nie in meinem Leben habe ich mich einsamer gefühlt als allein an diesem Ort für Liebespaare. Meine falschen Erinnerungen füllten jeden Winkel meiner Gedanken, bis ich es nicht mehr aushielt. Nach nur drei Tagen gab ich auf und beschloss, dass ich dich hinter mir lassen musste. Dich und den See und die Hütte im Wald und alles andere auch.

*Aus demselben Grund entschloss ich mich Jahre später,
in den Mittleren Westen auszuwandern. Ich dachte, so
weit weg von allem könnte ich dich endlich vergessen.
Aber ich habe es nicht geschafft, bis heute nicht.
Frankie*

Hannah

Hannah beobachtete David unauffällig, während sie zum Rubinsee spazierten. Das hieß, sie versuchte zumindest, unauffällig zu sein. Doch David bemerkte ihren Blick, legte den Kopf schief und stellte fest: „Du wirkst nervös."

Dabei war er es doch, der vor weniger als einer Stunde kurz vor einem Nervenzusammenbruch gestanden hatte.

„Mir geht's gut", sagte sie bloß, und dann sagte sie nichts mehr, während sie durch das Unterholz wanderten, das sie von einer der vielen Buchten des Rubinsees trennte.

Sie und David brauchten diesen Spaziergang, dieses kleine bisschen Ruhe und Frieden, um die neusten Informationen zu verdauen und um sich zu überlegen, was sie mit Carla anstellen sollten, die sie in der Pension *Krone* zurückgelassen hatten.

Hannah wusste, was angebracht wäre: Nämlich Carla der Polizei zu melden und dafür zu sorgen, dass zumindest ein Fall offiziell gelöst wurde. Doch war das auch richtig? Würde es irgendjemandem helfen, wenn Carla, die nicht nur ihren Sohn, sondern auch ihren Mann verloren hatte, im Gefängnis landete?

War es nicht außerdem Davids Entscheidung, was mit der Frau geschehen sollte, die seiner Mutter die Stimme genommen hatte? Er hatte sich dazu bisher nicht geäußert und Hannah wollte ihn nicht drängen.

Sie fragte sich, ob sie jemals herausfinden würde, was damals wirklich geschehen war. Hatte Frankie seine Freundin tatsächlich umgebracht? Warum? Und wenn ja, was war danach geschehen? War er davongelaufen? Oder war es ein Unfall gewesen und er lag, so wie es seine Mutter vermutete, ebenfalls im See?

Es patschte, als sie aus dem Wald und auf das Gras traten. Feuchtigkeit stieg in Hannahs offene Sandalen. Sie hätte daran denken sollen, festeres Schuhwerk einzupacken. Genauso wie Carla vor so vielen Jahren, als sie sich mit Rebecca am Seeufer getroffen hatte.

Nicht, dass Schuhe irgendetwas an der Tragödie geändert hätten.

Die Tannen warfen lange Schattenarme auf das Wasser. Mit etwas Fantasie konnte man sich vorstellen, dass sie Geister waren, die sich unter der Oberfläche treiben ließen.

Geister. Hannah musste schmunzeln.

Damit hatte alles angefangen. Mit den Geistergeschichten, die sich die Leute im Dorf erzählten, und mit dem Geistermädchen, das David im See entdeckt hatte. Aber nach allem, was sie heute erfahren hatte, nach den familiären Dramen, von denen Hannah nun wusste, dass sie sich hier abgespielt hatten – sollte sie da wirklich noch an die Geister des Rubinsees glauben?

„Wie fühlt es sich an, zurück zu sein?", fragte sie.

„Es ist ... also ... ich weiß nicht."

„Komisch?"

„Ja, schon." Seine Brust hob und senkte sich unter
mehreren tiefen Atemzügen. „Das hier, dieser See, war
mal meine Heimat, weißt du. Im Wasser habe ich mich
mehr zu Hause gefühlt als in meinem Kinderzimmer.
Und dann ..."

Er schluckte und atmete weiter. Schon auf Gili Air waren Hannah die heimlichen Atemübungen aufgefallen,
die er machte, wann immer ihn die Nervosität zu übermannen drohte.

David musste nicht mehr sagen. Sie verstand auch so.
Nur zu gut erinnerte sie sich an die vielen Stunden, die
sie und David gemeinsam im Rubinsee verbracht hatten. An die Tauchwettkämpfe, die sie sich geliefert hatten, und bei denen David sie manchmal aus Freundlichkeit hatte gewinnen lassen, oder an die flachen
Steine, die sie über die Oberfläche hatten springen lassen. Im Sommer waren sie jeden Tag zum Rubinsee geradelt, hatten an den Ufern gespielt, waren geschwommen oder hatten winzige Tipis aus Geröll und Ästen gebaut.

Wahrscheinlich wäre es noch jahrelang so weitergegegangen, hätte das Geistermädchen im See nicht alles
verändert.

Soleil.

Hannah formte ihren Namen mit den Lippen, ohne
ihn laut auszusprechen. Es war merkwürdig, dass das
Mädchen im See, von dem sie sich so lange gefragt
hatte, wer sie war, nun plötzlich einen Namen hatte.

„Wollen wir uns setzen?", fragte sie.

„Okay."

Weil die Wiese schlammig war, ließen sie sich nebeneinander auf einen Baumstumpf nahe dem Ufer nieder.

Hannah zog die Sandalen aus, um Gras und Steinchen unter ihren Fußsohlen spüren zu können.

„Vielleicht bleibe ich etwas länger hier", sagte David unvermittelt. „Um die verlorene Zeit mit meiner Mutter aufzuholen. Ich hätte sie nie so lange alleinlassen dürfen." Er seufzte. „Und bei meinem Onkel muss ich mich auch entschuldigen. Ich dachte die ganze Zeit, er wollte mich loswerden, weil ihm das Gerede der Leute peinlich war. Dabei wollte er mich nur beschützen."

Hannah nickte stumm. Es war gut, dass David sich mit seiner Familie aussöhnen würde.

„Außerdem hätte ich gerne mehr Zeit mit, na ja ... hmmm."

Er wich ihrem Blick aus. David so schüchtern zu sehen, ließ Hannahs Herz schneller schlagen.

„Mehr Zeit mit Christoph?", fragte sie schmunzelnd.

Er lachte. „Jetzt, wo ich weiß, was für ein netter Kerl er ist, wäre es schade, ihn gleich wieder zu verlassen."

Sie fühlte eine Armee flatternder Schmetterlingsflügel in ihrem Magen. Weil David gar nicht Christoph meinte, das wusste sie, auch ohne dass er es sagte. Und weil er länger bleiben würde. Für Hannah.

„Das wird Christoph sicher freuen", antwortete sie. Sofort hellte Davids Gesicht sich auf.

„Vielleicht komme ich auch wieder nach Gili Air. Ich vermisse Dedy und Dominguo, weißt du", meinte sie.

„Und die zwei vermissen dich." Er rutschte näher an Hannah heran. „Aber im Ernst", sagte er und seine Stimme nahm plötzlich einen gewichtigeren Ton an. „Ich habe dich vermisst. Sehr sogar, obwohl du erst so kurz weg warst. Ich vermisse sonst nie jemanden."

Seine Brust zeichnete sich unter dem T-Shirt ab, als er tief Luft holte und langsam wieder ausatmete.

„Wir könnten uns öfter besuchen. Mal komme ich hierher, mal kommst du nach Gili Air", fügte er hinzu. „Ich meine, wenn du willst."

Hannahs Augen wurden feucht. Schnell blinzelte sie, damit er es nicht bemerkte. David musterte sie schief lächelnd.

„Was?", fragte sie.

Da streifte er sich mit einer unbeholfenen Bewegung die Schuhe von den Füßen, ohne die Hände zu benutzen.

„Lass uns reingehen!"

„In den See?"

„Natürlich in den See!"

Ohne zu zögern, rannte er ins Wasser, das in Wellen auseinanderstob und seine Hose einweichte. David legte den Kopf in den Nacken und breitete die Arme aus, als wollte er alle Berge auf einmal umarmen. Dann stieß er einen lauten Jubelschrei aus.

Seine Begeisterung sprang auf Hannah über. Genau so hatte sie sich auf Gili Air gefühlt, als sie mit David, Dedy und Dominguo nackt baden gegangen war. Irgendwie verrückt und gleichzeitig schwerelos.

Schnell rappelte sie sich hoch, rannte über den steinigen Untergrund und ins Wasser. Eiskalt schloss es sich um ihre Waden, dann um ihre Schenkel, durchnässte dann den Stoff ihrer Shorts. Aber das war ihr egal.

Als sie David erreichte, fasste er ihre Hände und wirbelte sie so schnell herum, dass die Welt sich drehte. Dass oben zu unten wurde und links zu rechts. Dass die Bäume tanzten und die Berggipfel im See versanken.

Bei der dritten Umdrehung verloren sie die Balance, kippten nach hinten und landeten mit einem lauten Platschen im Wasser. Hannah verschlug es die Sprache, aber David lachte. Laut und ausgelassen. So wie früher. So wie Hannah sich ihn in Bad Rubinsee nicht mehr hatte vorstellen können.

Er rappelte sich auf und reichte Hannah die Hand, um ihr beim Aufstehen zu helfen. Sanft strich er ihr eine nasse Strähne aus dem Gesicht und hob ihr Kinn an, während sein Daumen die Kontur ihres Gesichts nachzeichnete.

„Dann versuchen wir es also?", fragte Hannah.

Im selben Moment fühlte sie einen Kloß im Hals. Was, wenn sie zu viel in seine Worte interpretiert hatte? Wenn zwischen den Zeilen nicht das gestanden hatte, was sie dachte, und er wirklich nur Besuche gemeint hatte?

Er war doch immerhin ein Freigeist. Der Augenblick war alles, was zählte. Das hatte er gesagt.

Doch er lächelte schüchtern.

„Du und ich", flüsterte er und biss sich auf die Unterlippe, als wisse er nicht, was er noch sagen könnte.

„Du und ich", wiederholte Hannah.

Langsam senkte er seinen Kopf. Hannah stellte sich auf die Zehenspitzen, sodass ihre Lippen sich trafen. Seine schmeckten nach Piña Colada und Meer. Oder vielleicht war es nur Hannahs vor Glück übersprudelndes Gehirn, das die Eindrücke von jetzt mit denen der Insel verwechselte.

Es war ihr erster Kuss, seit sie Gili Air verlassen hatten. Doch anders als damals hing heute keine Melancholie in der Luft. Keine Gewissheit, dass dieser Moment viel zu vergänglich war.

David würde länger bleiben. Er würde wiederkommen. Hannah würde ihn in Gili Air besuchen.

Und dann? Wer wusste das schon.

Vielleicht war es auch egal, solange sie beide bereit waren, es zu versuchen.

Frankie

Frankie saß auf einer kleinen Lichtung am See und las einen der älteren Einträge, noch immer unschlüssig darüber, ob die Erinnerungen rund um die Hütte im Wald und den See nun falsch oder echt waren:

Tagebucheintrag 301
Es macht mich verrückt, dass die Erinnerungen, die sich für mich am wahrsten anfühlen, nur ein Witz meines Geistes sind. Glaub mir, ich habe versucht, dich zu vergessen. Mit allen Mitteln. Ich habe versucht, echte Erinnerungen zu kreieren, die stark genug sein würden, um dich gehen zu lassen.
Ich versuchte es und versuchte es, bis ich begriff, dass ich keine Chance hatte. Ich hatte keine Flügel, mit denen ich abheben konnte. Und vielleicht ist das der Grund, warum mein Verstand dich zum Leben erweckt hat. Nicht als böser Trick, sondern weil ich dich brauchte.
Deine Liebe, wo zuvor keine Liebe war.

Deinen Glauben, wo zuvor niemand an mich geglaubt
hat.

Wenn ich dich schon nicht loswerden konnte, warum
dich nicht annehmen? Dich zu einem Teil meines Lebens machen? Dich zu mir machen?

So bin ich Frankie geworden.

Ich tat es zeitgleich mit meinem Umzug in den Mittleren Westen. In Illinois kannte mich niemand, also
wusste auch niemand, dass ich nicht immer Frankie gewesen war. Meinen alten Namen abzustreifen und deinen anzunehmen, war das Einfachste, das ich je getan
hatte. Vielleicht, weil du immer ein Teil von mir warst.
Ich war nicht länger Soleil. Ich nahm deinen Namen an
und ich versuche mein Bestes, die Messlatte, die deine
Erinnerung hinterlassen hat, zu erreichen.

So aufrichtig zu sein wie du, mein lieber Frankie, zu lieben und zu lachen wie du. Wert auf die kleinen Details
zu legen. Niemals etwas ohne den passenden Soundtrack zu tun. Einen Umweg zu gehen, wenn die Szenerie dann schöner wäre.

An meine Flügel zu glauben, weil es sonst keiner tun
wird.

Darum kann ich dich nicht gehen lassen. Selbst jetzt
nicht, so viele Jahre später. Obwohl mein Therapeut
sagt, dass ich es muss.

Aber ich brauche dich, weil ich allein nicht stark genug
bin, um an meine Flügel zu glauben. Weil die Wolken
für einen Menschen wie mich zu hoch, zu weit, zu unerreichbar erscheinen. Aber für jemanden wie dich –
für den echten, falschen Frankie aus meiner Erinnerung – liegen sie nur einen Sprung weit entfernt.

*Wenn mich meine Zweifel einhüllen, dann denke ich
an einen perfekten, wässrigen Kreis, den mein Bierglas
auf der Theke hinterlassen hat, und an perlweise Zwiebel-Halbmonde, und ich erinnere mich.*
An dich und mich und daran, was Perfektion bedeutet.
Frankie (Soleil)

David

Hannah und David blieben am See, bis die Sonnenstrahlen ihre Kleidung getrocknet hatten. Immer wieder tauschten sie Küsse aus, erst schüchtern, dann lei-
denschaftlicher, und die ganze Zeit ließ Hannah seine
Hand nicht los.

David hatte sich so sehr davor gefürchtet, an den Rubinsee zurückzukommen. Doch nun, da er hier war …
fühlte es sich gut an.

„Wir sollten zurückgehen", meinte Hannah irgendwann. „Christoph wird sich Sorgen machen und außerdem bin ich sicher, dass er schon etwas gekocht hat."

David schmunzelte. Er hätte ewig hier sitzen bleiben
können. Trotzdem sagte er: „Na gut."

Hannah war schneller auf den Beinen und hielt ihm
die Hand hin, um ihm aufzuhelfen. Dann schlenderten
sie Hand in Hand zurück, während die Sonne sich langsam senkte. David ließ seinen Blick über den See
schweifen, der langsam – ganz langsam – eine rosarote
Tönung annahm. Gar nicht wie die Hölle, dachte er,
sondern eher wie ein Traum aus Zuckerwatte.

Da fiel sein Blick auf eine Gestalt am Ufer. Eine junge
Frau mit langen, hellblonden Haaren, die mit angewinkelten Beinen dasaß, die Füße im Wasser und ein Buch

auf den Knien, das mit vielen Zeilen handschriftlich gefüllt war.

Auch Hannah hielt inne.

„Ist das …“, flüsterte sie.

Als hätte sie die Blicke der beiden im Nacken gespürt, hob die junge Frau den Kopf und schaute sie direkt an. Davids Magen zog sich zusammen, in diesem einen Moment, in dem Vergangenheit und Gegenwart, Traum, Erinnerung und Realität sich vermischten. Sie war einige Jahre älter als der Geist, der ihn in seinen Alpträumen heimsuchte, und doch war es unverkennbar die gleiche Person. Dieselben hellgrünen Augen, dieselbe schmale Nase, dieselben hellen Haare.

„Soleil?“, flüsterte er.

Hannah drückte seine Hand fester, als die junge Frau sich langsam erhob. Sie schluckte, schaute erst David, dann Hannah an.

„Kennen wir uns?“, fragte sie.

„Ja, nein … also. Ähm“, stotterte er.

Hannah fasste sich schneller. „Ich bin Hannah“, sagte sie. „Und das ist David. Und du bist …“

„Frankie“, antwortete die junge Frau mit den blonden Haaren und den hellgrünen Augen, die für David für immer Geisteraugen sein würden.

„Ich bin Frankie.“

Hannah

Hannah versuchte, ihre Gedanken zu ordnen, die wie wild durcheinanderpurzelten. Nicht einmal ihre Listentechnik half ihr mehr.

Frankie war Soleil und Soleil war nicht tot. Und das hieß ...

„Frankie liegt im See, nicht wahr? Der echte Frankie. Das sind *seine* Knochen."

Sie hatte es gewusst. Irgendwie hatte sie es die ganze Zeit gewusst. Dass Frankie nicht einfach davongelaufen war, sondern dass ihm etwas zugestoßen sein musste. Auch wenn sie etwas anderes gehofft hatte ...

„Oh Gott ... *Carla*", murmelte sie dann.

Denn bedeutete diese Offenbarung nicht vor allem eines, nämlich dass Carlas Hoffnung, ihr Sohn möge wenigstens nicht allein am Grund liegen, falsch war. Soleil war nicht bei ihm, war gar nicht gestorben ... sie war hier.

Aber wie war das möglich?

Hannah drückte Davids Hand, denn sie fürchtete, er würde abermals die Fassung verlieren. Immerhin stand vor ihnen der lebende Beweis, dass er sich vor siebzehn Jahren tatsächlich geirrt hatte. Da war gar keine Leiche im Rubinsee gewesen, zumindest nicht die Leiche, die er vermutet hatte. Sein Geist lebte noch. Doch er schüttelte nur den Kopf.

„All die Jahre ...", murmelte er dann. „Ich habe also wirklich keine Leiche entdeckt."

Und dann lachte er. Lachte genauso laut und verrückt und frei, wie Hannah es an ihrem ersten Morgen in Gili Air getan hatte, als sie unter dem Eiswasser des offenen Badezimmers gestanden hatte.

Soleil starrte ihn an, als sei er verrückt geworden. Und vielleicht war er das sogar.

Genauso verrückt wie Hannah oder Christoph oder Carla oder dieser gesamte See.

„Ich glaube, es gibt Einiges, das wir dir erklären sollten“, meinte Hannah. „Und Einiges, das du uns erklären
kannst.“

„Christoph?“

Hannah hörte ihren Mitbewohner in der Küche werkeln, als sie gefolgt von David und Soleil eintrat.

„Christoph, ich habe einen Gast mitgebracht.“

Es klapperte in der Küche, ehe er antwortete: „Ich
hoffe, dein Gast mag Schwammerlgulasch! Ich habe
nämlich eine ganze Menge gekocht. Als ob ich geahnt
hätte, dass du noch jemanden mitbringst. Meine Mutter meinte einmal, ich hätte einen siebten Sinn für so
was. Das ist eines meiner ...“

Er kam grinsend aus der Küche. Als sein Blick auf die
hübsche Soleil fiel, lächelte er sogar noch breiter, verschluckte sich jedoch, als Hannah sagte: „Christoph,
darf ich vorstellen, das ist Soleil.“

Er hustete so heftig, dass er sich selbst auf die Brust
schlagen musste. „Das ist ... wer? Soleil? Ich meine, die
Soleil!?“

Hannah nickte. „Das ist eine lange Geschichte.“

Und eine, die Soleil ihnen erst erzählen musste. Hannah brannte darauf, endlich mehr zu hören.

Wenig später fanden sie sich zu viert auf dem Balkon
ein. Christoph öffnete in weiser Voraussicht gleich
zwei Flaschen Wein.

„Das werden wir brauchen“, meinte er.

Hannah konnte ihm nur zustimmen. David leerte
sein halbes Glas in weniger als zehn Sekunden.

„Na gut, also dann, ähm, erzählen wir mal", meinte Christoph und zupfte sich einen imaginären Fussel vom Hemd.

Soleils Geschichte war ebenso unwahrscheinlich wie außergewöhnlich. Sie war fünfzehn gewesen, als sie Frankie in Hamburg kennengelernt hatte. Er war dort auf Klassenfahrt, sie zufällig am selben Tag in der Stadt unterwegs. Die beiden hatten sich sofort ineinander verliebt und geplant, gemeinsam von zu Hause wegzulaufen, da beide sich von ihren Familien unverstanden fühlten.

Damals war Soleil bereits in ambulanter Behandlung wegen einer psychischen Krankheit gewesen, die sie selbst zu diesem Zeitpunkt noch für ein Märchen ihrer Eltern hielt. Die beiden sowie ihr Psychiater erzählten ihr, sie leide unter akuten psychotischen Schüben, die dafür sorgten, dass ihr Gehirn *falsche* Erinnerungen produziere, die Soleil unmöglich von echten unterscheiden könne. Eine dieser falschen Erinnerungen, davon waren ihre Eltern überzeugt gewesen, sei Frankie, und als Soleil, die sich gegen diese Anschuldigungen gewehrt hatte, jegliche Behandlung verweigert und versucht hatte, von zu Hause wegzulaufen, hatten ihre Eltern sie wochenlang in ihrem Zimmer eingesperrt, sie an manchen Tagen sogar ans Bett gefesselt und sie gezwungen, Medikamente zu nehmen, die ihr das Gefühl für Zeit und Raum nahmen.

„Ich erinnere mich an vieles, das meine Eltern mir während dieser Zeit angetan haben", erklärte sie nun. „Die beiden sagen, dass ein Großteil dieser Erinnerungen auch falsch ist."

„Aber du glaubst ihnen nicht?", hakte David nach.

Sie zuckte die Schultern, nahm einen tiefen Schluck aus ihrem Weinglas und erzählte weiter. Davon, wie sie es irgendwann geschafft hatte, von zu Hause wegzulaufen. Wie sie Frankie in Bad Rubinsee besucht und sich gemeinsam mit ihm für ein paar wunderschöne Tage in der Hütte im Wald versteckt hatte. Wie sie eines Abends allein in den See gegangen war. Wie sie den tauchenden David in der Ferne entdeckt und für ein Traumwesen gehalten hatte. Wie sie ihm nachgeschwommen war und im Wasser die Orientierung verloren hatte, wie die Wortmonster, die zu ihrer Psychose gehörten, sie eingeholt hatten, bis sie beinahe im See untergegangen wäre – und David mit ihr, da sie sich voller Angst an ihm festgeklammert hatte.

Die Beschreibungen dieses Moments ließen Hannah glauben, dass Soleil eine Panikattacke erlitten hatte, doch sie behielt diese Vermutung für sich und ließ Soleil weitererzählen. Als sie den Augenblick schilderte, in dem Frankie sie und David gerettet hatte, begann sie zu weinen. Christoph nahm sie daraufhin in die Arme und tätschelte ihr den Rücken.

„Danach habe ich mich im Wald versteckt. Ich weiß nicht, wie lange", flüsterte sie. „Als ich irgendwann zurück in die Hütte bin, waren meine Sachen weg und auch die von Frankie." Weil Carla ihre Habseligkeiten mitgenommen und die Hütte später aufgeräumt hatte, um Frankies Geheimnis vor ihrem Mann Franz zu bewahren. Aber das hatte Soleil natürlich nicht wissen können. „Ich habe dort gewartet, aber Frankie kam nicht ... und mit jedem Moment, der verstrich, glaubte ich stärker daran, dass meine Eltern recht gehabt hatten. Dass Frankie wirklich nur eine falsche Erinnerung war."

Irgendwann war sie nach Italien aufgebrochen, um unter Julias Balkon auf Frankie zu warten. Immerhin hatten die beiden gemeinsam dorthin fahren wollen. Doch er war nicht gekommen.

„Da habe ich aufgegeben. Ich habe meine Eltern angerufen, sie gebeten, mich abzuholen."

Soleils Eltern waren angereist, hatten sie mit nach Hause genommen und in eine stationäre Therapie übergeben. Dort hatte Soleil gelernt, mit ihrer Krankheit umzugehen, die psychotischen Schübe zu erahnen, bevor diese sie überrollten, den Überblick über die Realität zu behalten ... Frankie war von dem Menschen, den sie mehr als alles andere geliebt hatte, zu einer Erinnerung geworden. Einer, die nicht echt war.

„Aber ich konnte ihn nicht loslassen. So sehr ich es versucht habe, ich konnte ihn nicht vergessen", beendete sie ihre Ausführung. „Ich schrieb jahrelang Tagebuch, um den Überblick über meine Tage zu behalten, und jeder einzelne Eintrag verwandelte sich automatisch in einen Brief an ihn. Irgendwann habe ich gemerkt, dass ich ihn brauche."

Also hatte sie seinen Namen angenommen.

Soleil war zu Frankie geworden.

Und vielleicht war das gut, dachte Hannah nun. Immerhin hatte so ein kleiner Teil von ihm weitergelebt.

„Wie geht es dir jetzt?", fragte sie.

Soleil atmete tief ein. „Ich weiß es nicht." Dann stahl sich ein winziges Lächeln auf ihr Gesicht. „Die letzten Tage waren ... hart und verwirrend. Vermutlich sollte es mir beschissen gehen, aber ehrlich gesagt bin ich irgendwie erleichtert. Frankie – *mein* Frankie ist doch echt. Er war es zumindest. Und das heißt ..."

„Dass er dich wirklich geliebt hat", vervollständigte Christoph ihren Satz und seufzte tief.

Er war schon immer ein Fan von dramatischen Liebesgeschichten gewesen. Soleil nickte kaum merklich. Ihre Augen waren glasig, ihre Wangen von Tränen bedeckt. Trotzdem wirkte sie auf merkwürdige Art glücklich.

Genau wie David, der ihren Erzählungen ruhig und mit einem versteckten Lächeln gelauscht hatte. Hannah musste gestehen, dass sie dieses Gefühl teilte. Endlich hatte sie ihre Antworten – und nicht nur das. Frankie war kein Mörder. Im Gegenteil, er war ein Held. Er war gestorben, als er das Mädchen, das er liebte, und David vor dem Ertrinken rettete. Das war doch eine Geschichte, die erzählt werden musste!

Carla musste das erfahren, musste wissen, dass ihr Sohn in seinen letzten Momenten zwei Leben gerettet hatte. Dass er wirklich einer von den Guten gewesen war. Immer schon!

Vielleicht würde ihr das sogar darüber hinweghelfen, dass Frankie, entgegen ihrer Hoffnung, doch allein am Grund des Sees lag.

David

Am nächsten Morgen saßen Hannah und David am Frühstückstisch, zwei wachsweich gekochte Eier und Schwarzbrot mit Marmelade vor sich. Dazu gab es faden Kaffee, weil David, der auf Gili Air nicht einmal eine Kaffeemaschine besaß, seine Hilfe angeboten und das Kaffeekochen übernommen hatte.

Soleil schlief noch im Gästezimmer und Christoph war bereits auf dem Gemeindeamt, also gehörte der Morgen nur ihnen beiden. Nach der Aufregung der letzten Tage hatten sie sich das mehr als verdient. In der Luft lag ein Knistern, wie David es zuletzt auf Gili Air gefühlt hatte.

„Hmmm." Hannah seufzte genüsslich, als sie in ihr Marmeladenbrot biss, und warf David einen Blick zu, der gleichzeitig schelmisch und verführerisch war.

Mit verwuschelten Haaren und ohne Make-up sah sie am allerschönsten aus. Sie trug nur ihre Unterwäsche und eins von Davids Shirts, das sie sich in der Früh, ohne zu fragen, übergestreift hatte. So sollte es jeden Morgen sein.

Vielleicht nicht immer hier in diesem Dorf, aber immer mit ihr.

Der Ozean rief nach David, so wie er es seit Jahren tat. Doch das Verlangen, die Berge hinter sich zu lassen, war von einem drängenden Zehren zu einem leichten Druck hinter seiner Brust geworden. Fürs Erste würde er in Bad Rubinsee bleiben. Es überraschte ihn selbst, wie sehr er sich auf die nächsten Wochen freute, in denen er Zeit mit seiner Mutter und seinem Onkel verbringen würde – dem er gestern Abend nach dem Gespräch mit Soleil einen Überraschungsbesuch abgestattet und der ihn mit offenen Armen empfangen hatte. Vor allem aber hätte er Zeit mit Hannah.

Und dann? Nun, sie würden schon einen Weg finden, zusammen zu sein. Da war David sich sicher.

Plötzlich stürmte Christoph mit erhobenen Armen in die Küche. „Es gibt Neuigkeiten!"

Als er sah, dass Hannah nur ihre Unterhose und Davids T-Shirt trug, schnappte er kurz nach Luft und musste husten. Erst nachdem Hannah ihm fest auf den Rücken geklopft und sein gar nicht subtiles Zwinkern mit einem Augenrollen quittiert hatte, hob er den Zeigefinger und verkündete: „Carla hat sich gestellt."

„Was?", fragten David und Hannah unisono.

„Ich hab's eben auf dem Gemeindeamt erfahren. Sie ist selbst zur Polizei gegangen und hat alles zugegeben."

David brauchte ein paar Sekunden, um diese Information zu verdauen. Doch dann war es, als falle ein Gewicht von ihm ab. Er wusste, dass er Carla der Polizei hätte melden müssen – das war er seiner Mutter schuldig. Doch gleichzeitig hatte es sich falsch angefühlt, dieser Frau, die alles verloren hatte, nun auch noch ihre Freiheit zu nehmen.

„Ich dachte mir schon, dass sie so etwas tun würde", meinte Hannah. Als beide Männer sie fragend anschauten, fügte sie hinzu: „Man hat ihr doch angesehen, wie sehr sie unter der Sache leidet. Bestimmt geht es ihr besser, jetzt wo die Wahrheit draußen ist."

„Ihr Sohn ist tot. Ihr Mann vermutlich auch. Und jetzt kommt sie ins Gefängnis. Ich weiß ja nicht", murrte Christoph.

Hannah verdrehte die Augen. „Du bist wirklich ein unverbesserlicher Optimist."

Christoph ging nicht auf ihren Sarkasmus ein.

„Außerdem", erklärte er stattdessen, „gehen die Taucher heute noch mal runter, um nach den restlichen

Knochen zu suchen. Ich weiß nicht, was ihr beiden vorhabt, aber ich werde mir das auf jeden Fall anschauen."

„Mal sehen", murmelte Hannah.

David war klar, dass sie sich aus Rücksicht auf ihn zurückhielt. Nachdem sie quer über den Globus geflogen war, um ihn zurückzuholen und den Fall der Knochen zu lösen, brannte sie bestimmt darauf, dabei zu sein, wenn die Taucher Frankies Überreste bargen. Wenn er ehrlich war, ging es ihm mittlerweile genauso.

Sie waren von Anfang in die Sache involviert gewesen, er und Hannah. Das Geistermädchen aus dem Rubinsee hatte ihr gesamtes Leben überschattet. Nun schloss sich der Kreis, und ja, auch David wollte dabei sein, wenn es geschah.

„Du hast außerdem Post bekommen", meinte Christoph und kramte ein kleines Päckchen aus seiner Einkaufstasche.

Für David, stand darauf.

Merkwürdig. Wer sollte ihm hier etwas schicken? Hannah riss das Päckchen auf und holte einen Stapel Briefe heraus.

„Die sehen aus wie …", begann sie.

„Die restlichen Briefe von Franz", beendete David ihren Satz.

Um ehrlich zu sein, wusste David gar nicht, ob er lesen wollte, was Franz Berger vor so vielen Jahren geschrieben hatte. Hannah hingegen wirkte neugierig. Sie kaute auf ihrer Unterlippe herum, während sie die Briefe zählte.

„Was sollen wir damit machen?", fragte sie. „Willst du sie lesen?"

David überlegte einen Moment. Dann sagte er: „Ich habe eine bessere Idee.“ Er nahm den Stapel und hielt ihn Christoph entgegen. „Lies du sie.“

„Was, ich? Aber …“

„Du bist doch der Dorfchronist“, meinte David und Hannah, die sofort begriff, fügte hinzu: „Stimmt, falls irgendetwas Interessantes in den Briefen steht, solltest du es festhalten. Wer könnte das besser als du? Wer weiß, vielleicht wird der nächste Bestseller aus dieser Geschichte!“

Christoph runzelte verdattert die Stirn. Erst schien es, als wollte er protestieren, doch dann strahlte er.

„Na ja, wenn ihr meint. Ich meine, schreiben ist immerhin eines meiner … na ja.“

„Eines deiner vielen Talente!“

***

Wenig später saßen David, Hannah und Soleil auf einer abfallenden Wiese etwas abseits der Stelle, wo die Wasserrettung und die Polizei sich positioniert hatten, und schauten dabei zu, wie die Taucher auf den See ruderten. Christoph war zu Hannahs großer Überraschung zu Hause geblieben, hatte jedoch gemeint, er würde nachkommen. Er hatte ihnen keinen Grund genannt, aber David vermutete, dass er vor Neugierde platzte und Franz' Briefe lesen musste, bevor er irgendetwas anderes tat.

David war froh, dass er diesen Moment für sich und Hannah allein hatte. Nun ja, fast allein. Soleil war zwar mit ihnen gekommen, saß jedoch einige Meter entfernt mit den Rücken zu ihnen. Sie war schweigsam. Kein

Wunder. Diese Situation musste für sie sogar noch überfordernder sein als für Hannah oder David. Immerhin stand sie kurz davor, die menschlichen Überreste der Person zu sehen, die sie mehr als alle anderen geliebt und die sie bis gestern für ein Produkt ihrer Fantasie gehalten hatte.

Dass sie trotzdem hier war, zeugte von einer beeindruckenden inneren Stärke.

„Meinst du, sie finden was?", fragte Hannah.

„Nein."

Sie schaute zu ihm auf. Lichtreflexe tanzten in ihren Augen und verwandelten sie von Bambibraun in golden funkelnde Edelsteine.

„Du bist wunderschön", rutschte es ihm von den Lippen. „Ich meine, also ..." Er spürte, wie seine Wangen rot anliefen.

Dabei war ihm sonst nie etwas peinlich. Er wusste, wie man mit Frauen flirtete, verteilte Komplimente wie Willkommensgeschenke an Touristinnen und lächelte überlegen, während sie rot anliefen.

Aber mit Hannah war alles anders.

Sie schlug ihm kichernd gegen die Brust. Den ganzen Morgen über hatte sie, wenn auch verhalten, gute Laune versprüht. Vermutlich, weil sie endlich die Antworten hatte, nach denen sie sich so viele Jahre gesehnt hatte. Um ehrlich zu sein, fühlte auch David sich nun, da das Rätsel um seinen Geist gelöst war, viel ruhiger und zufriedener als zuvor.

„Lenk nicht vom Thema ab!"

„Tschuldigung", murmelte er.

„Du glaubst also nicht, dass sie etwas finden?"

„Es heißt doch, der See gibt nichts wieder her, oder?"

„Und wenn er es doch tut, wird es hohe Wellen schlagen“, vervollständigte Hannah seinen Satz.

Sie beide kannten die Geschichten rund um den Rubinsee, den Edelstein unter den Bergseen, das Tor zur Hölle, das gierige Wasser.

Sie drückte einen Kuss auf seine Schulter. „Wellen geschlagen hat es ja schon. Es hat Soleil und Carla hergebracht. Und dich.“

Hannahs Lächeln fühlte sich wie ein Streicheln auf seiner Haut an.

„Irgendwie hoffe ich, dass sie die Knochen nicht finden“, fügte sie hinzu.

„Wirklich?“

Das passte überhaupt nicht zu Hannah, die mehr als alle anderen gewollt hatte, dass der Fall des Geistes vom Rubinsee endlich gelöst wurde.

„Na ja, wir wissen doch jetzt, was passiert ist. Ob sie Frankies Knochen finden oder nicht, ändert nichts daran, dass er in dieser Nacht ertrunken ist. Und auch nichts an dem, was Carla gemacht hat.“ Sie seufzte. „Ich bin nur etwas traurig, dass Frankie allein dort unten liegt.“

„Das stimmt so nicht ganz“, unterbrach jemand sie.

Hannah fuhr herum. „Christoph?“

Ihr Mitbewohner stand schnaufend hinter ihr. Sein Kopf glühte rot und auf seiner Stirn stand der Schweiß. Er musste hergerannt sein. Er hob den Zeigefinger, das Zeichen, dass eine wichtige Meldung folgte. „Ich habe etwas herausgefunden!“, verkündete er. „Das heißt, Franz hat es mir gesagt ... na ja, indirekt zumindest.“ Er zog ein zerknittertes Stück Papier aus seiner Hosentasche. Einen von Franz’ Briefen.

„Das solltet ihr lesen!"

August 2018
Franz

Von: Franz
An: Papa
Lieber Papa,
ich wollte immer, dass du stolz auf mich bist. Nichts an-
deres habe ich mir gewünscht und dir darum so man-
ches nicht erzählt. Nicht einmal in diesen Briefen, von
denen ich doch weiß, dass du sie nie lesen wirst, weil
ich sie nicht in den Himmel schicken kann.
Ich stelle mir aber gerne vor, dass dich diese Zeilen ir-
gendwie erreichen. Gott hat seine Wege. Das hat Mama
mir erzählt, kurz nachdem du gestorben bist. Schreib
nur alles nieder, was du deinem Papa sagen willst, die
Engel erledigen den Rest.
Ich glaube nicht mehr an Gott und auch nicht an Engel.
Trotzdem will ich dir schreiben. Vor allem will ich dir
beichten. All die Dinge, die ich bisher vor dir geheim ge-
halten habe, weil ich mich geschämt habe, die werde
ich dir jetzt sagen.
Warum jetzt, fragst du.
Weil jetzt vielleicht alles ist, was wir haben. Das habe
ich gelernt.
Ich habe Frankie nie gesagt, dass ich ihn liebe, weil
Liebe so ein weiches Wort ist. Eins, das uns schwach
macht und verletzlich, eins, das starke Männer nicht
benutzen. Männer wie du, Papa, Männer wie ich, Män-
ner wie der, zu dem ich Frankie heranziehen wollte.
Dass ich stolz auf ihn bin, das habe ich ihm auch nie

gesagt, sehr wohl aber, wie viele Sorgen ich mir mache, bis er denken musste, dass alles, was ich für ihn empfinde, Sorge und Enttäuschung sind.

Ich dachte damals nicht, dass ich es ihm sagen müsste. Wenn mein Frankie erst zu einem erwachsenen Mann herangewachsen ist, der meine Prinzipien versteht, der Schwarz von Weiß unterscheiden kann, dann wird er es verstehen. Das habe ich mir gedacht. Ich wusste ja nicht, dass alles, was ich mit ihm und für ihn hatte, jetzt war – und dieses Jetzt ist vorbei. Das ist mein erstes Geständnis, Papa.

Mein zweites ist, dass ich meinen Sohn für einen Mörder gehalten habe. Dass er das Mädchen erschossen hat, das habe ich wirklich geglaubt. Warum? Das frage ich mich selbst.

Es ist so viel passiert damals. Frankie hat aufgehört, mit mir und Carla zu reden. Geheimnisse hatte er. Dinge, die er nicht mit uns teilen wollte. Immer wieder verschwand er für Stunden und erfand dann Ausreden, was er getan hat.

Jetzt weiß ich, dass er mit dem Mädchen aus dem See zusammen war. Damals habe ich mir Horrorgeschichten ausgemalt.

Am Abend, als er weggelaufen ist, hat er meine Dienstwaffe gestohlen. Zwei Tage danach habe ich die Rucksäcke gefunden, die Carla vor mir versteckt und kurz darauf verbrannt hat. Ich habe sie mir nicht so genau angeschaut. Ich glaube, ich wollte gar nicht wissen, was meine Frau da vor mir verheimlicht. Nur den Skizzenblock, den habe ich mir angesehen, weil ich schon lange neugierig war, was Frankie so zeichnet. Ich wollte seine Welt aus Bildern sehen, zu der er mir nie

Zutritt gewährt hat und von der ich annahm, dass sie
dunkle Geheimnisse verbarg.

Doch was ich sah, waren Tiere. Spatzen und Rehe. Bienen, Schmetterlinge und Stubenfliegen. Feldmäuse
und unser Pumuckl, so präzise gezeichnet, als würden
sie tatsächlich leben. Ja, mein Sohn hat den Tieren auf
diesen Blättern Leben eingehaucht.

Nur ein Bild war anders. Die Zeichnung von einem
Mädchen, und als die Meldung rund um David Königs
angeblichen Leichenfund kam, da musste ich nicht
lange nachdenken. Ich habe sofort begriffen, dass sie
das Mädchen aus dem See sein musste. Da habe ich das
letzte bisschen Vertrauen in meinen Sohn verloren.

Mein Frankie ist verschwunden und ich habe mir grö-
ßere Sorgen wegen dem gemacht, was er Schreckliches
getan haben könnte, als darüber, wo er ist und ob es
ihm gutgeht.

Damals habe ich beschlossen, alles zu tun, um ihn zu
beschützen. Und irgendwie auch mich selbst. Niemand
sollte wissen, dass mein Frankie ein Mörder war. Also
durfte es keine Leiche im See geben. Kein totes Mädchen, keinen Mord.

Jetzt frage ich mich, wie ich so etwas über meinen Sohn
annehmen konnte. Habe ich nicht gesehen, mit wie viel
Hingabe er Leben erschaffen hat – ausgedachtes Leben,
Leben auf Papier oder in Form kleiner Kastanienmänn-
chen, aber doch Leben. Wie konnte ich da glauben, dass
ausgerechnet er, mein Frankie, Leben nehmen würde?
Ich schäme mich so, Papa. Dass ich so schlecht über
meinen Sohn gedacht habe. Das ist etwas, das ich nie
wieder gutmachen kann.

Und Carla hat dasselbe gedacht. Seine Mutter hat ihn für einen Mörder gehalten. Was sind wir für Eltern?

Ich hatte viel Zeit zum Nachdenken, seit Frankie mich verlassen hat. Er ist weg, Carla ist weg, sogar die Katze ist mittlerweile gestorben. Du bist auch nicht hier. Wenn man ganz allein ist, was bleibt einem da, außer trinken und nachdenken?

Und bei all den Gedanken habe ich es irgendwann begriffen. Dass alles ganz anders gelaufen sein muss. Carla war es, die mir das vor Augen geführt hat – auch wenn sie es selbst damals noch nicht sehen konnte. Sie hat mir von Frankies Zeichnungen erzählt, die sie in der Hütte gefunden hat. Davon, mit wie viel Liebe er das Mädchen illustriert hat. Und warum sollte er jemanden töten, den er geliebt hat?

Sie hat mir von der Nachricht erzählt, die seine Freundin ihm hinterlassen hat. Bin am See, hat sie geschrieben. Darum war er dort. Um sich mit ihr zu treffen, nicht um ihr wehzutun. Von ihr weiß ich auch, dass die beiden gemeinsam nach Italien fahren wollten, dass sein Rucksack schon gepackt war. Und wenn es ihm ernst damit war, mit dem Mädchen durchzubrennen, wäre sie umzubringen nicht das Letzte, was er machen würde?

David hat damals erzählt, er sei nicht mit dem Boot hinausgerudert, und das habe ich ihm nicht geglaubt. Aber jetzt habe ich begriffen, dass es Frankie gewesen sein muss, der auf den See gerudert ist.

David hat auch gesagt, dass das Mädchen ihn gepackt und auf den Grund gezogen hat. Wie eine Ertrinkende, die sich an jede rettende Boje klammert, selbst wenn diese Boje ein Mensch ist. Das ist es, was ich denke, was passiert ist: David und das Mädchen wären fast ertrunken. Warum, das weiß ich nicht. Aber ich weiß, dass mein Sohn, mein Frankie, sie hätte retten wollen. Um jeden Preis. Auch wenn der Preis sein Leben war.

Und das lässt mich bei all der Wut und der Verzweiflung zumindest ein bisschen Glück fühlen. Dass er David vorm Ertrinken bewahrt hat. Dass er Leben gegeben hat, selbst als er sein eigenes verlor. Vielleicht rede ich mir das auch nur selbst ein. Ich werde wohl nie genau erfahren, was damals geschehen ist, dafür fehlen die Beweise. Doch ein Gutes hat das: Ohne gegenteilige Hinweise kann ich glauben, was ich will. Und ich will glauben, dass mein Sohn gut war. Bis zuletzt.

Nun kommt mein drittes Geständnis, Papa. Nämlich dass wir meinen Jungen nie gefunden haben und nie finden werden, weil ich die Suche verhindert habe. Ich wollte Frankie beschützen. Jetzt liegt er am Grund des Sees und dort wird er auch bleiben. Ich würde mich am liebsten Übergeben bei der Vorstellung, wie er dort liegt, in der Kälte und Dunkelheit. Darum habe ich angefangen, ihn zu besuchen.

Ich weiß, wo er untergegangen sein muss. Nämlich an der Stelle, wo David das Mädchen entdeckt hat. Dorthin rudere ich jeden Abend mit meinem Boot, und ich sage Frankie die Dinge, die ich ihm nicht erzählt habe, als er noch am Leben war, und ich trinke mit ihm. Ich öffne eine Flasche Bier für mich und werfe eine zweite in den See, und ich weine, weil ich nie die Chance hatte, mit meinem Sohn an einem Tisch zu sitzen und mit ihm zu trinken, wie zwei erwachsene Männer es tun.

Und ich schweige, weil es nichts zu sagen gibt, das irgendetwas besser machen würde. Ich bin schwach, so schwach. Das ist mein viertes Geständnis.

Papa, hasst du mich jetzt? Nach allem, was ich dir gebeichtet habe? Jetzt, wo du weißt, welche Fehler ich gemacht habe und wie schwach ich bin?

Ich hoffe – und glaube –, du liebst mich trotzdem, weil du mein Papa bist und weil ich weiß, was das bedeutet. Weil ich Frankie geliebt habe, selbst als ich dachte, er sei ein Mörder, und jetzt noch mehr, obwohl alles, was mir von ihm bleibt, Erinnerungen und der einsame See sind.

Und Papa, auch wenn es keine Engel gibt, die meine Briefe zu dir tragen, so hoffe ich doch, dass dich diese Beichte irgendwie erreicht und dass, wo auch immer du bist, Frankie neben dir sitzt und auch er mich nicht hasst, obwohl er jeden Grund dazu hätte.

Ich vermisse ihn so sehr, Papa. Ich vermisse euch alle, dich und Mama und Carla und sogar die verdammte Katze. Aber am meisten vermisse ich Frankie. Papa, ich weiß nicht, wie lange ich es noch hier aushalte ohne ihn.

Ich kann ihn nicht mehr länger allein lassen.

Papa, dies hier ist mein letzter Brief an dich. Es muss so sein. Mein Junge braucht mich.

Papa, verzeih mir.

Franz

Hannah hatte so oft darüber nachgedacht, was mit Franz passiert sein könnte. Dass er sein Leben aufgegeben hatte, um bei Frankie zu sein – diese Idee war ihr nicht gekommen.

„Es klingt so, als hätte er sich umgebracht, nicht wahr?", meinte Christoph. „Er hat sich an der Stelle ertränkt, an der sein Sohn im See lag."

„Traurig", murmelte Hannah. „Aber irgendwie auch schön.

David legte seinen Arm um sie, Christoph nickte. Nur Soleil schaute mit regloser Miene auf den See, dessen Oberfläche durch die Strahlen der untergehenden Sonne einen rötlichen Glanz annahm. Ganz so, als seien Rubine im Wasser verborgen.

„Ich bin froh, dass er nicht allein dort unten liegt", flüsterte sie schließlich, erhob sich und ging ein paar Schritte von der Gruppe weg.

Christoph warf Hannah einen fragenden Blick zu, doch die schüttelte den Kopf. Sie sollten Soleil ihren Freiraum geben.

Irgendwann verließ auch ihr Mitbewohner sie mit den Worten, er müsse noch arbeiten. Insgeheim vermutete Hannah jedoch, dass er entweder Franz' Briefe studieren oder das Wissen, das sie in den letzten Tagen gesammelt hatten, in einen Text verwandeln würde. So blieb sie mit David allein zurück.

Während sie auf den Rubinsee blickte, der ihr so vieles genommen und anderes geschenkt hatte, der ihre Vergangenheit überschattet und ihr Wesen geformt hatte, fragte Hannah sich im Stillen, welche Farbe ihre Zukunft haben würde. Blutrot wie der Rubinsee beim Sonnenuntergang und voller Leidenschaft? Oder hellblau wie das Wasser an einem windstillen Sommertag? Welche Rolle würde der See in dieser Zukunft spielen? In jedem Fall hoffte sie, dass David Teil davon sein würde, und vielleicht auch das Paradies im Indischen Ozean.

Sie lächelte zu ihm hoch. Er fing ihren Blick auf, streichelte sanft über ihre Wange und küsste sie.

Sie dachte an Frankie, der die ganze Zeit am Grund des Sees gelegen hatte, ohne dass sie es geahnt hatte, und an seinen Vater Franz, der in seinen Briefen so völlig anders gewesen war als der Mann, den Hannah damals kennengelernt hatte. Es fiel ihr schwer, den strengen, angsteinflößenden Polizisten mit dem Verfasser dieser Zeilen in Einklang zu bringen. Vermutlich, weil die Briefe an seinen toten Vater die einzigen Momente waren, in denen er sich erlaubte, aus der Rolle herauszutreten, die er für sich kreiert hatte.

Genau würde Hannah das niemals wissen. Nur so viel: dass am Ende sogar jemand wie Franz in der Lage gewesen war, zu lieben.

Die Taucher beendeten ihre Suche erfolglos. Morgen würden sie wiederkommen, doch Hannah hatte so ein Gefühl, dass sie auch dann die Knochen nicht finden würden. Frankie und Franz würden noch länger dort unten bleiben, umgeben von Dunkelheit und Eiswasser. Vielleicht für immer. Schließlich waren die beiden nun Teil des Sees und was der See sich einmal einverleibt hatte, das gab er nicht wieder her.

Knochen, blank poliert von Wasser und Zeit, glatt und schneeweiß wie Elfenbein. Wie Unschuld.

Zwei Paar Arme, vier Hände, die sich im Tod nicht mehr halten konnten.

Vater und Sohn.

Tot. Aber nicht allein.

Soleil

Einige Meter entfernt stand Soleil und starrte auf den See, der für sie Hölle und Himmel zugleich gewesen war. Der Ort der letzten Ruhe von Frankie. Sie wusste nicht, was sie fühlen sollte.

Erleichterung, weil Frankie *echt* gewesen war. Weil ihre Liebe existiert hatte. Weil es da wirklich einen Menschen gegeben hatte, der sie angenommen hatte, wie sie war, und der bereit gewesen war, sein Leben für ihres zu geben?

Trauer, weil ebendieser Mensch für immer verloren war?

Scham, weil sie den Lügen ihrer Eltern und ihrer Diagnose mehr geglaubt hatte als ihren eigenen Erinnerungen an Frankie?

Stolz, weil sie trotz allem an ihm festgehalten hatte?

Ja, sie fühlte all das – und Schuld. Vor allem die.

Schuld wegen ihres letzten großen Geheimnisses. Der einen Sache, die sie Hannah, David und Christoph gestern nicht erzählt hatte – die sie weder ihnen noch sonst jemandem je erzählen würde.

Sie wünschte, sie könnte Frankie um Vergebung bitten. Nicht nur in einem Brief, wie sein Vater sie geschrieben hatte. Nicht bloß in ihrer Fantasie oder in einem der unzähligen Tagebucheinträge, die sie an ihn gerichtet hatte. Sie wollte ihm sagen, wie leid es ihr tat. Wie sehr sie wünschte, ihre Taten rückgängig machen zu können. Diesen einen Moment, der ihn das Leben und Soleil ihre Liebe gekostet hatte.

Aber dafür war es zu spät.

Damals: Die Liebe töten

Der See hielt Soleil gefangen.

Sie schnappte nach Luft. Wasser drang in ihren Mund, in ihre Lunge, brannte und ließ sie würgen.

Ihr Herz raste.

Sie musste zurück an die Oberfläche. Aber wo war die? Sie wusste nicht mehr, wo oben und wo unten war. Überall war Dunkelheit.

Der Höllensee würde sie nicht mehr gehenlassen.

Da schlossen sich Finger um Soleils Oberarme und zerrten an ihr. Entrissen sie dem Wasser und der Hölle, die unter der Oberfläche lauerte. Sie strampelte, wehrte sich, schnappte nach Luft und verschluckte noch mehr Wasser.

Für einen Moment wurde alles schwarz.

Als Soleil wieder zu sich kam, stand ihr gesamter Körper in Flammen. Alles brannte, vor allem ihr Rachen. Ihr Herz raste, als wollte es aus der Brust springen. Sie würde sterben. Es würde explodieren, wenn sie nicht vorher erstickte.

Sie musste etwas tun ... irgendetwas ... aber ... aber!

Ihr Gesichtsfeld war verschwommen. Jemand sagte etwas, ein Flüstern nur, das vom Brüllen der Wortmonster in ihrem Inneren übertönt wurde.

Lügnerin. Töte die Liebe. Frankie gibt es nicht.

„Atme", flüsterte jemand.

Sie versuchte es, doch konnte nur keuchen. Ihr Magen verkrampfte sich und im nächsten Moment spie sie einen Schwall Wasser aus.

„Gut so", hörte sie dieselbe Stimme und spürte eine Berührung auf ihrem Rücken.

Wo war sie? Was war passiert? Hatte der Höllensee sie geholt?

Lügnerin. Lügnerin. Lügnerin.

Eine ganze Flutwelle an Bildern prasselte auf sie ein – Erinnerungen, wahre wie falsche.

Schmerz zuckte durch Soleils Magen und schon wieder spuckte sie Wasser. Wie durch einen Nebel nahm sie einen Schatten über sich wahr. Er sagte etwas. Doch sie konnte seinen Worten keinen Sinn geben, denn sie vermischten sich mit dem Brüllen der Monster.

Lügnerin. Alles wird gut. Lüge. Du musst nur atmen. Lüge. Soleil. Lüge. Atme, Soleil.

Töte die Liebe.

Soleil blinzelte. Der Untergrund schwankte. Sie krümmte sich zusammen, da spürte sie etwas Hartes, das sich in ihre Seite drückte. War das ... eine Pistole?

Aber das ergab keinen Sinn. Wieso hatte sie eine Waffe? Wo war sie und ... Soleil riss die Augen auf. Vor ihr lag jemand, eine dünne, reglose Gestalt. Ihr Herz raste noch schneller, als sie erkannte, dass es ein Kinderkörper war.

Nein!

Hatte sie das getan? Hatte sie den Jungen ...

Neinneinneinnein!

Sie grub ihre Finger in die Kopfhaut, bis sie blutete. Den Schmerz fühlte sie kaum. Das konnte nicht wirklich passiert sein. Sie konnte den Jungen nicht umgebracht haben. Und doch lag er da ... bitte nicht, bitte, bitte nicht ...

„Beruhige dich, Soleil. Alles wird gut", flüsterte die Stimme. Hände legten sich auf ihre Schultern, versuchten, sie herumzudrehen. Aber sie wollte das nicht.

Wollte diese Berührung nicht. Wollte die Worte nicht, wollte nichts von alledem. Ihr Vater hatte recht gehabt, genau wie der Therapeut. Alle, die ihr gesagt hatten, wie kaputt ihr Verstand war. Alle, die sie verrückt genannt hatten.

Dieser Alptraum musste aufhören. Und sie wusste auch wie – wusste, was sie tun musste.

Sie schloss ihre Hände um die Pistole, fuhr herum und drückte ab.

Ein Schuss hallte durch die Nacht.

Ein letzter Blick, so voller Panik und Unglaube, als Frankie nach hinten taumelte und ins Wasser fiel.

Töte die Liebe.